TRONO DE CRISTAL

SARAH J. MAAS

TRONO DE CRISTAL

Traducción de Victoria Simó y
Diego de los Santos

ALFAGUARA

Trono de cristal

Título original: *Throne of Glass*

Primera edición: junio de 2024

© 2012, Sarah J. Maas

Publicado originalmente por Bloosmbury Children's Books

© 2016, derechos de edición mundiales en lengua castellana:
Penguin Random House Grupo Editorial, S. A. de C. V.
Blvd. Miguel de Cervantes Saavedra núm. 301, 1er piso,
colonia Granada, delegación Miguel Hidalgo, C. P. 11520,
México, D. F.
© 2024, Penguin Random House Grupo Editorial USA, LLC
8950 SW 74th Court, Suite 2010
Miami, FL 33156

© 2012, Victoria Simó y Diego de los Santos, por la traducción
© 2014, Talexi, por las ilustraciones de cubierta
Regina Flath, por el diseño de cubierta

ISBN: 979-88-909815-4-7

Impreso en Colombia – *Printed in Colombia*

24 25 26 27 28   10 9 8 7 6 5 4 3 2 1

Para todos mis lectores de FictionPress...
por estar ahí desde el principio
y por quedarse hasta mucho después del final.
Gracias por todo.

CAPÍTULO 1

Tras un año de esclavitud en las minas de sal de Endovier, Celaena Sardothien había acabado por acostumbrarse a andar de acá para allá encadenada y a punta de espada. Había miles de esclavos en Endovier y casi todos recibían un tratamiento parecido, aunque Celaena solía ir y volver de las minas acompañada por media docena de guardias más que el resto. Era de esperar, siendo, como era, la asesina más famosa de Adarlan. Aquel día, sin embargo, la aparición de un hombre de negro encapuchado la tomó por sorpresa. Aquello era nuevo.

Su acompañante la sujetaba del brazo con fuerza mientras la conducía por el suntuoso edificio donde se alojaban casi todos los funcionarios y capataces de Endovier. Recorrieron pasillos, subieron escaleras y dieron vueltas y más vueltas para que Celaena no tuviera la menor posibilidad de encontrar la salida.

Al menos eso pretendía el desconocido, pues ella se dio cuenta enseguida de que habían subido y bajado la misma escalera en cuestión de minutos. También se percató de que la obligaba a avanzar en zigzag por distintos niveles aunque el edificio tenía una estructura de lo más común, una cuadrícula de pasillos y escaleras. Pero Celaena no era de las que se desorientan fácilmente. De hecho, se habría sentido insultada si su escolta hubiera escatimado esfuerzos.

Enfilaron por un pasillo particularmente largo donde no se oía el menor sonido salvo el eco de sus pasos. Advirtió que el hombre que la agarraba del brazo era alto y estaba en forma, pero Celaena no podía ver los rasgos ocultos bajo la capucha. Otra táctica pensada para confundirla e intimidarla. La ropa negra seguramente formaba parte de esa misma estratagema. El hombre la miró y Celaena esbozó una sonrisa. Él devolvió la vista al frente y la agarró del brazo aún con más fuerza.

Celaena se tomó el gesto como un cumplido, aunque no sabía a qué venía tanto misterio, ni por qué aquel hombre había ido a buscarla a la salida de la mina. Tras una jornada entera arrancando rocas de sal de las entrañas de la montaña, verlo allí plantado junto a los seis guardias de rigor no la había puesto de buen humor precisamente.

No obstante, había aguzado bien el oído cuando el escolta se presentó ante el capataz como Chaol Westfall, capitán de la guardia real. De pronto, el cielo se había vuelto más amenazador, las montañas habían crecido a sus espaldas y hasta la misma tierra había temblado bajo sus rodillas. Hacía tiempo que no se permitía a sí misma probar el sabor del miedo. Todas las mañanas, al despertar, repetía para sí: «No tengo miedo». Durante un año, esas mismas palabras habían marcado la diferencia entre romperse y doblarse; habían impedido que se hiciera pedazos en la oscuridad de las minas. Pero no dejaría que el capitán averiguara nada de eso.

Celaena observó la mano enguantada que la sujetaba del brazo. El cuero oscuro del guante hacía juego con la porquería de su propia piel.

La muchacha era muy consciente de que, aunque solo tenía dieciocho años, las minas ya habían dejado huella en su cuerpo. Reprimiendo un suspiro, se ajustó la túnica, sucia y raída, con la mano libre. Como se internaba en las minas antes del amanecer y las abandonaba después del anochecer, rara vez veía la luz del sol. Por debajo de la mugre asomaba una piel mortalmente pálida. En el pasado había sido guapa, hermosa incluso, pero... En fin, aquello ya carecía de importancia.

Doblaron por otro pasillo y Celaena se entretuvo mirando el elegante forjado de la espada que portaba el desconocido. El reluciente pomo tenía forma de águila a medio vuelo. Al percatarse de que la chica observaba el arma, el escolta posó su mano enguantada sobre la dorada cabeza del pájaro. La muchacha volvió a sonreír.

—Está muy lejos de Rifthold, capitán —le dijo. Luego carraspeó—. ¿Lo acompaña el ejército que escuché marchar hace un rato?

Escudriñó las sombras que escondían el rostro del hombre, pero no vio nada. Aun así, notó que el desconocido posaba los ojos en ella para juzgarla, medirla, ponerla a prueba. Celaena le devolvió la mirada. El capitán de la guardia real parecía un adversario interesante. Quizás incluso mereciera algún esfuerzo de su parte.

Por fin el hombre separó la mano de la espada y los pliegues de su capa cayeron sobre el arma. Al desplazarse la tela, Celaena vio el dragón heráldico de oro bordado en su túnica. El sello real.

—¿Qué te importan a ti los ejércitos de Adarlan? —replicó él.

A Celaena le encantó advertir que el capitán tenía una voz muy parecida a la suya, fría y bien modulada, aunque fuera un bruto repugnante.

—Nada —contestó Celaena encogiéndose de hombros. Su acompañante lanzó un gruñido de irritación.

Cuánto le habría gustado ver la sangre de aquel capitán derramada sobre el mármol. En una ocasión Celaena había perdido los estribos; una sola vez, cuando su capataz eligió un mal día para empujarla con fuerza. Aún recordaba lo bien que se había sentido al hundirle el pico en la barriga, y también la pegajosa sangre del hombre al empaparle la cara y las manos. Era capaz de desarmar a dos guardias en un abrir y cerrar de ojos. ¿Correría el capitán mejor suerte que el difunto capataz? Volvió a sonreír mientras sopesaba las distintas posibilidades.

—No me mires así —le advirtió él, y de nuevo posó la mano en la espada.

Celaena escondió su sonrisilla de suficiencia. Pasaron ante una serie de puertas de madera que habían dejado atrás hacía pocos minutos. Si hubiera querido escapar, le habría bastado con girar a la izquierda en el siguiente pasillo y bajar tres tramos de escaleras. El intento de desorientarla solo había servido para ayudarla a familiarizarse con el edificio. Idiotas.

—¿Cuánto va a durar este juego? —preguntó con dulzura mientras se apartaba de la cara un mechón de pelo enmarañado. Al ver que el capitán no respondía, Celaena apretó los dientes.

Había demasiado eco en los pasillos como para atacarlo sin alertar a todo el edificio, y Celaena no había visto dónde se había guardado el militar la llave de las esposas; además, los seis guardias que los acompañaban también opondrían resistencia. Eso por no hablar de los grilletes que le encadenaban los pies.

Enfilaron por un corredor de cuyo techo pendían varios candiles. Al mirar por las ventanas que se alineaban en la pared, descubrió que había anochecido; los faroles brillaban con tanta intensidad que apenas quedaban sombras entre las que esconderse.

Desde el patio oyó el avance de los otros esclavos, que caminaban arrastrando los pies hacia el barracón de madera donde pasaban la noche. Los gemidos de dolor y el tintineo metálico de las cadenas componían un coro tan familiar como las monótonas canciones de trabajo que los presos entonaban durante todo el día. El solo esporádico del látigo se sumaba a la sinfonía de brutalidad que Adarlan había creado para sus peores criminales, sus ciudadanos más pobres y los rehenes de sus últimas conquistas.

Si bien algunos de aquellos presos habían sido encarcelados por supuestas prácticas de hechicería —cosa muy improbable, teniendo en cuenta que la magia había desaparecido de la faz del reino—, últimamente llegaban muchos rebeldes a Endovier, cada día más. Casi todos procedían de Eyllwe, uno de los pocos reinos que aún se resistían al dominio de Adarlan. Cuando Celaena les pedía información del exterior, muchos se quedaban embobados, con la mirada perdida. Habían renunciado. Celaena se estremecía solo de pensar en los sufrimientos que debían de haber soportado a manos de los soldados de Adarlan. A veces se preguntaba si no habría sido mejor para ellos que los mataran... y si no le habría convenido a ella también perder la vida la noche en la que la traicionaron y la capturaron.

No obstante, mientras proseguía su marcha, tenía cosas más importantes en las que pensar. ¿Finalmente se proponían ahorcarla? Se le revolvió el estómago. Celaena era lo bastante importante como para ser ejecutada por el capitán de la guardia real en persona. Ahora bien, si pensaban matarla, ¿por qué molestarse en conducirla antes a aquel edificio?

Por fin se detuvieron ante unas puertas acristaladas en rojo y dorado, tan gruesas que Celaena no alcanzaba a atisbar el otro lado. El capitán Westfall hizo un gesto con la cabeza a los dos guardias que flanqueaban la entrada y estos golpearon el suelo con las lanzas a modo de saludo.

El capitán volvió a sujetarla con tanta fuerza que le hizo daño. Tiró de Celaena hacia sí, pero los pies de la muchacha se negaron a moverse.

—¿Prefieres quedarte en las minas? —le preguntó él en tono de burla.

—Quizá si me dijeras a qué viene todo esto, no me sentiría tan inclinada a oponer resistencia.

—No tardarás en descubrirlo por ti misma —contestó el capitán.

A Celaena comenzaron a sudarle las palmas de las manos. Sí, iba a morir. Finalmente le había llegado la hora.

Las puertas se abrieron con un crujido y ante sus ojos apareció un salón del trono. Un candil de cristal en forma de parra ocupaba gran parte del techo y proyectaba semillas de diamante en las ventanas que se alineaban al otro extremo de la sala.

—Aquí —gruñó el capitán de la guardia, y la empujó con la mano que tenía libre.

Por fin liberada, Celaena tropezó y sus pies encallecidos resbalaron en el suelo liso cuando intentó incorporarse. Miró hacia atrás y vio entrar a otros seis guardias.

Catorce en total más el capitán. Todos llevaban el dorado emblema real bordado en la pechera de los uniformes negros. Formaban parte de la guardia personal de la familia real: soldados despiadados y rapidísimos, entrenados desde niños para proteger al rey con su propia vida. Celaena tragó saliva. Aturdida y acongojada volvió a mirar al frente. Sentado en un ornamentado trono de madera de secuoya aguardaba un atractivo joven. Su corazón se detuvo al ver que todos le hacían una reverencia.

Se encontraba ante el mismísimo príncipe heredero de Adarlan.

CAPÍTULO 2

—Alteza —dijo el capitán de la guardia.

Tras hacer la reverencia de rigor, se incorporó y, retirándose la capucha, dejó a la vista un pelo castaño muy corto. Al parecer, se había presentado encapuchado con el objeto de intimidarla y evitar así que tratara de escapar durante el paseo. ¡Como si esa clase de trucos pudieran funcionar con ella! A pesar de su irritación, Celaena se quedó pasmada al ver la cara de su escolta. Era muy joven. No tendría más de veinte años.

No le pareció demasiado guapo, pero se sintió cautivada, sin poder evitarlo, por sus facciones duras y por la claridad de sus ojos color miel. La muchacha ladeó la cabeza, demasiado consciente del mal aspecto que ella misma ofrecía.

—¿Es ella? —preguntó el príncipe heredero de Adarlan, y Celaena volvió la cabeza al tiempo que el capitán asentía.

Los dos hombres se quedaron mirándola, como esperando a que hiciera una reverencia. Al ver que no se movía, Chaol se movió inquieto y el príncipe miró brevemente a su capitán antes de levantar la barbilla un poco más.

¡Ni en sueños le haría una reverencia! Si iban a ahorcarla no pensaba dedicar los últimos minutos de su vida a arrastrarse ante nadie.

Unos pasos atronadores resonaron a su espalda y alguien la agarró del cuello. Celaena solo alcanzó a ver unas mejillas rubicundas y un bigote rojizo antes de que la empujaran al frío suelo de mármol. Notó un terrible dolor en la cara y una luz la cegó. Se le resintieron también los brazos, pero las esposas le impedían estirarlos. Aunque intentó evitarlo, los ojos se le llenaron de lágrimas.

—Así es como tienes que saludar a tu futuro rey —la espetó el hombre de rostro congestionado.

Celaena bufó y enseñó los dientes mientras intentaba torcer la cabeza para mirar a aquel hijo de puta que la había obligado a arrodillarse. Era casi tan grande como el capataz que tenía asignado en las minas e iba vestido con ropas de tonos rojizos y anaranjados que no desentonaban con su escaso pelo. Los negros ojos del hombre brillaron cuando le apretó el cuello con más fuerza. Si hubiera podido mover el brazo derecho solo un poco, Celaena le habría hecho perder el equilibrio y le habría robado la espada. Los grilletes se le clavaban en el estómago y una rabia incontenible le congestionaba la cara.

Al cabo de un momento, que a Celaena se le hizo eterno, el príncipe heredero habló:

—No entiendo por qué tienes que obligar a alguien a que haga una reverencia cuando el propósito del gesto es mostrar lealtad y respeto.

Sus palabras delataban un glorioso aburrimiento.

Celaena intentó mirar al príncipe de reojo, pero apenas alcanzó a ver unas botas de piel negra sobre el suelo blanco.

—Salta a la vista que tú me respetas, duque Perrington, pero me parece innecesario poner tanto empeño en obligar a Celaena Sardothien a compartir tu opinión. Ambos sabemos de sobra que no siente aprecio alguno por mi familia, así que quizá tu intención sea humillarla —se quedó callado, y la muchacha habría jurado que la miraba a ella—. Pero creo que ya tuvo más que suficiente —volvió a guardar silencio unos segundos y luego preguntó—: ¿No tienes una reunión con el tesorero de Endovier? No me gustaría que llegaras tarde, sobre todo cuando has venido hasta aquí para reunirte con él.

El torturador de Celaena comprendió que estaban invitándolo a marcharse. Lanzó un gruñido y la soltó. Ella separó la mejilla del mármol, pero se quedó tendida en el suelo hasta que el duque se puso en pie y abandonó el salón. Si lograba escapar quizá persiguiera al tal Perrington para devolverle el caluroso recibimiento que le había dispensado.

Cuando se levantó, a Celaena le molestó descubrir la marca de mugre que su piel había dejado en aquel suelo inmaculado y advertir que el ruido metálico de sus grilletes rompía el silencio de la sala. Sin embargo, había sido entrenada para ser asesina desde los ocho años, desde el día en el que el Rey de los Asesinos la encontró medio muerta a la orilla de un río helado y la llevó a su fortaleza. No pensaba sentirse humillada por cualquier cosa, y menos por aparecer hecha un asco ante un rey. Hizo acopio del orgullo que le quedaba, se echó la larga trenza hacia atrás y levantó la cabeza. Su mirada y la del príncipe se cruzaron.

Dorian Havilliard le dedicó una sonrisa. Fue una sonrisa refinada, que apestaba a encanto cortesano. Arrellanado en el trono, tenía la barbilla apoyada en una mano y su corona de oro brillaba iluminada por la tenue luz. Llevaba un jubón negro en el que el sello real bordado en tonos dorados ocupaba casi la totalidad de la pechera. Su capa roja caía con gracia envolviéndolos a su trono y a él.

Algo en sus ojos, sorprendentemente azules —del color de las aguas de los países del sur—, y la forma en que contrastaban con su pelo negro como el carbón, la desarmaron. Era dolorosamente guapo y no debía de tener más de veinte años.

«Se supone que los príncipes no tienen que ser atractivos. ¡Son criaturas quejumbrosas, estúpidas y repugnantes! Pero este..., este... Qué injusto de su parte pertenecer a la realeza y ser guapo al mismo tiempo».

Celaena se revolvió en su sitio cuando el príncipe, con el ceño fruncido, la escudriñó a su vez.

—¿No les había pedido que la bañaran? —preguntó el príncipe al capitán Westfall, que dio un paso al frente.

Por un momento Celaena había olvidado que había otros presentes en la sala. Bajó la vista hacia los harapos que la envolvían, hacia su piel mugrienta y, sin poder evitarlo, sintió una punzada de vergüenza. ¡Cómo le dolía verse en aquel estado, con lo hermosa que había sido!

A simple vista se podía llegar a pensar que los ojos de Celaena eran azules o grises, quizás incluso verdes, según el color de su atuendo. Pero si uno se fijaba atentamente, el brillante anillo dorado que rodeaba sus pupilas contradecía aquella primera impresión. No obstante, la melena dorada era sin duda su rasgo más sobresaliente, un pelo que aún conservaba parte de su antiguo esplendor. En resumidas cuentas, Celaena Sardothien estaba bendecida con algunos atributos exquisitos que realzaban el conjunto de sus facciones, por lo demás bastante comunes. Además, en su adolescencia más temprana había descubierto que con ayuda de los afeites podía hacer que el conjunto de su fisionomía estuviera a la altura de sus rasgos más destacables.

Pero allí estaba, ante Dorian Havilliard, como poco más que una rata de cloaca. Se ruborizó aún más al oír la respuesta del capitán Westfall.

—No quería hacerlo esperar.

El príncipe heredero negó con la cabeza cuando Chaol se acercó a ella.

—Deja el baño para más tarde. Intuyo su potencial —el príncipe se incorporó sin separar los ojos de Celaena—. Creo que nunca hemos tenido el placer de que nos presenten, pero como probablemente ya sabrás, soy Dorian Havilliard, el príncipe heredero de Adarlan; quizás a estas alturas sea ya el príncipe heredero de casi toda Erilea.

Celaena hizo caso omiso del estallido de emociones en conflicto que le provocaba aquel nombre.

—Y tú eres Celaena Sardothien, la mayor asesina de Adarlan. Quizá la mayor asesina de toda Erilea —se quedó mirando el cuerpo en tensión de la muchacha y luego enarcó unas cejas bien cuidadas—. No me esperaba que fueras tan joven —apoyó los codos en los muslos—. He oído algunas historias fascinantes sobre ti. ¿Qué te parece Endovier tras la vida de excesos que llevabas en Rifthold?

«Cerdo engreído».

—No podría estar más contenta —canturreó a la vez que se clavaba las uñas rotas en las palmas de las manos.

—Después de un año aquí parece que sigues más o menos viva. ¿Cómo lo has logrado, cuando la esperanza de vida en estas minas apenas supera un mes?

—Es todo un misterio, no me cabe duda.

Obsequió al príncipe una mirada seductora y se recolocó las manillas como si fueran guantes de encaje.

El príncipe heredero se dirigió a su capitán.

—Vaya deslenguada, ¿eh? Y no habla como un miembro de la plebe.

—¡Eso espero! —exclamó Celaena.

—Alteza —la espetó Chaol Westfall.

—¿Cómo? —preguntó Celaena.

—Debes dirigirte a él como «alteza».

Celaena le mostró una sonrisa burlona y luego devolvió su atención al príncipe.

Para su sorpresa, Dorian Havilliard se echó a reír.

—Sabes que eres una esclava, ¿verdad? ¿Acaso no has aprendido nada en todo el tiempo que llevas cumpliendo condena?

Si Celaena no hubiera estado encadenada, se habría cruzado de brazos.

—Aparte del manejo del pico, no veo qué más se puede aprender trabajando en una mina.

—Y ¿nunca has intentado escapar?

Una sonrisa lenta y amarga asomó al rostro de Celaena.

—Una vez.

El príncipe arqueó las cejas y miró al capitán Westfall.

—No se me comunicó.

Por encima del hombro Celaena echó una ojeada a Chaol, que miró al príncipe con expresión de arrepentimiento.

—El capataz jefe me ha informado esta tarde de que hubo un incidente. Tres meses...

—Cuatro meses —lo interrumpió ella.

—Cuatro meses —prosiguió Chaol— después de su llegada, Sardothien intentó huir.

Celaena se quedó esperando el resto de la historia, pero el capitán la dio por concluida.

—¡Y eso no es lo mejor! —añadió ella entonces.

—Ah, pero ¿hay algo mejor? —preguntó el príncipe heredero con una expresión entre molesta y divertida.

Chaol la fulminó con la mirada antes de volver a hablar.

—No hay modo humano de escapar de Endovier. Tu padre se aseguró de que todos y cada uno de los centinelas fueran capaces de abatir a una ardilla a doscientos pasos de distancia. Cualquier intento de fuga equivale a un suicidio.

—Pero tú sigues viva —le dijo el príncipe.

La sonrisa de Celaena se desvaneció ante el dolor de los recuerdos.

—Sí.

—¿Qué pasó? —preguntó Dorian.

La mirada de la muchacha se volvió fría y dura.

—Que renuncié.

—¿Esa es la forma que tienes de explicar lo sucedido? —la confrontó el capitán Westfall—. Mató al capataz de su grupo y a veintitrés centinelas antes de que la detuvieran. Estaba a un paso de la muralla cuando los guardias la dejaron inconsciente de un golpe.

—¿Y? —preguntó Dorian.

Celaena sintió que le hervía la sangre.

—¿Cómo que «y»? ¿Sabes qué tan lejos está la muralla de las minas? —el príncipe la miró perplejo. Ella cerró los ojos y suspiró exageradamente—. Desde mi pozo estaba a ciento diez metros. Hice que alguien lo midiera.

—¿Y? —repitió Dorian.

—Capitán Westfall, ¿qué distancia suelen recorrer los esclavos que intentan escapar de las minas?

—Un metro —murmuró el otro—. Los centinelas de Endovier son capaces de abatir de un disparo a un hombre antes de que lleve recorridos dos metros.

No era un silencio la reacción que ella esperaba provocar en el príncipe heredero.

—Sabías que era un suicidio —replicó él por fin, sin la menor traza de humor.

Quizás había sido mala idea sacar la muralla a colación.

—Sí —dijo.

—Pero no te mataron.

—Tu padre ordenó que me mantuvieran con vida el mayor tiempo posible... para que soportara ese sufrimiento que Endovier ofrece en abundancia —la recorrió un escalofrío que no tenía nada que ver con la temperatura de la sala—. En realidad nunca tuve intención de escapar.

Celaena hubiera querido golpear al príncipe para borrar de su cara aquella expresión compasiva.

—¿Tienes muchas cicatrices? —preguntó él.

La chica se encogió de hombros. Esbozando una sonrisa tranquilizadora, el príncipe descendió de la tarima.

—Date media vuelta, quiero verte la espalda.

Celaena puso cara de pocos amigos, pero obedeció. Dorian echó a andar hacia ella y Chaol se acercó un poco más.

—No logro distinguirlas con tanta suciedad —dijo el príncipe mientras examinaba la piel de la muchacha. Ella se dejaba examinar enfurruñada, y se irritó aún más cuando lo oyó exclamar—: ¡Y qué hedor tan terrible!

—Cuando se te niega el acceso a los baños y a los perfumes no es fácil oler tan bien como tú, *alteza*.

El príncipe heredero hizo un gesto desdeñoso y prosiguió su examen. Chaol y todos los guardias presentes los seguían con la mirada sin separar las manos de las empuñaduras de sus espadas. Y hacían bien. Celaena habría podido rodear la cabeza de Dorian con los brazos y aplastarle la tráquea con las esposas en menos de un segundo. La muchacha pensó que el ataque habría valido la pena solo por verle la cara a Chaol. Pero el príncipe seguía observándola, totalmente ajeno al peligro que corría. Se sentía casi insultada por su actitud.

—Por lo que veo —anunció Dorian—, hay tres grandes cicatrices... y quizás alguna otra más pequeña. No es tan horrible como esperaba, pero... bueno, supongo que las vestiduras las ocultarán.

—¿Vestiduras?

Celaena tenía al príncipe tan cerca que podía apreciar el exquisito bordado de su jubón y oler el aroma que despedía, no a perfume, sino a hierro y a caballos.

Dorian sonrió.

—¡Qué ojos tan increíbles tienes! ¡Y qué enfadada estás!

El hecho de tener al príncipe heredero de Adarlan, hijo del hombre que la había condenado a una muerte lenta y dolorosa, a su merced ponía a prueba su autocontrol, como si estuviera bailando al borde de un precipicio.

—Exijo saber... —comenzó a decir, pero el capitán de la guardia tiró de ella con una fuerza brutal antes de que pudiera acercarse al príncipe—. ¡No pensaba matarlo, bufón!

—Cuidado con lo que dices, no sea que vuelva a arrojarte a las minas —dijo el capitán con sus ojos marrones clavados en ella.

—No creo que te atrevas.

—Y ¿se puede saber por qué? —replicó Chaol.

Dorian regresó al trono a grandes zancadas y se sentó. Su mirada azul zafiro brillaba más que nunca.

Celaena paseó la mirada de uno a otro y a continuación se irguió.

—Porque quieren algo de mí, algo que desean fervientemente. Si no, no habrían acudido hasta aquí en persona. No soy tonta, aunque cometí la estupidez de dejar que me capturaran. Salta a la vista que están aquí en cumplimiento de una especie de misión secreta. ¿Por qué otra razón iban a abandonar la capital y aventurarse a acudir a un lugar tan alejado? Me están poniendo a prueba para averiguar si estoy en buenas condiciones físicas y mentales. Sé que no estoy loca y que sigo en posesión de mis facultades, a pesar de lo que el incidente de la muralla pudiera sugerir. Por eso exijo que me digan por qué han venido hasta aquí y qué necesitan de mí, si es que mi destino no es la horca.

Los dos hombres se miraron. Dorian unió las yemas de los dedos de ambas manos.

—Vine a hacerte una proposición.

Celaena se quedó sin aliento. Jamás, ni en el más descabellado de sus sueños, hubiera imaginado que tendría ocasión de hablar con Dorian Havilliard. Podía matarlo fácilmente, arrancarle aquella sonrisa de la cara... Podía destrozar al rey igual que él la había destrozado a ella...

Pero quizás aquella proposición podría ayudarla a escapar. Si la llevaban al otro lado de la muralla lo conseguiría. Correría como alma que lleva el diablo, desaparecería en las montañas y viviría sola entre la vegetación, en plena naturaleza, con una alfombra de hojas de pino a sus pies y un manto de estrellas en el firmamento. Era posible. Le bastaría con alcanzar el otro lado de la muralla. La vez anterior había estado tan cerca...

—Soy toda oídos —se limitó a decir.

CAPÍTULO 3

Los ojos del príncipe brillaban con diversión ante su insolencia, pero se demoraron en su cuerpo un instante más de la cuenta. Celaena podría haberle clavado las uñas en la cara por su descaro, pero que se hubiera molestado en mirarla a pesar de su aspecto... Lentamente, una sonrisa asomó a su rostro.

El príncipe cruzó sus largas piernas.

—Déjennos a solas —ordenó a los guardias—. Chaol, quédate donde estás.

Celaena dio un paso al frente mientras los guardias abandonaban la estancia y cerraban la puerta. Chaol permaneció impasible. ¿De verdad pensaba que sería capaz de contenerla si intentaba escapar? La muchacha irguió la espalda. ¿Qué tramaban y por qué se comportaban de un modo tan irresponsable?

El príncipe se echó a reír.

—¿No te parece imprudente mostrarte tan descarada conmigo cuando es tu libertad lo que está en juego?

De entre todas las cosas que Dorian podía haber dicho, *aquella* era la que menos se esperaba.

—¿Mi libertad?

Al mencionar la palabra vio una tierra cubierta de pinos y nieve, acantilados bañados por el sol y mares bordeados de espuma, una tierra donde la luz se fundía con el verde aterciopelado de promontorios y hondonadas..., una tierra que ya había olvidado.

—Sí, tu libertad. Así que te recomiendo, *señorita* Sardothien, que controles tu arrogancia si no quieres que te devuelva a las minas —el príncipe descruzó las piernas—. Aunque quizá tu actitud nos resulte útil. No voy a fingir que el imperio de mi padre se construyó sobre las bases de la confianza y el entendimiento. Pero eso ya lo sabes —Celaena cerró los puños a la espera de que el príncipe reanudara el discurso. La mirada de Dorian se encontró con la de ella, sagaz, penetrante—. A mi padre se le ha metido en la cabeza que necesita una campeona.

Celaena tardó unos maravillosos segundos en comprenderlo.

Luego echó la cabeza hacia atrás y soltó una carcajada.

—¿Tu padre quiere que *yo* sea su campeona? ¡No me digas que se las ha arreglado para eliminar a todos los nobles de ahí afuera! Debe de quedar al menos *un* caballero cortés, un señor de corazón y valor inquebrantables.

—Cuidado con lo que dices —le advirtió Chaol.

—Y ¿qué pasa contigo? —le preguntó la chica al capitán arqueando las cejas. Aquello sí que tenía gracia. *¡Ella...* la campeona del rey!—. ¿Acaso nuestro querido rey te considera algo torpe?

El capitán se llevó una mano a la espada.

—Si te callaras podrías escuchar lo que ha venido a decir su alteza.

Celaena miró al príncipe.

—¿Y bien?

Dorian se arrellanó en el trono.

—Mi padre necesita un poco de ayuda con el imperio. Alguien que lo ayude a resolver los casos más complicados.

—O sea que necesita un criado que le haga el trabajo sucio.

—En resumidas cuentas, sí —contestó el príncipe—. Su *campeona* mantendría callados a sus adversarios.

—Callados como una tumba —apuntó ella con dulzura.

Dorian esbozó una sonrisa, pero no cambió de expresión.

—Sí.

Trabajar para el rey de Adarlan como su leal servidora. Celaena levantó la barbilla. Aquello suponía matar por él, ser un colmillo en la boca de la bestia que ya había destruido media Erilea...

—¿Y si acepto?

—Después de seis años de servicio te concederá la libertad.

—¡Seis años!

Sin embargo, la mera mención de la palabra «libertad» la hizo volver a estremecerse.

—Si no aceptas —dijo Dorian adelantándose a la siguiente pregunta— te quedarás en Endovier.

Su mirada color azul zafiro se endureció y Celaena tragó saliva. Solo le había faltado añadir: «Hasta que mueras».

Seis años convertida en la daga más letal del rey... o acabar sus días en Endovier.

—Ahora bien, hay un inconveniente —añadió el príncipe. Celaena permaneció impasible mientras él jugueteaba con uno de sus anillos—. Mi padre no te está ofreciendo el puesto a ti. De momento. Solo quiere divertirse un poco. Va a celebrar una competencia para elegir al campeón. Ha invitado a veintitrés miembros de su consejo para que cada uno patrocine a un aspirante al título. Mientras dure el concurso los participantes serán entrenados en el castillo de cristal. Si ganaras tú —añadió medio sonriendo—, serías *oficialmente* la Asesina de Adarlan.

Ella no le devolvió la sonrisa.

—Y ¿quiénes exactamente serán mis rivales?

Al advertir la expresión de la chica, la alegría del príncipe se esfumó.

—Ladrones, asesinos y guerreros de toda Erilea —Celaena abrió la boca para hablar, pero él se adelantó—: Si ganas y demuestras que eres hábil y digna de confianza, mi padre ha *jurado* concederte la libertad. *Además,* mientras seas su campeona recibirás un sueldo considerable.

Celaena apenas había oído las últimas palabras. ¡Una competencia! ¡Contra un elenco de muertos de hambre procedentes de quién sabe dónde! ¡Y asesinos!

—¿Qué otros asesinos? —quiso saber.

—No los conozco. Ninguno es tan famoso como tú. Y eso me recuerda... que no competirás con el nombre de Celaena Sardothien.

—¿Cómo que no?

—Competirás bajo un alias. Imagino que no te has enterado de lo que sucedió después de que se celebró tu juicio.

—No es fácil estar al tanto de las noticias cuando trabajas día y noche en una mina.

Dorian soltó una carcajada y negó con la cabeza.

—Nadie sabe que Celaena Sardothien es una chica joven. Todos piensan que eres mucho mayor.

—¿Qué? —volvió a preguntar ella, ruborizada—. ¿Cómo es posible?

Debería estar orgullosa de haber engañado a todo el mundo y sin embargo...

—Mantuviste tu identidad en secreto durante todo el tiempo que estuviste en activo. Tras el juicio, mi padre pensó que sería más... sensato no informar a Erilea quién eras en realidad. Y quiere que siga siendo así. ¿Qué dirían nuestros enemigos si se enteraran de que una chiquilla nos tenía a su merced?

—¿De modo que me estoy matando al trabajar en este agujero miserable por un nombre y un título que ni siquiera me pertenecen? Y ¿quién piensa la gente que es la Asesina de Adarlan?

—No lo sé y tampoco me importa mucho. Lo que sí sé es que fuiste la mejor y que la gente aún baja la voz cuando pronuncia tu nombre —se quedó mirándola fijamente—. Si estás dispuesta a luchar por mí, a ser *mi* campeona durante los meses que durará la competencia, me encargaré de que mi padre te libere dentro de *cinco* años.

Aunque el príncipe intentaba disimularlo, Celaena advirtió que estaba tenso. Quería que aceptara. Necesitaba que aceptara tan desesperadamente que estaba dispuesto a negociar. A Celaena le brillaron los ojos.

—¿Cómo que «fui la mejor»?

—Llevas un año en Endovier. Tal vez has perdido facultades.

—A mis facultades no les pasa nada, muchas gracias —contestó Celaena, y empezó a hurgarse las uñas rotas. Luchó contra las arcadas al ver la mugre que acumulaban. ¿Cuándo se había lavado las manos por última vez?

—Eso está por verse —dijo Dorian—. Conocerás todos los detalles sobre el torneo cuando lleguemos a Rifthold.

—Dejando a un lado lo mucho que se van a divertir ustedes los nobles intercambiando apuestas, la competencia me parece innecesaria. ¿Por qué no me contratas y quedamos en paz?

—Ya te he dicho que debes demostrar que eres digna del título.

Celaena se llevó una mano a la cadera y el tintineo de las cadenas resonó en toda la sala.

—Bueno, creo que el hecho de ser la Asesina de Adarlan es prueba más que suficiente.

—Sí —contestó Chaol con un destello en sus ojos de color bronce—. Eso prueba que eres una criminal y que no deberíamos confiarte un asunto privado del rey.

—Juro solemnemen...

—Dudo mucho que el rey confíe en la palabra de la Asesina de Adarlan.

—Claro, pero no entiendo por qué tengo que someterme al entrenamiento y a la competencia. Es normal que esté un poco... fuera de forma, pero... ¿qué se puede esperar de una persona que lleva tanto tiempo en este lugar entre picos y rocas?

Miró a Chaol con rencor.

Dorian frunció el ceño.

—Entonces, ¿no vas a aceptar la oferta?

—Pues claro que la voy a aceptar —replicó ella. El roce de las esposas contra la piel de las muñecas le arrancaba lágrimas—. Seré su absurda campeona, pero solo si aceptas liberarme dentro de tres años en vez de cinco.

—Cuatro.

—Está bien —repuso Celaena—. Trato hecho. Tal vez esté cambiando una forma de esclavitud por otra, pero no soy ninguna necia.

Iba a recuperar la libertad. *Libertad.* Comenzó a sentir el aire fresco del mundo exterior, la brisa que soplaba desde las montañas y la empujaba. Viviría en el campo, lejos de Rifthold, la capital que un día fue su reino.

—Esperemos que tengas razón —repuso Dorian—. Y esperemos que estés a la altura de tu reputación. Tengo intención de ganar, y no quedaré satisfecho si me dejas en ridículo.

—¿Y si pierdo?

El brillo desapareció de los ojos del príncipe cuando contestó:

—Volverás aquí para cumplir el resto de tu condena.

Las hermosas visiones de la muchacha se convirtieron en nubecillas de polvo, como si hubiera cerrado un libro de golpe.

—Antes me tiro por cualquier ventana. Un año en este lugar me ha destrozado. Imagina lo que sucederá si regreso. Al segundo año estaré muerta —echó la cabeza hacia atrás—. Tu oferta me parece suficientemente justa.

—Claro que lo es —dijo Dorian, y le hizo un gesto con la mano a Chaol—. Llévala a sus aposentos para que se dé un baño —añadió, y luego se quedó mirándola fijamente—. Partimos hacia Rifthold por la mañana. No me decepciones, Sardothien.

Todo aquello era absurdo, por supuesto. No le costaría nada eclipsar, dejar en evidencia y después eliminar a sus competidores. No sonrió, pues sabía que de hacerlo estaría cediendo el paso a una esperanza que llevaba mucho tiempo evitando. Aun así, tenía ganas de tomar al príncipe y ponerse a bailar. Intentó pensar en alguna pieza musical, en una melodía alegre, pero solo consiguió recordar un verso de los tristes lamentos que entonaban los esclavos de Eyllwe mientras trabajaban, profundos y lentos como miel que cae de un tarro: «*Y volver por fin a casa...*».

No se dio cuenta de que el capitán Westfall la guiaba al exterior de la habitación, ni tampoco de que recorrían pasillo tras pasillo.

Claro que iría, a Rifthold y a cualquier parte; cruzaría incluso las puertas del Wyrd y entraría en el mismísimo infierno si eso la ayudaba a conseguir la libertad.

«Al fin y al cabo, por algo te llaman la Asesina de Adarlan».

CAPÍTULO 4

Cuando Celaena se dejó caer por fin en la cama tras la reunión del salón del trono no logró conciliar el sueño pese al cansancio que aplastaba cada palmo de su cuerpo. Unas rudas criadas la habían bañado sin ningún miramiento. Le escocían las heridas de la espalda y se sentía como si le hubieran lijado la cara hasta llegar al hueso. Se dio media vuelta para tumbarse de lado y así aliviar el dolor que sentía en la espalda vendada. Pasó una mano por el colchón y parpadeó al darse cuenta de cuánto había echado de menos aquella libertad de movimientos. Antes de que se metiera en el baño, Chaol le había quitado los grilletes. Celaena había permanecido atenta a cada detalle: la vibración de la llave al girar en la cerradura de las manillas, el ruido de los grilletes al soltarse y caer al suelo. Todavía tenía la sensación de que unas esposas fantasmas le tensaban la piel de las muñecas. Miró al techo, movió las articulaciones, que seguían en carne viva, y dejó escapar un suspiro de satisfacción.

Estar allí, tumbada sobre un colchón, le producía una sensación extraña: la caricia de la seda en la piel, la presión de la almohada contra la mejilla. También había olvidado el sabor de cualquier alimento que no fueran hojuelas de avena rancias y pan duro, e incluso la increíble sensación de tener el cuerpo limpio y la ropa recién lavada. Todo aquello le resultaba ajeno.

Aunque la cena no había resultado tan maravillosa. Aparte de que el pollo asado había dejado bastante que desear, después de unos cuantos bocados tuvo que precipitarse al excusado para depositar el contenido de su estómago. Quería comer hasta hartarse, llevarse la mano a la barriga hinchada, lamentar su glotonería y jurarse que jamás volvería a probar bocado. En Rifthold le darían bien de comer, o eso esperaba. Y, lo que era aún más importante, su estómago volvería a funcionar con normalidad.

Estaba escuálida. Se le marcaban las costillas a través del camisón y donde debería haber carne solo se veían huesos. ¡Y sus pechos! Antes llenos y bien formados, ahora no eran mayores que cuando estaba en plena adolescencia. Se le hizo un nudo en la garganta y se apresuró a tragar saliva. Aquel colchón tan mullido la estaba asfixiando, de modo que volvió a cambiar de postura para tumbarse de espaldas, a pesar del dolor que le provocaba el roce.

Cuando se miró en el espejo del baño sus facciones no le habían causado mejor impresión. Estaba demacrada: tenía los pómulos afilados, la mandíbula muy marcada y los ojos hundidos, no excesivamente pero sí de un modo inquietante. Trató de respirar a un ritmo más regular y se dedicó a saborear la esperanza. Comería. Mucho. Y haría ejercicio. Volvería a estar en forma. Por fin, imaginando que disfrutaba de suntuosos banquetes y que recuperaba su antigua gloria, logró conciliar el sueño.

Cuando Chaol acudió a buscarla a la mañana siguiente, la encontró durmiendo en el suelo, envuelta en una manta.

—Sardothien —la llamó. Ella murmuró algo y enterró la cara aún más en la almohada—. ¿Qué haces durmiendo en el suelo?

Celaena abrió un ojo. Por supuesto, el capitán se abstuvo de mencionar cuán distinta estaba ahora que le habían quitado toda aquella mugre.

Cuando se puso en pie no se molestó en taparse con la manta. Los metros de tela a los que denominaban camisón ya tapaban bastante.

—La cama era muy incómoda —empezó a decir, pero se olvidó del capitán en cuanto vio la luz del sol.

Unos rayos frescos, puros, cálidos. Si lograba la libertad pensaba pasarse días y días disfrutando de la luz del sol, hasta ahogar en ella la interminable oscuridad de las minas. Los rayos se colaban a través de las pesadas cortinas y se derramaban por toda la habitación en haces gruesos. Celaena estiró un brazo con cautela.

Tenía la mano pálida, casi esquelética, pero algo en ella —más allá de las magulladuras, los cortes y las cicatrices— la hacía aparecer hermosa y nueva bajo aquella luz matutina.

Corrió hacia la ventana y estuvo a punto de arrancar las cortinas al abrirlas de un tirón para poder contemplar las montañas grises y el desolado paisaje de Endovier. Los guardias apostados bajo la ventana no alzaron la vista y Celaena se quedó mirando boquiabierta el cielo azul grisáceo y las nubes que se desplazaban perezosas hacia el horizonte.

«No tengo miedo». Por primera vez en mucho tiempo le pareció que aquellas palabras adquirían sentido.

Separó los labios y sonrió. El capitán arqueó una ceja, pero no dijo nada.

Estaba contenta —radiante, en realidad—, y su humor mejoró aún más cuando las criadas le recogieron la trenza en un moño y la vistieron con una saya de montar sorprendentemente refinada que disimulaba su patética delgadez. Le encantaba la ropa —adoraba notar el roce de la seda, el terciopelo, el satén y la gasa en la piel— y le fascinaba la gracia de las costuras y la intrincada perfección de una superficie repujada. Cuando ganara aquella ridícula competencia, cuando fuera libre... podría comprarse toda la ropa que quisiera.

Se echó a reír cuando Chaol, harto de esperar a que dejara de mirarse en el espejo, la sacó a rastras de la habitación. Al ver aquel cielo matutino le entraron ganas de bailar y saltar por los pasillos que conducían al patio principal. Sin embargo, su alegría se disipó cuando vio los montículos de roca color hueso que se erguían en la otra punta del complejo y las pequeñas figuras que entraban y salían de los muchos agujeros semejantes a bocas excavados en las montañas.

La jornada de trabajo ya había comenzado, un trabajo que proseguiría cuando ella partiera y los dejara a todos abandonados a su miserable suerte. Con un nudo en el estómago, Celaena evitó mirar a los prisioneros e intentó seguir el paso del capitán, que la conducía hacia una caravana de caballos situada junto a la imponente muralla.

Se oyeron unos ladridos y tres perros negros salieron corriendo del centro de la caravana para saludarlos. Los tres eran delgados como flechas y sin duda procedían del criadero del príncipe heredero. Celaena apoyó una rodilla en el suelo y sus heridas vendadas protestaron cuando posó las manos en la cabeza de los animales para acariciarles el suave pelo. Le lamieron los dedos y la cara mientras sus colas azotaban el suelo como látigos.

Unas botas negras se detuvieron ante ella. Los perros se calmaron de inmediato y se sentaron. Celaena levantó la vista y su mirada se cruzó con los ojos azul zafiro del príncipe heredero de Adarlan, que la observaba con una leve sonrisa en los labios.

—Qué raro que se hayan fijado en ti —comentó a la vez que rascaba a uno de los perros por detrás de las orejas—. ¿Les diste algo de comer?

Celaena negó con la cabeza mientras el capitán se situaba tras ella, tan cerca que sus rodillas rozaron los pliegues de su capa de terciopelo verde hoja. La muchacha calculó que necesitaría dos movimientos para desarmarlo.

—¿Te gustan los perros? —preguntó el príncipe. Ella asintió. ¿Por qué hacía tanto calor a una hora tan temprana?—. ¿Voy a tener el placer de oír tu voz, o estás decidida a guardar silencio durante todo el viaje?

—Me temo que tus preguntas no merecen una respuesta verbal.

Dorian le hizo una exagerada reverencia.

—¡Discúlpame pues, milady! ¡Qué terrible debe de ser rebajarse a contestar! La próxima vez intentaré hacer preguntas más estimulantes.

Dicho esto, giró sobre sus talones y se alejó seguido de los perros.

Celaena frunció el ceño. Y se enfurruñó aún más cuando descubrió que el capitán de la guardia sonreía mientras avanzaban hacia la compañía de soldados que los aguardaba en mitad del barullo de los preparativos. Sin embargo, el irresistible impulso de estrellar a alguno de sus acompañantes contra una pared desapareció cuando le ofrecieron una yegua torda como montura.

Montó y al instante se sintió más cerca del cielo, que se extendía infinito sobre su cabeza y se alejaba en dirección a reinos de los que jamás había oído hablar. Celaena se agarró al pomo de la silla. Por increíble que fuera, se marchaba de Endovier. Todos aquellos meses sin esperanza, todas aquellas noches gélidas... habían quedado atrás. Respiró hondo. Sabía —lo sabía, sin más— que si lo intentaba con todas sus fuerzas podría salir volando de su silla. Lo supo... hasta que sintió el frío del hierro contra la piel de los brazos.

Era Chaol, que le ceñía las esposas a los vendajes de las muñecas. Una larga cadena la unía al caballo del capitán y desaparecía bajo las alforjas. Chaol montaba un purasangre negro y Celaena consideró la idea de saltar de su caballo y usar la cadena para colgarlo del árbol más cercano.

Era una compañía bastante numerosa, veinte hombres en total. Detrás de los dos guardias que portaban la bandera imperial cabalgaban el príncipe y el duque Perrington. A continuación marchaba un grupo de seis guardias reales, tan sosos como las hojuelas de avena, pero bien entrenados para proteger al príncipe... de ella. Celaena golpeó las cadenas contra la silla y miró a Chaol, que no reaccionó.

El sol estaba cada vez más alto. Tras inspeccionar por última vez las provisiones, el grupo partió. Como casi todos los esclavos trabajaban en las minas y solo unos cuantos lo hacían en los destartalados galpones de refinado, el gigantesco patio estaba casi desierto. La muralla se alzaba imponente ante ellos y el corazón de Celaena latía con fuerza. La última vez que había estado tan cerca de la muralla...

Sonó el restallido de un látigo seguido de un grito. Celaena miró por encima del hombro, más allá de los guardias y del carromato de las provisiones, en dirección al patio prácticamente vacío. Ninguno de aquellos esclavos abandonaría jamás aquel lugar, ni siquiera al morir. Todas las semanas excavaban nuevas fosas comunes detrás de los galpones de refinado. Y todas las semanas las tumbas se llenaban.

De pronto fue muy conciente de las tres largas cicatrices que le surcaban la espalda. Aunque consiguiera la libertad... aunque lograra vivir en paz en el campo... esas cicatrices siempre le recordarían lo que había padecido. Y que aunque ella fuera libre, otros no lo eran.

Celaena miró al frente y desechó esos pensamientos mientras cruzaban el paso que atravesaba la muralla. En el interior, el aire estaba cargado, hediondo y húmedo. Los cascos de los caballos retumbaban como truenos.

Se abrieron los portones de hierro, y la chica atisbó el infame nombre de la mina antes de que se dividiera en dos y le cediera el paso. Unos segundos después las puertas se cerraron tras ellos con un chirrido. Estaba fuera.

Movió las manos y descubrió que el tramo de cadena que la unía al capitán se balanceaba y tintineaba. Estaba enganchada a su silla que, a su vez, estaba cinchada al caballo; cuando hicieran un alto podría, disimuladamente, azuzar a su yegua para que arrancara la silla del capitán, que caería al suelo, y entonces ella...

Notó que el capitán Westfall la estaba mirando con el ceño fruncido y una mueca en los labios. Ella se encogió de hombros y dejó caer la cadena.

A medida que transcurría la mañana, el cielo adquiría un tono azul brillante y las nubes desaparecían del firmamento. Avanzaron por el camino del bosque y rápidamente pasaron los páramos montañosos de Endovier hasta llegar a un paraje más alegre.

Mediada la mañana, alcanzaron el bosque de Oakwald, que circundaba Endovier y servía como línea divisoria entre los reinos «civilizados» del este y las tierras inexploradas del oeste. Aún circulaban leyendas sobre los peligrosos y desconocidos pueblos que habitaban aquel territorio, los crueles y sanguinarios descendientes del desaparecido Reino Embrujado. Celaena había conocido a una muchacha procedente de aquella tierra maldita, y, aunque efectivamente había resultado ser cruel y sanguinaria, seguía siendo un ser humano. Y había sangrado como la persona que era.

Después de varias horas en silencio, Celaena se dirigió a Chaol.

—Se rumora que cuando haya finalizado la campaña del rey contra Wendlyn, empezará a colonizar el oeste —comentó en tono indiferente, aunque esperaba obtener una respuesta. Mientras más supiera de la situación actual del rey y de sus maniobras, mejor. El capitán la miró de arriba abajo, frunció el ceño y desvió la vista—. Estoy de acuerdo —añadió ella, y dejó escapar un profundo suspiro—. Tampoco a mí me preocupa la suerte que corran esas llanuras anchas y vacías, y esas miserables regiones montañosas.

El oficial apretó los dientes.

—¿Hasta cuándo piensas ignorarme?

El capitán Westfall arqueó las cejas.

—No sabía que estuviera ignorándote.

Celaena hizo un mohín para controlar su irritación. No pensaba darle aquella satisfacción.

—¿Cuántos años tienes?

—Veintidós.

Celaena le hizo una caída de ojos y observó atentamente su reacción.

—¡Qué joven! —ronroneó—. Has ascendido muy deprisa.

Él asintió.

—Y ¿cuántos años tienes tú?

—Dieciocho —contestó ella, pero el capitán guardó silencio—. Ya lo sé. Es impresionante que haya llegado tan lejos a una edad tan temprana.

—El crimen no es ninguna hazaña, Sardothien.

—Cierto, pero llegar a ser la asesina más famosa del mundo sí lo es —el capitán no contestó—. Podrías preguntarme cómo me las he ingeniado.

—¿Para hacer qué? —replicó él con sequedad.

—Para hacerme famosa y cultivar mi talento en tan poco tiempo.

—No quiero saberlo.

Esa no era la respuesta que Celaena esperaba oír.

—No eres muy amable —replicó ella entre dientes. Si quería sacarlo de quicio, tendría que esforzarse mucho más.

—Eres una criminal. Yo soy capitán de la guardia real. No estoy obligado a demostrarte ninguna amabilidad ni a hacerte conversación. Da gracias de que no te hayamos encerrado en el carromato.

—Sí, bueno, apostaría que eres bastante arisco aunque te hagas el simpático con los demás —como él seguía sin responder, Celaena no pudo evitar sentirse un poco tonta. Transcurrieron unos instantes—. ¿El príncipe heredero y tú son buenos amigos?

—Mi vida personal no es de tu incumbencia.

La muchacha chasqueó la lengua.

—¿Eres de alta alcurnia?

—Lo suficientemente alta —repuso él, y levantó la barbilla de manera casi imperceptible.

—¿Duque?

—No.

—¿Lord? —al no obtener respuesta, Celaena esbozó una sonrisa—. Lord Chaol Westfall —se abanicó con una mano—. ¡Las damas de la corte deben de derretirse por ti!

—No me llames así. El título de lord no me pertenece —replicó el capitán en voz baja.

—¿Tienes un hermano mayor?

—No.

—Entonces, ¿por qué no ostentas el título? —otra vez silencio. Celaena sabía que se estaba entrometiendo, pero no podía evitarlo—. ¿Debido a un escándalo? ¿Te han privado de tu derecho de nacimiento? ¿En qué clase de intriga estás implicado?

El capitán apretó los labios con tanta fuerza que palidecieron.

Celaena se inclinó hacia él.

—¿Crees que...?

—¿Voy a tener que amordazarte o vas a ser capaz de guardar silencio sin mi ayuda?

Westfall se quedó mirando al frente, con semblante inexpresivo, hacia el príncipe heredero. Celaena contuvo la risa ante la mueca que él esbozó cuando ella empezó a hablar de nuevo.

—¿Estás casado?

—No.

Celaena levantó la barbilla.

—Yo tampoco estoy casada —Westfall resopló enfadado—. ¿Cuántos años tenías cuando te convertiste en capitán de la guardia?

Él apretó con fuerza las riendas de su caballo.

—Veinte.

El grupo se detuvo en un claro y los soldados desmontaron. Celaena se quedó mirando a Chaol mientras este pasaba una pierna por encima del caballo.

—¿Por qué paramos?

Chaol desenganchó la cadena de su silla, tiró de ella con fuerza y le indicó con un gesto que debía desmontar.

—Para comer —respondió.

CAPÍTULO 5

Celaena se apartó un mechón de pelo de la cara y se dejó acompañar hasta el claro. Si quería ser libre, antes tendría que librarse de Chaol. En caso de haber estado solos podría haberlo intentado, aunque las cadenas se lo habrían puesto difícil; pero rodeada de toda una guardia real entrenada para matar sin titubear...

Chaol se quedó cerca de ella mientras los demás encendían una hoguera y preparaban la comida que transportaban en las cajas y sacos de provisiones. Los soldados hicieron rodar unos troncos hasta formar pequeños círculos y se sentaron a descansar mientras sus compañeros removían guisos y freían carne. Los perros del príncipe heredero, que habían trotado obedientes detrás de su dueño, se acercaron a la asesina moviendo la cola y se tumbaron a sus pies. Al menos alguien se alegraba de su compañía.

Para cuando le pusieron un plato en el regazo, Celaena se moría de hambre y se enfadó al ver que el capitán no le quitaba las manillas de inmediato. Después de dirigirle una larga mirada de advertencia le liberó las manos y le encadenó los tobillos. Celaena puso los ojos en blanco y se llevó un pequeño trozo de carne a la boca. Masticó lentamente. Lo último que necesitaba era vomitar delante de ellos. Mientras los soldados hablaban entre sí Celaena miró a su alrededor sin perderse ni un detalle. Chaol y ella estaban sentados con cinco soldados. Por supuesto, el príncipe heredero se había sentado con Perrington, cada uno en un tronco, lejos de ella. Si bien Dorian se había mostrado arrogante y divertido la noche anterior, al hablar con el duque sus rasgos se mantenían serios. Todo su cuerpo parecía tenso y a Celaena no se le pasó por alto que apretaba los dientes cuando el otro hablaba. Fuera cual fuera su relación, no era cordial.

A mitad de un bocado Celaena dejó de prestar atención al príncipe y se concentró en los árboles. El silencio reinaba en el bosque. Los sabuesos tenían las orejas color ébano erguidas, aunque no parecían inquietos. Hasta los soldados habían renunciado a la conversación. El corazón le dio un vuelco. La espesura cambiaba por completo en aquella zona.

Las hojas colgaban como joyas —diminutas gotas de rubíes, perlas, topacios, amatistas, esmeraldas y granates; y una alfombra de similares piedras preciosas cubría el camino que se extendía ante ellos—. A pesar de la devastación provocada por las conquistas, aquella parte permanecía intacta. Aún resonaban los ecos del poder que, en otro tiempo, había otorgado una belleza sobrenatural a aquellos bosques.

Celaena solo tenía ocho años cuando Arobynn Hamel, su mentor y Rey de los Asesinos, la había encontrado medio ahogada en la orilla de un río helado y se la había llevado bajo su tutela a la frontera entre Adarlan y Terrasen. Y si bien la había entrenado para que se convirtiera en su mejor y más leal Asesina, jamás le había permitido volver a casa, a Terrasen. Sin embargo, Celaena aún recordaba la belleza de aquel mundo antes de que el rey de Adarlan ordenara arrasarlo. Ya no quedaba nada para ella allí, y no volvería a haberlo. Arobynn nunca lo había expresado con palabras, pero si Celaena hubiera rechazado su oferta de entrenarla, él la habría entregado a sus enemigos para que la mataran. O algo peor. Se había quedado huérfana muy pronto, y aun con ocho años había comprendido que la vida junto a Arobynn, bajo un nuevo nombre que nadie pudiera reconocer pero que llegara a inspirar temor en el mundo entero, representaba una oportunidad de volver a empezar. De escapar del destino que la había impulsado a saltar al río helado aquella noche hacía diez años.

—Maldito bosque —dijo un soldado de piel cetrina que formaba parte de su grupo.

Otro soltó una carcajada.

—Cuanto antes arda, mejor.

Los otros soldados asintieron con la cabeza, y Celaena se puso tensa.

—Rebosa odio —añadió un tercero.

—¿Y qué esperabas? —los interrumpió Celaena. Chaol echó mano a la espada mientras los soldados se volvían hacia ella, algunos sonriendo con desdén—. Este no es un bosque cualquiera —añadió señalando los árboles con el tenedor—. Es el bosque de Brannon.

—Mi padre me contaba historias de este lugar. Decía que estaba lleno de duendes —intervino un soldado—. Ya no queda ninguno.

—Y también han desaparecido esas malditas hadas —se sumó el último, que acababa de dar un bocado a una manzana.

—Nos hemos librado de ellas, ¿no es cierto? —dijo alguien más.

—Yo en su lugar mediría mis palabras —advirtió Celaena—. El rey Brannon pertenecía al pueblo de las hadas, y sigue siendo el dueño de Oakwald. No me sorprendería que algunos de los árboles aún lo recuerden.

Los soldados se echaron a reír.

—¡Pero si han pasado dos mil años! —exclamó uno.

—Las hadas son inmortales —replicó ella.

—Los árboles no.

Furiosa, Celaena negó con la cabeza y volvió a llevarse el tenedor a la boca.

—¿Qué sabes de este bosque? —le preguntó Chaol con discreción.

¿Pretendía burlarse de ella? Los soldados se inclinaron hacia delante, listos para echarse a reír, pero en los ojos color bronce del capitán solo leyó curiosidad.

Celaena se tragó el bocado de carne mientras sopesaba posibles respuestas, pero optó por decirle la verdad.

—Antes de que Adarlan diera inicio a su conquista estos bosques rebosaban magia —dijo en voz baja, aunque con decisión.

El capitán esperó a que continuara, pero ella consideró que ya había dicho bastante.

—¿Y? —preguntó él.

—No sé nada más —respondió ella mirándolo a los ojos.

Decepcionados al no hallar motivo de burla, los soldados se concentraron en la comida.

Celaena había mentido y Chaol se había dado cuenta. Ella sabía muchas cosas de aquel bosque; sabía que antiguamente lo habitaban seres mágicos: gnomos, duendes, ninfas, trasgos y más seres de los que nadie podía contar o recordar. Sus primos, más grandes y semejantes a los humanos, los gobernaban a todos: el inmortal pueblo de las hadas, verdaderos nativos del continente y los seres más antiguos de Erilea.

Ante la creciente corrupción de Adarlan, y la campaña del rey para perseguirlos y ejecutarlos, los duendes y las hadas habían buscado refugio en los parajes más apartados y agrestes del mundo. El rey de Adarlan lo había prohibido todo —la magia, las hadas, los duendes— y había borrado cualquier vestigio, hasta el punto de que incluso aquellos que llevaban la magia en la sangre habían dejado de creer en su existencia, Celaena entre ellos. El rey había declarado que la magia era una afrenta a la diosa y a sus dioses: ejercerla se consideraba un sacrilegio. Sin embargo, aunque el rey se atribuía su desaparición, todo el mundo sabía la verdad: un mes después de la prohibición la magia se había esfumado por voluntad propia. Quizá los seres mágicos habían comprendido los horrores que se avecinaban.

Celaena aún podía oler las hogueras que habían ardido con furia durante su octavo y su noveno año de vida: el humo de libros cuyas páginas albergaban sabiduría antigua e irremplazable, los gritos de adivinos y curanderos consumidos por las llamas, los templos destrozados, profanados y borrados de la historia. Muchos usuarios de la magia que se habían librado de la hoguera acabaron presos en Endovier —y casi ninguno sobrevivió mucho tiempo ahí—. Tenía ya bastante que Celaena no lamentaba los poderes que había perdido, aunque su recuerdo aún la atormentaba en sueños. A pesar de la matanza quizá fuera preferible que la magia hubiera desaparecido. Ejercerla ponía en peligro la cordura; tal vez sus poderes, a esas alturas, ya hubieran acabado con ella.

El humo le irritó los ojos mientras daba otro bocado. Jamás olvidaría las historias que se contaban sobre el bosque de Oakwald, leyendas de oscuras cañadas terribles, lagos de aguas en calma y cuevas llenas de luz y cánticos celestiales. Pero mejor considerarlas cuentos de viejas y nada más. Hablar de ellas era tentar a la suerte.

Admiró la luz del sol que se filtraba entre las ramas, el balanceo de los árboles que se entrelazaban entre sí con sus largos brazos, agitados por el viento. Reprimió un escalofrío.

Afortunadamente, la comida no duró mucho. El capitán le volvió a encadenar las muñecas, los caballos bebieron agua y fueron cargados de nuevo. Celaena tenía las piernas tan rígidas que Chaol tuvo que ayudarla a montar. Estaba agotada, y no podía soportar más el tufo a sudor y excrementos de caballo que inundaba la cola de la comitiva.

Se pasaron el resto del día viajando. La asesina cabalgaba en silencio, viendo desfilar el bosque. Hasta que no dejaron muy atrás aquella resplandeciente cañada no desapareció el peso que le oprimía el pecho. Para cuando pararon a pernoctar le dolía todo el cuerpo. Durante la cena no se molestó en hablar, y tampoco le importó que cuando montaron su pequeña tienda unos guardias se apostaran junto a la entrada y la obligaran a dormir encadenada a uno de ellos. Ningún sueño turbó su descanso, pero cuando despertó no podía creer lo que veían sus ojos.

A los pies de su catre yacían florecillas blancas, e infinidad de pequeñas huellas, como de niño, entraban y salían de la tienda. Antes de que alguien reparara en el prodigio, Celaena borró las huellas con el pie y escondió las flores en una alforja cercana.

Aunque nadie volvió a mencionar a los duendes, cuando prosiguieron el viaje Celaena se dedicó a escudriñar los semblantes de los soldados, tratando de adivinar si habían visto algo extraño. Se pasó buena parte del día siguiente con las manos sudorosas y el corazón desbocado, sin quitar ojo a los bosques de los alrededores.

CAPÍTULO 6

Pasaron las dos semanas siguientes viajando a través del continente. Las noches se fueron haciendo más frías; los días, más cortos. Una lluvia helada los acompañó durante cuatro días, a lo largo de los cuales Celaena pasó tanto frío que empezó a considerar seriamente la idea de arrojarse por un barranco y, con suerte, arrastrar a Chaol consigo.

Todo estaba empapado y medio congelado. Aunque Celaena podía soportar el pelo mojado, el calzado húmedo le parecía un martirio. Apenas notaba los dedos de los pies. Todas las noches se los envolvía en la primera tela seca que encontraba. Tenía la sensación de que estaba empezando a pudrirse, y con cada ráfaga de viento gélido se preguntaba en qué momento se le caería la piel. No obstante, como suele pasar en otoño, la lluvia cesó de repente y un cielo despejado y brillante volvió a extenderse sobre ellos.

Celaena dormitaba sobre el lomo de su yegua cuando el príncipe heredero abandonó la formación y, con su negro pelo rebotando al ritmo del caballo, trotó hacia ellos. La capa roja de Dorian se elevaba y caía como una ola carmesí. Sobre la camisa blanca y lisa lucía un refinado jubón azul cobalto ribeteado de oro. Celaena estuvo a punto de soltar un bufido, pero debía reconocer que estaba muy guapo con sus botas marrones altas hasta la rodilla. Y el cinturón de cuero le sentaba muy bien, aunque el cuchillo de caza era algo recargado entre tantas joyas. Dorian se detuvo junto a Chaol.

—Ven —ordenó al capitán, y señaló con un gesto la escarpada colina cubierta de hierba que la compañía comenzaba a remontar.

—¿Adónde? —preguntó Chaol, e hizo tintinear la cadena para que el príncipe reparara en ella. Adondequiera que fuera el capitán de la guardia tendría que llevar a Celaena consigo.

—A contemplar la vista —aclaró Dorian—. Trae a esa contigo.

Celaena se enfureció. «¡A esa!». ¡Ni que fuera una pieza de equipaje!

Chaol se separó de la formación y dio un buen tirón a la cadena. La muchacha agarró las riendas y partieron al galope, con el penetrante olor de las crines metido en las fosas nasales. Subieron rápidamente la empinada colina. El caballo avanzaba a trompicones, y Celaena intentó no alterarse cuando resbaló de lado en la silla. Si se caía se moriría de vergüenza. Pero entonces el sol del atardecer surgió entre los árboles, a sus espaldas, y Celaena se quedó sin aliento cuando una torre apareció ante ella, luego tres, y luego otras seis más, como agujas que perforaban el cielo.

En lo alto de la colina Celaena se quedó mirando la obra suprema de Adarlan: el castillo de cristal de Rifthold.

Era gigantesco, una ciudad vertical de torres, puentes, cámaras y torreones resplandecientes y cristalinos, salones de baile abovedados y pasillos largos e interminables. Lo habían erigido sobre el castillo de piedra original y su construcción había requerido la riqueza de todo un reino.

Recordó la primera vez que lo vio, hacía ocho años, frío e inmóvil, congelado como la tierra que pisaba el rechoncho poni de su infancia. Ya entonces el castillo le había parecido una obra de mal gusto, un desperdicio de recursos y talento, con aquellas torres como garras que quisieran arañar el cielo. Recordó la capa azul claro que tanto le gustaba, el peso de sus rizos, el roce de sus medias contra la silla, la mancha de barro en sus zapatos de terciopelo rojo que tanto la preocupaba y aquel hombre en el que no paraba de pensar —el hombre al que había matado tres días antes.

—Una torre más y el castillo entero se vendrá abajo —comentó el príncipe heredero, que se había detenido al otro lado de Chaol. El ruido de la comitiva que los seguía llegó hasta ellos—. Aún nos quedan unas cuantas leguas por delante y preferiría recorrer estas montañas a la luz del día. Esta noche acamparemos aquí.

—Me pregunto qué opinará de ella tu padre —dijo Chaol.

—Oh, le parecerá bien —hasta que abra la boca—. Luego comenzarán los rugidos y los bramidos y me arrepentiré de haber malgastado estos dos meses intentando encontrarla. Pero... bueno, creo que mi padre tiene asuntos más importantes de los que preocuparse.

Dicho eso, el príncipe se alejó.

Celaena no podía apartar los ojos del castillo. Se sentía muy pequeña, incluso desde tan lejos. Había olvidado hasta qué punto la inmensa construcción empequeñecía cuanto se encontraba a su alrededor.

Los soldados se desplegaron, encendieron hogueras y levantaron tiendas.

—A juzgar por tu expresión cualquiera diría que te espera la horca y no la libertad —se extrañó el capitán.

Celaena se enrollaba y desenrollaba del dedo una correa de la rienda de cuero.

—Es raro volver a ver esto.

—¿La ciudad?

—La ciudad, el castillo, los arrabales, el río —la sombra del castillo se cernía sobre la ciudad como una bestia descomunal—. Aún no sé lo que pasó.

—¿Te refieres a cuando te capturaron?

La chica asintió con la cabeza.

—Aunque afirmas que te mueve el ideal de crear un mundo perfecto bajo el dominio de un imperio, tus gobernantes y políticos se destrozan entre ellos sin ningún miramiento. También los asesinos, supongo.

—¿Crees que uno de los tuyos te traicionó?

—Todo el mundo sabía que yo recibía los mejores encargos y que podía exigir cualquier suma a cambio —escudriñó las serpenteantes calles de la ciudad y los meandros del río, que brillaban con luz trémula—. Sin mí habría una vacante de la que podrían aprovecharse. Tal vez fuera uno, tal vez muchos.

—No puedes esperar encontrar honor entre semejante compañía.

—No he dicho que lo hiciera. No me fiaba de casi nadie y sabía que muchos me odiaban.

Celaena tenía sus sospechas, claro. Y, aunque sospechaba de alguien en particular, aún no estaba preparada para enfrentarse a la verdad. Quizá no lo estuviera nunca.

—Tu paso por Endovier debe haber sido horrible —murmuró Chaol.

Sus palabras no escondían burla ni mezquindad. ¿Podía considerarlo compasión?

—Sí —contestó ella despacio—. Así fue —él la miró como pidiéndole que continuara. Bueno, ¿qué le importaba a ella contárselo?—. Cuando llegué, me cortaron el pelo, me entregaron harapos y me plantaron un pico en las manos, como si supiera qué debía hacer con él. Me encadenaron a los demás y soporté los latigazos igual que todos. Pero los capataces habían recibido órdenes de tratarme con un cuidado especial, así que se tomaban la libertad de frotarme las heridas con sal (la misma sal que yo extraía de las minas) y me azotaban tan a menudo que algunos de los cortes nunca se cerraban. Si las heridas no se me infectaron fue gracias a la amabilidad de unos cuantos prisioneros de Eyllwe. Todas las noches alguno de ellos se quedaba despierto hasta altas horas de la madrugada para limpiarme la espalda.

Chaol no contestó. Se limitó a mirarla un instante antes de desmontar. ¿Había sido una estúpida por contarle algo tan personal? Aquel día Chaol no volvió a hablarle, salvo para darle órdenes.

Celaena se despertó sobresaltada. Se llevó una mano al cuello y notó un sudor frío que le caía por la espalda y se le acumulaba en el hueco entre la boca y la barbilla. Ya había tenido aquella pesadilla otras veces. En el sueño yacía en una de las fosas comunes de Endovier. Cuando intentaba quitarse de encima una maraña de extremidades en estado de descomposición caía sobre un montón de cadáveres de unas veinte capas. Nadie se había dado cuenta de que estaba gritando cuando la enterraban viva.

Presa de las náuseas, Celaena se abrazó las rodillas. Respiró —tomó aire y lo soltó, una y otra vez— y por fin ladeó la cabeza apoyando el pómulo contra sus puntiagudas rótulas. El castillo iluminado despuntaba sobre la ciudad dormida como un monte hecho de hielo y vapor. Tenía un tinte verdoso y parecía latir.

Al día siguiente, a esas horas, estaría encerrada entre aquellas paredes, pero de momento todo era paz y tranquilidad, como la calma que precede a la tormenta.

Se imaginó que el mundo entero dormía, encantado por la luz verde mar del castillo. El tiempo iba y venía, las montañas se alzaban y caían, las enredaderas reptaban por la ciudad adormilada y la ocultaban bajo capas de espinas y hojas. Celaena era la única que estaba despierta.

Se envolvió con la capa. Tenía intención de ganar. Vencería, serviría al rey y luego desaparecería en la nada, y no volvería a pensar en castillos, reyes o asesinos. Celaena no deseaba volver a reinar en aquella ciudad. La magia había muerto, el pueblo de las hadas había sido desterrado o ejecutado, y ya nunca volvería a tener nada que ver con el auge y la caída de ningún reino.

No estaba predestinada a hacer nada. Ya no.

Con una mano apoyada en la espada, Dorian Havilliard contempló a la asesina desde el otro extremo del campamento. Despedía un aire triste, allí sentada tan quieta, con las piernas contra el pecho y la luz de la luna bañándole el pelo en plata. Con el fulgor del castillo reflejado en los ojos, su expresión no conservaba el menor vestigio de descaro o arrogancia.

Le parecía hermosa, aunque algo rara y resentida. Su belleza guardaba relación con el modo en el que se le iluminaban los ojos cuando descubría algo bello en el paisaje. Dorian no lograba entenderlo.

Imperturbable, Celaena miraba el castillo, una silueta recortada contra el fulgor de la hoguera que ardía junto al río Avery. Las nubes se agrupaban en lo alto y Celaena levantó la cabeza. Por un claro en aquella masa nubosa asomó un cúmulo de estrellas. Dorian pensó, sin poder evitarlo, que la estaban contemplando a ella.

No, debía recordar que solo era una asesina que tenía la suerte de tener una cara bonita y una mente rápida. Se lavaba las manos con sangre y era tan capaz de rebanarte el pescuezo como de ofrecerte una palabra amable. Y era su campeona. Estaba allí para luchar por él... y para conseguir la libertad. Nada más. Se tumbó sin apartar la mano del pomo de la espada y se durmió.

Pese a todo, la imagen lo persiguió en sueños durante toda la noche: una muchacha hermosa que miraba el firmamento y un grupo de estrellas que le devolvía la mirada.

CAPÍTULO 7

Los heraldos anunciaron la llegada de la comitiva cuando la compañía atravesó las imponentes murallas de alabastro de Rifthold. Banderas rojas con guivernos de oro bordados ondeaban al viento sobre la capital. No circulaban vehículos por las adoquinadas calles y Celaena, desencadenada, vestida, maquillada y compartiendo montura con Chaol, frunció el ceño cuando el hedor de la ciudad penetró en su nariz.

Por debajo del olor a especias y caballos se percibía un tufo a basura, sangre y leche agria. En el fondo flotaba también un efluvio de las aguas saladas del Avery, tan diferente de la sal de Endovier. Por el curso del río llegaban buques de guerra procedentes de todos los océanos de Erilea, barcos mercantes abarrotados de mercancías y esclavos, y barcos de pesca con productos viscosos y putrefactos que la gente se las arreglaba para comer. Desde barbudos vendedores ambulantes hasta criadas cargadas de sombrereras, todos se paraban al paso de los portaestandartes, que avanzaban orgullosos al trote mientras Dorian Havilliard saludaba con la mano a su pueblo.

Ellos seguían al príncipe heredero, que, al igual que Chaol, iba envuelto en una capa roja que se había prendido a la parte izquierda del pecho con un broche con el sello real. Dorian llevaba una corona dorada sobre el pelo bien peinado, y Celaena tuvo que reconocer que parecía un auténtico soberano.

Un grupo de muchachas acudió a recibirlo y lo saludó con la mano. Dorian les guiñó un ojo y sonrió. Celaena no pudo evitar fijarse en las miradas irritadas de aquellas mismas mujeres cuando la descubrían en el séquito del príncipe. Sabía que allí sentada sobre un purasangre parecía una dama de alta alcurnia que fuera escoltada al castillo. Celaena les sonrió, se echó la trenza hacia atrás y pestañeó en dirección a la espalda del príncipe.

Notó un pinchazo en el brazo.

—¿Qué pasa? —le susurró al capitán de la guardia, que la había pellizcado.

—Estás haciendo el ridículo —respondió él entre dientes, sin dejar de sonreír a la multitud.

Celaena imitó el gesto del capitán.

—*Ellas* sí que son ridículas.

—Cállate y compórtate con normalidad —repuso él.

La asesina notaba el aliento del capitán en el cuello.

—Debería saltar del caballo y echar a correr —amenazó Celaena mientras saludaba con la mano a un joven, que se quedó boquiabierto al ver que una dama de la corte reparaba en él—. Desaparecería en un instante.

—Sí —contestó Chaol—. Desaparecerías con tres flechas clavadas en la espalda.

—Qué conversación tan agradable.

Entraron en el distrito comercial, donde la gente se amontonaba entre los árboles que flanqueaban las anchas avenidas de piedra blanca. Las fachadas de cristal apenas se veían por detrás del gentío, pero a Celaena le entró un hambre voraz al pasar delante de una tienda tras otra. En todos los escaparates había vestidos y sayas expuestos, que se alzaban orgullosos por detrás de filas de relucientes joyas y sombreros de ala ancha amontonados cual ramos de flores. Por encima de todo se levantaba el castillo de cristal, tan alto que tuvo que echar la cabeza hacia atrás para ver las torres más elevadas. ¿Por qué habían elegido un camino tan largo y poco práctico? ¿De verdad les gustaba desfilar?

Celaena tragó saliva. De repente se acabaron los edificios y unas velas desplegadas como alas de mariposa los saludaron cuando torcieron por la avenida que discurría en paralelo al río Avery. A lo largo del muelle había barcos atracados, un desorden de maromas y redes y marineros que se gritaban los unos a los otros, demasiado atareados para reparar en el desfile real. Al oír el restallido de un látigo, la muchacha se volvió a mirar rápidamente.

Unos esclavos bajaban tambaleándose por la plancha de un barco mercante. Representaban una mezcla de países conquistados y todos tenían esa cara huesuda y fiera que ella había visto tantas veces antes. Casi todos eran prisioneros de guerra, rebeldes que habían sobrevivido a las carnicerías y a las filas interminables de soldados que componían los ejércitos de Adarlan. Probablemente algunos habían sido capturados o estaban acusados de practicar la magia, pero otros eran personas normales que se encontraban en el lugar equivocado en el momento más inoportuno. Celaena reparó entonces en que había innumerables esclavos encadenados trabajando en los muelles, levantando cargas y sudando, sosteniendo sombrillas y sirviendo agua, con la mirada fija en el suelo o en el cielo, nunca al frente.

Quiso saltar del caballo y correr hasta ellos, o simplemente gritar que no formaba parte de la corte del príncipe, que ella no era responsable de que los hubieran llevado allí, encadenados, famélicos y destrozados, que ella también había trabajado y sufrido con ellos, con sus familiares y amigos. En definitiva, que ella no era como aquellos monstruos que arrasaban con todo. Que ella *hizo* algo, casi dos años atrás, cuando liberó a cerca de doscientos esclavos del Señor de los Piratas. Ni siquiera aquello era suficiente.

De pronto se sintió ajena a la ciudad. La gente seguía saludando y haciendo reverencias, ovacionándolos y lanzando flores y otras tonterías ante sus caballos. A ella le costaba respirar.

Antes de lo que le habría gustado, frente a ella apareció el portón de hierro y cristal del castillo, se abrieron las puertas enrejadas y apareció una docena de guardias que flanqueaban el camino de adoquines que recorría el arco de entrada. Tenían las lanzas en alto, escudos rectangulares y ojos oscuros por debajo de unos cascos de bronce. Todos llevaban capas rojas. Sus armaduras, aunque deslustradas, estaban muy bien fabricadas con cobre y cuero.

Al otro lado del arco ascendía un camino junto al que se alineaban árboles dorados y plateados. De entre los setos que bordeaban el sendero asomaban unas farolas de cristal. Los ruidos de la ciudad se desvanecieron cuando pasaron por debajo de otro arco, hecho de cristal resplandeciente, y de pronto el castillo se irguió imponente ante ellos.

Chaol suspiró al desmontar en el patio abierto. Unas manos bajaron a Celaena de la silla y la depositaron sobre sus temblorosas piernas. El cristal relucía por todas partes, y una mano la agarró con fuerza del hombro. Unos mozos de cuadra se llevaron su caballo rápidamente, en silencio.

Chaol la obligó a acercarse de un tirón y la tomó con fuerza por la capa cuando se acercó el príncipe heredero.

—Seiscientas habitaciones, dependencias para el servicio y para el ejército, tres jardines, una reserva natural y establos a cada lado —dijo Dorian contemplando su hogar—. ¿Quién podría necesitar tanto espacio?

Celaena logró esbozar una sonrisa, algo perpleja ante su repentino encanto.

—No sé cómo puedes dormir por la noche cuando solo una pared de cristal te separa de la muerte.

La muchacha miró hacia arriba, pero enseguida bajó la mirada hacia el suelo. No le daban miedo las alturas, pero pensar que estaría tan arriba protegida exclusivamente por un muro de cristal le provocaba vértigo.

—Entonces eres como yo —replicó Dorian, y se echó a reír—. Da gracias a los dioses de que te haya dado unos aposentos en el castillo de piedra. No me gustaría que estuvieras incómoda.

Celaena pensó que fruncirle el ceño no era la decisión más sensata, así que miró hacia las enormes puertas del castillo. Estaban hechas de cristal rojo translúcido y se abrían ante ella como la boca de un gigante. Pudo ver que el interior estaba hecho de piedra, y fantaseó con la idea de que habían dejado caer el castillo de cristal sobre el edificio original. Qué idea tan ridícula: un castillo hecho de cristal.

—Bueno —dijo Dorian—. Has engordado un poco y ahora tu piel tiene algo de color. Bienvenida a mi hogar, Celaena Sardothien.

Saludó con la cabeza a unos cuantos nobles que pasaban, que hincaron la rodilla en el suelo e hicieron una reverencia.

—La competencia comienza mañana. El capitán Westfall te enseñará tus aposentos.

Celaena echó los hombros hacia atrás y buscó a sus competidores, pero no los vio por ninguna parte.

El príncipe volvió a asentir con la cabeza al ver a otro grupo de cortesanas que susurraban entre sí, y no miró ni a la asesina ni al capitán de la guardia cuando volvió a hablar.

—Tengo que reunirme con mi padre —dijo paseando la mirada por el cuerpo de una dama especialmente hermosa. Le guiñó un ojo y ella se tapó la cara con un abanico de encaje y siguió andando. Dorian le hizo un gesto con la cabeza a Chaol—. Te veré esta noche.

Sin decirle una palabra a Celaena, subió a grandes zancadas los escalones que llevaban al palacio con su capa roja ondeando al viento.

El príncipe heredero cumplió su palabra. Sus dependencias estaban en un ala del castillo de piedra y eran mucho más grandes de lo que jamás hubiera imaginado. Estaban compuestas de un dormitorio con un cuarto de baño y un vestidor anexos, un pequeño comedor y un salón de música y de juegos. Cada sala contaba con muebles en tonos rojos y dorados, y su dormitorio también estaba decorado con un enorme tapiz que cubría toda una pared, además de sofás y sillas con grandes cojines dispuestos con mucho gusto. Su balcón daba a una fuente de uno de los jardines, y fuera cual fuera, era precioso. Le daba igual que hubiera guardias apostados debajo. Cuando Chaol la dejó sola, Celaena no esperó a oír cómo se cerraba la puerta para encerrarse en el dormitorio. Entre murmullos de admiración, mientras Chaol le enseñaba rápidamente sus aposentos, había contado las ventanas —doce—, las salidas —una— y los guardias apostados al otro lado de la puerta, de las ventanas y del balcón —nueve—. Todos iban armados con una espada, un cuchillo y una ballesta, y aunque habían mantenido la posición de firmes mientras el capitán pasaba por delante, ella sabía que una ballesta no era precisamente un arma ligera como para sostenerla durante horas y horas.

Celaena se acercó a hurtadillas hasta la ventana del dormitorio, se pegó a la pared de mármol y miró hacia abajo. Obviamente los guardias se habían colgado las ballestas a la espalda. Tardarían unos segundos muy valiosos en coger las armas y cargarlas —unos segundos que ella podría aprovechar para robarles las espadas, cortarles el cuello y desaparecer en los jardines—. Sonrió y se plantó ante la ventana para examinar el jardín. El extremo más alejado desembocaba en un coto de caza. Conocía el castillo lo suficiente como para saber que estaba en la parte sur, y que si atravesaba el coto de caza llegaría a una muralla de piedra, al otro lado de la cual discurría el río Avery.

Celaena abrió y cerró las puertas del armario, del aparador y del tocador. Como era de esperar, allí no había arma alguna, ni siquiera un atizador, pero cogió unos cuantos alfileres para el pelo tallados en hueso que habían quedado olvidados en el fondo de un cajón del aparador y un trozo de cordel que encontró en un costurero de su enorme vestidor. No había ninguna aguja. Se arrodilló en el alfombrado suelo del vestidor —completamente desprovisto de ropa— y, sin perder de vista la puerta que había a sus espaldas, rompió las cabezas de los alfileres y los ató todos juntos con el cordel. Cuando hubo terminado, levantó el objeto y frunció el ceño.

No era un cuchillo precisamente, pero así, todas juntas, las puntas de los alfileres podrían hacer algo de daño. Acercó un dedo a las puntas y compuso un gesto de dolor cuando una púa de hueso le atravesó la piel. Sí, si se lo clavaba a un guardia en el cuello desde luego que iba a lastimarlo. Y lo dejaría fuera de combate el tiempo necesario para robarle el arma.

Celaena volvió a entrar en el dormitorio bostezando y se quedó de pie junto al colchón para esconder el arma improvisada en uno de los pliegues del dosel que cubría parcialmente la cama. Una vez que la hubo escondido, echó otro vistazo al dormitorio. Había algo raro con respecto a las dimensiones; algo relativo a la altura de las paredes, pero no estaba segura. Como fuera, el dosel ofrecía muchos escondites. ¿Qué otra cosa podía tomar sin que se dieran cuenta? Chaol seguramente habría ordenado que revisaran la habitación antes de su llegada. Celaena se acercó a la puerta del dormitorio para escuchar alguna señal de actividad en el exterior. Cuando tuvo la certeza de que no había nadie más en sus aposentos entró en la sala y la cruzó hasta llegar al salón de juegos. Contempló los tacos de billar que había en la pared de enfrente y las bolas de intensos colores dispuestas en la mesa de fieltro verde y sonrió. Chaol no era ni de lejos tan listo como se creía.

Al final, decidió no tocar el equipo de billar, aunque solo fuera porque despertaría sospechas si desaparecía todo, pero sería fácil conseguir un palo si necesitaba escapar, o usar las pesadas bolas para dejar inconscientes a los guardias. Agotada, regresó al dormitorio y por fin se tendió en la enorme cama. El colchón era tan mullido que se hundió unos cuantos dedos, y lo bastante ancho para que en él durmieran tres personas sin enterarse de la presencia de las demás. Celaena se acurrucó de costado, incapaz de mantener los ojos abiertos.

Durmió durante una hora, hasta que una criada anunció la llegada del sastre que la vestiría con un atuendo apropiado para la corte. Y así transcurrió otra hora, mientras le tomaban medidas, sujetaban la tela con alfileres y le hacían sentarse para enseñarle diferentes telas y colores. No le gustó casi ninguna. Unas cuantas le llamaron la atención, pero cuando intentó explicar qué estilos en concreto la favorecían, recibió por única respuesta un desdeñoso movimiento de la mano y un fruncimiento de labios. Celaena se planteó seriamente clavarle al sastre uno de sus alfileres de cabeza de perla en un ojo.

Se bañó, pues se sentía casi tan sucia como en Endovier, y dio las gracias a las amables criadas que la atendieron. Muchas de las heridas estaban curadas o se habían reducido a unas finas líneas blancas, aunque el dolor de la espalda seguía siendo intenso. Después de casi dos horas de cuidados —durante las cuales le cortaron el pelo, dieron forma a sus uñas y le limaron los callos de pies y manos—, Celaena sonrió al mirarse al espejo del vestidor.

Solo en la capital podían unas criadas hacer un trabajo tan bueno. Estaba espectacular. Absolutamente espectacular. Llevaba un vestido de organza y largas mangas blancas adornadas con un motivo de rayas y lunares morados. El corpiño de color añil estaba ribeteado en oro, y de los hombros le colgaba una capa blanca. El pelo, parcialmente recogido y enrollado con una cinta fucsia, le caía en gruesas ondas. Pero su sonrisa desapareció cuando recordó por qué, exactamente, estaba allí.

Así que la campeona del rey. Más bien parecía el perrito faldero del rey.

—Preciosa —dijo una voz de mujer mayor.

Celaena se giró y, con ella, todas aquellas engorrosas capas de tela que llevaba encima. El corsé —aquella cosa estúpida— le apretaba tanto las costillas que casi no podía respirar. Por eso prefería las sayas y los pantalones.

La recién llegada era una mujer corpulenta, embutida en el vestido de color cobalto y melocotón que la señalaba como una de las doncellas de la casa real. Aunque tenía algunas arrugas, sus mejillas gozaban de un saludable color rojo. Hizo una reverencia.

—Philippa Spindlehead —dijo la mujer al incorporarse—. Soy tu doncella personal. Tú debes de ser...

—Celaena Sardothien —contestó ella monótonamente.

Philippa abrió los ojos como platos.

—No se lo digas a nadie, señorita —susurró—. Yo soy la única que lo sabe. Y los guardias, supongo.

—Entonces, ¿a qué atribuye la gente tanta escolta? —preguntó la chica.

Philippa se acercó sin hacer caso del ceño fruncido de Celaena, ajustó los pliegues del vestido de la asesina y los ahuecó en los lugares necesarios.

—Oh, también hay guardias apostados ante los aposentos de los otros... *campeones*. Si no, la gente pensaría que eres otra amiga del príncipe.

—¿*Otra*?

Philippa sonrió, pero no apartó la vista del vestido.

—Su alteza tiene un corazón muy grande.

Celaena no estaba sorprendida.

—¿Es un rompecorazones?

—No me corresponde hablar de su alteza. Y tú también deberías tener cuidado con lo que dices.

—Haré lo que me venga en gana.

Miró atentamente el semblante de la criada. ¿Por qué habían puesto a su servicio a una mujer tan débil? Podría dejarla fuera de combate en un abrir y cerrar de ojos.

—Entonces, tarde o temprano volverás a las minas, tesoro —Philippa se llevó una mano a la cadera—. Oh, no frunzas el ceño, que echas a perder tu cara.

Estiró el brazo para pellizcarle la mejilla a Celaena, pero esta se apartó.

—¿Estás loca? ¡Soy una asesina, no una cortesana idiota!

Philippa chasqueó la lengua.

—Para mí sigues siendo una mujer, y mientras estés a mi cargo, te comportarás como tal. ¡Si no, que el Wyrd me asista!

Celaena la miró fijamente.

—Eres una descarada. Espero que no te comportes así con todas las damas de la corte —dijo lentamente.

—Bueno, no es casual que me hayan encomendado tu cuidado.

—Comprendes lo que implica mi oficio, ¿verdad?

—No es por faltarte al respeto, pero esas galas valen mucho más que mi cabeza rodando por el suelo.

Perpleja, Celaena enseñó los dientes superiores mientras la criada se daba media vuelta para salir de la habitación.

—Y no pongas esa cara —dijo Philippa por encima del hombro—. Se te arruga esa naricilla tan linda que tienes.

Celaena se quedó boquiabierta mientras la criada se alejaba arrastrando los pies.

El príncipe heredero de Adarlan miraba a su padre sin pestañear, a la espera de que se decidiera a hablar. Sentado en su trono de cristal, el rey de Adarlan le devolvió la mirada. A veces, Dorian se olvidaba de lo poco que se parecía a su padre: era su hermano pequeño, Hollin, quien se asemejaba al rey, con su frente ancha, su cara redonda y sus ojos de lince. Pero Dorian, alto, fuerte y elegante, no guardaba ningún parecido con él. Para colmo, estaba la cuestión del color de los ojos. Ni siquiera su madre tenía los ojos de un azul zafiro. Nadie sabía de dónde habían salido.

—¿Ha llegado ya? —preguntó su padre.

Hablaba en un tono severo que recordaba al repiqueteo de los escudos al entrechocar y al zumbido de las flechas. Probablemente aquel era el saludo más amable que le iba a dispensar.

—No debería suponer ningún problema ni amenaza mientras esté aquí —dijo Dorian con toda la calma que pudo.

Elegir a Sardothien había sido una apuesta contra la tolerancia de su padre. Estaba a punto de averiguar si había valido la pena.

—Piensas como todos los necios a los que ha asesinado —Dorian se irguió con ademán ofendido, pero el rey siguió hablando—: No le debe lealtad a nadie salvo a sí misma, y no vacilará en atravesarte el corazón con un cuchillo.

—Y por eso será muy capaz de ganar tu torneo —su padre no respondió y Dorian continuó con el corazón en un puño—. De hecho, la competencia podría resultar innecesaria.

—Lo dices porque temes perder dinero.

Si su padre supiera que no se había arriesgado a buscar un campeón solo por el oro, sino también para salir de allí... para alejarse de *él* mientras pudiera...

Dorian hizo acopio de todo su valor al disponerse a pronunciar las palabras que llevaba todo el viaje ensayando, desde que habían salido de Endovier.

—Te garantizo que será capaz de cumplir con su deber. No hay necesidad de entrenarla. En cambio, si gana y se corre la voz de cuál es su identidad nos enfrentaremos a un escándalo. Ya te lo he dicho: me parece una estupidez celebrar esa competencia.

—Si no tienes cuidado con lo que dices haré que te use a ti para sus entrenamientos.

—Y entonces, ¿qué? ¿Será Hollin quien ocupe el trono?

—No lo dudes, Dorian —lo desafió su padre—. Aunque pienses que esa... muchacha puede ganar, olvidas que el duque Perrington patrocina a Caín. Habrías hecho mejor en elegir a un campeón como él, forjado a sangre y hierro en el campo de batalla. Un auténtico campeón.

Dorian se metió las manos en los bolsillos.

—Y el título ¿no te parece un poco ridículo, teniendo en cuenta que nuestros «campeones» no son más que criminales?

Su padre se levantó del trono y señaló el mapa pintado en una de las paredes de la cámara del consejo.

—Soy el conquistador de este continente y pronto dominaré toda Erilea. No me cuestiones.

Dorian, al darse cuenta de lo cerca que había estado de cruzar la línea que separaba la impertinencia de la rebelión —una línea que siempre había tenido muchísimo cuidado de no traspasar—, se disculpó entre dientes.

—Estamos en guerra con Wendlyn —prosiguió su padre—. Tengo enemigos por todas partes. ¿Quién mejor para hacer el trabajo sucio que alguien eternamente agradecido porque le concedí no solo una segunda oportunidad, sino también grandes riquezas y la potestad de actuar en mi nombre? —el rey sonrió cuando Dorian no contestó. El príncipe intentó no estremecerse mientras su padre lo escrutaba—. Perrington dice que en este viaje te has portado bien.

—Con Perrington de guardián no podía hacer otra cosa.

—No pienso tolerar que ninguna campesina llame a la puerta gritando que le has roto el corazón —Dorian se ruborizó, pero no bajó la mirada—. He trabajado con demasiado ahínco y durante demasiado tiempo para fundar mi imperio como para que me compliques los planes con herederos ilegítimos. Cásate con una mujer como es debido y pierde el tiempo como mejor te parezca después de darme un par de nietos. Cuando seas rey comprenderás que todo tiene consecuencias.

—Cuando sea rey no pretenderé controlar Terrasen basándome en unos derechos de herencia que no se sostienen.

Chaol le había advertido que tuviera cuidado con lo que le decía a su padre, pero cuando el rey le hablaba así, como si fue un bobo consentido...

—Aunque les ofrecieras el autogobierno, esos rebeldes clavarían tu cabeza en una pica frente a las puertas de Orynth.

—Con suerte quizá junto a las de todos mis herederos ilegítimos.

El rey recibió el comentario con una sonrisa venenosa.

—Qué hijo tan elocuente tengo —se lamentó, y los dos se quedaron mirándose sin mediar palabra hasta que Dorian volvió a hablar.

—Quizá deberías tomar nuestras dificultades para superar las defensas navales de Wendlyn como una señal de que deberías dejar de jugar a ser un dios.

—¿Jugar? —el rey sonrió y sus torcidos y amarillos dientes destellaron a la luz del fuego—. No estoy jugando. Esto no es un juego —Dorian se puso tenso—. Aunque parezca agradable, sigue siendo una bruja. Mantén las distancias, ¿entendido?

—¿Con quién, con la asesina?

—Es peligrosa, hijo mío, aunque seas tú quien la patrocina. Solo quiere una cosa... y no pienses que no va a utilizarte para conseguirla. Si la cortejas, las consecuencias no serán agradables. Ni por su parte ni por la mía.

—Y si me rebajara a relacionarme con ella, ¿qué harías, padre? ¿Me condenarías también a las minas?

El padre lo golpeó sin que Dorian tuviera tiempo de protegerse. El dorso de la mano del rey se estampó con fuerza contra la mejilla del príncipe, que trastabilló pero recuperó el equilibrio. El golpe le escoció tanto que se olvidó de contener las lágrimas.

—Seas o no seas mi hijo —gruñó el rey—, sigo siendo tu rey. Vas a obedecerme, Dorian Havilliard, o pagarás por ello. Ya estoy harto de que me cuestiones.

El príncipe heredero de Adarlan sabía que quedarse solo serviría para que se metiera en más líos, así que hizo una reverencia en silencio y se despidió de su padre, con los ojos encendidos por una ira que a duras penas conseguía controlar.

CAPÍTULO 8

Celaena avanzaba por un pasillo de mármol y su vestido flotaba tras ella describiendo una ola morada y blanca. Chaol andaba a su lado a grandes zancadas, con una mano en el pomo con forma de águila de su espada.

—¿Hay algo interesante al final de este pasillo?

—¿Qué otra cosa quieres ver? Ya hemos visto los tres jardines, los salones de baile, las habitaciones de interés histórico y las mejores vistas desde el castillo de piedra. Si no quieres entrar en el castillo de cristal no hay nada más que ver.

Ella se cruzó de brazos. Había logrado convencerlo para que le enseñara el castillo alegando un aburrimiento mortal cuando, de hecho, había aprovechado cada momento para imaginar una docena de maneras de huir de su habitación. El castillo era muy antiguo y gran parte de los pasillos y escaleras no llevaba a ninguna parte; para huir tendría que trazar un plan. Pero dado que el torneo empezaría al día siguiente, no tenía otra cosa que hacer. Y ¿qué mejor manera de prepararse para un potencial desastre?

—No entiendo por qué te niegas a entrar en el edificio de cristal —prosiguió el capitán—. Por dentro, es exactamente igual al resto: ni siquiera sabrías que estás allí a menos que alguien te lo dijera o miraras por la ventana.

—Solo un idiota se pasearía por una casa hecha de cristal.

—Es tan resistente como el acero y la piedra.

—Sí, hasta que entre alguien muy pesado y lo rompa.

—Eso es imposible.

La idea de pisar suelos de cristal la hacía sentir intranquila.

—¿No hay alguna casa de fieras o alguna biblioteca que podamos visitar? —estaban pasando junto a unas puertas cerradas. Oyeron el sonido de una voz cantarina y el suave rasgueo de un arpa—. ¿Qué hay ahí dentro?

—Son las dependencias de la reina.

Chaol la agarró del brazo y tiró de ella para que siguiera adelante.

—¿La reina Georgina?

¿No se daba cuenta el capitán de la información que le estaba proporcionando? Quizá pensaba sinceramente que no representaba una amenaza. Celaena frunció el ceño a escondidas de Chaol.

—Sí, la reina Georgina Havilliard.

—¿El joven príncipe está en casa?

—¿Hollin? Está en la escuela.

—¿Y es tan guapo como su hermano mayor?

Celaena sonrió y Chaol se puso tenso.

Todo el mundo sabía que el príncipe de diez años era horrible y malcriado por dentro y por fuera, y ella recordaba el escándalo que había estallado unos meses antes de su captura. Al descubrir que sus hojuelas estaban quemadas, Hollin Havilliard le había dado tal paliza a una de las criadas que no hubo posibilidad de esconder el incidente. Se había sobornado a la familia de la mujer y al príncipe lo habían enviado a una escuela en las montañas. Por supuesto, todo el mundo lo sabía. La reina Georgina se había negado a alternar con la corte durante todo un mes.

—Con el tiempo Hollin se comportará como corresponde a su linaje —rezongó Chaol.

Celaena siguió avanzando con un paso saltarín mientras dejaban atrás las dependencias de la reina. Se quedaron callados durante unos instantes antes de que sonara una explosión allí cerca, y luego otra.

—¿Qué es ese ruido tan espantoso? —preguntó Celaena.

El capitán la hizo pasar por unas puertas de cristal y señaló hacia arriba al acceder a un jardín.

—El reloj de la torre —contestó Chaol, cuyos ojos color bronce brillaron divertidos mientras el reloj ponía fin a su grito de guerra. Celaena nunca había oído unas campanas parecidas.

En el jardín se erguía una torre hecha de piedra negra como el carbón. En cada una de las cuatro caras del reloj había encaramadas dos gárgolas, con las alas abiertas como para alzar el vuelo, que rugían en silencio a los que pasaban por debajo.

—Qué cosa tan horrible —susurró ella. Los números parecían pinturas de guerra en la blanca cara del reloj; y las manecillas, espadas que cortaran la superficie nacarada.

—Cuando era pequeño no me atrevía a acercarme —reconoció Chaol.

—Uno esperaría ver algo así frente a las puertas del Wyrd, no en un jardín. ¿Es muy antigua?

—El rey ordenó construirla en la época del nacimiento de Dorian.

—¿Este rey? —Chaol asintió con la cabeza—. Y ¿por qué iba a construir algo tan retorcido?

—Ven —dijo él antes de dar media vuelta sin responder a su pregunta—. Vámonos.

Celaena aún se quedó mirando el reloj durante unos instantes. Una gárgola la apuntaba con una gruesa garra. Habría podido jurar que las fauces se le habían abierto. Cuando se decidió a seguir a Chaol, se fijó en una losa en el camino empedrado.

—¿Qué es esto?

El capitán se detuvo.

—¿Qué?

Ella señaló un signo grabado en la pizarra. Era un círculo con una línea vertical que lo cruzaba por el centro y que se extendía más allá de la circunferencia. Los dos extremos de la línea acababan en forma de gancho, uno apuntando hacia abajo y el otro hacia arriba.

—¿Qué es esta señal en el camino?

Chaol rodeó la marca hasta llegar a su lado.

—No tengo ni idea.

Celaena volvió a mirar la gárgola.

—Está señalándolo. ¿Qué significa el símbolo?

—Significa que me estás haciendo perder el tiempo —contestó el capitán—. Probablemente sea una especie de reloj de sol decorativo.

—¿Hay otras marcas?

—Estoy seguro de que si las buscaras, las encontrarías.

Celaena consintió al fin en abandonar el jardín y lo siguió por los pasillos de mármol del castillo. Por más que lo intentara y por más que se alejara no podía quitarse de encima la sensación de que aquellos ojos saltones seguían clavados en ella.

Pasaron ante las dependencias de la cocina, un barullo de gritos, nubes de harina y fogones. Luego enfilaron un largo pasillo, vacío y silencioso salvo por el ruido de sus pasos. Celaena se detuvo de repente.

—¿Qué... es *eso*? —preguntó señalando unas puertas de madera de roble de seis metros de altura y abriendo los ojos como platos al ver los dragones que asomaban de la pared de piedra, a ambos lados de la entrada. Dragones de cuatro patas, no los sanguinarios guivernos bípedos que aparecían en el escudo real.

—La biblioteca.

Aquellas dos palabras brillaron como un rayo en la oscuridad.

—La... —Celaena miró los tiradores de hierro en forma de garra—. ¿Podemos... podemos entrar?

El capitán de la guardia abrió las puertas a regañadientes. Los músculos de su espalda se tensaron al empujar con fuerza la gastada madera de roble. Comparado con el pasillo, iluminado por el sol, el espacio que se extendía ante ellos parecía increíblemente oscuro, pero al entrar vio candelabros, además de suelos de mármol blanco y negro, enormes mesas de madera de caoba con sillas de terciopelo rojo, un fuego que ardía apaciblemente, entrepisos, puentes, escaleras, barandillas y libros... libros, libros y más libros.

Acababa de entrar en una ciudad construida enteramente de piel y papel. Celaena se llevó una mano al corazón. Al infierno las formas de escapar.

—Jamás había visto... ¿Cuántos volúmenes hay aquí?

Chaol se encogió de hombros.

—La última vez que alguien se molestó en contarlos había un millón. Pero de eso hace doscientos años. Yo diría que hay más, sobre todo si creemos las leyendas que hablan de una segunda biblioteca oculta bajo tierra, en catacumbas y túneles.

—¿Más de un millón? ¿Un millón de libros? —el corazón de la muchacha dio un brinco y en su rostro se esbozó una sonrisa—. ¡Moriría y no habría leído ni la mitad!

—¿Te gusta leer?

Celaena arqueó una ceja.

—¿A ti no?

Sin esperar respuesta se internó en la biblioteca barriendo el suelo con la cola del vestido. Se acercó a una estantería y miró los títulos. No reconoció ninguno.

Sonriendo, se puso a dar vueltas y a desplazarse por el piso principal, pasando una mano por los lomos polvorientos.

—No sabía que los asesinos fueran aficionados a la lectura —se extrañó Chaol.

Si Celaena hubiera muerto en ese preciso momento, lo habría hecho en la felicidad más absoluta.

—Dijiste que eras de Terrasen —prosiguió el capitán—. ¿Alguna vez has visitado la Gran Biblioteca de Orynth? Dicen que es el doble de grande que esta... y que albergaba todo el conocimiento del mundo.

Ella apartó la vista de la pila de libros que estaba examinando.

—Sí —reconoció—. Cuando era más joven. Aunque no me dejaban explorarla. Los maestros eruditos temían que pudiera estropear algún códice valioso.

No había vuelto a la Gran Biblioteca desde entonces, y se preguntó cuántas obras de valor incalculable habría ordenado destruir el rey de Adarlan cuando prohibió la magia. Por el tono de Chaol, al decir «albergaba» con un dejo de tristeza, Celaena supuso que la mayoría de aquellas obras se había perdido. Aunque en parte abrigaba la esperanza de que los maestros eruditos hubieran logrado poner a salvo muchos de aquellos valiosos libros... y que cuando asesinaron a la familia real y el rey de Adarlan invadió el reino, aquellos viejos estirados hubieran tenido el sentido común de esconder dos mil años de pensamiento y aprendizaje.

De repente, un vacío se abrió en su interior. Necesitaba cambiar de tema.

—¿Por qué no hay ninguno de los tuyos aquí? —preguntó Celaena.

—Los guardias no sirven de nada en una biblioteca.

¡Qué equivocado estaba! Las bibliotecas estaban llenas de ideas, quizá las armas más peligrosas y poderosas de todas.

—Me refería a los nobles —contestó ella.

El capitán se apoyó en una mesa con la mano sobre la espada. Al menos uno de los dos recordaba que estaban solos en la biblioteca.

—Me temo que la lectura está algo anticuada.

—Sí, bueno, pues más podré leer yo.

—¿Leer? Estos libros pertenecen al rey.

—Es una biblioteca, ¿no?

—Es propiedad del rey, y tú no perteneces a la nobleza. Necesitas permiso del soberano o del príncipe.

—Dudo mucho que ninguno de los dos fuera a echar en falta unos cuantos libros.

Chaol suspiró.

—Es tarde. Tengo hambre.

—¿Y? —preguntó ella.

El capitán gruñó y prácticamente la sacó a rastras de la biblioteca.

Tras una cena en solitario durante la cual consideró todas las rutas de escape posibles y cómo hacerse de más armas, Celaena anduvo de un lado a otro por sus aposentos. ¿Dónde se alojaban los otros contendientes? ¿Tenían acceso a los libros si así lo querían?

Celaena se dejó caer sobre una silla. Estaba cansada, pero apenas se había puesto el sol. En lugar de leer quizá podría tocar el pianoforte, pero... bueno, hacía tiempo que no lo tocaba y no estaba segura de poder soportar el sonido de su torpe y forzada interpretación. Repasó con el dedo un motivo fucsia de la seda de su vestido. Tantos libros y nadie para leerlos.

Se le ocurrió una idea e, incorporándose de un salto, se sentó al escritorio y cogió un trozo de pergamino. Si al capitán Westfall le importaba tanto el protocolo, lo iba a tener de sobra. Mojó la pluma de cristal en un tintero y la acercó al papel.

¡Qué raro se le hacía sostener una pluma! Trazó las letras en el aire. Era imposible que se le hubiera olvidado escribir. Sus dedos se movieron con torpeza cuando la pluma tocó el papel, pero escribió su nombre cuidadosamente y luego el abecedario, tres veces. Las letras eran irregulares, pero podía hacerlo. Sacó otro trozo de papel y comenzó a escribir.

Alteza:

Me ha llamado la atención que tu biblioteca no sea en realidad una biblioteca, sino una colección personal para tu disfrute exclusivo y el de tu estimado padre. Como buena parte del millón de libros que alberga parece en buen estado aunque infrautilizada, te ruego que me concedas permiso para tomar prestados unos cuantos y que así reciban la atención que merecen. Ya que se me priva de compañía y entretenimiento, este gesto de bondad es lo mínimo que una persona tan importante como tú puede hacer por alguien tan humilde, desgraciada y sinvergüenza como yo.

Tu humilde servidora,

Celaena Sardothien

Celaena sonrió de oreja a oreja al releer su nota y se la entregó a la criada más guapa que pudo encontrar con instrucciones muy concretas de que se la entregara de inmediato al príncipe heredero. Cuando la mujer regresó media hora después cargada de libros, Celaena se echó a reír y tomó la nota que coronaba aquella pila de tomos encuadernados en piel.

Mi estimada Asesina:

Adjunto siete libros de mi biblioteca personal que he leído hace poco y he disfrutado inmensamente. Eres, cómo no, libre de leer todos los libros que quieras de la biblioteca del castillo, pero te ordeno que leas estos primero para que podamos comentarlos. Te prometo que no son aburridos, pues no soy de los que soportan páginas y más páginas de disparates y palabrería, aunque quizá tú disfrutes con las obras de autores particularmente pagados de sí mismos.

Afectuosamente,

Dorian Havilliard

Celaena volvió a reírse, tomó los libros de brazos de la mujer y le agradeció las molestias. Entró en el dormitorio, cerró la puerta de un puntapié, se dejó caer en la cama y extendió los libros sobre la superficie roja. No conocía ninguno de los títulos, aunque uno de los autores le resultaba familiar. Eligió el libro que le pareció más interesante, se tumbó de espaldas y comenzó a leer.

Celaena se despertó a la mañana siguiente con el dichoso retumbar del reloj de la torre. Medio dormida, contó las campanadas. Las doce del mediodía. Se incorporó en la cama. ¿Dónde estaba Chaol? Y, lo que era aún más importante, ¿qué pasaba con el torneo? ¿No se suponía que empezaba ese mismo día?

Se levantó de la cama y recorrió sus aposentos esperando encontrarlo sentado en una silla con una mano en el pomo de la espada. No estaba allí. Asomó la cabeza al pasillo, pero los cuatro guardias hicieron ademán de sacar las armas. Salió al balcón y las ballestas de otros cinco guardias la apuntaron desde abajo. Celaena puso los brazos en jarras y se limitó a contemplar el paisaje de aquel día otoñal.

Los árboles del jardín tenían colores dorados y marrones, y la mitad de las hojas yacían secas en el suelo. Sin embargo, hacía tanto calor como en pleno verano. Celaena se apoyó en la barandilla y saludó a los guardias que la apuntaban con las ballestas. A lo lejos, atisbó las velas de los barcos, los carros y la gente que trajinaba por las calles de Rifthold. Los tejados verdes de la ciudad relucían como esmeraldas al sol.

Volvió a mirar a los cinco hombres que hacían guardia bajo el balcón. Ellos le devolvieron la mirada y, cuando bajaron lentamente las ballestas, Celaena sonrió. Podría dejarlos inconscientes con unos cuantos libros pesados.

Se oyó un revuelo en el jardín y los guardias buscaron con la mirada su procedencia. Por detrás de un seto, aparecieron tres mujeres enfrascadas en una conversación.

Casi todas las charlas que Celaena había alcanzado a oír el día anterior habían sido extremadamente aburridas, y no esperaba gran cosa de las mujeres que se acercaban. Todas llevaban bonitos vestidos, pero la del centro —la del pelo negro— lucía más exquisito. Su falda roja era del tamaño de una tienda de campaña, y llevaba el corpiño tan ajustado que Celaena se preguntó si su cintura mediría más de cincuenta centímetros. Las otras mujeres eran rubias y vestían de color azul claro. Celaena dedujo, por las vestimentas a juego, que eran damas de compañía. Cuando se detuvieron en la fuente cercana, la asesina se apartó de la barandilla.

Desde donde estaba al fondo del balcón, Celaena vio que la mujer de rojo se alisaba con la mano la parte delantera de la falda.

—Tendría que haberme puesto el vestido blanco —dijo en voz lo bastante alta como para que la oyera todo Rifthold—. A Dorian le gusta el blanco —se alisó un pliegue del vestido—. Pero apostaría a que todas van de blanco.

—¿Desea cambiar, milady? —preguntó una de las rubias.

—No —replicó la otra de malos modos—. Al vestido no le pasa nada. Por más viejo y deslucido que esté.

—Pero... —empezó a decir la otra rubia, aunque se interrumpió al ver que su señora miraba a otro lado.

Celaena se acercó de nuevo a la barandilla y echó un vistazo. Difícilmente podía considerarse que el vestido era viejo.

—Dorian no tardará en pedirme una audiencia privada —Celaena se asomó para ver mejor. Pendientes de las tres muchachas, los guardias parecían tan interesados como ella, aunque por otras razones—. Me preocupa que el galanteo de Perrington interfiera, pero adoro a ese hombre por haberme invitado a Rifthold. ¡Si mi madre levantara la cabeza! —hizo una pausa y añadió—: Me pregunto quién será.

—¿Su madre, milady?

—La muchacha a la que el príncipe ha traído a Rifthold. He oído decir que recorrió toda Erilea para encontrarla, y que entró en la ciudad montada en el caballo del capitán de la guardia. No sé nada más sobre ella, ni siquiera su nombre.

Las dos mujeres se quedaron algo rezagadas e intercambiaron miradas de exasperación por detrás de su señora. Celaena dedujo que habían tenido aquella conversación en muchas otras ocasiones.

—No tengo de qué preocuparme —murmuró la mujer—. La ramera del príncipe no será bien recibida.

¿La ramera?

Las muchachas del servicio se pararon bajo el balcón y les coquetearon con la mirada a los guardias.

—Necesito mi pipa —murmuró la dama frotándose las sienes—. Sé que me va a doler la cabeza —Celaena arqueó las cejas—. De cualquier modo —prosiguió la mujer alejándose a buen paso—, tendré que estar atenta. Puede que hasta tenga que...

¡CRAS!

Las mujeres gritaron, los guardias se dieron la vuelta con las ballestas en ristre y Celaena puso los ojos en blanco mientras se apartaba de la barandilla y se refugiaba entre las sombras del interior. La maceta no había dado en el blanco. En esta ocasión.

La mujer maldijo de un modo tan pintoresco que Celaena se tapó la boca con la mano para no echarse a reír. Las criadas se pusieron a susurrar mientras retiraban el barro del vestido y de los zapatos de ante de la mujer.

—¡Cállense! —exclamó la dama entre dientes. Los guardias, con una actitud muy prudente, permanecieron impasibles—. ¡Cállense y vámonos!

Las mujeres se alejaron a toda prisa mientras la ramera del príncipe entraba corriendo en sus aposentos y llamaba a sus doncellas para que la vistieran con el mejor vestido que pudieran encontrar.

CAPÍTULO 9

Sonriendo, Celaena miraba su reflejo en el espejo de palisandro.

Se pasó una mano por el vestido. Un encaje blanco como espuma de mar brotaba del pronunciado escote y se fundía en la zona del pecho con el océano de seda verde pastel que constituía el vestido. Una faja roja en forma de pico invertido le cubría la cintura para separar el corpiño de la explosión de faldas y enaguas de la parte inferior. El corpiño lucía una preciosa pedrería en color verde pálido de formas onduladas y caprichosas, y a lo largo de las varillas se extendía un brocado color hueso. Encajada en el corpiño, Celaena había escondido la pequeña daga casera, que se le clavaba en el pecho sin piedad. Levantó las manos para tocarse el pelo ondulado y recogido.

No tenía planeado qué haría una vez vestida. Seguramente tendría que cambiarse antes de que comenzara la competencia, pero...

Oyó un sonido en el umbral. Celaena levantó la vista hacia el reflejo y vio entrar a Philippa. La asesina intentó no lucirse ante ella... y fracasó estrepitosamente.

—Qué pena que seas quien eres —dijo Philippa dándole la vuelta a Celaena para verla de frente—. No me sorprendería que lograras enredar a algún caballero para que se casara contigo. Tal vez a su alteza en persona, si fueras lo bastante encantadora.

Arregló los pliegues verdes del vestido de Celaena antes de arrodillarse para cepillar los zapatos rojo rubí de la asesina.

—Bueno, eso insinúan los rumores. Oí decir a una muchacha que el príncipe heredero me trajo aquí para cortejarme. Pensaba que toda la corte estaba al tanto de esa estúpida competencia.

Philippa se incorporó.

—Sean cuales sean los rumores, todo quedará olvidado dentro de una semana. Espera y verás. Dale tiempo para encontrar a otra mujer que le guste y desaparecerás de los cuchicheos de la corte.

Celaena se irguió mientras Philippa le recogía un tirabuzón suelto.

—Oh, no pretendía ofenderte, tesoro —siguió diciendo—. Al príncipe heredero siempre se le asocia con damas hermosas. Deberías estar orgullosa por ser lo suficientemente atractiva como para que te consideren su amante.

—Preferiría que nadie pensara eso de mí.

—Mejor eso a que te vean como una asesina, digo yo.

Celaena miró a Philippa y se echó a reír.

La doncella negó con la cabeza.

—Eres mucho más guapa cuando sonríes. Más niña, incluso. Ese frunce que llevas siempre en la frente no te sienta nada bien.

—Sí, quizá tengas razón —reconoció Celaena, e hizo ademán de sentarse en la otomana color malva.

—¡Eh! —exclamó Philippa. Celaena se quedó paralizada a mitad del movimiento y volvió a levantarse—. Vas a arrugar la tela.

—Pero con estos zapatos me duelen los pies —frunció el ceño lastimosamente—. No pretenderás que me quede de pie todo el día... ¿También para comer?

—Solo hasta que alguien me diga lo preciosa que estás.

—Nadie sabe que eres mi doncella.

—Oh, saben que me han asignado el cuidado de la *amante* que el príncipe ha traído a Rifthold.

Celaena se mordió el labio. ¿Era bueno que nadie supiera quién era en realidad? ¿Qué pensarían sus competidores? Quizá hubiera sido preferible ponerse una saya y unas calzas.

Celaena quiso apartarse un rizo que le hacía cosquillas en la mejilla, pero Philippa le dio un manotazo.

—Vas a estropearte el peinado.

Antes de que ella pudiera responder, la puerta de sus aposentos se abrió de golpe. A continuación, Celaena oyó un gruñido y unos pasos que ya le resultaban familiares. A través del espejo vio a Chaol en el umbral, jadeando. Philippa hizo una reverencia.

—Tú —dijo, pero se quedó callado cuando Celaena se dio la vuelta. Arrugó la frente al mismo tiempo que recorría su cuerpo con la mirada. Ladeó la cabeza y abrió la boca como para decir algo, pero se limitó a negar con la cabeza y a fruncir el ceño—. Al piso de arriba. Ahora.

Celaena hizo una reverencia y lo miró con las pestañas entrecerradas.

—Y ¿adónde vamos, si eres tan amable de contármelo?

—Oh, a mí no me vengas con sonrisitas.

La agarró del brazo y la sacó de la habitación.

—¡Capitán Westfall! —lo reprendió Philippa—. La mucha-cha va a tropezarse con el vestido. Al menos deja que se sujete las faldas.

En efecto, Celaena se tropezó con el vestido y los zapatos le provocaban un terrible dolor de talones, pero el capitán hizo caso omiso de sus objeciones y la arrastró hasta el pasillo. Celaena saludó a los guardias apostados ante su puerta, y sonrió radiante cuando estos intercambiaron miradas de aprobación. El capitán le apretó el brazo con tanta fuerza que le dolió.

—¡Deprisa! —dijo—. No podemos llegar tarde.

—¡Quizá si me hubieras avisado con más antelación me habría vestido antes y ahora no tendrías que llevarme a rastras!

Le costaba respirar con el corsé aplastándole las costillas. Mientras subían a toda prisa una larga escalera, se llevó una mano al pelo para asegurarse de que no se le había deshecho el peinado.

—Me he despistado. Has tenido suerte de estar vestida, aunque preferiría que llevaras algo menos... recargado para ver al rey.

—¿El rey?

Celaena dio gracias por no haber comido todavía.

—Sí, el rey. ¿Acaso pensabas que no lo verías? El príncipe heredero te dijo que el torneo empezaría hoy. Esta reunión marcará el comienzo oficial, pero el trabajo de verdad empieza mañana.

De repente, los brazos se le volvieron más pesados y se olvidó de sus pies doloridos y sus costillas aplastadas. En el jardín, el extraño y retorcido reloj de la torre comenzó a tocar las horas. Llegaron a lo alto de la escalera y echaron a andar rápidamente por un largo pasillo. Celaena no podía respirar.

Mareada, miró por las ventanas que adornaban las paredes del corredor. El suelo estaba muy abajo... Muy, muy abajo. Estaban en el edificio de cristal. Celaena no quería estar allí. No podía estar en el castillo de cristal.

—¿Por qué no me avisaste antes?

—Porque acaba de decidirlo. Estaba previsto que los vería a todos por la noche. Esperemos que los demás campeones lleguen más tarde que nosotros.

Celaena estaba a punto de desmayarse. ¡El rey, nada menos!

—Cuando entres —le dijo Chaol por encima del hombro—, párate donde me pare yo. Haz una reverencia. Una gran reverencia. Cuando te levantes, mantén la cabeza bien alta y la espalda erguida. No mires al rey a los ojos, no contestes nada sin añadir «majestad» y en ningún caso, bajo ninguna circunstancia, respondas con descaro. Si no lo complaces, ordenará que te ahorquen.

Celaena tenía un dolor de cabeza terrible que se concentraba alrededor de la sien izquierda. Todo era frágil y complicado. Aquellas personas tenían tanto poder... Chaol se detuvo antes de doblar una esquina.

—Estás pálida.

Le costaba enfocar la cara del capitán mientras inhalaba y exhalaba, inhalaba y exhalaba. Detestaba los corsés. Detestaba al rey. Detestaba los castillos de cristal.

Los días siguientes a su captura y condena habían sido como un sueño febril, pero podía recordar su juicio a la perfección:

las paredes de madera oscura, la suavidad de la silla en la que se había sentado, lo mucho que le dolía la mano desde su captura y el terrible silencio que se había apoderado de su cuerpo y de su alma. Había mirado al rey una sola vez. Había sido más que suficiente para nublarle la visión, para desear cualquier castigo que la alejara de él, incluso una muerte rápida. Su deseo había sido tan intenso que apenas había oído la sentencia cuando el rey la pronunció. ¿Adónde la enviaban?

—Celaena.

La chica parpadeó. Le ardían las mejillas. La expresión de Chaol se suavizó.

—No es más que un hombre. Eso sí, un hombre al que deberías tratar con el respeto que exige su rango —echó a andar de nuevo, aunque más despacio—. Esta reunión solo es para recordarles a ti y a los demás campeones por qué están aquí, lo que tienen que hacer y lo que pueden ganar. No es un juicio. Hoy nadie te va a poner a prueba.

Entraron en un largo pasillo y la asesina vio a cuatro guardias apostados ante las enormes puertas de cristal del otro extremo.

—Celaena —añadió el capitán, y se detuvo a unos metros de los guardias. Sus ojos castaños eran intensos, profundos.

—¿Sí? —preguntó ella. Su pulso había vuelto a la normalidad.

—Hoy estás muy guapa —se limitó a decirle antes de que se abrieran las puertas y echaran a andar.

Celaena levantó la barbilla mientras entraban al atestado salón.

CAPÍTULO 10

El suelo fue lo primero que vio. De mármol rojo, con sus vetas blancas iluminadas por el sol, que se desvaneció despacio cuando las puertas de cristal opaco se cerraron con un chirrido. Por todas partes había arañas y antorchas colgadas. Celaena paseaba la vista de lado a lado del abarrotado salón. No había ventanas, solo una pared de cristal con vistas a ninguna parte salvo el cielo. No había escapatoria, únicamente la puerta que ahora quedaba a su espalda.

A su izquierda, una chimenea ocupaba casi toda la pared, y mientras Chaol la conducía al centro de la sala, Celaena hizo esfuerzos para no mirarlo fijamente. Era monstruosa, una boca rugiente con grandes colmillos en cuyo interior ardía un fuego violento. Las llamas tenían un matiz verdoso que le provocó escalofríos.

El capitán se paró en el espacio vacío que había frente al trono y Celaena se detuvo con él. Chaol no parecía haber reparado en aquel ambiente amenazador o, si lo había hecho, lo disimulaba mejor que ella. Celaena miró al frente y se fijó en la multitud que llenaba la sala. Incómoda, sabedora de que había muchos ojos mirándola, Celaena hizo una profunda reverencia acompañada del sonido de la tela de su vestido.

Le flaquearon las piernas cuando Chaol le puso una mano en la espalda para indicarle que tenía que levantarse. La condujo al centro de la sala, donde aguardaba Dorian Havilliard. La ausencia de suciedad y de cansancio acumulado después de tres semanas de duro viaje había hecho maravillas en su suave rostro. Llevaba una chaqueta roja y dorada, el pelo negro peinado y brillante. Una expresión de sorpresa le recorrió la cara cuando la descubrió ataviada de un modo tan exquisito, pero la cambió por una sonrisa sardónica cuando volvió la vista hacia su padre. Celaena le habría devuelto la sonrisa de no haber estado tan pendiente del temblor de sus manos.

—Ahora que han llegado todos, quizá podamos empezar —dijo el rey por fin.

No era la primera vez que oía aquella áspera y profunda voz. Hacía que los huesos de Celaena crujieran y se astillaran, que su melena perdiera el esplendor y que sintiera el pasmoso frío de un invierno que habían dejado atrás hacía meses. Sus ojos solo se atrevieron a aventurarse hasta el pecho del rey. Era ancho, no del todo musculoso, y parecía apretado bajo la saya negra y roja. Llevaba una capa de pieles blancas prendida a los hombros y una espada envainada colgada del costado. En lo alto de la empuñadura había un guiverno con la boca abierta, como si gritara. Ninguno de los que se ponían ante aquella hoja vivía para ver un día más. Celaena conocía aquella espada.

Se llamaba Nothung.

—Todos ustedes han sido traídos hasta aquí desde diferentes lugares de Erilea con el propósito de servir a su país.

No resultaba muy difícil distinguir a la nobleza de los contendientes. Viejos y arrugados, todos aquellos nobles llevaban ropas refinadas y espadas decorativas. Junto a cada uno de ellos se alzaba un hombre —unos, altos y esbeltos; otros, musculosos; otros, normales, pero todos rodeados por al menos tres guardias.

Veintitrés hombres se interponían entre ella y la libertad. La mayoría eran inmensos y Celaena tuvo que mirarlos dos veces, pero al escrutar sus caras —muchas llenas de cicatrices, picadas de viruela o simplemente horribles— no vio ninguna chispa en el fondo de sus ojos, ni una pizca de inteligencia. Los habían elegido por sus músculos, no por sus cerebros. Tres de ellos estaban encadenados. ¿Tan peligrosos eran?

Unos cuantos le devolvieron la mirada y ella se las sostuvo, preguntándose si la identificaban como una competidora o como una dama de la corte. Casi ningún contendiente se fijó mucho en ella. Celaena apretó los dientes. Aquel vestido había sido un error. ¿Por qué Chaol no la había informado de la reunión el día anterior?

Un joven moreno moderadamente guapo se quedó mirándola, aunque ella intentó aparentar indiferencia mientras sus ojos grises la sometían a escrutinio. Era delgado y alto, pero no desgarbado, y tenía la cabeza ladeada hacia ella. Celaena lo miró con más detenimiento, desde la manera de balancear su peso hacia la izquierda hasta el rasgo en el que más se fijaba cuando evaluaba a los otros competidores.

Junto al duque Perrington había un hombre gigantesco que parecía hecho de músculos y acero y que se esforzaba en enseñarlos con su armadura sin mangas. Los brazos de aquel hombre parecían capaces de aplastarle el cráneo a un caballo. No es que fuera feo... De hecho, su rostro bronceado resultaba bastante agradable, pero había algo repugnante en su porte y en sus ojos negros cuando los movió y sus miradas se cruzaron. Sus enormes y blancos dientes brillaron.

—Todos van a competir por el título de campeón del rey... —siguió hablando el soberano—, mi espada y mi mano derecha en un mundo plagado de enemigos.

En el interior de Celaena saltó una chispa de vergüenza. ¿Qué era un «campeón», sino el eufemismo para denominar a un asesino? ¿De verdad podría soportar trabajar para él? Tragó saliva. Debía hacerlo, no tenía elección.

—Durante las próximas trece semanas todos vivirán y competirán en mi casa. Entrenarán a diario y se les pondrá a prueba una vez a la semana... una prueba durante la cual uno de ustedes quedará eliminado —Celaena hizo cálculos. Eran veinticuatro... y solo había trece semanas. Como si hubiera intuido su pregunta, el rey añadió—: Las pruebas no serán fáciles, como tampoco lo será su entrenamiento. Algunos podrían morir en el proceso. Iremos añadiendo pruebas eliminatorias adicionales según lo creamos conveniente. Y si se quedan rezagados, fracasan o me contrarían, serán enviados de vuelta al agujero negro del que han salido.

—La semana después de Yulemas, los cuatro campeones que queden se enfrentarán entre sí en un duelo por el título. Hasta entonces, aunque mi corte está al tanto de que se está celebrando una especie de competencia entre mis amigos íntimos y mis consejeros —englobó a toda la sala con un gesto de su mano llena de cicatrices—, mantendrán sus asuntos en privado. Cualquier fechoría por su parte y los empalaré frente a las puertas del castillo.

Sin querer, la asesina miró al rey a la cara y vio que este tenía los ojos puestos en ella. El monarca sonrió. A Celaena le dio un vuelco el corazón.

Asesino.

Debería estar colgando de la horca. Había matado a muchos más que ella: gente indefensa que no merecía morir. Había destruido culturas enteras, conocimientos valiosísimos y muchas cosas buenas. Su pueblo debería sublevarse. Erilea debería sublevarse... igual que se habían atrevido a hacer aquellos pocos rebeldes. Celaena intentó no apartar la mirada. No podía dar marcha atrás.

—¿Entendido? —preguntó el rey con la mirada todavía puesta en ella.

Asintió con fuerza con la cabeza. Solo tenía hasta Yulemas para vencerlos a todos. Una prueba por semana, quizá más. ¿Qué clase de pruebas?

—¡Hablen! —bramó el rey dirigiéndose a toda la sala, y Celaena intentó no estremecerse—. ¿Acaso no están agradecidos por esta oportunidad? ¿No merezco que me den las gracias y me juren lealtad?

Celaena agachó la cabeza y se quedó mirando a los pies del rey.

—Gracias, majestad. Se lo agradezco mucho —murmuró, y el sonido de su voz se mezcló con las palabras de los otros campeones.

El rey apoyó la mano en la empuñadura de Nothung.

—Creo que nos esperan trece semanas interesantes —Celaena notó que el rey seguía mirándola fijamente, y apretó los dientes—. Demuestren que son dignos de confianza, conviértanse en mi campeón y la riqueza y la gloria serán suyas para siempre.

Solo trece semanas para ganar su libertad.

—La próxima semana tengo que partir a resolver ciertos asuntos y no regresaré hasta Yulemas, pero no piensen que no podré dar la orden de ejecutar a cualquiera de ustedes si me llegan noticias de algún problema o *accidente*.

Los campeones asintieron de nuevo.

—Si hemos terminado, me temo que debo marcharme —lo interrumpió Dorian desde detrás de ella, y Celaena levantó la cabeza bruscamente al oír su voz... y comprender su impertinencia al interrumpir a su padre.

Dorian le hizo una reverencia al rey y saludó con la cabeza a los consejeros, que se habían quedado mudos. El rey despidió a su hijo con un gesto de la mano sin molestarse en mirarlo. Dorian le guiñó un ojo a Chaol antes de abandonar la sala.

—Si no hay preguntas... —les dijo el rey a los campeones y a sus patrocinadores en un tono que daba a entender que hacer preguntas solo les garantizaría un viaje a la horca—, les doy permiso para retirarse. No olviden que están aquí para honrarme a mí... y a mi imperio. Márchense todos.

Celaena y Chaol permanecieron callados mientras avanzaban por el pasillo, alejándose rápidamente de la caterva de contendientes y sus patrocinadores, que se habían quedado hablando entre sí y evaluándose los unos a los otros. A cada paso que se alejaba del rey la embargaba una sensación cálida y tranquilizadora. Cuando doblaron una esquina, Chaol suspiró profundamente y le quitó la mano de la espalda.

—Bueno, lograste mantener la boca cerrada... por una vez —dijo el capitán.

—¡Y qué convincente ha estado asintiendo y haciendo reverencias! —exclamó con alegría una voz.

Era Dorian, que estaba apoyado contra una pared.

—¿Qué haces aquí? —preguntó Chaol.

Dorian se apartó del muro.

—Pues esperándote, por supuesto.

—Pero si vamos a cenar juntos esta noche —repuso Chaol.

—Le estaba hablando a mi campeona —replicó Dorian con un guiño pícaro.

Celaena recordó cómo había sonreído a una dama de la corte el día de su llegada y mantuvo la vista al frente. El príncipe heredero se colocó a salvo junto a Chaol mientras seguían caminando.

—Te pido disculpas por la brusquedad de mi padre.

Ella siguió mirando al frente, a los criados que se inclinaban al paso de Dorian. El príncipe no les hacía ni caso.

—¡Por el Wyrd! —exclamó, y se echó a reír—. ¡Te ha entrenado bien! —le dio un codazo a Chaol—. Por el modo en que los dos me ignoran descaradamente, se diría que la muchacha es tu hermana. Aunque no se parecen en nada. No hay muchas tan guapas como para hacerse pasar por tu hermana.

Celaena sonrió sin poder evitarlo. Tanto el príncipe como ella se habían criado bajo el control de unos padres estrictos e implacables... Bueno, en su caso simplemente una figura paterna. Arobynn nunca había sustituido al padre al que ella había perdido; es más, ni siquiera lo había intentado. Pero al menos Arobynn tenía una excusa para ser tiránico y amoroso a partes iguales. ¿Por qué al rey de Adarlan no parecía importarle que su hijo hiciera su santa voluntad?

—¡Por fin! —dijo Dorian—. Una reacción. Gracias a los dioses que logré hacerle gracia —miró atrás para asegurarse de que no había nadie más y bajó la voz—. No creo que Chaol te haya contado nuestro plan antes de la reunión. Es arriesgado para todos nosotros.

—¿Qué plan? —preguntó Celaena.

Repasó con el dedo las cuentas del vestido, que brillaron a la luz vespertina.

—El de tu identidad. Deberías mantenerla en secreto. Tus competidores podrían saber un par de cosas sobre la Asesina de Adarlan y utilizarlas en tu contra.

Le parecía bien, aunque hubieran tardado varias semanas en ponerla al corriente.

—Y ¿quién soy exactamente, si no soy una asesina despiadada?

—Para todo el mundo del castillo —dijo Dorian—, tu nombre es Lillian Gordaina. Tu madre murió y tu padre es un rico mercader de Bellhaven. Eres la única heredera de su fortuna. Sin embargo, tienes un oscuro secreto: te pasas las noches robando joyas. Te conocí este verano, después de que intentaste robarme mientras estaba de vacaciones en Bellhaven, y reparé en tu potencial. Pero tu padre descubrió tus correrías nocturnas y te sacó del lujo de la ciudad para llevarte a un pueblo cerca de Endovier. Cuando mi padre decidió celebrar esta competencia, viajé para buscarte y te traje hasta aquí para que fueras mi campeona. Puedes rellenar los huecos de la historia tú misma.

Celaena enarcó las cejas.

—¿De verdad? ¿Una ladrona de joyas?

Chaol resopló.

—Es una historia encantadora, ¿no crees? —contestó Dorian. Como Celaena no respondía, le preguntó—: ¿Mi hogar es de tu agrado?

—Está muy bien, gracias —contestó la muchacha sin comprometerse.

—¿Muy bien? A lo mejor debería trasladar a mi campeona a unos aposentos aún más grandes.

—Si no es mucha molestia...

Dorian se echó a reír.

—Me alegra descubrir que el encuentro con tus competidores no ha puesto fin a tu arrogancia. ¿Qué te ha parecido Caín?

Celaena sabía a quién se refería.

—Quizá deberías alimentarme con lo mismo que le da Perrington a él —Dorian se quedó mirándola fijamente y Celaena puso los ojos en blanco—. Los hombres de su tamaño no suelen ser muy rápidos ni muy ágiles. Podría tumbarme de un puñetazo, probablemente, pero antes tendría que ser lo bastante rápido para atraparme.

Echó una rápida mirada a Chaol, retándolo a que le llevara la contraria, pero Dorian se adelantó.

—Bien. Eso pensaba. ¿Y los demás? ¿Algún rival en potencia? Algunos de los campeones tienen una reputación de lo más truculenta.

—Todos los demás me han parecido lamentables —mintió ella.

El príncipe sonrió abiertamente.

—Apuesto a que no esperan que vaya a derrotarlos una hermosa dama.

Todo aquello no era más que un juego para él, ¿verdad? Antes de que Celaena pudiera preguntárselo, alguien se interpuso en su camino.

—¡Alteza! ¡Qué sorpresa!

La voz era aguda pero suave y premeditada. Era la mujer del jardín. Se había cambiado de ropa; lucía un vestido blanco y dorado que a Celaena le encantó. Estaba injustamente apabullante.

Y Celaena se habría jugado una fortuna a que aquel encuentro había sido todo menos casual. Probablemente la mujer llevara un rato esperando.

—Lady Kaltain —dijo Dorian lacónicamente, con los músculos en tensión.

—Estaba con su madre, alteza —contestó Kaltain dándole la espalda a Celaena. A la asesina podría haberle importado aquel desaire de haber tenido algún interés en los asuntos cortesanos—. Su majestad desea verlo, alteza. Por supuesto, he informado a su majestad de que su alteza estaba en una reunión y no se le podía...

—Lady Kaltain —la interrumpió Dorian—. Me temo que no te he presentado a mi amiga —Celaena hubiera jurado que aquello irritó a la mujer—. Permíteme que te presente a Lady Lillian Gordaina. Lady Lillian, te presento a Lady Kaltain Rompier.

Celaena hizo una reverencia y reprimió las ganas de echar a andar. Como tuviera que aguantar muchas tonterías de la corte, casi prefería volver a Endovier. Kaltain también hizo una reverencia y las rayas doradas de su vestido brillaron a la luz del sol.

—Lady Lillian es de Bellhaven. Llegó ayer.

La mujer se quedó mirando a Celaena por debajo de unas cejas oscuras y bien perfiladas.

—¿Cuánto tiempo va a quedarse entre nosotros?

—Solo unos años —contestó Dorian, y suspiró.

—¡«Solo»! ¡Caramba, alteza, qué gracioso! ¡Eso es mucho tiempo!

Celaena se quedó mirando la estrechísima cintura de Kaltain. ¿De verdad era tan delgada o su figura era obra de un corsé que apenas la dejaba respirar?

Vio que los dos hombres intercambiaban una mirada: de exasperación, de irritación, de condescendencia.

—Lady Lillian y el capitán Westfall están muy unidos —dijo Dorian con dramatismo. Para deleite de Celaena, Chaol se ruborizó—. Te aseguro que a ellos se les hará muy corto.

—Y ¿a usted, alteza? —preguntó Kaltain tímidamente. En su voz se podía reconocer un matiz ansioso.

El lado travieso de la asesina culebreó en su interior, pero fue Dorian quien respondió:

—Supongo —dijo arrastrando las palabras y volviendo sus brillantes ojos azules a Celaena— que también será difícil para Lady Lillian y para mí. Quizá más difícil incluso.

Kaltain centró su atención en Celaena.

—¿Dónde encontraste ese vestido? —susurró—. Es extraordinario.

—Yo ordené que se lo hicieran —dijo Dorian como si nada, mientras se toqueteaba las uñas. La asesina y el príncipe se miraron, y los ojos azules de ambos reflejaron la misma intención. Al menos tenían un enemigo común—. Le sienta de maravilla, ¿no es cierto?

Kaltain frunció los labios durante un segundo, pero enseguida sonrió de oreja a oreja.

—Es sencillamente una preciosidad. Aunque ese verde tan claro no favorece a las mujeres de tez pálida.

—La palidez de Lady Lillian era un motivo de orgullo para su padre. La convierte en alguien fuera de lo común —Dorian miró a Chaol, que intentaba, sin conseguirlo, disimular su perplejidad—. ¿No estás de acuerdo, capitán Westfall?

—¿En qué? —preguntó Chaol.

—¡En que nuestra Lady Lillian es alguien fuera de lo común!

—¡Qué verguenza, alteza! —lo reprendió Celaena, que ocultó su regocijo con una risita nerviosa—. Yo *palidezco* en comparación con los refinados rasgos de Lady Kaltain.

Kaltain negó con la cabeza, pero miró a Dorian mientras hablaba.

—Eres demasiado amable.

Dorian giró sobre sus talones.

—Bueno, ya nos hemos entretenido más de la cuenta. Debo acudir a la llamada de mi madre.

Le hizo una reverencia a Kaltain y luego otra a Chaol. Finalmente, se volvió hacia Celaena, que lo miró con las cejas arqueadas cuando el príncipe tomó su mano y se la llevó a los labios. Su boca era suave y el beso le provocó una oleada de calor en el brazo que acabó por estallar en sus mejillas. Celaena resistió la tentación de dar un paso atrás. O de darle una bofetada.

—Hasta la próxima, Lady Lillian —se despidió Dorian con una sonrisa adorable.

A Celaena le habría encantado verle la cara a Kaltain, pero tuvo que agacharse para hacer una reverencia.

—Nosotros también tenemos que irnos —dijo Chaol mientras el príncipe se alejaba a grandes zancadas, silbando y con las manos en los bolsillos—. ¿Quieres que te acompañemos a alguna parte? —preguntó.

La oferta no era sincera.

—No —replicó Kaltain rotundamente. Se había quitado la careta—. Tengo que reunirme con su excelencia el duque Perrington. Espero que volvamos a vernos, Lady Lillian —se despidió con una mirada digna del mejor asesino—. Tú y yo tenemos que ser amigas.

—Por supuesto —respondió Celaena.

Kaltain pasó a su lado y las faldas de su vestido flotaron a su alrededor. Ellos siguieron andando y no intercambiaron palabra hasta que los pasos de Lady Kaltain se perdieron a lo lejos.

—Te has divertido, ¿verdad? —gruñó Chaol.

—Enormemente —Celaena le dio una palmadita en el brazo y se agarró a él—. Ahora debes fingir que te gusto. Si no, lo estropearás todo.

—Parece ser que el príncipe heredero y tú comparten el mismo sentido del humor.

—Quizás acabemos siendo amigos íntimos y te excluyamos a ti de la relación.

—Dorian tiende a relacionarse con damas de más posición y belleza —Celaena se volvió bruscamente para mirarlo. Chaol sonrió—. Qué presumida eres.

Ella lo fulminó con la mirada.

—Odio a esa clase de mujeres. Están tan desesperadas por llamar la atención de los hombres que con gusto traicionarían y perjudicarían a sus compañeras de sexo. ¡Y luego decimos que los hombres son incapaces de pensar con el cerebro! Por lo menos los hombres hablan claramente.

—Dicen que su padre es tan rico como un rey —comentó Chaol—. Supongo que por eso Perrington se ha encaprichado con ella. Llegó en una litera más grande que la mayoría de las cabañas de los campesinos. La trajeron hasta aquí desde donde vivía, a una distancia de casi trescientos kilómetros.

—Qué despilfarro.

—Lo siento por sus criados.

—¡Y yo lo siento por su padre! —exclamó Celaena.

Se echaron a reír y el capitán levantó un poco más el brazo al que ella iba agarrada. Cuando llegaron a los aposentos de la muchacha, ella saludó con un gesto de la cabeza a los guardias apostados junto a la puerta y miró a Chaol.

—¿Quieres cenar? Estoy muerta de hambre.

Chaol miró a los guardias y se le borró la sonrisa.

—Tengo cosas que hacer. Debo preparar una compañía de soldados para que acompañe al rey en su viaje.

Celaena abrió la puerta, pero lo miró a él. El pequeño lunar que Chaol tenía en la mejilla se elevó cuando se le dibujó una sonrisa en la cara.

—¿Qué? —preguntó Celaena. Un aroma delicioso surgió de sus dependencias, y su estómago protestó.

Chaol negó con la cabeza.

—Asesina de Adarlan —soltó una risa y echó a andar por el pasillo—. Deberías descansar —gritó por encima del hombro—. El torneo comienza mañana. Y aunque seas tan fantástica como dices, vas a necesitar dormir todo lo que puedas.

Celaena puso los ojos en blanco y cerró dando un portazo, pero se pasó toda la cena sonriendo de oreja a oreja.

CAPÍTULO 11

A Celaena le parecía que apenas había cerrado los ojos cuando notó una mano en el costado. Gruñó y se estremeció cuando alguien descorrió las cortinas y dejó entrar el sol.

—Despierta.

Lógicamente era Chaol.

Celaena se revolvió bajo las mantas y tiró de ellas para cubrirse la cabeza, pero el capitán las agarró y las arrojó al suelo. Con el camisón enrollado en los muslos, la muchacha se estremeció.

—Hace frío —se quejó, y se abrazó las rodillas. No le importaba disponer únicamente de unos cuantos meses para derrotar a los otros campeones, necesitaba dormir. Habría estado bien que el príncipe heredero se hubiera planteado sacarla de Endovier un poco antes y darle así *algo* de tiempo para recobrar fuerzas; ¿desde cuándo conocía la existencia de la competencia?

—Levántate —Chaol le arrancó las almohadas de debajo de la cabeza—. Estás haciéndome perder el tiempo.

Si el capitán percibió la cantidad de piel que Celaena estaba enseñando, no dio muestras de ello.

Rezongando, la chica se deslizó hasta el borde de la cama y estiró un brazo para tocar el suelo.

—Traeme las zapatillas —murmuró—. El suelo está tan frío como el hielo.

El capitán gruñó, pero Celaena no le hizo caso y se puso en pie. Trastabilló y se arrastró hasta el comedor. Allí, sobre la mesa, la esperaba un abundante desayuno. Chaol señaló la comida con la barbilla.

—Come bien. El torneo empieza dentro de una hora.

Si estaba nerviosa, no lo demostraba. Celaena suspiró exageradamente y se dejó caer sobre una silla con la gracia de un enorme animal. Luego le echó un vistazo a la mesa. Ni un cuchillo a la vista. Pinchó un trozo de salchicha con el tenedor.

—¿Y se puede saber por qué estás tan cansada? —preguntó Chaol desde el umbral.

Celaena apuró el zumo de granada y se limpió la boca con una servilleta.

—Estuve leyendo hasta bien avanzada la noche —contestó ella—. Le envié una carta a tu principito pidiéndole permiso para tomar prestados algunos libros de la biblioteca. Me concedió el deseo y me envió siete libros de su biblioteca *personal* que me ordenó leer.

Chaol negó con la cabeza sin dar crédito a lo que oía.

—No estás autorizada a escribirle al príncipe heredero.

Celaena le dedicó una sonrisa tonta y tomó un poco de jamón.

—Podía haber ignorado mi carta. Además, soy su campeona. No todo el mundo se siente obligado a ser tan desagradable conmigo como tú.

—Eres una asesina.

—Si digo que soy una ladrona de joyas, ¿me tratarás con más gentileza? —agitó la mano con desdén—. No contestes.

Celaena se metió una cucharada de avena en la boca, consideró que estaban insulsas y depositó cuatro montoncitos de azúcar de caña en aquella masa grisácea.

¿Serían sus competidores unos adversarios dignos de ella? Antes de que pudiera empezar a preocuparse echó un vistazo a la ropa negra del capitán.

—¿Es que nunca llevas ropa normal?

—Date prisa —se limitó a decir él. El torneo aguardaba.

De pronto, Celaena perdió el apetito y apartó el tazón de avena.

—Entonces debería vestirme —se volvió para llamar a Philippa, pero se lo pensó mejor—. ¿Qué clase de actividades voy a tener que llevar a cabo hoy? Lo digo para vestirme adecuadamente.

—No lo sé. No nos darán los detalles hasta que llegues —el capitán se levantó y tamborileó con los dedos en el pomo de su espada antes de llamar a una doncella. Cuando Celaena entró en el dormitorio oyó a Chaol hablar con la criada—: Que se ponga pantalones y camisa... algo holgado, nada recargado ni demasiado revelador, y una capa.

La doncella desapareció en el vestidor. Celaena la siguió y se desnudó sin más ceremonias hasta quedarse en ropa interior, y disfrutó como una loca al ver que Chaol se ponía rojo como tomate y se volteaba rápidamente.

Unos momentos después, Celaena frunció el ceño al verse en el espejo del comedor mientras seguía al capitán a toda prisa.

—¡Estoy ridícula! Estas calzas son absurdas y esta camisa es horrible.

—Deja de quejarte. A nadie le importa cómo vayas vestida —Chaol abrió la puerta que daba al pasillo y los guardias que había apostados fuera se cuadraron al instante—. Además, podrás quitártelos en los barracones. Estoy seguro de que a todo el mundo le encantará verte en ropa interior.

Celaena maldijo entre dientes, se envolvió en la capa de terciopelo verde y echó a andar detrás de él.

El capitán de la guardia la condujo a buen paso por el castillo, que aún estaba helado por el frío matutino, y enseguida entraron en los barracones. Allí los saludaron unos guardias protegidos con armaduras variadas. Al otro lado de una puerta abierta se veía un enorme comedor, donde muchos de los guardias estaban desayunando.

Por fin, Chaol se detuvo en algún lugar de la planta baja. La gigantesca sala rectangular en la que entraron tenía el tamaño del gran salón de baile. A ambos lados había columnas que sostenían un entrepiso, el suelo estaba adoquinado a cuadros blancos y negros, y las puertas de cristal de suelo a techo que ocupaban una pared entera estaban abiertas, con las vaporosas cortinas mecidas por la fresca brisa que entraba del jardín. La mayoría de los veintitrés campeones estaban ya diseminados por toda la sala entrenando con quienes solo podían ser los hombres de confianza de sus patrocinadores. Todos estaban meticulosamente controlados por guardias. Nadie se molestó en mirarla, salvo aquel muchacho vagamente guapo de los ojos grises, que esbozó una sonrisa antes de seguir disparando flechas a un blanco situado en la otra punta de la sala con una precisión desconcertante. Celaena levantó la barbilla y echó un vistazo a un armero.

—¿Esperas que me ponga a usar una maza una hora después de salir el sol?

Tras ellos entraron seis guardias con las espadas desenvainadas y se sumaron a las docenas que había ya en la sala.

—Si intentas hacer alguna tontería —dijo Chaol en voz baja—, ellos están aquí.

—No soy más que una ladrona de joyas, ¿recuerdas?

Se acercó al armero. Qué decisión tan insensata, dejar todas aquellas armas a su alcance. Espadas, dagas de defensa, hachas, arcos, picas, cuchillos de caza, mazas, lanzas, cuchillos arrojadizos, garrotes de madera... Aunque normalmente prefería el sigilo de una daga, estaba familiarizada con cada una de aquellas armas. Miró a su alrededor y reprimió una mueca. Al parecer, el resto de los competidores también lo estaban. Mientras los observaba, con el rabillo del ojo vio algo moverse.

Caín entró en la sala flanqueado por dos guardias y un hombre fornido lleno de cicatrices que debía de ser su entrenador. Celaena se irguió mientras Caín avanzaba hacia ella a grandes zancadas con una sonrisa bailando en los labios.

—Buenos días —dijo Caín con una voz profunda y áspera. Paseó sus ojos oscuros por el cuerpo de la chica hasta llegar a su cara—. Pensé que ya te habrías ido corriendo a casa.

Celaena sonrió sin separar los labios.

—¿Ahora que empieza la diversión?

Habría sido tan, tan fácil volverse, agarrarlo del cuello y estamparle la cara contra el suelo. Ni siquiera se dio cuenta de que estaba temblando de ira hasta que vio a Chaol.

—Resérvate para el torneo —dijo el capitán en voz baja.

—Voy a matarlo —susurró ella.

—Ni hablar. Si quieres cerrarle la boca, derrótalo. No es más que un bruto del ejército del rey. No malgastes fuerzas odiándolo.

Celaena puso los ojos en blanco.

—Muchas gracias por salir en mi defensa.

—No me necesitas para defenderte.

—Aun así habría sido agradable.

—Puedes librar tú sola tus propias batallas —dijo Chaol, y señaló el armero con la espada—. Elige una —al capitán le brillaron los ojos cuando la asesina se quitó la capa y la tiró a sus espaldas—. Veamos si estás a la altura de tu arrogancia.

A Caín le habría cerrado la boca... metiéndolo en una tumba sin nombre para siempre; pero ahora... ahora pensaba hacer que Chaol se comiera sus palabras.

Todas las armas tenían un buen acabado y brillaban a la luz del sol. Celaena fue desechándolas una tras otra, juzgando cada arma por el daño que podría causar en el rostro del capitán.

Se le aceleró el corazón mientras pasaba un dedo por los filos y los mangos de cada arma. No acababa de decidirse entre las dagas de caza y un encantador estoque con una guarnición llena de adornos. Con aquello podría arrancarle el corazón a una distancia prudencial.

La espada brilló cuando la empuñó para sacarla del armero. Tenía una buena hoja: fuerte, lisa y ligera. En la mesa no le dejaban un cuchillo de untar, pero ¿tenía acceso a aquello?

¿Y si lo cansaba un poco?

Chaol dejó su capa sobre la de ella y flexionó su musculoso cuerpo bajo los hilos oscuros de su camisa. Desenvainó la espada.

—¡En guardia! —exclamó, y adoptó una postura defensiva. Celaena lo miró aburrida.

«¿Quién te crees que eres? ¿Qué clase de persona dice: "En guardia"?».

—¿No vas a enseñarme primero lo más básico? —preguntó en voz baja para que solo él pudiera oírla, la espada le colgaba de una mano. Acarició la empuñadura y cerró los dedos sobre la superficie fría—. No sé si estás consciente de que me he pasado un año en Endovier. Se me podría haber olvidado.

—Con todas las personas que murieron en tu sección de las minas dudo mucho que se te haya olvidado algo.

—Fue con un pico —contestó Celaena sonriendo abiertamente—. Lo único que tenía que hacer era abrirle la cabeza a un hombre o clavárselo en el estómago —afortunadamente, ninguno de los otros campeones les estaba prestando atención—. Si consideras que esa tosquedad está a la altura de la destreza en el manejo de la espada… ¿se puede saber qué tipo de lucha practicas tú, capitán Westfall? —se puso la mano libre sobre el corazón y cerró los ojos para dar mayor énfasis.

El capitán de la guardia arremetió contra ella con un gruñido.

Celaena, no obstante, ya lo esperaba, y abrió los ojos como platos en cuanto las botas de Chaol rechinaron contra el suelo. Giró el brazo, colocó la espada en posición de bloqueo y sus piernas se prepararon para el impacto del acero contra el acero. El ruido fue muy curioso y en cierta forma más doloroso que recibir el golpe, pero Celaena no se lo planteó cuando el capi-

tán volvió a la carga y ella paró el arma con facilidad. Al despertar de su letargo, notó un dolor en los brazos, pero siguió parando
y desviando golpes.

El manejo de la espada es como bailar: hay que seguir ciertos pasos o todo se viene abajo. En cuanto oyó el ritmo lo recordó todo rápidamente. Los otros competidores se desvanecieron entre las sombras y la luz del sol.

—Bien —dijo el capitán entre dientes, bloqueando su golpe al verse forzado a adoptar una postura defensiva. A Celaena
le ardían los muslos—. Muy bien —susurró. Él también era bastante bueno... Mejor que bueno, en realidad, aunque ella no
pensaba decírselo.

Ambas espadas se encontraron con un ruido metálico y ejer-
cieron presión sobre el acero del contrincante. Él era más fuerte,
y Celaena resopló como consecuencia del esfuerzo que tuvo
que hacer para sostener su acero contra el del capitán. Pero, por
fuerte que fuera, no era tan rápido como ella.

Celaena retrocedió y fintó, y sus pies presionaron el suelo
y se flexionaron con la gracilidad de un pájaro. Al verse sorprendido con la guardia baja, a Chaol solo le dio tiempo a desviar el golpe.

Celaena le tomó la delantera y descargó el brazo sobre él
una y otra vez, retorciéndose y girándose, encantada con el suave dolor que notaba en el hombro cuando su hoja se estrellaba
contra la del capitán. Se movía rápidamente: como una bailari-
na en un ritual del templo, como una serpiente en el desierto
Rojo, como el agua que corre ladera abajo.

Él no se arredró, y Celaena le permitió avanzar antes de re-
clamar la posición. El capitán intentó sorprenderla con un golpe

dirigido a la cara, pero aquello solo despertó su ira; la asesina desvió el golpe levantando el codo, que se estrelló contra el puño de Chaol y lo obligó a bajarlo.

—Hay algo que debes recordar cuando te enfrentes a mí, Sardothien —dijo jadeando. El sol brilló en sus ojos marrones.

—¿Hum? —gruñó ella embistiendo para desviar su último ataque.

—Que nunca pierdo —añadió, y antes de que Celaena pudiese comprender sus palabras, algo le segó los pies y...

Tuvo la horrible sensación de caer. Jadeó cuando su espalda chocó contra el mármol y el estoque salió volando de su mano. Chaol le apuntó al corazón con la espada.

—Gané —dijo entre dientes.

Celaena se incorporó apoyándose en los codos.

—Has tenido que recurrir a darme una zancadilla. Yo a eso no lo llamaría ganar.

—No es a mí a quien le están apuntando al corazón con una espada.

El ambiente resonaba con el ruido metálico de espadas que entrechocaban y de respiraciones fatigosas. Celaena miró a los otros campeones; todos estaban entrenando. Todos menos Caín, claro, que al verla sonrió de oreja a oreja. Celaena le enseñó los dientes.

—Tienes la destreza —dijo Chaol—, pero algunos de tus movimientos siguen siendo indisciplinados.

La asesina dejó de mirar a Caín y fulminó con la mirada a Chaol.

—Eso nunca me ha impedido matar —le recordó.

Chaol soltó una carcajada al verla tan agitada y señaló el armero con la espada mientras le permitía que se levantara.

—Elige otra. Algo diferente. Y que sea interesante. Algo que me haga sudar, por favor.

—Sudarás cuando te despelleje vivo y te aplaste los ojos con los pies —murmuró recogiendo el estoque.

—Así se habla.

Celaena devolvió el estoque a su sitio y, sin dudarlo, agarró los cuchillos de caza.

«Mis viejos amigos».

En la cara se le dibujó una sonrisa malévola.

CAPÍTULO 12

Cuando Celaena estaba a punto de abalanzarse sobre el capitán con sus cuchillos, alguien golpeó el suelo con una lanza y pidió silencio en la sala. La asesina miró hacia el lugar de donde venía la voz y vio a un hombre bajo, fornido y con poco pelo plantado bajo el entrepiso.

—Guarden silencio. ¡Ya! —repitió el hombre. Celaena miró a Chaol; este asintió con la cabeza, le quitó los cuchillos y se unieron a los otros veintitrés competidores, que rodearon a aquel hombre—. Soy Theodus Brullo, maestro de armas y juez de esta competencia. Por supuesto, nuestro rey será el juez definitivo, pero yo seré quien decida cada día si son dignos de ser su campeón.

Le dio una palmadita a la empuñadura de su espada y Celaena tuvo que admirar el hermoso pomo de oro entrelazado.

—Hace treinta años que soy maestro de armas aquí, y entonces ya llevaba viviendo veinticinco años en este castillo. He entrenado a muchos señores y caballeros... y a muchos aspirantes a campeón de Adarlan. Les va a resultar muy difícil impresionarme.

Junto a Celaena, Chaol estaba con los hombros hacia atrás. La asesina pensó que quizá Brullo pudo haber entrenado al capitán. A juzgar por lo fácil que le había resultado a Chaol estar a su altura, si lo había entrenado Brullo, el maestro de armas debía de hacer honor a su título. Ella sabía mejor que nadie que no había que subestimar a un rival solo por su aspecto.

—El rey ya les ha contado todo lo que tienen que saber sobre esta competencia —dijo Brullo con las manos en la espalda—. Pero he pensado que debían de estar deseando saber más los unos de los otros —señaló a Caín con un dedo regordete—. Tú. ¿Cómo te llamas, a qué te dedicas y de dónde eres? Y sé sincero. Sé que ninguno de ustedes es panadero ni fabricante de velas.

Caín volvió a mostrar su insufrible sonrisa.

—Caín, soldado del ejército del rey. Soy de las montañas Colmillo Blanco.

Claro, faltaría más. Había oído contar historias sobre la brutalidad de los habitantes de esa región montañosa, y había visto a unos cuantos tan de cerca como para apreciar la ferocidad en su mirada. Muchos se habían rebelado contra Adarlan... y la mayoría había muerto. ¿Qué dirían de él los otros moradores de las montañas si pudieran verlo ahora? Celaena apretó los dientes. ¿Qué dirían los habitantes de Terrasen si pudieran verla a ella ahora?

Sin embargo, a Brullo no le importaba nada de aquello y ni siquiera asintió con la cabeza antes de señalar al hombre que estaba a la derecha de Caín. A Celaena le cayó bien inmediatamente.

—¿Y tú?

Era un hombre alto y delgado, de pelo rubio que empezaba a ralear; se quedó mirando al círculo de competidores y sonrió con desdén.

—Xavier Forul. Maestro ladrón de Melisande.

¡Maestro ladrón! ¿*Aquel* hombre? Claro que quizá su delgadez lo ayudara a colarse en las casas. Quizá no fuera un farol.

Uno tras otro, los veintiún competidores que quedaban se fueron presentando. Había seis avezados soldados más, todos ellos expulsados del ejército por un comportamiento cuestionable —que debía de ser realmente cuestionable, ya que el ejército de Adarlan se distinguía por su crueldad—. Luego había tres ladrones más, incluido Nox Owen, el moreno de los ojos grises del que Celaena había oído hablar de pasada y que llevaba toda la mañana dedicándole encantadoras sonrisas. Los tres mercenarios parecían dispuestos a hervir a alguien vivo, y luego estaban los dos asesinos encadenados.

Tal como sugería su nombre, Bill Chastain, el Comeojos, se comía los ojos de sus víctimas. Parecía sorprendentemente normal: tenía el pelo castaño desvaído, la piel bronceada y una altura media, aunque a Celaena le costaba trabajo no quedarse mirando su boca llena de cicatrices. El otro asesino era Ned Clement, que durante tres años se había hecho llamar Guadaña por el arma que había usado para torturar y desmembrar sacerdotisas. Lo sorprendente era que no hubieran ejecutado a ninguno de aquellos dos hombres, aunque por su piel bronceada, Celaena supuso que se habrían pasado los años transcurridos desde su captura trabajando como esclavos bajo el sol en Calaculla, el campo de trabajos forzados del sur, equiparable a Endovier.

Luego estaban los dos hombres callados y llenos de cicatrices que parecían compinches de algún caudillo de una tierra lejana y, por último, los cinco asesinos a sueldo.

A Celaena se le olvidaron inmediatamente los nombres de los primeros cuatro: un muchacho altanero y desgarbado, una bestia de hombre, un alfeñique desdeñoso y un imbécil quejumbroso de nariz aguileña que manifestó su gusto por los cuchillos. Ni siquiera estaban en el gremio de asesinos, aunque Arobynn Hamel tampoco los hubiera dejado entrar. Para llegar a ser miembro se exigían años de entrenamiento y un historial más que impresionante. Aunque aquellos cuatro pudieran ser asesinos expertos, les faltaba el refinamiento que Arobynn exigía a sus seguidores. No podía perderlos de vista, pero al menos no eran los asesinos silenciosos de las dunas azotadas por el viento del desierto Rojo. Esos sí que serían dignos de ella y la harían sudar un poco. Un verano sofocante Celaena se había pasado tres meses entrenando con ellos, y aún le dolían los músculos solo de recordar sus extenuantes ejercicios.

El último asesino, que se hacía llamar Tumba, le llamó la atención. Era delgado y bajito, con esa clase de cara malvada que hace que la gente aparte los ojos rápidamente. Había entrado en la sala con grilletes, y solo se los habían quitado después de que sus cinco guardias le lanzaran una mirada de advertencia. Aun así se quedaron cerca de él sin quitarle los ojos de encima. Cuando se presentó, Tumba ofreció una sonrisa empalagosa con la que enseñó sus dientes marrones. A Celaena le asqueó aún más que Tumba la recorriera con la mirada. Un asesino como él nunca se contentaba únicamente con matar. No si su víctima era una mujer. Celaena se propuso no apartar la mirada ante aquellos ojos hambrientos.

—¿Y tú?

La pregunta de Brullo la sacó de sus cavilaciones.

—Lillian Gordaina —contestó, con la cabeza bien alta—. Ladrona de joyas de Bellhaven.

Algunos de los hombres se rieron de ella. Celaena apretó los dientes. Habrían dejado de reírse de haber sabido su auténtico nombre... de haber sabido que aquella «ladrona de joyas» podía despellejarlos vivos sin necesidad de un cuchillo.

—Bien —dijo Brullo haciendo un gesto con la mano—. Tienen cinco minutos para dejar las armas y recobrar el aliento. Luego darán una vuelta corriendo para ver si están en forma. Aquellos que no puedan correr la distancia estipulada volverán a casa o a la cárcel en la que se pudrían cuando los encontraron sus patrocinadores. Su primera prueba será dentro de cinco días; si no la hemos puesto antes es porque somos compasivos.

Y así, todos diseminados, los campeones se pusieron a comentar entre susurros con sus entrenadores qué competidor les parecía la mayor amenaza. Caín o Tumba, probablemente. Desde luego no una ladrona de joyas de Bellhaven. Chaol se quedó a su lado viendo cómo se alejaban los campeones a grandes zancadas. Celaena no se había pasado ocho años forjándose una reputación y un año matándose en el trabajo en Endovier para que la despreciaran de aquel modo.

—Como tenga que volver a decir que soy una ladrona de joyas...

Chaol arqueó las cejas.

—¿Qué es lo que harás exactamente?

—¿Sabes lo insultante que es hacerse pasar por una ladrona de medio pelo de una pequeña ciudad de Fenharrow?

El capitán se quedó mirándola en silencio durante unos segundos.

—¿Tan arrogante eres? —Celaena enrojeció de ira, pero el capitán siguió hablando—: Ha sido una estupidez entrenar contigo ahora. Reconozco que no sospechaba que fueras tan buena. Afortunadamente nadie se ha dado cuenta. ¿Quieres saber por qué, Lillian? —se acercó a ella y bajó la voz—. Porque eres una muchacha guapa. Porque eres una ladrona de joyas de medio pelo de una pequeña ciudad de Fenharrow. Mira a tu alrededor —Chaol dio media vuelta para mirar a los otros campeones—. ¿Hay alguien mirándote? ¿Hay alguien evaluándote? No, porque piensan que no eres competencia para ellos. Porque no te interpones entre ellos y la libertad o las riquezas que persiguen.

—¡Exacto! ¡Es insultante!

—Es inteligente. Y vas a intentar no llamar la atención durante todo el torneo. No vas a destacar, ni vas a derrotar de manera aplastante a esos ladrones, soldados y asesinos desconocidos. Vas a quedarte en un término medio y nadie se va a fijar en ti, porque no vas a suponer una amenaza, porque pensarán que te eliminarán tarde o temprano y que deberían concentrarse en deshacerse de otros campeones más altos, fuertes y rápidos, como Caín. Pero los sobrevivirás a todos —prosiguió Chaol—. Y cuando se despierten el día del duelo final y descubran que la rival eres tú, y que has derrotado a todos los demás, sus miradas harán que todos sus insultos y su falta de atención hayan valido la pena —le tendió la mano para conducirla al exterior—. ¿Qué tienes que decir al respecto, Lillian Gordaina?

—Que puedo cuidarme yo sola —contestó quitándole importancia mientras le daba la mano—. Pero tengo que reconocer que eres muy inteligente, capitán. Tan inteligente que podría regalarte una de las joyas que pienso robarle esta noche a la reina.

Chaol se echó a reír y salieron dando grandes zancadas al exterior, donde los esperaba la carrera.

Le ardían los pulmones y las piernas le pesaban como el plomo, pero siguió corriendo y mantuvo su posición entre el grupo de campeones. Brullo, Chaol y los otros entrenadores —además de tres docenas de guardias armados— los siguieron a caballo por la reserva natural. A algunos de los campeones, como Tumba, Ned y Bill, les habían puesto unos grillos más largos. Celaena supuso que era un privilegio que Chaol no la hubiera encadenado a ella también. Para su sorpresa, Caín lideraba el grupo e iba casi diez metros por delante de los demás. ¿Cómo podía ser tan rápido?

El sonido de hojas aplastadas y de respiración fatigosa llenaba el cálido aire otoñal. Celaena mantenía la mirada fija en el pelo moreno, brillante y húmedo del competidor que tenía delante. Primero un paso y luego otro, tomar aire y soltar aire. Respirar... tenía que acordarse de seguir respirando.

Delante de ella Caín giró en un recodo en dirección al norte, de vuelta al castillo. Los demás lo siguieron como una bandada de pájaros. Primero un paso y luego otro, sin aflojar el ritmo. Que todos miraran a Caín, que conspiraran contra él. Celaena no necesitaba ganar la carrera para demostrar que era mejor... ¡Era mejor sin necesidad de que tuviera que refrendarlo el rey! Se saltó una respiración y le temblaron las rodillas, pero se mantuvo firme. La carrera terminaría pronto. Pronto.

No se había atrevido a mirar atrás para ver si alguno se había caído, pero intuía que Chaol la miraba fijamente y le recordaba que tenía que mantenerse en un término medio. Al menos confiaba en ella hasta ese punto.

Se acabaron los árboles y apareció el campo que había entre la reserva natural y los establos. El final del camino. La cabeza comenzaba a darle vueltas y habría maldecido el dolor que le atenazaba el costado si le hubiera quedado aliento para hacerlo. Tenía que mantenerse en un término medio. Tenía que seguir en el medio.

Caín superó los árboles y levantó los brazos por encima de la cabeza en señal de victoria. Corrió unos pasos más, aflojando la marcha para enfriarse, y su entrenador lo aclamó. La única respuesta de Celaena fue seguir moviendo los pies. Solo faltaban unos cuantos metros. La luz del campo abierto se hacía cada vez más intensa a medida que se acercaba. Vio unas partículas luminosas flotando ante sus ojos y ofuscándola. Tenía que quedar en un término medio. Varios años de entrenamiento con Arobynn Hamel le habían enseñado los peligros de rendirse antes de tiempo.

Superó los árboles y el campo abierto la rodeó en una explosión de espacio, hierba y cielo azul. Los hombres que tenía delante aflojaron el paso hasta detenerse. Era lo único que podía hacer para evitar caer de rodillas, pero hizo que sus piernas fueran más y más lentas hasta que sus pies ya solo caminaban y se obligó a tomar aire una y otra vez mientras seguía nublándosele la vista.

—Bien —dijo Brullo frenando a su caballo y comprobando quién había llegado ya—. Beban agua. Tenemos que seguir entrenando.

A través de las manchas que le nublaban la vista, Celaena vio que Chaol frenaba a su caballo. Sus pies echaron a andar solos hacia él, pero pasaron de largo en dirección al bosque, de nuevo.

—¿Adónde vas? —preguntó el capitán.

—Se me cayó mi anillo ahí atrás —mintió, haciendo todo lo posible por parecer atolondrada—. Dame un minuto para encontrarlo.

Sin esperar su aprobación, se internó en el bosque entre las risas y las burlas de los campeones que la habían oído. Por el ruido que se acercaba supo que había otro campeón a punto de salir. Se ocultó entre los arbustos y tropezó cuando el mundo se oscureció y se volvió más ligero. Apenas se había arrodillado cuando vomitó.

Le dio una arcada tras otra hasta que no le quedó nada en el cuerpo. El campeón rezagado pasó junto a ella. Con las piernas temblorosas, se agarró a un árbol cercano y se puso en pie. Vio al capitán Westfall al otro lado del camino, mirándola con los labios fruncidos.

Se limpió la boca con el dorso de la muñeca y no le dijo nada al capitán cuando salió del bosque.

CAPÍTULO 13

Ya era la hora de comer cuando Brullo les dio el resto del día libre, y decir que Celaena tenía hambre sería quedarse muy corto. Estaba en mitad de la comida, engullendo carne y pan, cuando se abrió la puerta del comedor.

—¿Qué haces aquí? —preguntó sin dejar de comer.

—¿Qué? —dijo el capitán de la guardia tomando asiento a la mesa. Se había cambiado de ropa y se había dado un baño. Agarró una fuente de salmón y la colocó sobre su propio plato. Celaena puso cara de indignación y arrugó la nariz—. ¿No te gusta el salmón?

—No soporto el pescado. Prefiero morirme a tener que comérmelo.

—Sorprendente —contestó Chaol tomando un bocado.

—¿Por qué?

—Porque hueles a pescado —Celaena abrió la boca y dejó a la vista la bola de pan y carne de res que estaba masticando. El capitán negó con la cabeza—. Aunque luches bien, tus modales son desastrosos.

Celaena esperó a que mencionara el tema del vómito, pero él se quedó callado.

—Puedo comportarme y hablar como una dama si me place.

—Pues te recomiendo que empieces a hacerlo —hizo una pausa y preguntó—: ¿Estás disfrutando de tu libertad provisional?

—¿Es un comentario sarcástico o una pregunta sincera?

El capitán tomó un bocado de salmón.

—Lo que prefieras.

Por la ventana se veía el cielo de la tarde, ligeramente pálido pero hermoso.

—En general, estoy disfrutando. Sobre todo ahora que tengo libros para leer cada vez que me encierran aquí. No creo que lo entiendas.

—Al contrario. Quizá no tenga tanto tiempo para leer como Dorian y tú, pero eso no quiere decir que no me gusten los libros.

Celaena mordió una manzana. Estaba ácida y tenía un dulce sabor a miel.

—Ah, ¿sí? ¿Y qué libros te gustan?

Chaol nombró unos cuantos y ella se limitó a parpadear.

—No son una mala elección, en general. ¿Qué más? —preguntó, y así se les pasó una hora volando, sin parar de hablar. De pronto, el reloj dio la una y el capitán se levantó.

—Tienes la tarde libre para hacer lo que quieras.

—¿Adónde vas?

—A descansar las piernas y los pulmones.

—Espero que leas algo de calidad antes de que volvamos a vernos.

El capitán olisqueó el aire al salir de la habitación.

—Y yo espero que te bañes antes de que volvamos a vernos.

Celaena suspiró y llamó a las criadas para que le prepararan un baño. Le apetecía pasarse la tarde leyendo en el balcón.

Al día siguiente, al amanecer, se abrió la puerta del dormitorio de Celaena y la habitación resonó con un curioso modo de andar que le resultaba familiar. Chaol Westfall se quedó parado al ver a la asesina balanceándose de la viga de la puerta del dormitorio y levantándose una y otra vez para tocar la barra de madera con la barbilla. Su camiseta interior estaba empapada en sudor, que le corría por la pálida piel. Ya llevaba casi una hora haciendo ejercicio. Le temblaron los brazos al levantarse de nuevo.

Aunque podía fingir que estaba en mitad del pelotón con respecto a los otros competidores, no había motivo para entrenar en consecuencia, por más que cada repetición hacía que su cuerpo le gritara basta. No estaba *tan* fuera de forma. Después de todo, el pico que había usado en las minas era pesado. Desde luego, no tenía nada que ver con la paliza que le habían dado sus competidores en la carrera del día anterior. Ella ya les llevaba ventaja; solo necesitaba estar un poco más en forma.

Sin dejar de hacer ejercicio, le dedicó una sonrisa al capitán y jadeó a través de los dientes apretados. Para su sorpresa, el oficial le devolvió la sonrisa.

Por la tarde se desencadenó una violenta tormenta, y Chaol permitió que Celaena paseara por el castillo con él una vez terminada la sesión de entrenamiento diario con el resto de los campeones. Aunque el capitán habló poco, a ella le gustó salir de sus aposentos y ponerse uno de sus nuevos atuendos, un precioso vestido de seda lila con unos símbolos de encaje de color rosa pálido y puntilla con adorno de cuentas perladas. Pero en un momento del paseo doblaron una esquina y estuvieron a punto de chocar contra Kaltain Rompier. La asesina habría puesto mala cara, pero se olvidó de Kaltain en cuanto vio a su acompañante. Era una mujer de Eyllwe.

Era deslumbrante, alta y delgada, y sus rasgos eran suaves y estaban perfectamente formados. Su holgado vestido blanco contrastaba con su cremosa piel bronceada, y un torques chapado en oro le cubría buena parte del pecho y el cuello. Alrededor de las muñecas brillaban brazaletes de oro y marfil, calzaba sandalias y llevaba unas ajorcas a juego en los tobillos. En lo alto de la cabeza llevaba un fino aro del que colgaban oro y joyas. La acompañaban dos guardias armados hasta los dientes con un amplio surtido de dagas curvas y espadas de Eyllwe. Ambos se quedaron mirando atentamente a Chaol y a Celaena, planteándose si suponían una amenaza.

La muchacha de Eyllwe era una princesa.

—¡Capitán Westfall! —dijo Kaltain, e hizo una reverencia. Junto a ella, un hombre bajito vestido con el atuendo rojo y negro de los miembros del consejo también hizo una reverencia.

La princesa de Eyllwe se quedó inmóvil, con sus ojos marrones llenos de recelo mientras contemplaba a Celaena y su acompañante. Celaena le dedicó una ligera sonrisa; la princesa se acercó un poco a ella, ante el nerviosismo de los guardias. La muchacha se movía con garbo.

Kaltain le hizo un gesto que apenas logró ocultar su desagrado.

—Te presento a su alteza real la princesa Nehemia Ytger de Eyllwe.

Chaol hizo una profunda reverencia. La princesa asintió con la cabeza, bajando apenas la barbilla. Celaena conocía aquel nombre: en Endovier a menudo había oído a los esclavos de Eyllwe presumir de la belleza y el valor de Nehemia. Nehemia, la Luz de Eyllwe, que los salvaría de la difícil situación en la que se encontraban. Nehemia, que algún día podría suponer una amenaza para el dominio del rey de Adarlan en su país cuando subiera al trono. Nehemia, susurraban, que pasaba información y víveres a escondidas a los grupos de rebeldes que se escondían en Eyllwe. ¿Qué estaría haciendo allí?

—Y Lady Lillian —añadió Kaltain.

Celaena se agachó todo lo que pudo para hacer una reverencia sin caerse.

—Bienvenida a Rifthold, alteza —dijo en lengua eyllwe.

La princesa Nehemia esbozó una sonrisa y los demás se quedaron boquiabiertos. El miembro del consejo sonrió de oreja a oreja mientras se secaba el sudor de la frente. ¿Por qué no le habrían concedido a Nehemia la compañía del príncipe heredero, o al menos de Perrington? ¿Por qué tenía la princesa una guía como Kaltain Rompier?

—Gracias —contestó la princesa en voz baja.

—Supongo que ha tenido un largo viaje —prosiguió Celaena en eyllwe—. ¿Ha llegado hoy, alteza?

Los guardias de Nehemia se miraron el uno al otro y Nehemia arqueó las cejas ligeramente. No había muchos norteños que hablaran su idioma.

—Sí, y la reina me ha asignado a *esta* —contestó Nehemia señalando a Kaltain con la cabeza— para enseñarme el lugar junto con ese gusano sudoroso.

La princesa entornó los ojos al mirar al miembro del consejo, que se retorcía las manos con nerviosismo y se daba toquecitos en la frente con un pañuelo. Quizás él sí que estaba al tanto de la clase de amenaza que representaba Nehemia. En ese caso, ¿por qué la habían invitado al castillo?

Celaena se pasó la lengua por los dientes mientras intentaba no reírse.

—Parece un poco nervioso —dijo, pero tuvo que cambiar de tema para no echarse a reír—. ¿Qué le parece el castillo?

—Es lo más estúpido que he visto en mi vida —contestó Nehemia escrutando el techo como si pudiera ver la parte de cristal a través de la piedra—. Preferiría entrar en un castillo de arena.

Chaol las miró a las dos, incrédulo.

—Me temo que no he entendido una sola palabra de lo que han dicho —las interrumpió Kaltain.

Celaena intentó no poner los ojos en blanco. Se le había olvidado que aquella mujer seguía allí.

—Nosotras —dijo la princesa intentando encontrar la palabra en el idioma común— estábamos hablando con el tiempo.

—*Del* tiempo —la corrigió Kaltain.

—Ten cuidado con lo que dices —le advirtió Celaena sin pensárselo.

Kaltain miró a Celaena malhumorada.

—Si está aquí para aprender nuestras costumbres, debería corregirla para que no haga el ridículo.

¿Estaba allí para aprender sus costumbres o para otra cosa completamente distinta? Los rostros de la princesa y de sus guardias no se alteraron.

—Alteza —dijo Chaol dando un paso al frente en un sutil movimiento para interponerse entre Nehemia y Celaena—, ¿está visitando el castillo?

Nehemia rumió aquellas palabras y miró a Celaena con las cejas arqueadas, como si estuviera esperando una traducción. Celaena esbozó una sonrisa. No le extrañaba que el miembro del consejo estuviera sudando tan profusamente: Nehemia era una fuerza que había que tener en cuenta. La asesina tradujo la pregunta de Chaol con facilidad.

—Si consideras que esta estructura demencial es un castillo... —contestó Nehemia.

—Dice que sí —dijo Celaena volviéndose hacia Chaol.

—No sabía que podían usarse tantas palabras para decir algo tan simple —contestó Kaltain con falsa dulzura. Celaena se clavó las uñas en las palmas de las manos.

«Voy a arrancarte el pelo».

Chaol dio otro paso hacia Nehemia para evitar que Celaena pudiera acceder a Kaltain. Qué hombre tan listo.

—Alteza, soy el capitán de la guardia real —dijo llevándose una mano al pecho—. Por favor, permítame que la acompañe.

Celaena volvió a traducirlo y la princesa asintió con la cabeza.

—Líbrate de ella —le dijo rotundamente a Celaena señalando con la mano a Kaltain—. No me gusta su mal genio.

—Puedes retirarte —le comunicó Celaena a Kaltain, y sonrió con generosidad—. La princesa se ha cansado de tu compañía.

Kaltain dio un respingo.

—Pero la reina...

—Si ese es el deseo de su alteza, habrá que concedérselo —la interrumpió Chaol.

Aunque sus rasgos eran una máscara protocolaria, Celaena habría jurado que había visto fugazmente un brillo de diversión en los ojos del capitán. Le hubiera dado un abrazo. La asesina no se molestó en despedirse de Kaltain; la princesa y el miembro del consejo se unieron a ellos, echaron a andar por el pasillo y dejaron atrás a la mujer echando humo.

—¿Todas sus mujeres de la realeza son así? —le preguntó la princesa a Celaena en eyllwe.

—¿Como Kaltain? Por desgracia, alteza.

Nehemia se quedó mirando a la asesina. Celaena se dio cuenta de que estaba analizando su ropa, su manera de andar, sus poses... todo lo que Celaena ya había analizado en la princesa.

—Pero tú... no eres como ellas. ¿Cómo es que hablas tan bien la lengua eyllwe?

—Pues... —Celaena se inventó algo rápidamente— la estudié durante varios años.

—Usas la entonación de los campesinos. ¿En los libros la enseñan así?

—Conocí a una mujer de Eyllwe que me lo enseñó.

—¿Alguna esclava tuya? —preguntó en un tono más cortante, y Chaol no pudo evitar mirarlas.

—No —se apresuró a contestar Celaena—. No creo que haya que tener esclavos.

Se le revolvió el estómago al pensar en todos los esclavos a los que había dejado en Endovier, toda aquella gente condenada a sufrir hasta la muerte. Que ella hubiera abandonado Endovier no significaba que Endovier hubiera dejado de existir.

—Entonces eres muy diferente de tus compañeras de corte —dijo Nehemia en voz baja.

Celaena solo fue capaz de asentir con la cabeza. Acto seguido, centraron su atención en el salón que se abría ante el grupo. Los adelantaron unas criadas, que abrieron los ojos como platos al ver a la princesa y a sus guardias. Tras unos momentos de silencio, Celaena enderezó la espalda.

—¿Qué haces en Rifthold, si me permites la pregunta? —inmediatamente añadió—: Alteza.

—No te molestes en llamarme así —la princesa se puso a juguetear con una de las pulseras de oro que llevaba en la muñeca—. He venido a petición de mi padre, el rey de Eyllwe, para aprender su idioma y su costumbres, y así servir mejor a Eyllwe y a mi pueblo.

Por lo que había oído de Nehemia, Celaena pensó que debía de haber algo más, pero sonrió educadamente.

—¿Cuánto tiempo te quedarás en Rifthold? —preguntó.

—Hasta que mi padre me pida que regrese —dejó de juguetear con las pulseras y frunció el ceño al ver la lluvia que azotaba las ventanas—. Con suerte solo me quedaré hasta la primavera. A menos que mi padre decida que un hombre de Adarlan podría hacer de mí una buena consorte. En ese caso, me quedaría hasta que ese asunto se solucionara.

Al ver la irritación en los ojos de la princesa, Celaena sintió una pizca de compasión por el hombre al que eligiera su padre.

La asaltó un pensamiento que le hizo ladear la cabeza.

—¿Con quién te casarías? ¿Con el príncipe Dorian?

Aquella pregunta era indiscreta y algo impertinente. Se arrepintió nada más hacerla. Pero Nehemia se limitó a hacer un gesto de desdén.

—¿Ese muchacho guapo? Me sonreía demasiado, y deberías haber visto cómo les guiñaba un ojo a las otras mujeres de la corte. Quiero un marido que caliente *mi* cama, y solo la mía —miró a la asesina de soslayo y volvió a examinarla de la cabeza a los pies. Celaena se percató de que la mirada de la princesa se entretenía en las cicatrices de las manos—. ¿De dónde eres tú, Lillian?

Disimuladamente, Celaena escondió las manos en los pliegues del vestido.

—De Bellhaven, una ciudad de Fenharrow. Es un puerto pesquero. Huele muy mal.

No mentía. Cada una de las veces que había visitado Bellhaven en una misión el hedor a pescado le había producido náuseas al acercarse demasiado a los muelles.

La princesa se echó a reír.

—Rifthold huele muy mal. Hay demasiada gente. Al menos en Banjali el sol lo quema todo. Y el palacio del río de mi padre huele a flor de loto.

Chaol carraspeó; obviamente estaba harto de que lo excluyeran de la conversación. Celaena le sonrió.

—No estés tan apesadumbrado —dijo en la lengua común—. Tenemos que ocuparnos de la princesa.

—Deja de regodearte —contestó frunciendo el ceño. Se llevó una mano a la empuñadura de la espada y los guardias de Nehemia se acercaron a él. Aunque Chaol fuera el capitán de la guardia, a Celaena no le cabía duda de que los guardias de Nehemia lo matarían si se convertía en una amenaza—. Vamos a llevarla al consejo del rey. Voy a hablar con ellos, a ver por qué han permitido que Kaltain le sirviera de guía.

—¿Te gusta la caza? —preguntó Nehemia en eyllwe.

—¿A mí? —la princesa asintió—. Pues... eh... no —dijo Celaena, y añadió volviendo a la lengua eyllwe—: Prefiero la lectura.

Nehemia miró hacia una ventana azotada por la lluvia.

—Hace cinco años, cuando Adarlan nos invadió, quemaron casi todos nuestros libros. No les importó que los libros fueran de magia —bajó la voz al pronunciar la última palabra, aunque ni Chaol ni el miembro del consejo podían entenderlas— o de historia. Quemaron bibliotecas enteras, además de museos y universidades...

Celaena sintió en el pecho un dolor que le resultaba familiar y asintió con la cabeza.

—Eyllwe no fue el único país donde sucedió eso.

Percibió un brillo frío y amargo en los ojos de Nehemia.

—Ahora casi todos los libros que recibimos son de Adarlan... Libros escritos en un idioma que apenas entiendo. Eso es algo que tengo que aprender mientras esté aquí. ¡Cuántas cosas! —dio un golpe en el suelo con el pie y sus joyas tintinearon—. ¡Además, no soporto estos zapatos! ¡Y este espantoso vestido! ¡Me da igual que esté hecho de seda de Eyllwe y que esté representando a mi reino, pero es que me pica desde que me lo puse! —exclamó, y se quedó mirando el vestido de Celaena, lleno de detalles—. ¿Cómo soportas llevar esa cosa enorme?

Celaena jugueteó con los volantes de su vestido.

—Para ser sincera, me rompe las costillas.

—Bueno, al menos no soy la única que sufre —respondió Nehemia.

Chaol se paró ante una puerta e informó a los seis centinelas apostados ante ella de que debían vigilar a las mujeres y a los guardias de la princesa.

—¿Qué hace? —preguntó Nehemia.

—Volver al consejo y asegurarse de que Kaltain no vuelva a hacerla de guía.

La princesa dejó caer los hombros ligeramente.

—Solo llevo un día aquí y ya quiero irme —reconoció.

Resopló y se volvió hacia la ventana, como si desde allí alcanzara a ver Eyllwe. De pronto, le agarró la mano a Celaena y se la apretó. Sorprendentemente, tenía los dedos encallecidos... en todos los puntos donde podría reposar la empuñadura de una espada o de una daga. Los ojos de Celaena se cruzaron con los de la princesa y esta soltó la mano de la asesina.

«Quizá los rumores sobre su asociación con los rebeldes de Eyllwe fueran ciertos...».

—¿Me harás compañía mientras esté aquí, Lady Lillian?

Celaena parpadeó al oír aquella súplica. No pudo evitar sentirse honrada.

—Por supuesto. Cuando esté disponible, con mucho gusto me ocuparé de ti.

—Ya tengo criadas que se ocupan de mí. Lo que quiero es alguien con quien hablar.

Celaena no pudo reprimir una sonrisa de oreja a oreja. Chaol volvió a salir al pasillo y le hizo una reverencia a la princesa.

—A los miembros del consejo les gustaría hablar contigo —tradujo Celaena.

Nehemia dejó escapar un gruñido en voz baja, pero le dio las gracias a Chaol antes de dirigirse a Celaena.

—Me alegro de que nos hayamos conocido, Lady Lillian —dijo Nehemia con un brillo en los ojos—. La paz sea contigo.

—Y contigo —murmuró la asesina mientras la veía marcharse.

Nunca había tenido muchas amigas, y las que había tenido a menudo la habían decepcionado. A veces, con devastadoras consecuencias, como había aprendido aquel verano con los asesinos silenciosos del desierto Rojo. Después de aquello había jurado que no volvería a confiar en otras chicas, y menos en las que tenían poder y objetivos propios. Chicas que harían cualquier cosa con tal de conseguir lo que querían.

Cuando la puerta se cerró tras la cola del vestido color marfil de la princesa de Eyllwe, Celaena se preguntó si no se estaría equivocando.

Chaol Westfall miraba comer a la asesina mientras sus ojos pasaban a toda prisa de un plato a otro. Al entrar en sus aposentos se había quitado el vestido inmediatamente y ahora estaba sentada con una bata de color rosa y verde jade que le quedaba muy bien.

—Hoy estás muy callado —dijo con la boca llena de comida. ¿Es que no pensaba parar de comer? Comía más que cualquier otra persona a la que él conociera, incluidos sus guardias. En todas las comidas repetía de cada plato—. ¿La princesa Nehemia te dejó embelesado? —preguntó, sin que las palabras pudieran distinguirse demasiado del ruido que hacía al masticar.

—¿Esa muchacha testaruda?

Celaena entornó los ojos y el capitán se arrepintió inmediatamente del comentario. Le esperaba un buen sermón, y no estaba de humor para que lo trataran con paternalismo. Tenía cosas más importantes en la cabeza. Antes de partir aquella mañana, el rey no se había llevado a *ninguno* de los guardias que el capitán le había sugerido que lo acompañaran en su viaje, y se había negado a decir adónde iba y a aceptar su ofrecimiento para acompañarlo.

Por no hablar del hecho de que unos cuantos de los perros del rey habían desaparecido y alguien había encontrado sus restos a medio comer en el ala norte del palacio. Aquello sí que era inquietante; ¿quién podía ser capaz de hacer algo tan truculento?

—¿Qué tienen de malo las muchachas testarudas? —preguntó Celaena—. Aparte de que no son tontas, cabezas huecas capaces de abrir la boca solo para dar órdenes y chismorrear.

—Simplemente prefiero a cierto tipo de mujer.

Por fortuna, había dado la respuesta correcta.

—Y ¿qué tipo de mujer es esa? —preguntó ella haciéndole un guiño.

—Desde luego, no una asesina arrogante.

Celaena hizo una mueca.

—Imagínate que no fuera una asesina. ¿Te gustaría entonces?

—No.

—¿Preferirías a *Lady Kaltain?*

—No seas estúpida.

Era fácil ser desagradable, pero también empezaba a ser demasiado fácil ser amable. El capitán tomó un bocado de pan. Celaena se quedó mirándolo con la cabeza ladeada. Chaol pensaba que a veces ella lo miraba igual que un gato mira a un ratón; se preguntaba cuánto tardaría en abalanzarse sobre él.

Celaena se encogió de hombros y le dio un mordisco a una manzana. La muchacha seguía siendo un poco infantil, y el capitán no podía soportar sus contradicciones.

—Me estás mirando fijamente, capitán.

Chaol estuvo a punto de disculparse, pero evitó hacerlo en el último momento. Era una asesina altanera, vulgar y absolutamente impertinente. Deseó que los meses pasaran volando, que la nombraran campeona y que, una vez transcurridos sus años de servidumbre, se marchara. El capitán no había dormido bien desde que la habían sacado de Endovier.

—Tienes comida entre los dientes —dijo él.

Celaena se la sacó con una uña afilada y se volvió para mirar por la ventana. La lluvia resbalaba por los cristales. ¿Estaba mirando la lluvia o alguna cosa más allá?

El capitán bebió de su copa. A pesar de su arrogancia, la asesina era lista, relativamente amable y un tanto encantadora. Pero ¿dónde estaba aquella oscuridad que se revolvía en su interior? ¿Por qué no hacía acto de presencia para que él pudiera meterla en la mazmorra y cancelar aquella ridícula competencia? En el interior de la asesina se ocultaba algo intenso y mortífero, y a él no le gustaba.

Estaría listo: cuando llegara la hora estaría al acecho. Lo único que lo preocupaba era cuál de los dos sobreviviría.

CAPÍTULO 14

Durante los siguientes cuatro días Celaena se despertó antes del amanecer para entrenar en su habitación, usando cualquier cosa para ejercitarse: sillas, la puerta... e incluso los tacos y la mesa de billar. Las bolas servían como estupendas herramientas para mantener el equilibrio. Al amanecer, Chaol solía presentarse a desayunar. Después corrían por la reserva natural y él procuraba ir al ritmo de la asesina. El otoño ya había entrado por completo y el viento olía a hojas crujientes y a nieve. Chaol nunca decía nada cuando ella se inclinaba hacia delante, apoyaba las manos en las rodillas y vomitaba el desayuno, ni tampoco hacía ningún comentario sobre el hecho de que cada día que pasaba ella pudiera ir más lejos sin pararse a tomar aliento.

Después de correr entrenaban en una sala privada, lejos de las miradas de sus competidores. Hasta que ella se desplomaba y gritaba que estaba a punto de morir de hambre y cansancio. En los entrenamientos, los cuchillos seguían siendo los favoritos de Celaena, aunque el garrote de madera también se convirtió en un arma muy apreciada; obviamente, tenía que ver con el hecho de que con él podía golpear al capitán libremente sin cortarle un brazo. Desde su primer encuentro con la princesa

Nehemia, no había vuelto a verla ni a oír hablar de ella, ni siquiera de boca de las criadas.

Chaol siempre acudía a comer y después se reunían con los demás campeones para pasarse unas horas más entrenando bajo la atenta mirada de Brullo. Casi todo el entrenamiento tenía como objetivo asegurarse de que en efecto eran capaces de usar aquellas armas. Obviamente, Celaena se lo pasaba con la cabeza gacha, esforzándose para que Brullo no la criticara, pero no tanto como para que la alabara, como hacía con Caín.

Caín... ¡Cómo lo detestaba! Brullo prácticamente lo idolatraba, y los otros campeones lo saludaban con un gesto de la cabeza para mostrarle respeto. Nadie se molestaba en comentar la buena forma en la que se encontraba ella. ¿Así es como se habían sentido los otros asesinos en la fortaleza de los asesinos todos aquellos años en los que había acaparado la atención de Arobynn Hamel? Era difícil concentrarse cuando Caín estaba cerca, provocándola y burlándose de ella, esperando a que cometiera algún error. Con suerte, no la distraería en la primera prueba eliminatoria. Brullo no les había dado ninguna pista sobre lo que se pondría a prueba, y Chaol tampoco tenía ni idea.

El día previo a la primera prueba Celaena supo que algo iba mal mucho antes de llegar a la sala de entrenamiento. Chaol no se había presentado a desayunar, sino que había enviado a sus guardias para que la llevaran a la sala de entrenamiento para entrenar ella sola. Tampoco se presentó a comer, y para cuando la acompañaron a la sala común, rebosaba preguntas.

Sin Chaol a su lado, Celaena se quedó junto a una columna y vio cómo entraban en fila los otros competidores, flanqueados por los guardias y sus entrenadores. Brullo aún no había llegado, y eso también le extrañó. Además, había demasiados guardias en la sala de entrenamiento.

—¿A qué crees que viene todo esto? —le preguntó Nox Owen, el joven ladrón de Perranth. Después de haber demostrado sus dotes durante el entrenamiento, muchos de los otros competidores le habían pedido su opinión, pero él había preferido no compartirla con nadie.

—El capitán Westfall no me entrenó esta mañana —dijo Celaena. ¿Qué tenía de malo reconocerlo?

Nox le ofreció la mano.

—Nox Owen.

—Sé quién eres —dijo Celaena, pero le estrechó la mano de todos modos.

El apretón de Nox fue firme; tenía la mano llena de callos y cicatrices. Estaba claro que había participado en más de un combate.

—Bien. Me he sentido un poco invisible con ese patán enorme luciéndose estos últimos días —señaló con la barbilla a Caín, que estaba examinando sus bíceps en tensión. En uno de sus dedos brillaba un gran anillo de piedra negra e iridiscente. Resultaba curioso que lo llevara para entrenar. Nox añadió—: ¿Has visto a Verin? Cualquiera diría que está a punto de vomitar.

Señaló al ladrón hablador al que Celaena quería dejar inconsciente de una paliza. Habitualmente, Verin estaba cerca de Caín, provocando a los demás campeones. Pero aquel día estaba solo junto a la ventana, con la cara pálida y los ojos abiertos como platos.

—Lo oí hablar con Caín —dijo una tímida voz junto a ellos. Voltearon y vieron a Pelor, el más joven de los asesinos.

Celaena se había pasado medio día observándolo... y aunque ella solo fingía ser mediocre, verdaderamente a él no le vendría mal un poco de entrenamiento.

«Menudo asesino. Aún no le ha cambiado la voz. ¿Cómo habrá acabado aquí?».

—Y ¿qué dijo?

Nox se metió las manos en los bolsillos. Su ropa no estaba tan raída como la de los otros competidores; el simple hecho de que Celaena hubiera oído su nombre significaba que debía de haber sido un buen ladrón en Perranth.

La pecosa cara de Pelor palideció un poco.

—A Bill Chastain... el Comeojos... lo encontraron muerto esta mañana.

¿Un campeón muerto? Y, para colmo, un asesino famoso.

—¿Cómo? —preguntó Celaena.

Pelor tragó saliva.

—Verin dijo que no era agradable. Como si alguien lo hubiera abierto en canal. Pasó junto al cadáver cuando venía hacia aquí.

Nox maldijo entre dientes y Celaena se quedó mirando a los otros campeones. Se había hecho el silencio entre ellos, y había varios grupos susurrando en corro. La historia de Verin estaba corriendo como la pólvora.

—Dice que el cadáver de Chastain estaba hecho jirones —añadió Pelor.

Un escalofrío le recorrió la espalda, pero negó con la cabeza. En ese momento entró un guardia y les dijo que Brullo había dado la orden de que les permitieran disponer libremente de la sala de entrenamiento para practicar como quisieran. Como necesitaba distraerse para conjurar la imagen que se estaba formando en su cabeza, Celaena no se molestó en despedirse de Nox y de Pelor y se dirigió a grandes zancadas al armero, de donde tomó un cinturón lleno de cuchillos arrojadizos.

Eligió un lugar junto a las dianas del tiro con arco. Nox se unió a ella unos segundos después y comenzó a lanzar sus cuchillos contra la diana. Alcanzó el segundo anillo, pero no logró acercarse más al centro. Su habilidad con los cuchillos no era tan buena como su dominio del arco.

Celaena sacó un cuchillo del cinturón. ¿Quién podía haber matado a uno de los campeones de aquel modo tan brutal? Además, si el cadáver estaba en el pasillo, ¿cómo podía haber escapado el culpable? El castillo era un hormiguero de guardias. Había muerto un campeón tan solo un día antes de la primera prueba; ¿se repetiría la historia?

La asesina se concentró en el pequeño punto negro del centro de la diana. Estabilizó su respiración, levantó el brazo y dejó libre la muñeca. El ruido que hacían los otros campeones se fue apagando. La negrura del centro de la diana la atraía y, al soltar el aire, lanzó el cuchillo.

En su camino brilló como una estrella fugaz hecha de acero. Al acertar en el blanco Celaena sonrió torvamente.

A su lado, Nox maldijo con viveza cuando su cuchillo alcanzó el tercer anillo. La sonrisa de Celaena se ensanchó, a pesar del cadáver hecho trizas que yacía en alguna parte del castillo.

La muchacha sacó otro cuchillo, pero se quedó parada cuando Verin la llamó desde el cuadrilátero donde entrenaba con Caín.

—Los trucos de circo no sirven de mucho cuando eres el campeón del rey —Celaena desvió la mirada hacia él, pero siguió apuntando al blanco, sin moverse—. Estarías mejor tumbada de espaldas, aprendiendo trucos útiles para una mujer. De hecho, esta noche puedo enseñarte algunos, si quieres —se echó a reír y Caín lo secundó.

Celaena agarró la empuñadura del cuchillo con tanta fuerza que se hizo daño.

—No les hagas caso —murmuró Nox. Lanzó un cuchillo más y volvió a fallar el centro de la diana—. No sabrían por dónde empezar con una mujer ni aunque una se paseara desnuda por su dormitorio.

Celaena lanzó el cuchillo y la hoja hizo un ruido metálico al clavarse junto a la que ya había incrustado en el centro de la diana.

Nox arqueó sus oscuras cejas, lo cual no hizo sino resaltar sus ojos grises. No podía tener más de veinticinco años.

—Tienes una puntería impresionante.

—¿Para ser una chica? —respondió ella.

—No —contestó él, y lanzó otro cuchillo—. Se mire por donde se mire.

Su cuchillo volvió a fallar. Se acercó a la diana, arrancó los seis cuchillos y los metió en sus vainas antes de volver a la línea de lanzamiento. Celaena carraspeó.

—Estás mal colocado —dijo la asesina en voz baja para que no la oyeran los otros campeones—. Y la posición de la muñeca es incorrecta.

Nox bajó el brazo y ella adoptó la postura correcta.

—Con las piernas así —añadió. Nox se quedó mirándola durante unos segundos y puso las piernas en una posición similar—. Flexiona ligeramente las rodillas. Echa los hombros hacia atrás y relaja la muñeca. Lanza el cuchillo cuando hayas expulsado el aire.

Celaena le hizo una demostración y el cuchillo se clavó en el centro de la diana.

—Enséñamelo otra vez —pidió Nox agradecido.

Celaena volvió a hacerlo y alcanzó de nuevo el centro de la diana. Luego lanzó otro cuchillo con la mano izquierda y reprimió un grito triunfal cuando la hoja se hundió en el mango de otro cuchillo.

Nox se concentró en el blanco mientras levantaba el brazo.

—Acabas de humillarme —dijo riéndose entre dientes mientras levantaba el cuchillo todavía más.

—Deja la muñeca más suelta —contestó ella—. Es la clave para hacer un buen lanzamiento.

Nox obedeció, soltó aire lentamente y lanzó el cuchillo. No se clavó en el centro de la diana, pero sí dentro del anillo interior.

—Mejoré un poco —dijo levantando las cejas.

—Solo un poco —contestó ella, y se mantuvo firme mientras él recogía los cuchillos de ambos de las dos dianas y le devolvía los suyos. Celaena los envainó en su cinturón—. Eres de Perranth, ¿no? —preguntó.

Aunque nunca había estado en Perranth, la segunda ciudad más grande de Terrasen, la sola mención de su país aún le hacía sentir miedo y culpabilidad. Habían pasado diez años desde el asesinato de la familia real, diez años desde que el rey de Adarlan había invadido el país con su ejército, diez años desde que Terrasen había sido condenado en silencio y entre cabezas gachas. No debería haberlo mencionado; de hecho, no sabía por qué lo había mencionado.

Controló sus rasgos para que demostraran un educado interés mientras Nox asentía con la cabeza.

—Es la primera vez que salgo de Perranth. Tú dijiste que eras de Bellhaven, ¿no?

—Mi padre es mercader —mintió Celaena.

—Y ¿qué opina de una hija que se gana la vida robando joyas?

Celaena esbozó una sonrisa y lanzó un cuchillo contra la diana.

—Está claro que no va a invitarme a su casa durante una temporada.

—Ah, al menos estás en buenas manos. Tienes el mejor entrenador de todos. Los he visto a los dos corriendo al amanecer. Yo al mío tengo que suplicarle que deje la botella y me permita entrenar fuera de estas sesiones —señaló con la cabeza a su entrenador, que estaba sentado contra la pared con la capucha de la capa tapándole los ojos—. Ya está otra vez durmiendo.

—A veces el capitán de la guardia es insoportable —contestó ella lanzando otro cuchillo—. Pero tienes razón: es el mejor.

Nox se quedó callado un momento.

—La próxima vez que nos hagan formar parejas para el entrenamiento, búscame, ¿quieres? —dijo por fin.

—¿Por qué? —la asesina fue a coger otro cuchillo, pero se dio cuenta de que había vuelto a usarlos todos.

Nox lanzó otro cuchillo y esta vez alcanzó el centro de la diana.

—Porque apuesto a que vas a ganar esta competencia.

Celaena sonrió ligeramente.

—Confiemos en que no te eliminen en la prueba de mañana —contestó la asesina. Examinó la sala de entrenamiento en busca de alguna señal del desafío que les esperaba al día siguiente, pero no vio nada extraordinario. Los otros competidores —menos Caín y Verin— guardaban silencio, y muchos se habían quedado pálidos como la nieve—. Y confiemos en que ninguno de los dos acabemos como el Comeojos —añadió, y lo decía muy en serio.

—¿Es que nunca haces otra cosa aparte de leer? —preguntó Chaol.

Celaena dio un respingo en su silla del balcón cuando el capitán se sentó a su lado. El último sol de la tarde le calentaba la cara y la última brisa templada del otoño le alborotaba el pelo suelto.

La muchacha le sacó la lengua.

—Y tú, ¿no deberías estar investigando el asesinato del Comeojos?

Después de la comida el oficial nunca acudía a sus aposentos.

A Chaol se le empañó la mirada.

—Eso no es asunto tuyo. Y no intentes sacarme información —añadió cuando la asesina abrió la boca. Señaló el libro que Celaena tenía en el regazo—. En la comida ví que estás leyendo *El viento y la lluvia* y se me olvidó preguntarte qué opinas.

¿De verdad había ido a hablar de un libro cuando esa misma mañana habían encontrado el cadáver de un campeón?

—Es un poco denso —reconoció, y levantó el volumen marrón que tenía en el regazo. Como el capitán no contestó, ella preguntó—: ¿A qué veniste?

—Tuve un día muy ajetreado.

Celaena se masajeó la rodilla, que tenía dolorida.

—¿Por culpa del asesinato de Bill?

—Porque el príncipe me arrastró a una reunión del consejo que duró tres horas —contestó; le temblaba un músculo de la mandíbula.

—Pensaba que su alteza real era tu amigo.

—Y lo es.

—¿Desde cuándo son amigos?

El capitán se quedó callado y Celaena comprendió que Chaol se estaba planteando cómo podría usar ella esa información en su contra, sopesando el riesgo de contarle la verdad. Celaena estaba a punto de interpelarlo abruptamente cuando el capitán contestó:

—Desde que éramos jóvenes. Éramos los únicos muchachos de nuestra edad que vivían en el castillo... al menos de un nivel social alto. Recibíamos clases juntos, jugábamos juntos y entrenábamos juntos. Pero cuando yo tenía trece años mi padre trasladó a la familia a nuestra casa de Anielle.

—¿La ciudad del Lago de Plata?

Tenía sentido que la familia de Chaol gobernara Anielle. Los ciudadanos de Anielle eran guerreros desde que nacían y habían sido los guardianes contra las hordas de salvajes de las montañas Colmillo Blanco durante generaciones. Afortunadamente, durante los últimos años las cosas habían sido mucho más fáciles para los guerreros de Anielle; los hombres de las montañas Colmillo Blanco habían sido uno de los primeros pueblos conquistados por los ejércitos de Adarlan, y sus rebeldes rara vez acababan como esclavos. Celaena había oído historias según las cuales los hombres de las montañas preferían matar a sus mujeres e hijos, y luego a sí mismos, antes que ser apresados por los soldados de Adarlan. La idea de Chaol enfrentándose a cientos de ellos —hombres como Caín— le hizo sentir náuseas.

—Sí —contestó Chaol jugueteando con el largo cuchillo de caza que llevaba colgado al costado—. Debía pasar a formar parte del Consejo Real, como mi padre, y él quería que pasara un tiempo entre mi pueblo y aprendiera... lo que sea que aprenden los miembros del consejo. Mi padre decía que con el ejército del rey allí podríamos dejar de luchar contra los hombres de las montañas para concentrarnos en la política —sus ojos dorados parecían distantes—. Pero echaba de menos Rifthold.

—¿Y te escapaste?

Celaena se maravilló de que el capitán estuviera contándole tantas cosas por iniciativa propia. ¿Acaso no se había negado a contarle sobre sí mismo mientras viajaban hasta allí desde Endovier?

—¿Escaparme? —Chaol se echó a reír—. No. Dorian convenció al capitán de la guardia para que me aceptara como su aprendiz, con ayuda de Brullo. Mi padre se negó, así que abdiqué de mi título de Lord de Anielle en mi hermano y me marché al día siguiente —el silencio del capitán dio a entender lo que él no era capaz de decir: que su padre no se había opuesto. Y ¿su madre? Chaol respiró hondo, soltó el aire y preguntó—: ¿Y tú?

Celaena se cruzó de brazos.

—Pensaba que no querías saber nada de mí.

El capitán esbozó una sonrisa mientras veía cómo el cielo se derretía en una mancha de color naranja.

—¿Qué opinan tus padres de que su hija sea la Asesina de Adarlan?

—Mis padres están muertos. Murieron cuando yo tenía ocho años.

—Entonces...

El corazón le retumbó en el pecho.

—Nací en Terrasen, luego me convertí en una asesina a sueldo, luego fui a Endovier y ahora estoy aquí. Nada más.

Se hizo el silencio.

—¿Dónde te hiciste la cicatriz de la mano derecha?

A Celaena no le hizo falta mirar la irregular línea que le cruzaba el dorso de la mano a la altura de la muñeca. Flexionó los dedos.

—Cuando tenía doce años Arobynn Hamel decidió que con la mano izquierda no era tan hábil en el manejo de la espada, así que me dio a elegir: o me rompía él la mano derecha o lo hacía yo misma —el recuerdo fantasma de un dolor cegador le atenazó la mano—. Aquella noche puse la mano contra el marco de una puerta y la cerré con fuerza. Me abrí la mano y me rompí dos huesos. Tardó varios meses en curarse... unos meses durante los cuales solo pude usar la mano izquierda —sonrió con malicia—. Seguro que Brullo nunca te hizo algo así.

—No —contestó Chaol en voz baja—. No, en absoluto —carraspeó y se puso en pie—. Mañana se celebra la primera prueba. ¿Estás lista?

—Por supuesto —mintió ella.

El capitán se quedó de pie durante unos segundos, contemplándola.

—Nos veremos mañana a primera hora —dijo, y se fue.

En el silencio que siguió a su marcha, Celaena se quedó pensando en la historia del capitán y en los caminos que los habían hecho tan diferentes pero tan parecidos. Se abrazó las rodillas y un viento frío hizo mecerse los volantes de su vestido.

CAPÍTULO 15

Aunque nunca lo reconocería, Celaena no sabía qué esperar de su primera prueba. Después de todo el entrenamiento de los últimos cinco días, y del cambio de unas armas y técnicas a otras, tenía todo el cuerpo dolorido. Eso era algo que tampoco reconocería nunca, aunque le resultara casi imposible ocultar el dolor punzante que sentía en brazos y piernas. Cuando Celaena y Chaol entraron en la gigantesca sala de entrenamiento por la mañana, la asesina miró a sus competidores y recordó que no era la única que no tenía ni idea de lo que les esperaba. Una enorme cortina negra cubría la mitad de la sala e impedía ver lo que había en la otra mitad. Lo que hubiera al otro lado de la cortina —reflexionó Celaena— iba a decidir la suerte de uno de ellos.

El barullo habitual había dado paso a un silencio salpicado de susurros... y más que relacionarse entre sí, los competidores preferían quedarse junto a sus entrenadores. Celaena se quedó pegada a Chaol, nada extraordinario. Lo que sí era extraordinario eran los patrocinadores, que, desde lo alto del entrepiso, miraban lo que sucedía en el suelo de cuadros blancos y negros. A Celaena se le hizo un nudo en la garganta al cruzarse su mirada con la del príncipe heredero. Aparte del envío de sus libros, no lo había visto ni había tenido noticias suyas desde el encuentro con el rey. Dorian le dedicó una sonrisa y sus ojos color azul zafiro brillaron al sol de la mañana. Ella le respondió esbozando una sonrisa y rápidamente miró a otra parte.

Brullo estaba junto a la cortina con una mano llena de cicatrices apoyada en la empuñadura de su espada. Celaena estudió la escena. De pronto, alguien apareció a su lado. Ella supo quién era antes incluso de que abriera la boca para hablar.

—Un poco teatral, ¿no crees?

Miró a Nox de soslayo. Chaol se puso en tensión a su lado y Celaena advirtió que el capitán estaba mirando al ladrón con atención, preguntándose si Nox y ella estarían ideando algún plan para fugarse que incluyera la muerte de todos los miembros de la familia real.

—Después de cinco días de entrenamiento sin sentido me alegro de que esto se ponga emocionante —contestó Celaena en voz baja, consciente de que muy poca gente hablaba en el salón.

Nox se rio entre dientes.

—¿Tú qué crees que es?

Ella se encogió de hombros sin dejar de mirar la cortina. Cada vez llegaban más competidores y el reloj no tardaría en dar las nueve, la hora a la que debía comenzar la prueba. Aunque hubiera sabido lo que había detrás de la cortina no lo habría ayudado.

—Espero que sea una manada de lobos a los que tenemos que vencer con las manos desnudas —lo miró de frente y esbozó una sonrisa—. A que sería divertido.

Chaol carraspeó sutilmente. No era momento para hablar. Celaena se metió las manos en los bolsillos de los pantalones negros.

—Buena suerte —le dijo a Nox antes de echar a andar a grandes zancadas hacia la cortina con Chaol siguiéndola de cerca. Cuando se alejaron un poco, le preguntó al capitán entre dientes—: ¿No tienes ni idea de lo que hay detrás de esa cortina?

Chaol negó con la cabeza.

Celaena se ajustó el grueso cinturón de cuero a la altura de las caderas. Era la clase de cinturón adecuado para soportar el peso de varias armas. Su ligereza solo le recordaba todo lo que había perdido... y todo lo que podía ganar. La muerte del Comeojos el día anterior había sido afortunada en un aspecto: ahora había un hombre menos contra el que competir.

Miró a Dorian. Desde donde se encontraba en el entrepiso seguramente él sí podía ver lo que había al otro lado de la cortina. ¿Por qué no la ayudaba a hacer trampa? Dirigió su atención a los otros patrocinadores —nobles vestidos con ropas refinadas— y rechinó los dientes al ver a Perrington. Este sonrió al ver a Caín, que estaba estirando sus musculosos brazos. ¿Le habría dicho ya lo que había al otro lado de la cortina?

Brullo carraspeó.

—¡Atentos! —gritó. Todos los competidores intentaron aparentar tranquilidad mientras él avanzaba hasta el centro de la cortina—. Ha llegado el momento de la primera prueba —sonrió de oreja a oreja, como si lo que ocultaba la cortina fuera a suponer un tormento para ellos—. Tal como ordenó su majestad, hoy resultará eliminado uno de ustedes. Uno de ustedes no será considerado digno.

«¡Vamos, dilo de una vez!», pensó Celaena mientras apretaba los dientes.

Como si le hubiera leído el pensamiento, Brullo chasqueó los dedos y un guardia que estaba junto a la pared tiró de la cortina. Centímetro a centímetro, se fue descorriendo hasta que...

Celaena reprimió una carcajada. ¿Tiro con arco? ¿Era una competencia de tiro con arco?

—Las reglas son sencillas —dijo Brullo. Tras él había cinco dianas repartidas por toda la sala—. Pueden disparar cinco veces, una por diana. El que tenga peor puntería se va a su casa.

Algunos competidores se pusieron a murmurar, pero Celaena tuvo que concentrarse para evitar sonreír de oreja a oreja. Desafortunadamente, Caín no se molestó en ocultar su sonrisa triunfal. ¿Por qué no podía haber sido él el campeón al que habían encontrado muerto?

—Lo harán uno por uno —dijo Brullo, y tras ellos aparecieron un par de soldados empujando un carrito lleno de arcos y aljabas cargadas de flechas—. Pónganse en fila ante la mesa para decidir en qué orden participarán. Doy por comenzada la prueba.

Celaena esperaba que todos acudieran corriendo a la larga mesa donde habían depositado aquellos arcos y flechas idénticos, pero al parecer ninguno de los otros veintidós competidores tenía demasiada prisa por volver a casa. Celaena hizo el ademán de unirse a la fila que estaba comenzando a formarse, pero Chaol la agarró del hombro.

—No te luzcas —le advirtió.

Celaena sonrió con dulzura y le apartó los dedos.

—Lo intentaré —susurró, y se unió a la fila.

Darles flechas era un enorme acto de fe, aun cuando tuvieran las puntas romas. Una punta poco afilada no impediría que una flecha atravesara el cuello de Perrington... o de Dorian, de haberlo querido.

Aunque el pensamiento fuera entretenido, Celaena siguió prestando atención a los competidores. Con veintidós campeones y cinco disparos por cabeza la prueba se alargó muchísimo tiempo. Gracias a que Chaol la había retenido ahora ocupaba uno de los últimos lugares de la fila; no el último, pero casi: tras ella solo había tres competidores. Estaba tan atrás que tuvo que ver a todos someterse a la prueba antes que ella, incluido Caín.

Los otros competidores lo hicieron bastante bien. Los enormes objetivos circulares estaban compuestos de cinco anillos de colores: el interior era amarillo, con un puntito negro para señalar el centro de la diana. Las dianas eran más pequeñas cuanto más atrás estaban colocadas; como la sala era tan larga, la última diana estaba a casi sesenta y cinco metros de distancia.

Celaena pasó los dedos por la suave curva de su arco de madera de tejo. El tiro con arco era una de las primeras destrezas que le había enseñado Arobynn, algo básico en el entrenamiento de cualquier asesino a sueldo. Dos de los asesinos lo demostraron con disparos fáciles y diestros. Aunque no alcanzaron el centro de la diana y sus lanzamientos se fueron haciendo más descuidados cuanto más lejano era el objetivo, quienesquiera que hubieran sido sus maestros sabían lo que les enseñaban.

Pelor, el asesino desgarbado, aún no era lo bastante fuerte para manejar un arco y apenas logró acertar algún disparo. Al acabar, los ojos le brillaban con resentimiento. Los campeones se rieron por lo bajo, y Caín fue quien más fuerte rió.

Brullo tenía el semblante serio.

—¿Es que nadie te enseñó a usar un arco, muchacho?

Pelor levantó la cabeza, fulminó al maestro de armas con la mirada y le habló con un descaro sorprendente.

—Se me dan mejor los venenos.

—¡Venenos! —Brullo levantó las manos—. El rey quiere un campeón... ¡y tú no serías capaz de acertarle a una vaca en un prado!

El maestro de armas le ordenó que se retirara con un gesto de la mano. Los otros campeones volvieron a reírse y a Celaena le dieron ganas de sonreír con ellos. Pero Pelor respiró hondo, se estremeció, relajó los hombros y se reunió con el resto de los competidores que ya habían terminado. Si al final acababa eliminado, ¿adónde se lo llevarían? ¿A la cárcel... o a algún otro lugar de mala muerte? Celaena no pudo evitar compadecerse del muchacho. Sus disparos tampoco habían sido *tan* malos.

Fue Nox quien más la sorprendió, con tres blancos en las dianas más cercanas y las dos últimas flechas clavadas en el límite del anillo interior. A lo mejor debería plantearse una alianza con él. Por cómo lo miraban los otros competidores mientras se retiraba a la parte de atrás de la sala, Celaena supo que estaban pensando lo mismo que ella.

Tumba, el repugnante asesino a sueldo, lo hizo bien. Cuatro flechas en el centro de la diana y el último disparo en el borde del anillo interior. Pero entonces Caín acudió a la línea blanca pintada en la parte de atrás de la sala, tensó el arco con la mano donde brillaba su anillo negro y disparó.

Y otra vez, y otra, y otra más en solo unos segundos.

Y cuando el sonido de su último disparo dejó de retumbar en la sala, de pronto sumida en el silencio, a Celaena le dio un vuelco el estómago. Cinco dianas.

El único consuelo de la muchacha era que ninguna había alcanzado el puntito negro, el centro absoluto, aunque una se había acercado bastante.

La fila comenzó a avanzar rápidamente. Celaena no podía pensar en otra cosa que no fuera Caín... y Perrington aplaudiendo a Caín, y Brullo dándole una palmada en la espalda a Caín, y todo el mundo prestándole atención y alabando a Caín no por ser una montaña de músculos, sino porque se lo merecía de verdad.

De repente, Celaena se vio de pie ante la línea blanca, enfrentada a la enorme longitud de la sala. Algunos hombres se rieron, aunque en voz baja, y ella mantuvo la cabeza bien alta mientras echaba la mano por encima del hombro para tomar una flecha y la colocaba en el arco.

Unos días antes habían practicado el tiro con arco y ella había obtenido excelentes resultados... o todo lo excelentes que había podido sin llamar la atención. Además, había matado a hombres a más distancia que la más lejana de las dianas. Con disparos limpios que les habían atravesado el cuello.

Intentó tragar saliva, pero tenía la boca seca.

«Soy Celaena Sardothien, la Asesina de Adarlan. Si estos hombres supieran quién soy dejarían de reírse. Soy Celaena Sardothien. Voy a ganar. No tendré miedo».

Tensó el arco y los músculos doloridos del brazo se resintieron del esfuerzo. Bloqueó el ruido, el movimiento y cualquier otra cosa que no fuera el sonido de su respiración mientras se concentraba en la primera diana. Respiró hondo y, mientras soltaba el aire, dejó volar la flecha.

Diana.

Se le deshizo el nudo del estómago y resopló por la nariz. La flecha no se había clavado en el centro absoluto de la diana, pero es que tampoco lo había intentado.

Algunos de los hombres dejaron de reírse, pero no les hizo caso. Puso otra flecha en el arco y disparó a la segunda diana. Había apuntado al borde del anillo interior, y lo alcanzó con una precisión brutal. Podría haber hecho un círculo entero de flechas si hubiera querido. Y si hubiera tenido suficientes flechas.

En la tercera diana volvió a acertar: había apuntado al borde, pero se clavó más cerca del centro. Hizo lo mismo con la cuarta diana, pero apuntó al otro lado del centro. La flecha se clavó en el lugar preciso donde había apuntado.

Al sacar su última flecha, oyó reírse a uno de los competidores, un mercenario pelirrojo llamado Renault. Apretó tanto el arco que la madera crujió y se dispuso a lanzar su última flecha.

La diana era poco más que un borrón de color, tan lejana que el centro era un grano de arena en la enormidad de la sala. No podía ver el puntito del centro, aquel puntito que nadie había alcanzado todavía, ni siquiera Caín. El brazo de Celaena tembló del esfuerzo cuando tensó la cuerda un poco más y disparó.

La flecha se clavó en el centro absoluto y borró de la vista el puntito negro. Todos dejaron de reírse.

Nadie le dijo nada cuando se alejó de la fila y dejó el arco en el carrito. Chaol frunció el ceño —estaba claro que no había pasado inadvertida—, pero Dorian sonrió. Celaena suspiró y se unió a los contendientes que esperaban el final de la competencia, pero sin acercarse a ninguno.

Cuando Brullo comparó la puntería de los competidores, no fue el joven Pelor quien resultó eliminado, sino uno de los soldados del ejército. Pero aunque Celaena no había perdido ni por asomo, no podía soportar de ninguna manera la sensación de que en realidad no había ganado nada en absoluto.

CAPÍTULO 16

A pesar de sus intentos por respirar a un ritmo constante, Celaena jadeaba en busca de aire mientras corría junto a Chaol por la reserva natural. Si el capitán estaba cansado no lo demostraba más que en el brillo del sudor que le cubría la cara y la humedad de su camisa blanca.

Estaban corriendo en dirección a una colina cuya cima aún estaba envuelta en la niebla de la mañana. Le temblaron las piernas al ver la pendiente y se le revolvió el estómago. Dio un grito ahogado para llamar la atención de Chaol antes de aminorar el paso hasta detenerse y, acto seguido, apoyó las manos contra el tronco de un árbol.

Se estremeció al tomar aire y se agarró con fuerza al árbol mientras vomitaba. No soportaba las lágrimas calientes que le caían por la cara, pero no podía limpiárselas porque ya la asaltaba la siguiente arcada. Chaol se quedó cerca y se limitó a mirar. Celaena apoyó la frente en la parte superior del brazo, estabilizó su respiración y se convenció de que debía relajarse. Habían pasado tres días desde la primera prueba y diez desde su llegada a Rifthold y aún estaba en muy mala forma física. Faltaban cuatro días para la siguiente eliminatoria y, aunque había retomado el entrenamiento como de costumbre, había empezado a despertarse un poco más temprano de lo normal. No pensaba perder a manos de Caín, ni de Renault, ni de ningún otro.

—¿Acabaste? —preguntó Chaol. Celaena levantó la cabeza para fulminarlo con los ojos, pero todo le daba vueltas y sintió otra arcada—. Ya te dije que no comas antes de salir.

—¿Acabaste con la petulancia?

—¿Terminaste de vomitar hasta los higadillos?

—De momento, sí —le espetó Celaena—. Quizá no sea tan considerada la próxima vez y te vomite encima.

—Antes tendrás que atraparme —contestó el capitán esbozando una sonrisa.

A Celaena le dieron ganas de borrarle la sonrisa de un puñetazo, pero al dar un paso hacia él le temblaron las rodillas y volvió a apoyar las manos en el árbol a la espera de sentir la siguiente arcada. Por el rabillo del ojo vio que el capitán le miraba la espalda, que estaba casi totalmente a la vista por su camiseta interior blanca empapada en sudor.

—¿Disfrutas mirándome las cicatrices? —preguntó poniéndose en pie.

Chaol se pasó la lengua por el labio inferior.

—¿Cuándo te las hicieron?

La asesina supo que se refería a las tres líneas enormes que le bajaban por la espalda.

—¿Tú cuándo crees? —respondió ella. Chaol no contestó, y ella levantó la vista hacia las hojas del árbol que los cubría. La brisa de la mañana las hizo temblar y arrancó unas cuantas de las ramas desnudas—. Estas tres me las hicieron el primer día que pasé en Endovier.

—¿Qué hiciste para merecértelas?

—¿Merecérmelas? —la asesina soltó una carcajada—. Nadie se merece que lo azoten como a un animal —Chaol abrió la boca, pero ella lo cortó—. Llegué a Endovier, me arrastraron hasta el centro del campo y me ataron a la picota. Veintiún latigazos —se quedó mirándolo sin verlo del todo mientras el cielo, gris como la ceniza, se transformaba en el sombrío paisaje de Endovier y el silbido del viento se transformaba en los suspiros de los esclavos—. Eso fue antes de que pudiera trabar amistad con alguno de los otros esclavos... y me pasé la primera noche preguntándome si sobreviviría hasta la mañana siguiente, si se me infectaría la espalda o si me desangraría y moriría antes de comprender qué me estaba pasando.

—¿No te ayudó nadie?

—Hasta la mañana siguiente no. Una muchacha joven me pasó disimuladamente un tarro de bálsamo mientras hacíamos cola para el desayuno. Nunca pude darle las gracias. Ese mismo día, más tarde, cuatro capataces la violaron y la mataron —apretó los puños al notar que le escocían los ojos—. El día en el que exploté hice una parada en su sección de las minas para vengarme por lo que le habían hecho —algo helado corrió por sus venas—. Murieron demasiado rápido.

—Pero tú también eras una mujer en Endovier —dijo Chaol con la voz ronca—. ¿Nadie intentó...? —no pudo acabar la frase, incapaz de pronunciar la palabra.

Celaena sonrió lentamente, con amargura.

—Para empezar, me tenían miedo. Y después del día en el que estuve a punto de alcanzar la muralla ninguno se atrevió a acercarse demasiado a mí. Pero si un guardia intentaba propasarse conmigo se convertía en el ejemplo que les recordaba a los demás que podía volver a explotar fácilmente —el viento lo revolvió todo a su alrededor y arrancó algunos mechones de pelo de su trenza. No necesitaba expresar su otra sospecha: que quizás Arobynn había sobornado a los guardias de Endovier para garantizar su seguridad—. Cada uno sobrevive como puede.

Celaena no entendió bien la suavidad con que la miró el capitán al mismo tiempo que asentía con la cabeza. Se quedó mirándolo durante unos segundos antes de echar a correr colina arriba, donde comenzaban a asomar los primeros rayos de sol.

Al día siguiente, por la tarde, los campeones estaban reunidos alrededor de Brullo, quien les hablaba de diferentes armas y otras tonterías que Celaena había aprendido años antes y no necesitaba volver a oír. Se estaba planteando si podría quedarse dormida de pie cuando, por el rabillo del ojo, un movimiento repentino junto a las puertas del balcón le llamó la atención. Se volvió justo a tiempo para ver a uno de los campeones más altos —uno de los soldados expulsados del ejército— empujando a un guardia que se encontraba cerca y tirándolo al suelo. La cabeza del guardia golpeó el mármol con un crujido y se quedó inconsciente al instante. Celaena no se atrevió a moverse —ni ella ni ninguno de los campeones— mientras el hombre corría hacia la puerta para salir a los jardines y escapar.

Pero Chaol y sus hombres se movieron tan rápido que el campeón fugitivo no llegó a tocar la puerta de cristal, pues una flecha le había atravesado ya el cuello.

Se hizo el silencio y la mitad de los guardias rodearon a los campeones con las manos apoyadas en las espadas mientras los demás, Chaol incluido, corrían hacia el campeón muerto y el guardia caído. Los arcos gruñeron cuando los arqueros del entrepiso tensaron las cuerdas. Celaena no se movió. Nox, que se encontraba a su lado, tampoco. Un movimiento en falso y un guardia asustado hubiera podido matarla. Ni siquiera Caín se atrevió a respirar hondo.

A través del muro de campeones, guardias y sus armas, Celaena vio a Chaol arrodillándose junto al guardia inconsciente. Nadie tocó al campeón caído, que yacía boca abajo con la mano todavía extendida en dirección a la puerta de cristal. Se llamaba Sven... aunque Celaena no sabía por qué lo habían expulsado del ejército.

—Por los dioses del cielo —dijo Nox entre dientes, tan bajo que sus labios apenas se movieron—. Lo... mataron —Celaena pensó en decirle que se callara, pero le pareció demasiado arriesgado. Algunos de los otros campeones estaban murmurando entre sí, pero nadie se atrevía a moverse—. Sabía que lo de no permitirnos salir lo decían en serio, pero... —Nox maldijo y Celaena notó que la miraba de soslayo—. Mi patrocinador me garantizó la inmunidad. Me localizó y me dijo que no iría a la cárcel si perdía el torneo.

En ese momento la asesina supo que estaba hablando más para sí que para ella y, como no le contestó, Nox se quedó callado. Celaena miró una y otra vez al campeón muerto.

¿Por qué se había arriesgado Sven? Y ¿por qué allí y en ese preciso instante? Aún faltaban tres días para la segunda prueba; ¿qué tenía de especial aquel momento? El día en el que ella explotó en Endovier no había estado pensando en la libertad. No, había elegido ese tiempo y ese espacio y había empezado a blandir el pico. Su intención no había sido escapar.

La luz del sol brilló a través de las puertas e iluminó las salpicaduras de sangre como si se tratara de un vitral.

Quizás había comprendido que no tenía ninguna posibilidad de ganar y que una muerte así era mucho mejor que regresar al lugar del que había salido. Si hubiera querido escapar habría esperado hasta la noche, lejos de todos los otros participantes en el torneo. Celaena llegó a la conclusión de que Sven había querido demostrar algo, y llegó a esa conclusión solo porque recordó aquel día en el que había estado a un dedo de distancia de tocar la muralla en Endovier.

Adarlan podía privarlos de su libertad, destrozarles la vida, darles una paliza, doblegar su voluntad y domarlos con el látigo... Podía obligarlos a participar en competencias ridículas, pero, independientemente de que fueran criminales, seguían siendo seres humanos. Si no quería participar en el juego del rey, la única alternativa que tenía era morir.

Sin apartar la vista de su mano extendida, que señalaba para siempre un horizonte inalcanzable, Celaena rezó una oración en silencio por el campeón muerto, y le deseó buena suerte.

CAPÍTULO 17

A Dorian Havilliard le pesaban los párpados e intentó no desparramarse en el trono. La música y el parloteo flotaban en el ambiente y lo invitaban a dormirse. ¿Por qué insistía su madre en que asistiera a las reuniones sociales de la corte? Si hasta la visita semanal ya era demasiado para él... Aunque era mejor que tener que examinar el cadáver del Comeojos, que Chaol había pasado los últimos días investigando. Ya se preocuparía de eso más tarde... si es que se convertía en un problema. Aunque lo dudaba, si Chaol se estaba ocupando personalmente del asunto. Seguramente solo había sido un pleito de borrachos.

También estaba el tema del campeón que había intentado escapar esa misma tarde. Dorian temblaba solo de pensar cómo debía de haber sido presenciarlo... y el lío con el que debería lidiar Chaol, desde el soldado herido hasta el patrocinador que había perdido a su campeón, sin olvidar al hombre muerto. ¿Qué le habría pasado por la cabeza a su padre para decidir celebrar aquella competencia?

Dorian miró a su madre, sentada en un trono junto al suyo. Ella no sabía nada sobre el asunto; seguramente le habría horrorizado saber qué clase de criminales estaban viviendo bajo su techo. Su madre aún era hermosa, aunque tenía la cara un poco arrugada y agrietada por los polvos de tocador, y su pelo caoba tenía unos cuantos mechones grises. Aquel día estaba envuelta en varas y más varas de terciopelo verde, pañuelos vaporosos y chales dorados; y sobre su corona reposaba un velo brillante que —de acuerdo con Dorian— daba la impresión de que llevaba una tienda de campaña sobre la cabeza.

Ante ellos, los miembros de la nobleza se paseaban pavoneándose, chismorreando, conspirando y coqueteando. Una orquesta tocaba minués en un rincón y los criados se deslizaban entre los nobles realizando su propio baile mientras rellenaban y retiraban platos, copas y cubiertos de plata.

Dorian se sentía como un adorno. Por supuesto, llevaba un conjunto elegido por su madre que le había hecho llegar esa misma mañana: un chaleco de terciopelo verde azulado con unas ridículas mangas blancas infladas que salían de los hombros a rayas azules y blancas. Los pantalones, afortunadamente, eran de un color gris claro, aunque sus botas de ante marrones parecían demasiado nuevas para su orgullo masculino.

—Dorian, querido, estás enfadado —el príncipe heredero se disculpó con la reina Georgina con una sonrisa—. Recibí una carta de Hollin. Manda recuerdos.

—¿Decía algo interesante?

—Solo que detesta la escuela y que desea volver a casa.

—Eso lo dice en todas sus cartas.

La reina de Adarlan dejó escapar un suspiro.

—Si tu padre no me lo impidiera, me lo traería de vuelta a casa.

—Está mejor en la escuela.

Tratándose de Hollin, cuanto más lejos estuviera, mejor. Georgina miró a su hijo.

—Tú te portabas mejor. Nunca desobedecías a tus tutores. Ay, mi pobre Hollin. Cuando yo muera, cuidarás de él, ¿verdad?

—¿Cuando mueras? Madre, pero si solo tienes...

—Sé la edad que tengo —contestó, e hizo un gesto desdeñoso con una mano llena de anillos—. Por eso mismo debes casarte. Y pronto.

—¿Casarme? —Dorian hizo rechinar los dientes—. ¿Casarme con quién?

—Dorian, eres el príncipe heredero. Y ya tienes diecinueve años. ¿Deseas convertirte en rey y morir sin heredero para que Hollin pueda ocupar el trono? —Dorian no contestó—. Me lo imaginaba —unos instantes después, añadió—: Hay muchas jóvenes que podrían ser buenas esposas. Aunque sería preferible que fuera una princesa.

—Ya no quedan princesas —contestó él con brusquedad.

—Salvo la princesa Nehemia —la reina se echó a reír y puso una mano sobre la mano de su hijo—. Oh, tranquilo. Nunca te obligaría a casarte con ella. Me sorprende que tu padre le permita seguir ostentando el título. Esa muchacha impetuosa y altanera... ¿Sabes que se negó a ponerse el vestido que le envié?

—Estoy seguro de que la princesa tendrá sus razones —dijo Dorian con recelo, asqueado por los prejuicios que su madre no se atrevía a expresar con palabras—. Solo he hablado con ella una vez, pero me pareció... alegre.

—Entonces quizá deberías casarte con ella.

Su madre volvió a reírse antes de que él pudiera contestar.

Dorian sonrió débilmente. Aún no se explicaba por qué su padre había accedido a la petición del rey de Eyllwe de que su hija visitara la corte para familiarizarse con las costumbres de Adarlan. Como embajadora, Nehemia no era precisamente la mejor elección. Dorian había oído rumores de su apoyo a los rebeldes de Eyllwe... y de sus intentos de clausurar el campo de trabajos forzados de Calaculla. A Dorian no le extrañaba, y menos después de haber visto el horror que representaba Endovier, y lo destructivo que había resultado en el cuerpo de Celaena Sardothien. Pero su padre nunca hacía nada sin motivo, y por las pocas palabras que había intercambiado con Nehemia no podía evitar preguntarse si ella también tendría sus propias razones para haber acudido a Rifthold.

—Qué pena que Lady Kaltain tenga un acuerdo con el duque Perrington —prosiguió su madre—. Es una muchacha preciosa... y muy educada. Quizá tenga una hermana.

Dorian se cruzó de brazos y se tragó su repulsión. Kaltain estaba en la otra punta del salón y el príncipe heredero era consciente de que la muchacha lo devoraba con los ojos. Se removió en el asiento; le dolía la rabadilla de llevar tanto rato sentado.

—Y ¿qué me dices de Elise? —preguntó la reina señalando a una muchacha rubia que llevaba un vestido azul lavanda—. Es muy guapa. Y muy juguetona.

«Si lo sabré yo».

—Elise me aburre —contestó el príncipe.

—¡Ay, Dorian! —la reina se llevó una mano al pecho—. No pensarás decirme que quieres casarte por amor, ¿verdad? El amor no garantiza un matrimonio satisfactorio.

Estaba aburrido. Aburrido de aquellas mujeres, aburrido de aquellos caballeros que se hacían pasar por compañeros, aburrido de todo.

Había confiado en que su viaje a Endovier acabara con aquel aburrimiento y que se alegraría de volver a casa, pero había encontrado que en casa todo era igual. Las mismas damas seguían mirándolo suplicantes, las mismas criadas seguían guiñándole un ojo, los mismos miembros del consejo seguían pasándole notas por debajo de la puerta con posibles leyes. Y su padre... su padre siempre seguiría pensando en sus conquistas... y no pararía hasta que en todos los continentes ondeara la bandera de Adarlan. Hasta apostar por aquellos supuestos campeones se había vuelto horriblemente aburrido. Estaba claro que en última instancia Caín y Celaena mediarían sus fuerzas. Hasta entonces... bueno, los demás campeones no se merecían que perdieran el tiempo con ellos.

—Ya estás otra vez enojado. ¿Estás molesto por algo, querido? ¿Has tenido noticias de Rosamund? Mi pobre niño... ¡cómo te rompió el corazón! —la reina negó con la cabeza—. Aunque de eso ya pasó más de un año...

El príncipe no respondió. No quería pensar en Rosamund... ni en el vulgar marido por el que lo había dejado.

Algunos nobles se pusieron a bailar pasando los unos entre los otros. Muchos tenían su misma edad, pero él sentía que existía un abismo entre ellos. No se sentía mayor, ni más sabio, pero sentía... sentía...

Sentía que había algo en su interior que no encajaba en aquella alegría, en su voluntario desconocimiento del mundo que había más allá del castillo. Era algo que no tenía nada que ver con su título. Había disfrutado de su compañía a comienzos de su adolescencia, pero pronto había resultado obvio que él siempre estaría un paso por delante. Lo peor de todo era que ellos no parecían darse cuenta de que era diferente... o de que se sentía diferente. De no haber sido por Chaol se habría sentido inmensamente solo.

—Bueno —dijo su madre chasqueando los dedos, que parecían de marfil, para llamar a una de sus criadas—. Estoy segura de que tu padre te mantiene ocupado, pero cuando encuentres un rato libre para pensar en mí y en el futuro de tu reino échale un vistazo a esto.

La criada de su madre hizo una reverencia y le entregó un trozo de papel doblado y con el sello rojo de su madre. Dorian lo abrió y se le hizo un nudo en el estómago al ver la larga lista de nombres. Todas eran damas de sangre noble y todas estaban en edad de casarse.

—¿Qué es esto? —preguntó resistiendo la tentación de romper el papel.

Su madre sonrió con encanto.

—Una lista de novias potenciales. Cualquiera sería apropiada para casarse con el príncipe. Y todas, según me han dicho, son muy capaces de darte herederos.

Dorian se metió la lista de nombres en el bolsillo del chaleco. Su inquietud no cesó.

—Lo pensaré —dijo, y antes de que su madre pudiera responderle se marchó del podio entoldado. Inmediatamente, cinco muchachas se congregaron a su alrededor y le preguntaron si quería bailar, si estaba bien, si pensaba asistir al baile de Samhuinn. Sus palabras daban vueltas en la cabeza del príncipe, y este las miró inexpresivamente. Ni siquiera sabía cómo se llamaban.

Miró por encima de sus cabezas adornadas con joyas para encontrar el camino hacia la puerta. Si se quedaba allí demasiado tiempo, iba a ahogarse. Con una educada despedida, el príncipe heredero se alejó del tintineo del salón. La lista de novias potenciales le quemaba la piel a través de la ropa.

Dorian se metió las manos en los bolsillos y echó a andar por los corredores del castillo. Las perreras estaban vacías: los perros estaban en la pista. Le hubiera gustado examinar a una de las perras preñadas, aunque sabía que era imposible predecir cuántos cachorros tendría. Esperaba que los cachorros fueran de raza, pero la madre tenía tendencia a escaparse de la perrera. Era la más rápida de todos sus perros, pero Dorian nunca había podido domarla del todo.

No sabía adónde ir; simplemente necesitaba andar.

Dorian se soltó el último botón del chaleco. Se quedó parado ante una puerta abierta, de donde salía un metálico ruido de espadas. Estaba ante la sala de entrenamiento de los campeones, y aunque se suponía que el entrenamiento ya había terminado, allí...

Allí estaba ella.

Su pelo dorado brilló al librarse de tres guardias. Su espada era poco más que una extensión de acero de su mano. No tropezó con los guardias al esquivarlos y girar a su alrededor.

Alguien aplaudió a la izquierda y las cuatro figuras dejaron de luchar, jadeantes. Dorian vio que la asesina sonreía de oreja a oreja al mirar a la persona que había aplaudido. El lustre del sudor le iluminaba los pómulos y sus azules ojos brillaban. Sí, era preciosa, pero...

La princesa Nehemia se acercó a ella aplaudiendo. No llevaba su vestido blanco habitual, sino una túnica oscura y unos pantalones sueltos, y en una mano llevaba un garrote de madera con adornos grabados.

La princesa agarró a la asesina por el hombro y le dijo algo que la hizo reír. Dorian miró a su alrededor. ¿Dónde estaban Chaol o Brullo? ¿Qué hacía la Asesina de Adarlan allí con la princesa de Eyllwe? ¡Y con una espada! Aquello era intolerable, sobre todo después del intento de huida de uno de los campeones.

Dorian se acercó y le sonrió a la princesa mientras hacía una reverencia. Nehemia solo se dignó asentir levemente con la cabeza. No le sorprendió. Dorian tomó la mano de Celaena. Olía a sudor y a metal, pero la besó de todos modos mientras levantaba la vista para mirarla a la cara.

—Lady Lillian —murmuró con los labios pegados a su piel.

—Alteza —contestó ella intentando soltar la mano. Pero Dorian tenía su callosa palma bien agarrada.

—¿Puedo hablar contigo? —preguntó el príncipe, y se la llevó antes de que pudiera dar su consentimiento. Cuando se apartaron lo suficiente, él le preguntó—: ¿Dónde está Chaol?

Celaena se cruzó de brazos.

—¿Te parece modo de hablarle a tu querida campeona?

Dorian frunció el ceño.

—¿Dónde está?

—No lo sé. Pero si tuviera que intentar adivinarlo, apostaría que está examinando el cadáver maltrecho del Comeojos, o deshaciéndose del cadáver de Sven. Además, Brullo dijo que podía quedarme aquí cuanto quisiera. Mañana tengo otra prueba, no sé si lo sabes.

Pues claro que lo sabía.

—¿Qué hace aquí la princesa Nehemia?

—Preguntó por mí. Cuando Philippa le dijo que estaba aquí, insistió en reunirse conmigo. Al parecer, una mujer no puede ir mucho más lejos sin una espada en la mano —contestó, y se mordió el labio.

—No recuerdo que antes fueras tan habladora.

—Quizá si te hubieras tomado el tiempo de hablar conmigo, lo habrías descubierto antes.

El príncipe resopló, pero mordió el anzuelo, así lo maldijeran los dioses.

—¿Y cuándo querías que hablara contigo?

—No sé si te acuerdas, pero hicimos el viaje juntos desde Endovier. Además, llevo aquí varias semanas.

—Te envié los libros que me pediste.

—¿Acaso me preguntaste si los había leído?

¿Es que había olvidado con quién estaba hablando?

—He hablado contigo una vez desde que llegamos.

Celaena se encogió de hombros e hizo ademán de darse media vuelta. Irritado, pero ligeramente curioso, él la agarró del brazo. Sus ojos color turquesa brillaron cuando se quedó mirando la mano del príncipe, y a este se le aceleró el corazón cuando ella lo miró a los ojos. Sí, aunque estuviera llena de sudor era hermosa.

—¿No me tienes miedo? —Celaena dirigió una mirada al cinto del príncipe, del que colgaba la espada—. ¿O es que eres tan diestro en el manejo de la espada como el capitán Westfall?

Dorian se acercó a ella y la agarró aún con más fuerza.

—Soy mejor —le susurró al oído.

Celaena se sonrojó y comenzó a parpadear.

—Bueno... —repuso ella, pero había pasado el momento. Había ganado él. Celaena se cruzó de brazos—. Muy gracioso, alteza.

Él hizo una profunda reverencia.

—Hago lo que puedo. Pero la princesa Nehemia no puede estar aquí contigo.

—¿Y por qué no? ¿Piensas que voy a matarla? ¿Por qué iba a matar a la única persona del castillo que no es una idiota parlanchina? —lo miró dándole a entender que él formaba parte de aquella mayoría—. Por no hablar de que sus guardias me matarían antes de que pudiera levantar una mano.

—No puede ser, y punto. Vino a aprender nuestras costumbres, no a entrenarse.

—Es una princesa. Puede hacer lo que le plazca.

—Y supongo que tú vas a enseñarle a manejar las armas.

Celaena ladeó la cabeza.

—Quizá sí me tienes un poco de miedo.

—La acompañaré de vuelta a sus aposentos.

Ella le hizo un gesto para dejarlo pasar.

—Que el Wyrd te asista.

El príncipe se pasó una mano por el negro pelo y se acercó a la princesa, que los esperaba con una mano apoyada en la cadera.

—Alteza —dijo Dorian haciéndole un gesto a la guardia personal de la princesa para que se uniera a ellos—, me temo que tengo que acompañarte de vuelta a tus aposentos.

La princesa miró por encima del hombro arqueando una ceja. Para consternación de Dorian, Celaena se puso a hablarle en eyllwe a la princesa, que dio un golpe en el suelo con el garrote y le dijo algo a Dorian entre dientes. La habilidad del príncipe heredero con el eyllwe era algo irregular en el mejor de los casos, y la princesa hablaba demasiado rápido para entenderle. Afortunadamente, la asesina se lo tradujo.

—Dice que puedes volver a tus cojines y tus bailes y dejarnos en paz —dijo Celaena.

Dorian intentó seguir aparentando seriedad.

—Dile que es inaceptable que se ponga a entrenar con armas.

Celaena dijo algo, pero la princesa hizo un gesto desdeñoso con la mano y pasó a su lado dando zancadas en dirección a la zona de entrenamiento.

—¿Qué le dijiste? —preguntó Dorian.

—Que te ofrecías como voluntario para ser su primera pareja —contestó—. ¿Y bien? No quieres ofender a la princesa, ¿verdad?

—No pienso entrenar con la princesa.

—¿Prefieres entrenar conmigo?

—Quizá si fuera una clase privada en tus aposentos... —contestó con mucha labia—. Esta noche.

—Te estaré esperando —dijo Celaena, y se enroscó un mechón de pelo en un dedo.

La princesa hizo girar el garrote con tanta fuerza y precisión que Dorian tuvo que tragar saliva. Decidió que no quería recibir una paliza, así que echó a andar hacia el armero y eligió dos espadas de madera.

—¿Qué tal si practicamos las técnicas más básicas del manejo de la espada? —le preguntó a Nehemia.

Respiró aliviado cuando la princesa asintió, le entregó el garrote a uno de sus guardias y tomó la espada de madera que él le ofrecía. ¡De ningún modo iba Celaena a dejarlo en ridículo!

—Tienes que colocarte así —le dijo a la princesa adoptando una postura defensiva.

CAPÍTULO 18

Celaena sonrió al ver cómo el príncipe heredero de Adarlan le enseñaba a la princesa de Eyllwe las técnicas más básicas del combate con espada. Casi resultaba encantador, aunque algo arrogante. No estaba nada mal para alguien de su posición. La hacía sentir incómoda la facilidad con la que había logrado que se sonrojara. De hecho, era tan atractivo que le costaba *no* pensar en lo atractivo que era, y volvió a preguntarse por qué no estaría casado.

Le apetecía besarlo.

Tragó saliva. No era la primera vez que besaba a alguien, por supuesto. Sam la había besado, y con la suficiente frecuencia como para que no le resultara algo desconocido. Pero había pasado más de un año desde la pérdida del asesino a sueldo con el que había crecido. Y aunque la idea de besar a cualquier otro le había provocado arcadas en el pasado, cuando veía a Dorian...

La princesa Nehemia arremetió contra Dorian y lo golpeó en la muñeca con la espada. Celaena reprimió una carcajada. El príncipe hizo una mueca y se frotó la articulación dolorida, pero sonrió cuando la princesa comenzó a regodearse.

«¡Maldito sea por ser tan guapo!».

Celaena se apoyó contra la pared. Habría disfrutado de la lección si alguien no la hubiera agarrado del brazo con tanta fuerza que le hizo daño.

—¿Qué es esto?

Chaol la apartó de la pared y la miró cara a cara.

—¿Qué es qué?

—¿Qué está haciendo Dorian con ella?

Celaena se encogió de hombros.

—¿Entrenar?

—¿Y por qué están entrenando?

—Porque él se ofreció como voluntario para enseñarla a luchar.

Chaol la apartó de un empujón y se acercó a la pareja. Los dos se quedaron parados y Dorian siguió a Chaol hasta un rincón. Hablaron deprisa y acaloradamente y Chaol volvió junto a Celaena.

—Los guardias te llevarán a tus aposentos.

—¿Cómo? —recordó su conversación en el balcón y frunció el ceño. Se había acabado aquello de intercambiar historias—. ¡La prueba es mañana y necesito entrenar!

—Creo que ya has entrenado suficiente por hoy. Ya casi es la hora de cenar. El entrenamiento con Brullo acabó hace dos horas. Descansa, o mañana no servirás para nada. Y no, no sé cuál va a ser la prueba, así que no te molestes en preguntar.

—¡Es absurdo! —gritó Celaena, y un pellizco de Chaol le hizo bajar la voz. La princesa Nehemia la miró preocupada, pero la asesina le hizo un gesto con la mano para que reanudara el entrenamiento con el príncipe heredero—. No pienso hacer nada, idiota insoportable.

—¿De verdad estás tan ciega como para no ver por qué no podemos permitirlo?

—No puedes... ¡porque me tienes miedo!

—No te hagas ilusiones.

—¿Piensas que quiero volver a Endovier? —le preguntó entre dientes—. ¿Piensas que no sé que si huyo, me perseguirás durante el resto de mi vida? ¿Piensas que no sé por qué vomito cuando tú y yo corremos por la mañana? Mi cuerpo está hecho una ruina. ¡Necesito pasar estas horas de más aquí, y no deberías castigarme por eso!

—No voy a fingir que sé cómo funciona la mente de una criminal.

Celaena levantó los brazos, desesperada.

—¿Sabes qué? Llegué a sentirme culpable. Solo un poco. Y ahora acabo de recordar por qué no debería haberme sentido así. No soporto pasarme el tiempo sentada, encerrada en mi habitación, aburridísima. No soporto tantos guardias ni tantas tonterías; no soporto que me digas que tengo que contenerme cuando Brullo alaba a Caín y yo estoy allí, aburrida e inadvertida en medio de todos. No soporto que me digan lo que no puedo hacer. Y sobre todo... ¡no te soporto a ti!

El capitán dio unos golpecitos en el suelo con el pie.

—¿Terminaste?

En la cara de Chaol no había ni rastro de amabilidad. Celaena chasqueó la lengua al marcharse, con ganas de romperle los dientes de un puñetazo y hacer que se los tragara.

CAPÍTULO 19

Sentada en una silla junto a la chimenea del gran salón, Kaltain miró al duque Perrington mientras este conversaba con la reina Georgina en lo alto del estrado. Había sido una pena que Dorian se fuera tan apresuradamente una hora antes; ni siquiera había tenido ocasión de hablar con él. Algo especialmente irritante, ya que se había pasado buena parte de la mañana vistiéndose para la ocasión: llevaba el pelo negro azabache recogido en un moño y su piel brillaba con tonos dorados gracias a los sutiles polvos relucientes que se había aplicado en la cara. Aunque los ribetes de su vestido rosa y amarillo le aplastaban las costillas, y las perlas y diamantes que llevaba al cuello estaban a punto de estrangularla, mantenía la cabeza bien alta. Dorian se había marchado, pero la aparición de Perrington había sido una inesperada sorpresa. El duque rara vez hacía acto de presencia en las audiencias de la reina; debía de tratarse de algo importante.

Kaltain se levantó de la silla junto al fuego cuando el duque le hizo una reverencia a la reina y se echó a andar a grandes zancadas hacia las puertas. Kaltain se interpuso en su camino y él se detuvo al verla; sus ojos brillaron con un ansia que a ella le hizo querer desaparecer. El duque hizo una profunda reverencia.

—Milady.

—Excelencia —contestó Kaltain, y sonrió obligándose a tragar toda aquella repulsión que sentía.

—Espero que estés bien —dijo el duque ofreciéndole el brazo para acompañarla fuera del salón.

Ella volvió a sonreír y lo aceptó. Aunque Perrington era un tanto robusto, su brazo resultaba musculoso al tacto.

—Muy bien, gracias. ¿Y tú? Tengo la impresión de que hace días que no te veo ¡Qué sorpresa tan agradable que hayas venido a esta audiencia!

Perrington sonrió con sus dientes amarillentos.

—Yo también te he echado de menos, milady.

Kaltain intentó no estremecerse cuando los peludos y carnosos dedos del duque acariciaron su inmaculada piel, y en lugar de eso agachó la cabeza delicadamente.

—Espero que su majestad goce de buena salud. ¿Su conversación fue agradable?

Oh, qué difícil resultaba husmear en aquellos asuntos, sobre todo teniendo en cuenta que si ella estaba allí era gracias a él. Haberlo conocido la primavera anterior había sido un golpe de suerte. Y convencerlo para que la invitara a la corte —insinuando lo que podría aguardarle una vez que ella estuviera lejos de casa de su padre y sin carabina— no había sido tan difícil. Pero no estaba allí solamente para disfrutar de los placeres de la corte. No, estaba harta de ser una dama menor a la espera de casarse con el mejor postor, cansada de asuntos políticos sin importancia y de necios a los que resultaba fácil manipular.

—Su majestad está bien —dijo Perrington mientras acompañaba a Kaltain a sus aposentos.

A ella se le hizo un nudo en el estómago. Aunque él no había ocultado en ningún momento que la deseaba, no la había forzado a acostarse con él... todavía. Pero con un hombre como Perrington, que siempre conseguía lo que quería, no tenía demasiado tiempo para encontrar el modo de evitar cumplir la sutil promesa que le había hecho meses antes.

—Pero, con un hijo en edad de casarse, está muy ocupada —añadió el duque.

Kaltain mantuvo el rostro inexpresivo. Tranquilo. Sereno.

—¿Podemos esperar alguna noticia de un compromiso en el futuro próximo?

Aquella era otra pregunta peligrosa.

—Eso espero —gruñó el duque. Se le oscureció el rostro por debajo del pelo rojizo. La cicatriz que le cruzaba la mejilla destacaba en toda su crudeza—. Su majestad ya tiene una lista de muchachas que podrían ser apropiadas...

El duque se quedó callado al recordar con quién estaba hablando, y Kaltain parpadeó nerviosa.

—Oh, lo siento mucho —susurró ella—. No tenía intención de husmear en los asuntos de la casa real.

Kaltain le dio un golpecito en el brazo y se le aceleró el corazón. ¿A Dorian le habían dado una lista de posibles novias? ¿Quién estaba en aquella lista? ¿Cómo podía ella...? No, ya pensaría en eso más tarde. De momento tenía que averiguar quién se interponía entre ella y la corona.

—No tienes que disculparte —dijo el duque sin que dejaran de brillarle los ojos—. Ven... Cuéntame qué has estado haciendo estos últimos días.

—Poca cosa. Aunque conocí a una muchacha muy interesante —dijo como de pasada mientras bajaban una escalera bordeada de ventanas hacia la sección de cristal del castillo—. Una amiga de Dorian. Lady Lillian, la llamó él.

El duque se puso rígido.

—¿La conociste?

—Oh, sí. Es muy simpática —mintió con facilidad—. Hoy, cuando hablé con ella, me dijo que le gusta mucho al príncipe heredero. Por su bien, espero que su nombre esté en la lista de la reina.

Aunque deseaba obtener más información sobre Lillian, no se esperaba aquello.

—¿Lady Lillian? Por supuesto que no está en la lista.

—Pobrecilla. Sospecho que eso le va a romper el corazón. Sé que no debo inmiscuirme —prosiguió mientras el duque se iba poniendo cada vez más colorado y furioso—, pero no hace ni una hora que Dorian dijo que...

—¿Qué?

Kaltain se estremeció por el arranque de ira del duque —aunque no fuera ella, sino Lillian, el objeto de esa ira— y por el arma con la que había tenido la buena suerte de tropezarse.

—Que está muy unido a ella. Y que posiblemente esté enamorado de ella.

—Eso es absurdo.

—¡Es verdad! —contestó ella negando con la cabeza—. Qué trágico es todo.

—Ridículo, eso es lo que es —el duque se quedó parado al final del pasillo que daba a la habitación de Kaltain. Su ira hizo que se le desatara la lengua—. Ridículo, descabellado e imposible.

—¿Imposible?

—Algún día te explicaré por qué —un reloj dio la hora y Perrington se volvió hacia el lugar de donde había partido el sonido—. Tengo una reunión del consejo —el duque se acercó a ella lo suficiente para susurrarle al oído y Kaltain notó su aliento cálido y húmedo en la piel—. Quizá podríamos vernos esta noche.

Le acarició el costado con una mano y se marchó. La muchacha vio cómo se iba y, cuando desapareció, dejó escapar un suspiro tembloroso. Pero si gracias a él podía acercarse a Dorian...

Tenía que averiguar quiénes eran sus competidoras, pero antes tenía que encontrar el modo de librar al príncipe de las garras de Lillian. Estuviera o no en la lista, era una amenaza.

Y si el duque la odiaba tanto como parecía, cuando llegara la hora Kaltain podría tener poderosos aliados para asegurarse de que Lillian dejaría en paz a Dorian.

Dorian y Chaol no hablaron mucho de camino a la cena en el gran salón. La princesa Nehemia estaba a salvo en sus aposentos, rodeada de sus guardias. Enseguida habían convenido en que, aunque era una locura permitir que Celaena entrenara con la princesa, la ausencia de Chaol era inexcusable, por mucho que tuviera que investigar la muerte del campeón.

—Parece que te llevas muy bien con Sardothien —dijo Chaol con frialdad.

—Conque estamos celosos, ¿no es cierto? —lo provocó Dorian.

—Estoy más preocupado por tu seguridad. Aunque sea guapa y te impresione con su inteligencia, sigue siendo una asesina a sueldo, Dorian.

—Hablas como mi padre.

—Es cuestión de sentido común. No te acerques a ella, sea o no tu campeona.

—No me des órdenes.

—Solo lo hago por tu seguridad.

—¿Por qué iba a matarme? Creo que le gusta que la mimen. Si no ha intentado escapar ni matar a nadie, ¿por qué iba a hacerlo ahora? —le dio una palmadita a su amigo en el hombro—. Te preocupas demasiado.

—Es mi deber preocuparme.

—Pues tendrás el pelo gris antes de cumplir los veinticinco, y Sardothien no se enamorará de ti.

—¿Qué tonterías dices?

—Bueno, si intenta escapar, cosa que no hará, te romperá el corazón. Te verás obligado a arrojarla a las mazmorras, perseguirla o matarla.

—Dorian, a mí no me gusta.

Consciente de la irritación cada vez mayor de su amigo, Dorian cambió de tema.

—¿Qué me dices de ese campeón muerto, el Comeojos? ¿Tienes idea de quién lo mató, o por qué?

A Chaol se le oscureció la mirada.

—Lo he examinado una y otra vez durante los últimos días. El cadáver estaba completamente destrozado —el color abandonó las mejillas de Chaol—. Le sacaron las tripas y se las llevaron. Hasta el cerebro ha... desaparecido. Le envié un mensaje a tu padre, pero mientras tanto seguiré investigando.

—Apuesto a que no fue más que un pleito de borrachos —dijo Dorian, aunque él se había visto implicado en multitud de peleas y nunca había visto a nadie que fuera por ahí robando tripas. En la mente de Dorian se prendió una chispa de miedo—. Mi padre probablemente se alegrará al saber que el Comeojos está muerto y enterrado.

—Eso espero.

Dorian sonrió y pasó un brazo por encima de los hombros del capitán.

—Contigo encargado de la investigación, estoy seguro de que todo estará resuelto mañana —dijo mientras conducía a su amigo al comedor.

CAPÍTULO 20

Celaena cerró el libro y dejó escapar un suspiro. Qué final tan terrible. Se levantó de la silla sin saber bien adónde ir y salió del dormitorio. Había deseado pedirle disculpas a Chaol cuando la encontró entrenando con Nehemia esa misma tarde, pero su comportamiento... Comenzó a pasearse por sus aposentos. El capitán tenía cosas más importantes que hacer que vigilar a la criminal más famosa del mundo, ¿verdad? Celaena no disfrutaba siendo cruel, pero... ¿acaso el capitán no se lo merecía?

Celaena había hecho el ridículo al mencionar lo de los vómitos. Y le había dicho cosas muy desagradables. ¿Chaol confiaba en ella o más bien la odiaba? Celaena se miró las manos y se dio cuenta de que se las había retorcido tanto que tenía los dedos rojos. Ella, que había sido la prisionera más temida de Endovier, ¿cómo se había convertido en alguien tan sentimentaloide?

Tenía cosas más importantes de las que preocuparse, como la prueba del día siguiente. Y el campeón muerto. Ya había modificado las bisagras de todas sus puertas para que crujieran cada vez que alguien las abriera. Si alguien entraba en su habitación, lo sabría de antemano. Y había logrado ocultar algunas agujas de coser en una pastilla de jabón para poder disponer de una improvisada pica en miniatura. Era mejor que nada, sobre todo si aquel asesino tenía debilidad por la sangre de los campeones. Puso las manos en jarras para librarse de su intranquilidad y entró en el salón de música y juegos. No podía jugar al billar ni a las cartas ella sola, pero...

Celaena miró el pianoforte. Antes lo tocaba... Le encantaba tocarlo, le encantaba la música, y cómo la música podía romperlo y curarlo todo y hacer que todo pareciera posible y heroico.

Con cuidado, como si estuviera acercándose a una persona dormida, Celaena se aproximó al enorme instrumento. Sacó la banca de madera y se estremeció al oír el ruido que hacía al arrastrarla. Levantó la pesada tapa y apoyó los pies en los pedales para probarlos. Miró las suaves teclas de marfil y las teclas negras, que se parecían a los huecos que quedan entre los dientes.

Antes era buena; mejor que buena, incluso. Arobynn Hamel la hacía tocar para él cada vez que se veían.

Se preguntó si Arobynn sabría que había salido de las minas. ¿Intentaría liberarla si se enteraba? Aún no se atrevía a enfrentarse a la pregunta de quién podía haberla traicionado. En el momento de su captura todo había sido muy confuso: en cuestión de dos semanas había perdido a Sam y su propia libertad; y también había perdido algo de sí misma en aquellos días borrosos.

Sam. ¿Qué hubiera pensado él de todo aquello? De haber estado vivo en el momento de su detención, la habría sacado de las mazmorras reales antes de que el rey se hubiera enterado de su encarcelamiento. Pero Sam, al igual que ella, había sido traicionado —y a veces su ausencia le resultaba tan insoportable que se le olvidaba respirar—. Tocó una nota grave. Era profunda y vibrante y estaba llena de ira y de dolor.

Con cautela, con una sola mano, tocó una melodía lenta y sencilla. Los ecos —jirones de recuerdos se alzaron en el vacío de su cabeza—. Reinaba tal silencio en sus aposentos que la música parecía molesta.

Movió la mano derecha y tocó bemoles y sostenidos. Era una pieza que solía tocar una y otra vez hasta que Arobynn le gritaba que tocara otra cosa. Tocó un acorde, luego otro, añadió unas cuantas notas con la mano derecha, empujó un pedal con el pie y lo demás llegó solo.

Las notas se le agolpaban en la punta de los dedos; vacilantes al principio, pero cada vez más confiadas a medida que la emoción iba adueñándose de la música. Era una pieza triste, pero a ella la hizo sentir limpia y renovada. Le sorprendió que sus manos no hubieran olvidado tocar, que en algún lugar de su cabeza, después de un año de oscuridad y esclavitud, la música siguiera viva y palpitante. Y que en alguna parte, entre las notas, estuviera Sam. Se olvidó del tiempo al pasar de una pieza a otra, expresando lo indescriptible, abriendo antiguas heridas, tocando y tocando mientras el sonido la perdonaba y la salvaba.

Apoyado en la puerta, Dorian estaba completamente paralizado. Celaena llevaba un rato tocando de espaldas a él. Se preguntó cuándo repararía en su presencia y si dejaría de tocar en algún momento. No le hubiera importado quedarse escuchándola eternamente. Había entrado en sus aposentos con la intención de avergonzar a una asesina insidiosa y se había encontrado a una muchacha que vertía sus secretos en un pianoforte.

Dorian se apartó de la pared. A pesar de toda su experiencia asesina, Celaena no reparó en él hasta que se sentó en el banco que había junto a ella.

—Tocas muy bi...

Los dedos de Celaena resbalaron sobre las teclas y sonó un vibrante y horrible ruido metálico. Ya estaba a mitad de camino de la pared, donde se encontraban colgados los tacos de billar, cuando lo miró. Dorian habría jurado que tenía los ojos húmedos.

—¿Qué haces aquí? —miró hacia la puerta. ¿Estaría planteándose usar uno de aquellos tacos de billar contra él?

—No me acompaña Chaol, si es eso lo que te preguntas —dijo sonriendo—. Discúlpame si te he interrumpí —dudó si la habría incomodado, ya que Celaena se puso colorada. Parecía un sentimiento demasiado humano para la Asesina de Adarlan. Quizá su anterior plan de avergonzarla aún no se hubiera frustrado del todo—. Pero estabas tocando tan bien que...

—No pasa nada —echó a andar hacia una de las sillas. Él se quedó de pie, bloqueándole el paso. Celaena era de altura mediana; Dorian la miró desde arriba. Independientemente de cuál fuera su altura, sus curvas eran tentadoras—. ¿Qué haces aquí? —repitió.

Dorian sonrió con picardía.

—Habíamos quedado en vernos esta noche. ¿No te acuerdas?

—Pensaba que era una broma.

—Soy el príncipe heredero de Adarlan —se dejó caer sobre una silla ante el fuego—. Nunca bromeo.

—¿Tienes permiso para estar aquí?

—¿Permiso? Soy un príncipe, puedo hacer lo que me plazca.

—Sí, pero yo soy la Asesina de Adarlan.

No lograría intimidarlo ni aunque pudiera agarrar el taco de billar y ensartarlo en cuestión de segundos.

—Por cómo tocas yo diría que eres mucho más que eso.

—¿Qué quieres decir?

—Bueno —dijo intentando no perderse en sus extraños y hermosos ojos—. No creo que nadie que toque así pueda ser *solo* una criminal. Parece que tienes alma —bromeó.

—Pues claro que tengo alma. Todo el mundo tiene alma.

Seguía colorada. ¿Tan incómoda la hacía sentir? Intentó no reírse. Aquello era demasiado divertido.

—¿Qué te parecieron los libros?

—Están bien —contestó Celaena en voz baja—. Es más, son maravillosos.

—Me alegro.

Sus miradas se cruzaron y ella retrocedió hasta quedarse detrás de la silla. Si el príncipe no hubiera sabido qué papel representaba cada uno, podría haber llegado a pensar que el asesino era él.

—¿Cómo va el entrenamiento? ¿Tienes problemas con algún competidor?

—Genial —contestó, aunque las comisuras de sus labios se movieron hacia abajo—. Y no, después de lo que sucedió hoy no creo que ninguno de nosotros dé más problemas —Dorian tardó un segundo en comprender que estaba refiriéndose al competidor al que habían matado cuando intentaba escapar. Celaena se mordió el labio inferior y un segundo después preguntó—: ¿Fue Chaol quien ha dió la orden de matar a Sven?

—No —contestó el príncipe—. Mi padre ordenó a todos los guardias que dispararan si alguno de ustedes intentaba escapar. No creo que Chaol hubiera dado nunca esa orden —añadió, aunque no estaba seguro de por qué. Pero al menos cesó la desconcertante calma de la mirada de la muchacha. Como no dijo nada, Dorian le preguntó con toda la indiferencia de la que fue capaz—: Por cierto, ¿cómo se llevan Chaol y tú?

Por supuesto, era una pregunta de lo más inocente.

Celaena se encogió de hombros y el príncipe intentó no buscar demasiadas pistas en el gesto.

—Bien. Creo que él me odia un poco, pero teniendo en cuenta cuál es su puesto, no me sorprende.

—¿Por qué piensas que te odia?

Por algún motivo él no quiso negarlo.

—Porque soy una asesina a sueldo y él es el capitán de la guardia, que se ve obligado a rebajarse a hacerse cargo de la aspirante a campeona del rey.

—¿Desearías que las cosas fueran de otro modo?

Dorian le dedicó una sonrisa perezosa. Aquella pregunta ya no era tan inocente.

Celaena rodeó la silla y se acercó a él. Al príncipe se le encogió el corazón.

—¿Quién quiere que lo odien? Aunque prefiero que me odien a ser invisible. Pero eso no cambia las cosas.

Sus palabras no resultaron convincentes.

—¿Te sientes sola? —preguntó Dorian sin poder evitarlo.

—¿Sola?

Celaena negó con la cabeza y por fin, después de tanta persuasión, se sentó. Tuvo que resistir el impulso de salvar la distancia que los separaba para comprobar si el pelo del príncipe era tan sedoso como parecía.

—No, puedo sobrevivir por mis propios medios, siempre que me suministren buen material de lectura.

Dorian miró el fuego, intentando no pensar dónde la había encontrado tan solo unas semanas antes, y qué clase de soledad debía de haber experimentado. En Endovier no había libros.

—Aun así, no puede ser muy agradable tenerse a uno mismo por única compañía en todo momento.

—Y ¿qué piensas hacer? —preguntó, y se echó a reír—. Preferiría que la gente no pensara que soy una de tus amantes.

—¿Qué tiene eso de malo?

—Ya soy famosa como asesina a sueldo. No me apetece ser famosa por compartir tu cama —al príncipe se le escapó una carcajada, pero ella prosiguió—: ¿Quieres que te explique por qué, o basta con que diga que no acepto joyas y baratijas como pago por mi cariño?

Dorian soltó un gruñido.

—No pienso debatir sobre moralidad con una asesina a sueldo. Matas a gente a cambio de *dinero*.

La mirada de Celaena se endureció y le señaló la puerta.

—Puedes marcharte ya.

—¿Me estás dando permiso para marcharme? ¿A *mí*?

No sabía si reírse o ponerse a gritar.

—¿Debería llamar a Chaol para preguntarle qué opina él?

Celaena se cruzó de brazos; sabía que había ganado. Quizá también se había dado cuenta de que podía divertirse irritándolo.

—¿Por qué me echas de tus aposentos por decir la verdad? Básicamente me llamaste putañero —hacía una eternidad que no se divertía tanto—. Cuéntame cosas de tu vida: ¿cómo aprendiste a tocar tan bien el pianoforte?, ¿y qué pieza estabas tocando? Era muy triste. ¿Estabas pensando en algún amante secreto? —preguntó, y le guiñó un ojo.

—Estaba practicando —se puso en pie y echó a andar hacia la puerta—. Y sí, estaba pensando en eso —le respondió.

—Esta noche estás muy quisquillosa —contestó el príncipe siguiéndola. Se detuvo a medio metro de ella, pero el espacio que los separaba le pareció curiosamente íntimo, sobre todo cuando añadió—: No estás tan habladora como esta tarde.

—¡No soy una mercancía a la que te puedes quedar mirando embobado! —se acercó a él—. ¡Tampoco soy una atracción de feria, así que no me usarás como parte de ningún deseo insatisfecho de aventura y emociones fuertes! No me cabe duda de que fue por eso por lo que me elegiste para ser tu campeona.

Dorian se quedó boquiabierto y retrocedió un paso.

—¿Cómo? —fue lo único que alcanzó a decir.

Ella pasó a su lado y se dejó caer en el sillón. Al menos no pensaba marcharse.

—¿De verdad creíste que no me daría cuenta de por qué has venido esta noche? ¿Como alguien que me dio a leer *La corona de un héroe,* lo cual presupone la existencia de una mente imaginativa que anhela una aventura?

—Para mí no eres una aventura —murmuró el príncipe.

—Ah, ¿no? ¿El castillo te ofrece tantas emociones que la presencia de la Asesina de Adarlan no es nada extraordinario? ¿Nada capaz de atraer a un joven príncipe que lleva toda la vida encerrado en la corte? Y en ese caso, ¿qué da a entender esta competencia? Ya estoy a merced de tu padre. No pienso convertirme también en el bufón de su hijo.

Ahora fue él quien se sonrojó. ¿Alguna vez lo había reprendido alguien de ese modo? Sus padres y tutores quizá, pero desde luego no una chica.

—¿Es que no sabes con quién estás hablando?

—Mi querido príncipe —dijo arrastrando las palabras mientras se miraba las uñas—, estás solo en mis aposentos. La puerta del pasillo está muy lejos. Puedo decir lo que me plazca.

Dorian soltó una carcajada. Celaena se incorporó en el asiento y lo miró con la cabeza ladeada. Se había sonrojado y sus azules ojos resultaban aún más brillantes. ¿Acaso sabía lo que habría querido hacer con ella de no haber sido una asesina a sueldo?

—Me voy —dijo Dorian por fin, evitando pensar si podría arriesgarse a ser el objeto de la ira de su padre y de Chaol, y qué podría suceder si decidía no detenerse a pensar en las consecuencias—. Pero volveré. Pronto.

—No me cabe duda —contestó ella con sequedad.

—Buenas noches, Sardothien —miró a su alrededor y sonrió—. Dime una cosa antes de que me marche: tu amante misterioso... no vive en el castillo, ¿verdad?

Inmediatamente supo que había dicho algo indebido cuando los ojos de la asesina dejaron de brillar.

—Buenas noches —respondió ella con frialdad.

Dorian negó con la cabeza.

—No quería...

Celaena le hizo un gesto desdeñoso con la mano y miró el fuego. El príncipe entendió que lo estaba echando y se dirigió hacia la puerta; cada uno de sus pasos retumbó en la habitación, sumida en el silencio. Casi había llegado al umbral cuando ella habló a lo lejos:

—Se llamaba Sam.

Celaena seguía mirando el fuego. Se *llamaba* Sam.

—¿Qué sucedió?

La asesina lo miró y sonrió con tristeza.

—Murió.

—¿Cuándo? —preguntó Dorian.

Nunca la hubiera provocado así, nunca hubiera abierto la boca de haber sabido que...

—Hace trece meses —contestó a duras penas.

Le recorrió la cara una sombra de dolor, tan real e interminable que hasta el príncipe la sintió en su interior.

—Lo siento —susurró.

Celaena se encogió de hombros, como si eso pudiera reducir la aflicción que Dorian seguía viendo reflejada en sus ojos, tan brillantes a la luz del fuego.

—Yo también —dijo ella entre dientes, y volvió a mirar el fuego.

Dorian intuyó que esta vez sí que había dejado de hablar definitivamente y se aclaró la garganta.

—Buena suerte en la prueba de mañana.

Celaena no contestó mientras él salía de la habitación.

Dorian no pudo dejar de pensar en aquella música desgarradora, ni siquiera mientras quemaba la lista de posibles esposas que le había dado su madre, ni siquiera mientras leía un libro hasta bien entrada la noche, ni siquiera cuando por fin logró conciliar el sueño.

CAPÍTULO 21

Celaena estaba colgando de la muralla de piedra del castillo; las piernas le temblaban al introducir los dedos de manos y pies, manchados de brea, entre las grietas de los gigantescos bloques de piedra. Brullo les gritó algo a los diecinueve campeones restantes que estaban escalando las murallas del castillo, pero a una altura de unos veinte metros el viento se llevó sus palabras. Uno de los campeones no se había presentado a la prueba y ni siquiera sus guardias sabían adónde podía haber ido. A lo mejor había intentado escapar. Arriesgarse a huir parecía mejor que aquella estúpida prueba. Celaena apretó los dientes, levantó la mano lentamente y subió otro pie.

Seis metros más arriba, y a unos diez metros de distancia, ondeaba el objeto de aquella descabellada carrera: una bandera dorada. La prueba era muy sencilla: debían escalar el castillo hasta donde ondeaba la bandera, a treinta metros de altura, y tomarla. El primero que agarrara la bandera y bajara con ella recibiría una palmada en la espalda. El último que alcanzara el lugar designado sería enviado de vuelta a la cloaca de la que había salido.

Sorprendentemente, nadie se había caído todavía. Quizá porque el camino que llevaba hasta la bandera era relativamente fácil: balcones, alféizares y espaldares cubrían casi todo el espacio. Celaena subió unos cuantos metros más. Le dolían los dedos. Mirar hacia abajo siempre era una mala idea, por más que Arobynn la hubiera obligado a quedarse de pie en el borde de su fortaleza de los asesinos durante horas y horas para acostumbrarse a las alturas. Jadeó al agarrarse a otro alféizar y lograr subir. Era lo bastante profundo para poder ponerse en cuclillas dentro y dedicar unos segundos a contemplar a los otros competidores.

Obviamente, Caín iba en primera posición y había tomado el camino más fácil hacia la bandera, Tumba y Verin lo seguían, Nox les iba a la zaga y Pelor, el joven asesino, no estaba lejos. Había tantos competidores siguiéndolo que sus pertrechos a veces se enredaban. A todos les habían dado la oportunidad de elegir un objeto para ayudarse en la subida —cuerdas, picas, botas especiales—, y Caín había ido directo a la cuerda.

Celaena había elegido un pequeño bote de brea. Al salir del alféizar, sus manos negras y pegajosas y sus pies desnudos se asieron fácilmente a la pared de piedra. Había usado un trozo de cuerda para atarse el tarro al cinturón; antes de salir de la sombra del alféizar, se restregó un poco más en las palmas. Alguien jadeó por debajo de ella y Celaena resistió el impulso de mirar hacia abajo. Sabía que había elegido un camino más difícil, pero aun así era mejor que tener que enfrentarse a todos los competidores que habían elegido el camino fácil. No le habría extrañado que Tumba o Verin la hubieran empujado y arrojado al vacío.

Sus manos se adhirieron como una ventosa a la piedra y Celaena se hacía arriba justo al mismo tiempo en que oía un grito, un golpe seco y, a continuación, silencio, seguido por los gritos de los espectadores. Un competidor se había caído... y había muerto. Celaena miró hacia abajo y vio el cadáver de Ned Clement, el asesino que se hacía llamar Guadaña y había pasado varios años en los campos de trabajos forzados de Calaculla para pagar por sus crímenes. Celaena se estremeció. Aunque el asesinato del Comeojos había hecho que muchos de los campeones se calmaran, a los patrocinadores no parecía importarles que aquella prueba pudiera matar a unos cuantos más.

Trepó por un tubo del desagüe, con los muslos apretados contra el hierro. Caín enganchó su larga cuerda al cuello de una gárgola de mirada lasciva y, balanceándose, salvó una extensión de pared lisa para aterrizar en el interior de un balcón a cinco metros por debajo de la bandera. Celaena reprimió su frustración subiendo más y más por la tubería.

Los otros competidores siguieron el camino de Caín. Se oyeron unos cuantos gritos más; Celaena miró hacia abajo y vio que Tumba estaba provocando un embotellamiento porque no era capaz de enganchar su cuerda alrededor del cuello de la gárgola como había hecho Caín. Verin apartó al asesino a sueldo de un codazo y lo rebasó, enganchando fácilmente su propia soga. Nox, que ahora iba por detrás de Tumba, intentó hacer lo mismo, pero Tumba comenzó a insultarlo y Nox se detuvo y levantó las manos en un gesto de apaciguamiento. Celaena sonrió y apoyó los pies ennegrecidos en un soporte del tubo del desagüe. No tardaría en hallarse en paralelo a la bandera. Y entonces solo la separarían de ella diez metros de piedra desnuda.

Celaena siguió escalando fácilmente por la tubería, con los dedos de los pies pegados al metal. Cinco metros por debajo de ella un mercenario estaba agarrado a los cuernos de una gárgola mientras le enganchaba la cuerda a la cabeza. Parecía que había tomado el camino más rápido yendo de una gárgola a otra. Luego tendría que balancearse hasta una saliente a unos seis metros antes de llegar a las gárgolas donde ahora discutían Tumba y Nox. Celaena no corría peligro: el mercenario no iba a escalar por el tubo del desagüe ni iba a molestarla. Centímetro a centímetro siguió escalando, con el viento azotándole el pelo en una y otra dirección.

Fue entonces cuando oyó gritar a Nox, y miró justo a tiempo de ver a Tumba empujarlo y tirarlo de su posición privilegiada en la espalda de la gárgola. Nox se balanceó colgado de la cuerda que llevaba atada a la cintura. La cuerda se tensó y Nox se estrelló contra la pared del castillo. Celaena se quedó helada y contuvo la respiración mientras Nox intentaba agarrarse a la piedra con las manos y los pies.

Pero Tumba aún no había terminado. Se agachó como si fuera a ajustarse una bota y Celaena vio que una pequeña daga brillaba a la luz del sol. Que hubiera logrado engañar a sus guardianes y colar el arma ya era una proeza en sí misma. El viento se llevó el grito de advertencia de Celaena mientras Tumba trataba de cortar la cuerda de Nox, amarrada a la gárgola. Ninguno de los campeones que había cerca se atrevió a hacer nada, aunque Pelor se paró un momento antes de pasar junto a Tumba. Si Nox moría, era un competidor menos —y si se inmiscuían, podía costarles la prueba—. Celaena sabía que debía seguir avanzando, pero algo hizo que se quedara clavada en el sitio.

Nox no encontraba ningún asidero en la pared de piedra y, sin una saliente ni una gárgola cercanas a las cuales agarrarse, solo podía caer. En cuanto se rompiera la cuerda, caería.

Una por una, las hebras de la soga se fueron partiendo bajo la presión de la daga de Tumba; Nox, que sentía las vibraciones, miró horrorizado al asesino a sueldo. Si caía, no había posibilidad de sobrevivir. Unos cortes más de la hoja de Tumba y la cuerda quedaría segada por completo.

La soga crujió y Celaena se puso en marcha.

Bajó deslizándose por el tubo del desagüe; la carne de pies y manos se le desgarraba a medida que el metal le cortaba la piel, pero no se paró a pensar en el dolor. El mercenario que había sobre la gárgola que tenía debajo se vio obligado a pegarse a la pared cuando Celaena cayó sobre la cabeza de la criatura y la agarró por los cuernos para afianzarse. El mercenario ya había atado un cabo de su soga al cuello de la gárgola; Celaena lo agarró y se ató la otra punta alrededor de la cintura. La soga era lo bastante larga y fuerte, y las cuatro gárgolas situadas junto a la suya le darían suficiente espacio para correr.

—Toca esta cuerda y te destripo —advirtió al mercenario, y se dispuso a entrar en acción.

Nox le gritó a Tumba, y ella se atrevió a mirar al lugar donde colgaba el ladrón. Otra hebra de la cuerda en tensión se rompió, y Nox chilló de miedo e ira. Celaena echó a correr por la espalda de las cuatro gárgolas y se lanzó al vacío.

CAPÍTULO 22

El viento tiró de ella, pero Celaena siguió concentrada en Nox, que caía a toda velocidad, lejos de sus manos extendidas.

Por debajo de ella gritó la gente, y la cegó la luz al rebotar en el castillo de cristal. Pero allí estaba Nox, a una mano de distancia de sus dedos, con los ojos grises abiertos como platos y agitando los brazos como si pudiera transformarlos en alas.

En un segundo, Celaena le rodeó la cintura con los brazos y se estampó contra él con tanta fuerza que se quedó sin aliento. Juntos cayeron como una piedra, más y más abajo hacia el suelo, que parecía alzarse a su encuentro.

Nox se agarró a la cuerda, pero ni siquiera eso bastó para aliviar el atroz impacto contra el torso de Celaena cuando la soga se tensó. La muchacha se agarró a Nox con todas sus fuerzas, con la esperanza de que sus brazos no soltaran al ladrón. La soga hizo que avanzaran a toda velocidad hacia la pared. Celaena apenas alcanzó a apartar la cabeza de la piedra y recibió el impacto en el hombro y el costado. Se agarró con fuerza a Nox y concentró su atención en sus brazos y en su respiración superficial. Se quedaron allí colgados, pegados a la pared, jadeando mientras miraban al suelo, a diez metros por debajo de ellos. La cuerda aguantó su peso.

—Lillian —resolló Nox. Apretó su cara contra el pelo de Celaena—. Por los dioses del cielo.

Desde el suelo se oyó una ovación que ahogó sus palabras. A Celaena le temblaban tanto los brazos que tuvo que concentrarse en agarrar a Nox, y el estómago se le revolvió una y otra vez.

Pero aún estaban en mitad de la prueba —y aún debían completarla—, así que Celaena miró hacia arriba. Todos los campeones se habían quedado parados para ver cómo salvaba al ladrón. Todos menos uno, que estaba encaramado muy, muy por encima de ellos.

Celaena se quedó boquiabierta cuando Caín arrancó la bandera y bramó para celebrar su triunfo. Se oyeron más ovaciones y Caín agitó la bandera para que la vieran todos. A Celaena le hirvió la sangre.

De haber tomado el camino fácil, habría ganado. Habría llegado en la mitad de tiempo que Caín, pero Chaol le había dicho que no llamara la atención. Y su recorrido había sido mucho más impresionante y más adecuado para demostrar sus habilidades. Caín solo había tenido que saltar y balancearse: así escalaban los aficionados. Además, si hubiera ganado ella, si hubiera tomado el camino fácil, no habría salvado a Nox.

Celaena apretó los dientes. ¿Podría llegar allí arriba a tiemppo? Quizá Nox podría quedarse la cuerda, y ella escalaría la pared con las manos desnudas. Pero mientras lo pensaba, Verin, Tumba, Pelor y Renault escalaban los últimos metros hasta llegar al lugar donde antes estaba la bandera, le daban una palmada y se disponían a descender.

—Lillian. Nox. Dense prisa —gritó Brullo, y Celaena miró hacia abajo, en dirección al maestro de armas.

La muchacha frunció el ceño y comenzó a deslizar los pies por las grietas de la piedra en busca de un punto de apoyo. Su piel, en carne viva, le escocía al encontrar un hueco donde meter los dedos de los pies. Poco a poco, muy poco a poco, fue subiendo.

—Lo siento —susurró Nox, y sus piernas golpearon las de ella mientras buscaba él también un punto de apoyo.

—Tranquilo —contestó ella.

Temblorosa y entumecida, Celaena volvió a escalar por la pared y dejó que Nox encontrara por su cuenta el modo de subir. Qué estupidez. Salvarlo había sido una estupidez. ¿En qué había estado pensando?

—Anímate —dijo Chaol, y bebió de su copa de agua—. El puesto decimoctavo no está mal. Al menos Nox quedó detrás de ti.

Celaena no respondió y se limitó a apartar las zanahorias en su plato. Habían hecho falta dos baños y una pastilla de jabón entera para limpiarse la brea de sus doloridos manos y pies, y Philippa se había pasado treinta minutos limpiando y vendando sus heridas. Aunque Celaena había dejado de temblar, aún podía oír el grito y el ruido sordo de Ned Clement al estrellarse contra el suelo. Se habían llevado su cadáver antes de que Celaena terminara la prueba. Solo su muerte había salvado a Nox de la eliminación. A Tumba ni siquiera lo habían reprendido. No había reglas contra el juego sucio.

—Estás haciendo las cosas tal como las habíamos planeado —prosiguió Chaol—. Aunque yo no diría que tu valiente rescate haya sido especialmente discreto.

Celaena lo fulminó con la mirada.

—Aun así, perdí.

Dorian la había felicitado por haber salvado a Nox, y el ladrón la había abrazado y le había dado las gracias una y otra vez; solo Chaol había fruncido el ceño al acabar la prueba. Aparentemente, los rescates atrevidos no formaban parte del repertorio de una ladrona de joyas.

Los ojos marrones de Chaol brillaron con tonos dorados al sol de mediodía.

—¿Es que aprender a perder con gracia no formaba parte de tu formación?

—No —contestó ella con amargura—. Arobynn me dijo que el segundo puesto no era más que un título agradable para el primer perdedor.

—¿Arobynn Hamel? —preguntó Chaol dejando la copa sobre la mesa—. ¿El Rey de los Asesinos?

Celaena miró hacia la ventana y hacia la brillante extensión de Rifthold apenas visible al otro lado. Le resultaba extraño pensar que Arobynn estaba en la misma ciudad, que ahora estaba muy cerca de ella.

—¿No sabías que fue mi maestro?

—Se me había olvidado —dijo Chaol. Arobynn la habría azotado por salvar a Nox y poner en peligro su propia seguridad y su puesto en el torneo—. ¿Supervisó tu adiestramiento personalmente?

—Me entrenó en persona, y luego recurrió a tutores traídos de toda Erilea. Los maestros luchadores de los arrozales del continente meridional, los expertos en venenos de la selva Bogdano... Una vez me envió con los asesinos silenciosos del desierto Rojo. Para él ningún precio era demasiado alto. Ni para mí —añadió pasando un dedo por el refinado hilo de su bata—. Hasta que cumplí los catorce años se molestó en decirme que tendría que pagar por todo lo que había hecho por mí.

—¿Te adiestró y luego te hizo pagar el adiestramiento?

Celaena se encogió de hombros, pero fue incapaz de esconder el arrebato de ira.

—Las cortesanas viven la misma experiencia: las aceptan en la corte a una edad temprana y acaban en los burdeles hasta que son capaces de devolver hasta la última moneda de lo que costó su instrucción, mantenimiento y vestuario.

—Eso es despreciable —respondió el capitán, y Celaena parpadeó al oír su voz airada; una ira que, por una vez, no iba dirigida contra ella—. ¿Se lo devolviste?

Una sonrisa fría que no tuvo reflejo en sus ojos le cruzó la cara.

—Hasta el último centavo. Y luego fue a gastárselo todo. Más de quinientas mil monedas de oro. Las dilapidó en tres horas —Chaol dio un respingo en su asiento. Ella enterró el recuerdo tan profundamente que dejó de dolerle—. Aún no te has disculpado —dijo cambiando de tema antes de que Chaol pudiera hacer más preguntas.

—¿Disculparme? ¿Por qué?

—Por todas las cosas horribles que dijiste ayer por la tarde cuando estaba entrenando con Nehemia.

El capitán entornó los ojos y mordió el anzuelo.

—No pienso disculparme por decir la verdad.

—¿La verdad? ¡Me trataste como si fue una criminal demente!

—Y tú dijiste que me odiabas más que a nadie en el mundo.

—Lo decía en serio —respondió ella. Sin embargo, esbozó una sonrisa, que enseguida encontró reflejo en la cara del capitán. Chaol le lanzó un trozo de pan que ella tomó con la mano y volvió a lanzárselo a él, que lo atrapó fácilmente—. Idiota —añadió Celaena sonriendo abiertamente.

—Criminal demente —repuso él, sonriendo también.

—Te odio de verdad.

—Al menos no soy yo quien ha ocupado el puesto dieciocho —dijo Chaol.

Celaena resopló enfadada y el capitán hizo todo lo posible para esquivar la manzana que la muchacha le lanzó a la cabeza.

Poco más tarde, Philippa los puso al corriente de la noticia: al campeón que no se había presentado en la prueba lo habían encontrado muerto en una escalera del servicio, brutalmente destrozado y desmembrado.

El nuevo asesinato empañó las dos siguientes semanas y las dos pruebas que tuvieron lugar en ese tiempo. Celaena pasó las pruebas —sigilo y rastreo— sin llamar demasiado la atención ni jugarse el pellejo para salvar a nadie. No asesinaron a ningún campeón más, afortunadamente, pero Celaena no paraba de mirar por encima del hombro, alerta, aunque Chaol parecía considerar que los dos asesinatos no habían sido más que incidentes desafortunados.

Cada día se le daba mejor correr: recorría más distancia y más rápido. Además, había logrado controlarse para no matar a Caín cuando este la provocaba en los entrenamientos. El príncipe heredero no se molestó en aparecer más por sus aposentos, y solo lo veía durante las pruebas, cuando este se limitaba a sonreírle, le guiñaba un ojo y la hacía sentir un cosquilleo y un calor ridículos.

Pero tenía cosas más importantes de las que preocuparse. Solo quedaban nueve semanas hasta el duelo final y algunos de los otros, incluido Nox, lo estaban haciendo tan bien que esos cuatro puestos empezaban a parecer muy preciados. Obviamente, Caín ocuparía uno, pero ¿quiénes serían los otros tres finalistas? Ella siempre había estado muy segura de que sería una de ellos.

No obstante, si era sincera consigo misma, Celaena ya no estaba tan segura.

CAPÍTULO 23

Celaena se quedó mirando el suelo boquiabierta. Conocía aquellas rocas grises y afiladas. Sabía cómo crujían al pisarlas, cómo olían después de la lluvia, cómo podían cortar la piel fácilmente cuando caía al suelo. Aquellas rocas se extendían durante kilómetros y se alzaban bajo la forma de montañas picudas, similares a colmillos, que atravesaban el cielo lleno de nubes. Con aquel viento helado, llevaba muy poca ropa para protegerse de aquellas ráfagas hirientes. Mientras tocaba sus harapos sucios se le revolvió el estómago. ¿Qué había pasado?

Giró sobre sus talones, los grilletes hicieron un ruido metálico y contempló la desolada y desierta inmensidad que era Endovier.

Había fracasado y la habían enviado de vuelta allí. No había posibilidad de escapatoria. Había saboreado la libertad, se había acercado mucho, y ahora...

Celaena gritó cuando un dolor insoportable le recorrió la espalda, apenas alertada por el restallido del látigo. Cayó al suelo y la piedra le rozó las rodillas en carne viva.

—¡Levántate! —bramó alguien.

Las lágrimas le escocieron en los ojos y el látigo crujió cuando la levantaron de nuevo. Esta vez iban a matarla. Moriría de dolor.

El látigo cayó, tocó hueso y reverberó por todo su cuerpo. Hizo que todo se hundiera y explotara en la agonía y arrastrara su cuerpo hasta un camposanto, un...

Celaena abrió los ojos como platos, jadeando.

—¿Estás...? —preguntó alguien a su lado, y la asesina dio un respingo. ¿Dónde estaba?—. Fue un sueño —dijo Chaol.

Se quedó mirándolo, echó un vistazo a su alrededor y se pasó una mano por el pelo. Rifthold. Estaba en Rifthold. En el castillo de cristal... No, en el castillo de piedra que había debajo.

Estaba sudando, y el sudor de su espalda le recordaba incómodamente a la sangre. Se sentía mareada, con náuseas, demasiado pequeña y demasiado grande al mismo tiempo. Aunque las ventanas estaban cerradas, una extraña ráfaga de viento recorrió la habitación y le besó la cara. Curiosamente, olía a rosas.

—Celaena, era un sueño —repitió el capitán de la guardia—. Estabas gritando —esbozó una sonrisa—. Pensé que te estaban matando.

Celaena se giró para tocarse la espalda por debajo del camisón. Sintió las tres protuberancias... y otras más pequeñas, pero nada, nada...

—Me estaban azotando —negó con la cabeza para librarse del recuerdo—. ¿Qué haces aquí? Ni siquiera ha amanecido todavía.

Celaena se cruzó de brazos y se ruborizó ligeramente.

—Es Samhuinn. Cancelé el entrenamiento de hoy, pero quería saber si tenías pensado asistir al servicio religioso.

—¿Que hoy es... qué? ¿Hoy es Samhuinn? ¿Por qué nadie había dicho nada? ¿Esta noche se celebra un banquete?

¿Era posible que estuviera tan concentrada en el torneo que hubiera perdido por completo la noción del tiempo?

Chaol frunció el ceño.

—Por supuesto, pero no estás invitada.

—Por supuesto. ¿Y esta noche embrujada vas a evocar a los muertos o vas a encender una hoguera con tus compañeros?

—No participo en esas estupideces supersticiosas.

—¡Cuidado, mi cínico amigo! —le advirtió levantando una mano—. Hoy es el día en el que los dioses y los muertos están más cerca de la tierra. ¡Pueden oír hasta el último comentario desagradable que hagas!

Chaol puso los ojos en blanco.

—Es una festividad ridícula para celebrar la llegada del invierno. Las hogueras solo producen cenizas para cubrir los campos.

—¡Como ofrenda a los dioses para que los mantengan a salvo!

—Para abonarlos.

Celaena apartó las mantas.

—Eso dices tú —dijo levantándose.

Se alisó el camisón empapado. Apestaba a sudor.

El capitán resopló y echó a andar detrás de ella.

—No te tenía por una persona supersticiosa. ¿Cómo encaja *eso* en tu carrera?

Celaena miró a Chaol por encima del hombro antes de entrar en el cuarto de baño, con él siguiéndola de cerca. Se quedó parada en el umbral.

—¿Vas a entrar conmigo? —preguntó, y Chaol se quedó rígido, consciente de su error. Por toda respuesta cerró dando un portazo.

Al salir del baño con el pelo chorreando, Celaena se lo encontró esperándola en el comedor.

—¿Es que no tienes desayuno propio?

—Aún no me has contestado.

—¿Qué? —Celaena se sentó en el otro extremo de la mesa y se sirvió avena en un cuenco. Lo único que necesitaba era una cucharada —no, tres cucharadas— de azúcar, leche caliente y...

—¿Vas a ir al templo?

—¿Se me permite ir al templo pero no al banquete?

Se llevó una cucharada de avena a la boca.

—Las prácticas religiosas no deberían negársele a nadie.

—¿Y el banquete es...?

—Una demostración de libertinaje.

—Ah, entiendo.

Tragó otro bocado. Le encantaba la avena, pero quizá necesitaba otra cucharada de azúcar.

—¿Y bien? ¿Piensas asistir? Si vas a ir, tenemos que salir pronto.

—No —contestó con la boca llena.

—Para ser alguien tan supersticioso, al no acudir te arriesgas a irritar a los dioses. Pensé que una asesina a sueldo se interesaría más por el día de los muertos.

Celaena puso cara de loca mientras seguía comiendo.

—Les rindo culto a mi manera. Quizá haga un sacrificio o dos.

Chaol se levantó dando una palmadita a su espada.

—Ten cuidado mientras no estoy. No te molestes en vestirte con algo demasiado recargado. Brullo me dijo que esta tarde sí vas a entrenar. Mañana tienes una prueba.

—¿Otra vez? ¿No tuvimos una hace solo tres días? —se quejó Celaena. La última prueba había consistido en el tiro de jabalina a caballo, y aún le dolía un poco la muñeca.

Pero el capitán no dijo nada más y los aposentos se quedaron en silencio. Aunque intentó olvidarlo, el sonido del látigo siguió estallándole en los oídos.

Agradecido de que el servicio religioso hubiera acabado por fin, Dorian Havilliard avanzaba a grandes zancadas por los terrenos del castillo. La religión ni lo convencía ni lo conmovía, y después de pasarse horas sentado en un banco, murmurando una oración tras otra, necesitaba desesperadamente tomar aire. Y estar solo.

Dejó escapar un suspiro a través de los dientes apretados, se frotó la sien y se dispuso a atravesar el jardín. Se cruzó con un grupo de damas que le hicieron una reverencia y se rieron desde atrás de sus abanicos. Dorian asintió con la cabeza al pasar. Su madre había aprovechado la ceremonia para señalarle a todas las damas que reunían los requisitos necesarios. El príncipe se había pasado el servicio entero intentando no gritar a voz en cuello.

Dorian se metió por detrás de un seto y a punto estuvo de chocar con una figura vestida de terciopelo verde azulado. Era el color de un lago montañoso —ese tono como de joya que no tenía nombre propio—. Eso por no mencionar que hacía un centenar de años que el vestido había pasado de moda. Levantó la vista para mirarla y sonrió.

—Hola, Lady Lillian —dijo haciendo una reverencia, y se dirigió a las dos personas que la acompañaban—. Princesa Nehemia. Capitán Westfall —Dorian volvió a mirar el vestido de la asesina. Los pliegues de la tela, a la manera de las aguas de un río en movimiento, resultaban bastante atractivos—. Te veo muy festiva.

Celaena frunció el ceño.

—Las criadas de Lady Lillian estaban en el servicio religioso cuando se vistió —dijo Chaol—. No tenía otra cosa que ponerse.

Obviamente, los corsés requerían ayuda para ponérselos y quitárselos —y los vestidos eran un laberinto de broches y lazos secretos.

—Discúlpame, mi señor príncipe —dijo Celaena. Su mirada era brillante y airada, y se le arrebolaron ligeramente las mejillas—. Lamento mucho que mis ropas no sean de tu agrado.

—No, no —se apresuró a contestar él, mirándola a los pies. Llevaba unos zapatos rojos; rojos como las bayas de invierno que comenzaban a aparecer en los arbustos—. Estás muy bien. Solo que un poco... fuera de lugar —unos cuantos siglos fuera de lugar, en realidad. Celaena lo miró exasperada. El príncipe se dirigió a Nehemia—: Discúlpame —dijo en su mejor eyllwe, que no era nada del otro mundo—. ¿Cómo estás?

Los ojos de la princesa brillaron divertidos al oír su eyllwe chapucero, pero asintió con la cabeza en señal de reconocimiento.

—Estoy bien, alteza —contestó en el idioma del príncipe.

Dorian reparó en los dos guardias de la muchacha, que acechaban entre las sombras, esperando, observando. A Dorian se le aceleró el pulso.

El duque Perrington llevaba varias semanas presionando para llevar más tropas a Eyllwe y aplastar a los rebeldes de una vez por todas para que no se atrevieran a desafiar de nuevo el dominio de Adarlan. El día anterior el duque había presentado un plan: desplegarían más legiones y retendrían a Nehemia para disuadir a los rebeldes de que tomaran represalias. Dorian, que no se sentía muy dispuesto a añadir el secuestro a su repertorio de habilidades, se había pasado varias horas discutiendo con él. Pero aunque algunos miembros del Consejo también habían expresado su desaprobación, la mayoría parecía pensar que la estrategia del duque era irrebatible. Aun así, Dorian los había convencido para que esperaran hasta el regreso de su padre. Eso le daría tiempo para ganarse el apoyo de algunos de los partidarios del duque.

Ahora, de pie frente a ella, Dorian apartó rápidamente la mirada de la princesa. De haber sido cualquier otro en lugar del príncipe heredero, la habría advertido. Pero si Nehemia se marchaba antes de lo que debía, el duque sabría quién se lo había contado e informaría de ello a su padre. Bastante mal estaban ya las cosas entre Dorian y el rey; no necesitaba que lo tacharan de simpatizante de los rebeldes.

—¿Vas a asistir al banquete esta noche? —le preguntó Dorian a la princesa, obligándose así a mirarla y a mantener sus rasgos neutrales.

Nehemia miró a Celaena.

—Y tú, ¿vas a asistir?

Celaena le obsequió con una sonrisa que solo podía significar problemas.

—Por desgracia, tengo otros planes. ¿Verdad, alteza?

No se molestó en ocultar un trasfondo de irritación.

Chaol tosió, muy interesado de repente en las bayas de los setos. Dorian estaba solo.

—No me eches a mí la culpa —dijo Dorian con soltura—. Fuiste tú quien aceptó la invitación a esa fiesta en Rifthold hace semanas.

Celaena parpadeó, pero Dorian no cedió. No podía llevarla al banquete, con tanta gente observándolos. Le harían demasiadas preguntas. Por no hablar de que iba a asistir muchísima gente y no sería fácil seguirle el rastro.

Nehemia frunció el ceño.

—Entonces, ¿no vas a asistir?

—No, pero estoy segura de que te la pasarás muy bien —dijo Celaena, y cambió al eyllwe para decir algo más. El eyllwe de Dorian le dio para entenderlo en líneas generales—: Su alteza sabe cómo entretener a las mujeres.

Nehemia se echó a reír y Dorian se sonrojó. Aquellas dos muchachas hacían una pareja temible. Que los dioses los asistieran a todos.

—Bueno, somos muy importantes y estamos muy ocupadas —le dijo Celaena agarrando a la princesa del brazo. Quizá permitirles que se hicieran amigas fuera una idea horrible y peligrosa—. Tenemos que marcharnos. Que pases un buen día, alteza —hizo una reverencia y las joyas rojas y azules del cinturón brillaron a la luz del sol. Miró por encima del hombro, le sonrió a Dorian con malicia y se internó en el jardín con la princesa.

Dorian fulminó a Chaol con la mirada.

—Gracias por tu ayuda.

El capitán le dio una palmada en el hombro.

—¿Eso te pareció grave? Deberías verlas cuando agarran vuelo.

Dicho esto, echó a andar detrás de las mujeres dando zancadas.

Dorian quería gritar y tirarse del pelo. Había disfrutado viendo a Celaena aquella otra noche, lo había disfrutado enormemente. Pero las últimas semanas se las había pasado encerrado en las reuniones del consejo y recibiendo a la corte y no había podido visitarla. De no ser por el banquete, habría vuelto a verla esa noche. No había querido irritarla al referirse al vestido —aunque, evidentemente, estaba pasado de moda—, ni sabía que le molestaría tanto que no la invitaran al banquete, pero...

Dorian frunció el ceño y echó a andar en dirección a las perreras.

Celaena sonrió para sí y pasó un dedo por un seto muy bien recortado. A ella le encantaba el vestido. «¡Conque festivo!».

—No, no, alteza —le decía Chaol a Nehemia lo bastante lento para que ella lo entendiera—. No soy un soldado. Soy capitán de la guardia.

—No veo la diferencia —repuso la princesa con un acento un tanto acartonado. Aun así, Chaol la entendió lo suficiente como para enfurecerse, y Celaena intentó controlar su júbilo como pudo.

Había logrado ver a Nehemia un buen número de veces durante las dos últimas semanas —sobre todo para paseos cortos y cenas en las que hablaban de lo que había supuesto para Nehemia criarse en Eyllwe, de lo que opinaba de Rifthold, y de qué miembro de la corte había conseguido irritar a la princesa aquel día. Para deleite de Celaena, habitualmente era casi todo el mundo.

—A mí no me han adiestrado para luchar en batallas —replicó Chaol entre dientes.

—Matas por orden de tu rey.

Tu rey. Aunque Nehemia no estuviera muy versada en su idioma, era lo bastante inteligente para comprender la fuerza que tenían aquellas dos palabras: «Tu rey», no el suyo. Aunque Celaena podía pasarse horas y horas escuchando a Nehemia despotricar del rey de Adarlan, estaban en un jardín y podía estar oyéndolas alguien más. Celaena se estremeció y la interrumpió antes de que Nehemia pudiera seguir hablando.

—Creo que es inútil discutir con ella, Chaol —dijo Celaena dándole un codazo al capitán de la guardia—. A lo mejor no deberías haberle dado tu título a Peter. ¿Puedes recuperarlo? Eso evitaría muchas confusiones.

—¿Cómo es posible que te acuerdes del nombre de mi hermano?

Ella se encogió de hombros sin entender del todo el brillo en la mirada del capitán.

—Me lo dijiste tú. ¿Por qué no iba a acordarme?

Aquel día estaba guapo. Le gustaba el contraste entre su pelo y su piel dorada, los huecos que quedaban entre los mechones y cómo le caía sobre la frente.

—Supongo que disfrutarás del banquete, sin mí, claro —dijo Celaena con aire taciturno.

Chaol resopló.

—¿Tanto te molesta perdértelo?

—No —contestó ella pasándose el pelo suelto por encima del hombro—. Pero, bueno, es una fiesta, y a todo el mundo le gustan las fiestas.

—¿Quieres que te traiga alguna chuchería del jolgorio?

—Solo si se trata de una porción considerable de cordero asado.

El aire que los rodeaba era brillante y claro.

—El banquete no es tan emocionante como piensas. Es igual que cualquier cena. Te aseguro que el cordero estará seco y duro.

—Como amigo mío, deberías llevarme contigo o quedarte para hacerme compañía.

—¿Amigo? —preguntó Chaol.

Celaena se sonrojó.

—Bueno, «acompañante ceñudo» es una descripción mejor. O «conocido reacio», si así lo prefieres.

Para su sorpresa, Chaol sonrió.

La princesa agarró a Celaena de la mano.

—¡Tú me enseñarás! —dijo en eyllwe—. Enséñame a hablar mejor tu idioma, y enséñame a escribirlo y leerlo mejor que ahora. Así no tendré que soportar a esos viejos terriblemente aburridos a los que llaman tutores.

—Yo... —comenzó a decir Celaena en el idioma común, y se estremeció. Se sintió culpable por haber dejado fuera de la conversación a Nehemia, y el hecho de que la princesa hablara con fluidez los dos idiomas sería divertido. Pero siempre era un lío convencer a Chaol para que le dejara ver a Nehemia, porque él se empeñaba en estar presente para vigilarlas. Nunca accedería a pasarse las clases sentado con ellas—. No sabría enseñarte mi idioma como es debido —mintió Celaena.

—Tonterías —contestó Nehemia—. Me enseñarás después de... de lo que sea que hagas con *este*. Una hora diaria antes de cenar.

Nehemia levantó la barbilla para dar a entender que negarse no era una alternativa. Celaena tragó saliva e hizo todo lo posible para parecer simpática mientras se volvía hacia Chaol, que las contemplaba con las cejas arqueadas.

—Quiere que le dé clase todos los días antes de cenar.

—Me temo que no es posible —dijo el capitán, y ella tradujo.

Nehemia lo fulminó con la típica mirada que hacía sudar a la gente.

—¿Por qué no? —preguntó, y prosiguió en eyllwe—: Ella es más lista que la mayoría de la gente de este castillo.

Chaol, afortunadamente, entendió el sentido general.

—No creo que...

—¿Acaso no soy la princesa de Eyllwe? —lo interrumpió Nehemia en el idioma común.

—Alteza... —comenzó a decir Chaol, pero Celaena lo hizo callar con un gesto de la mano.

Se estaban aproximando a la torre del reloj —negra y amenazadora, como siempre—. Ante ella estaba arrodillado Caín, con la cabeza gacha, concentrado en algo que había en el suelo.

Al oír el ruido de sus pasos, Caín levantó la cabeza rápidamente, sonrió de oreja a oreja y se puso en pie. Tenía las manos llenas de tierra, pero antes de que Celaena pudiera verlo mejor, o estudiar su extraño comportamiento, le hizo un gesto afirmativo a Chaol con la cabeza y se alejó hasta desaparecer detrás de la torre.

—Bruto asqueroso —dijo Celaena entre dientes, sin apartar la vista del lugar por donde había desaparecido.

—¿Quién es? —preguntó Nehemia en eyllwe.

—Un soldado del ejército del rey —dijo Celaena—, aunque ahora sirve al duque Perrington.

Nehemia buscó a Caín con la mirada, y entornó sus oscuros ojos.

—Al verlo me dan ganas de darle un puñetazo en la cara.

Celaena se echó a reír.

—Me alegro de no ser la única.

Chaol no dijo nada y echó a andar de nuevo. Nehemia y Celaena lo siguieron y, al cruzar el pequeño patio donde se alzaba la torre del reloj, la asesina miró al lugar donde había estado arrodillado Caín. Había limpiado la tierra que se había metido en los huecos de la extraña marca en la losa y ahora la marca se veía más claramente.

—¿Qué piensas que es? —le preguntó a la princesa señalando la marca grabada en la piedra. ¿Por qué la habría limpiado Caín?

—Una marca del Wyrd —respondió la princesa dándole un nombre en el idioma de Celaena.

La asesina arqueó las cejas. No era más que un triángulo dentro de un círculo.

—¿Sabes interpretar esas marcas? —preguntó. Una marca del Wyrd... ¡Qué curioso!

—No —se apresuró a contestar Nehemia—. Forman parte de una antigua religión que murió hace mucho tiempo.

—¿Qué religión? —preguntó Celaena—. Mira, ahí hay otra —señaló otra marca a unos metros de distancia. Era una línea vertical con un pico invertido que se extendía hacia arriba desde el centro.

—Deberías dejarlo en paz —le advirtió Nehemia, y Celaena parpadeó asombrada—. Esas cosas se olvidaron por una razón.

—¿De qué estás hablando? —preguntó Chaol, y Celaena le explicó la conversación a grandes rasgos. Al acabar, el capitán frunció el labio superior, pero no dijo nada.

Siguieron andando y Celaena vio otra marca. Tenía una forma rara: un pequeño diamante con dos puntas invertidas que sobresalían de cada lado. Las puntas superior e inferior del diamante se habían alargado en línea recta y parecían simétricamente perfectas. ¿Las habría mandado grabar el rey cuando construyó la torre del reloj, o serían anteriores?

Nehemia se quedó mirándola a la frente.

—¿Llevo la cara manchada? —preguntó Celaena.

—No —contestó Nehemia algo distante, frunciendo el ceño mientras observaba la frente de Celaena. La princesa la miró fijamente a los ojos con una ferocidad que hizo retroceder ligeramente a la asesina—. ¿No sabes nada de las marcas del Wyrd?

El reloj de la torre dio la hora.

—No —dijo Celaena—. No sé nada de ellas.

—Ocultas algo —susurró la princesa en eyllwe, aunque no en un tono acusatorio—. Eres mucho más de lo que pareces, Lillian.

—Yo, bueno, espero ser algo más que una cortesana boba —dijo con toda la bravuconería de la que fue capaz. Sonrió de oreja a oreja con la esperanza de que Nehemia dejara de mirar fijamente su frente con aquella cara tan rara—. ¿Puedes enseñarme a hablar eyllwe como es debido?

—Si tú me enseñas tu ridículo idioma —contestó la princesa, aunque siguió mirándola con cautela.

¿Qué había visto Nehemia que hacía que se comportara de ese modo?

—Trato hecho —dijo Celaena sonriendo débilmente—. Pero no se lo digas a *él*. El capitán Westfall me deja sola a mitad de la tarde. La hora antes de cenar es perfecta.

—Pues iré mañana a las cinco —repuso Nehemia.

La princesa sonrió y echó a andar de nuevo, con un brillo en sus negros ojos. Celaena no pudo hacer otra cosa que seguirla.

CAPÍTULO 24

Celaena estaba tumbada en la cama, contemplando un charco de luz de luna en el suelo. Llenaba los huecos polvorientos entre las baldosas de piedra y le daba a todo un tono entre plateado y azulado que la hacía sentir como si se hubiera quedado congelada en un momento eterno.

No temía a la noche, aunque encontraba poco consuelo en sus horas oscuras. Simplemente era el momento en que dormía, el momento en que acechaba y mataba, el momento en que las estrellas emergían con una belleza resplandeciente y la hacían sentir maravillosamente pequeña e insignificante.

Celaena frunció el ceño. Solo era medianoche y, aunque al día siguiente tenían otra prueba, no podía dormir. Los ojos le pesaban demasiado para leer, no quería tocar el pianoforte por miedo a tener otro encuentro embarazoso y, desde luego, no se divertía imaginándose cómo sería el banquete. Aún llevaba el vestido entre azul y esmeralda, demasiado perezosa para cambiarse.

Siguió el rastro de la luz de luna hasta el lugar donde tocaba la pared, cubierta por un tapiz. El tapiz era extraño, viejo y no estaba demasiado bien cuidado. Su amplia superficie estaba salpicada de imágenes de animales del bosque entre árboles caídos. Una mujer —el único ser humano del tapiz— estaba de pie cerca del suelo.

Estaba representada a tamaño natural y era extraordinariamente hermosa. Aunque tenía el pelo plateado, su cara era joven y su vestido blanco de larga cola parecía moverse a la luz de la luna y...

Celaena se incorporó en la cama. ¿Se había movido ligeramente el tapiz? Miró hacia la ventana. Estaba completamente cerrada. El tapiz se estaba balanceando un poco hacia fuera, no hacia un lado.

«¿Era posible?».

Sintió un cosquilleo y encendió una vela antes de acercarse a la pared. El tapiz dejó de moverse. Extendió un brazo hasta el extremo de la tela y tiró de ella. Allí solo había piedra. Pero...

Celaena apartó los pesados pliegues y los metió detrás de un baúl para mantener el tapiz en alto. En la pared vio una hendidura vertical diferente a las demás. Y luego otra a menos de un metro. Salían del suelo y, justo por encima de la cabeza de Celaena, se encontraban en una...

«¡Es una puerta!».

Celaena apoyó el hombro en la losa de piedra. Cedió un poco y el corazón le dio un vuelco. Volvió a empujar, con la vela parpadeando en su mano. La puerta crujió al moverse levemente. Con un gruñido, empujó y por fin se abrió del todo.

Ante ella se extendía un oscuro pasadizo.

Sopló una brisa en dirección a las negras profundidades que hizo que algunos mechones de pelo le cubrieran la cara. Un escalofrío le recorrió la espalda. ¿Por qué soplaba el viento hacia dentro, cuando un momento antes había hecho mecerse el tapiz hacia fuera?

Miró atrás, en dirección a la cama, que estaba cubierta de libros que no iba a leer esa noche. Dio un paso al frente y entró en el pasadizo.

La luz de la vela reveló que estaba hecho de piedra y revestido de una espesa capa de polvo. Retrocedió para volver a la habitación. Si iba a explorar, necesitaría provisiones. Era una pena que no tuviera una espada o una daga. Dejó la vela en su sitio. También necesitaría una antorcha, o por lo menos algunas velas más. Aunque podía acostumbrarse a la oscuridad, no era tan estúpida como para creer que podía confiar en ella.

Moviéndose por la habitación y temblando de emoción, Celaena tomó dos madejas de hilo del costurero de Philippa, además de tres tizas y uno de sus cuchillos improvisados. Metió tres velas más en los bolsillos de la capa y se envolvió en ella.

Se colocó de nuevo ante el oscuro pasadizo. Estaba terriblemente oscuro y parecía llamarla. La brisa volvió a soplar en el pasadizo.

Celaena colocó una silla en el umbral; no quería que la puerta se cerrara de golpe y ella se quedara atrapada para siempre. Ató un hilo al respaldo de la silla, le hizo cinco nudos y sostuvo la madeja con la mano que le quedaba libre. Si se perdía, esto le permitiría volver. Tapó con cuidado la puerta con el tapiz por si alguien entraba en la habitación.

El pasadizo era frío, pero seco. Colgaban telarañas por todas partes y no había ventanas, solo una escalera muy larga que bajaba hasta mucho más allá de lo que alumbraba su pequeña vela. Se puso tensa al bajar el primer escalón, a la espera de oír algún sonido que la hiciera volver corriendo a sus aposentos. El pasadizo siguió sumido en el silencio... En el silencio y en la quietud más absolutos, completamente olvidado.

Celaena levantó la vela en alto y avanzó arrastrando la capa, dejando un rastro de limpieza en las escaleras cubiertas de polvo. Pasaron los minutos y la asesina examinó las paredes en busca de grabados o marcas, pero no vio ni una cosa ni la otra. ¿Sería solo un olvidado pasadizo para el servicio? Se sintió un poco decepcionada.

Enseguida llegó al pie de la escalera y se encontró tres portales igual de oscuros e imponentes. ¿Dónde estaba? Se le hacía difícil imaginar que un espacio así pudiera haber quedado olvidado en un castillo donde vivía tanta gente, pero...

El suelo estaba cubierto de polvo. No había siquiera el menor rastro de una huella.

Celaena sabía cómo funcionaba aquello y levantó la vela para alumbrar los arcos que había sobre los portales en busca de alguna inscripción que hablara de la muerte segura que le aguardaba si pasaba por debajo de un arco en concreto.

Sopesó la madeja de hilo que llevaba en la mano, convertida ya en poco más que un bultito de hilo. Dejó en el suelo la vela y ató la otra madeja al extremo del hilo. Quizá debería haber cogido una más. Bueno, al menos aún tenía la tiza.

Eligió la puerta del medio solo porque era la que tenía más cerca. Al otro lado, la escalera continuaba hacia abajo: de hecho bajaba tanto que se preguntó si estaría ya por debajo del nivel del castillo. El pasadizo se había vuelto muy húmedo y frío, y la vela de Celaena chisporroteó ante tanta humedad.

Había muchos pasadizos abovedados, pero Celaena eligió ir en línea recta, siguiendo la humedad que crecía a cada paso. Las paredes rezumaban agua y la piedra estaba resbaladiza debido a los hongos que llevaban siglos criándose libremente. Los zapatos de terciopelo rojo se le antojaron demasiado finos para la humedad de aquel lugar. Se habría planteado dar media vuelta si no hubiera sido por el sonido que oyó.

Era agua que corría... lentamente. De hecho, al avanzar el pasadizo se fue iluminando. No era la luz de una vela, sino la suave luz blanca del exterior iluminado por la luna.

Se le acabó el hilo y lo dejó en el suelo. No había más giros que señalizar. Sabía lo que era aquello —aunque no se atrevía a albergar esperanzas de que fuera realmente lo que ella creía—. Avanzó a toda prisa y resbaló en dos ocasiones, con el corazón latiéndole con tanta fuerza que pensó que le iban a reventar los tímpanos. Ante ella apareció otro pasadizo abovedado y al otro lado, al otro lado...

Celaena se quedó mirando la cloaca que salía del castillo. El olor era desagradable por decir lo menos.

Se quedó allí plantada, a un lado, observando la cancela abierta que daba a un arroyo ancho que indudablemente desembocaba en el mar o en el Avery. No había guardias ni cerraduras aparte de la verja de hierro que había sobre la superficie, lo bastante alta para permitir el paso de la basura.

Había cuatro barquitas amarradas a ambas orillas y varias puertas más —unas de madera, otras de hierro— que daban a aquella salida. Debía de tratarse de una ruta de huida para el rey, aunque por el estado semiputrefacto de algunas de las barcas, se preguntó si el monarca sabría de su existencia.

Avanzó hasta la reja de hierro y metió la mano por uno de los huecos. El aire de la noche era fresco, pero no frío. Al otro lado del arroyo se alzaban imponentes los árboles. Debía de estar en la parte de atrás del castillo, en la parte que daba al mar...

¿Habría algún guardia apostado en el exterior? Encontró una piedra en el suelo —un fragmento de techo caído— y la arrojó al agua al otro lado de la puerta. No se oyó ruido alguno de armadura en movimiento, ni murmullos ni maldiciones. Se quedó contemplando el otro lado. Había una palanca para subir la puerta para las barcas. Celaena dejó la vela en el suelo, se quitó la capa y se vació los bolsillos. Se agarró con fuerza con las manos, puso un pie en la reja y luego el otro.

Sería facilísimo subir la puerta. Se sintió imprudente —imprudente y temeraria—. ¿Qué hacía ella en un palacio? ¿Por qué estaba ella —¡la Asesina de Adarlan!— participando en una competencia absurda para demostrar que era la mejor? ¡Es que *era* la mejor!

Sin duda ahora estarían todos borrachos. Podría tomar una de las barcas menos maltrechas y desaparecer en la noche. Celaena comenzó a escalar la reja. Necesitaba su capa. Oh, qué necios habían sido al pensar que podían domarla. ¡A ella!

Resbaló en un travesaño y apenas logró reprimir un grito mientras se aferraba a los barrotes, maldiciendo cuando se golpeó en la rodilla. Agarrada a la puerta, cerró los ojos. Solo era agua.

Se tranquilizó y dejó que sus pies volvieran a encontrar apoyo. La luz de la luna resultaba casi cegadora, tan brillante que las estrellas apenas se veían.

Sabía que podía escapar fácilmente, y que hacerlo sería una insensatez. El rey lograría encontrarla. Y Chaol caería en desgracia y sería relevado de su puesto. Y la princesa Nehemia se quedaría sola en compañía de necios. Y...

Celaena se puso recta y levantó la barbilla. No huiría de ellos como una delincuente común. Se enfrentaría a ellos —se enfrentaría al rey— y se ganaría la libertad honradamente. ¿Por qué no iba a aprovecharse de la comida y el entrenamiento gratis durante un tiempo? Por no hablar de que tendría que acumular provisiones para su huida, y en eso podía tardar varias semanas. ¿Por qué apresurarse?

Celaena volvió al punto de partida y recogió la capa. Pensaba ganar. Y cuando ganara, si en algún momento quería escapar de la servidumbre del rey... bueno, ahora conocía un camino.

Aun así, le costó salir de aquella cámara. Dio gracias por el silencio reinante en el pasadizo mientras subía por la escalera, con las piernas cansadas de tantos escalones. Estaba haciendo lo que tenía que hacer.

No tardó en hallarse frente a los otros dos portales. ¿Qué otras decepciones encontraría en ellos? Había perdido el interés. Pero volvió a soplar la brisa, esta vez con tanta fuerza hacia el arco de la derecha que Celaena dio un paso al frente. Se le erizó el vello de los brazos al ver cómo la llama de la vela se inclinaba hacia delante y apuntaba a una oscuridad que parecía más negra que las demás. Por debajo de la brisa oyó unos susurros que le hablaban en idiomas olvidados. Se estremeció y decidió ir en dirección contraria y entrar por el portal de la izquierda. Seguir unos susurros en Samhuinn solo podía ocasionarle problemas.

A pesar de la brisa, el pasadizo era cálido. A cada escalón que subía por las escaleras de caracol los susurros se iban apagando. Subió más y más; lo único que se oía era su respiración pesada y el ruido de los pies al arrastrarlos. Cuando llegó a lo más alto no se encontró con ningún pasadizo lleno de recodos, sino con un pasillo recto que parecía extenderse eternamente. Lo siguió con los pies cansados. Pasado un rato, le sorprendió oír música.

En realidad se trataba del sonido de un gran jolgorio; además, al frente vio una luz dorada que se filtraba a través de una puerta o una ventana.

Dobló una esquina y subió varios escalones que llevaban hasta un pasillo considerablemente más pequeño. De hecho, el techo era tan bajo que tuvo que agacharse mientras avanzaba hacia la luz. No era una puerta, ni una ventana, sino una rejilla de bronce.

Celaena parpadeó ante la luz al contemplar desde lo alto el banquete que se estaba celebrando en el gran salón.

¿Habrían construido aquellos túneles para espiar? Celaena frunció el ceño. Había más de cien personas comiendo, cantando, bailando... Y allí estaba Chaol, sentado junto a un anciano, hablando y...

¿Riéndose?

La felicidad del capitán la hizo ruborizarse, y Celaena dejó la vela en el suelo. Miró en dirección a la otra punta del enorme salón; había unas cuantas rejillas más justo debajo del techo, aunque no logró ver nada más allá de los adornos de metal. Celaena se concentró en los bailarines. Entre ellos estaban algunos de los campeones, vestidos con ropa refinada, pero no lo suficiente para esconder sus pobres dotes para el baile. Nox, que ahora se había convertido en su compañero de entrenamiento, también estaba bailando, quizá de manera algo más elegante que los demás, aunque Celaena compadecía a las damas que estaban bailando con él. Pero...

¿Los otros campeones tenían permitido asistir y ella no? Agarró la rejilla y apretó la cara contra ella para ver mejor. Ciertamente, había más campeones sentados a las mesas —¡hasta Pelor, con su cara llena de granos, estaba sentado cerca de Chaol!— ¡Un asesino de medio pelo! Celaena apretó los dientes. ¿Cómo se atrevían a negarle una invitación al banquete? La tirantez de su pecho se alivió solo ligeramente al comprobar que Caín no estaba entre los juerguistas. Al menos a él también lo tenían encerrado en una jaula.

Vio al príncipe heredero bailando y riéndose con una idiota rubia. Quiso odiarlo por negarse a invitarla; ¡al fin y al cabo, ella era *su* campeona! Pero... le costaba no mirarlo fijamente. No deseaba hablar con él, sino simplemente mirarlo, ver aquella gracia fuera de lo común, y la bondad en sus ojos, que había logrado que ella le hablara de Sam. Aunque fuera un Havilliard, era... Bueno, deseaba besarlo con todas sus fuerzas.

Celaena frunció el ceño cuando acabó el baile y el príncipe heredero besó la mano de la mujer rubia. Apartó la mirada de la rejilla. Allí acababa el pasadizo. Volvió a mirar hacia el banquete y vio que Chaol se levantaba de la mesa y echaba a andar en dirección a la salida del gran salón. ¿Y si entraba en sus aposentos y descubría que había desaparecido? ¿Acaso no le había prometido llevarle algo del banquete?

Celaena refunfuñó al acordarse de todos los escalones que había tenido que subir, recogió la vela y el hilo y se apresuró a regresar al consuelo que le ofrecían unos techos más altos mientras devanaba la madeja. Bajó la escalera corriendo, tomando los escalones de dos en dos.

Pasó a toda prisa por debajo de los portales y subió corriendo la escalera que llevaba hasta su habitación. La luz procedente de allí crecía a cada paso. Chaol la encerraría en la mazmorra si la encontraba en un pasadizo secreto —¡sobre todo si el pasadizo llevaba al exterior del castillo!

Estaba sudando cuando llegó a sus aposentos. Apartó la silla de una patada, cerró la puerta de piedra, la cubrió con el tapiz y se echó en la cama.

Después de haberse pasado varias horas divirtiéndose en el banquete, Dorian entró en la habitación de Celaena sin saber a ciencia cierta qué estaba haciendo en los aposentos de una asesina a las dos de la madrugada. La cabeza le daba vueltas por culpa del vino, y estaba tan cansado por todo lo que había bailado que lo embargaba el convencimiento de que si se sentaba acabaría durmiéndose. Los aposentos estaban sumidos en el silencio y la oscuridad, y el príncipe abrió una rendija de la puerta del dormitorio para mirar adentro.

Aunque Celaena estaba dormida sobre la cama, aún llevaba aquel curioso vestido. El príncipe no sabía por qué, pero ahora que estaba despatarrada sobre la manta roja le parecía que el vestido le quedaba mucho mejor. Tenía el pelo dorado extendido a su alrededor, y a sus mejillas asomaba un arrebol.

A su lado había un libro tirado, abierto y a la espera de que ella pasara la página. Dorian se quedó en el umbral, pues le daba miedo que Celaena se despertara si daba un paso más. Menuda asesina. Ni siquiera se había removido. Pero en su cara no había ni rastro de la asesina. Ni una sombra de agresividad ni de crueldad en sus rasgos.

En cierto modo podía decirse que la conocía. Y sabía que no le haría daño, aunque no tuviera sentido. Cuando hablaban, por afiladas que fueran normalmente las palabras de la muchacha, Dorian se sentía cómodo, como si pudiera decir cualquier cosa. Y ella debía sentirse igual, después de lo que le había contado de Sam, fuera quien fuera. Así que allí estaba él, en plena noche. Ella coqueteaba con él, pero ¿lo hacía en serio? Oyó un ruido de pasos y vio a Chaol de pie al otro lado del vestíbulo.

El capitán avanzó hacia Dorian y lo agarró del brazo. Dorian sabía que no era recomendable resistirse. Su amigo lo arrastró por el vestíbulo y se detuvo frente a la puerta que daba al pasillo.

—¿Qué haces aquí? —preguntó Chaol entre dientes.

—¿Qué haces *tú* aquí? —replicó Dorian intentando no levantar la voz. No podía haberle hecho una pregunta mejor. Si Chaol se pasaba tanto tiempo alertándolo sobre el peligro de relacionarse con Celaena, ¿qué hacía él allí en plena noche?

—¡Por el Wyrd, Dorian! Es una *asesina*. Por favor, por favor, dime que es la primera vez que vienes aquí —Dorian no pudo evitar sonreír—. Ni siquiera quiero que me lo expliques. Simplemente hazme el favor de largarte, idiota inconsciente. Fuera.

Chaol lo agarró del cuello de la chamarra. Dorian podría haberle pegado un puñetazo a su amigo si Chaol no hubiera sido tan rápido. Antes de saber qué le estaba pasando, el capitán lo lanzó bruscamente al pasillo y cerró la puerta con llave tras él.

Dorian, por algún motivo, no durmió bien esa noche.

Chaol Westfall respiró hondo. ¿Qué estaba haciendo allí? ¿Tenía derecho a tratar al príncipe heredero de Adarlan de aquel modo cuando él mismo estaba haciendo algo irracional? No comprendía por qué le había dado tanta rabia ver a Dorian plantado ante el umbral, no *quería* comprender el motivo de tamaño enfado. No eran celos, sino algo más. Algo que transformaba a su amigo en otra persona, alguien a quien no conocía. Ella era virgen, lo que se deducía de la manera en la que trataba a los hombres, pero ¿lo sabría Dorian? Seguramente eso haría que le interesara aún más. Suspiró, abrió la puerta y se estremeció al comprobar que crujía.

Celaena seguía vestida y, aunque estaba preciosa, eso no lograba ocultar el potencial asesino que escondía aquella muchacha. Estaba presente en su poderosa mandíbula, en la inclinación de sus cejas, en la perfecta quietud de su figura. Era una espada afilada creada por el Rey de los Asesinos para su propio beneficio. Era un animal dormido —un gato montés o un dragón— y sus manchas de poder estaban por todas partes. Chaol negó con la cabeza y entró en el dormitorio.

Al oír sus pasos, Celaena abrió un ojo.

—Aún no es de día —protestó, y se dio media vuelta.

—Te traje un regalo.

Se sintió extremadamente tonto, y durante unos segundos se planteó salir corriendo de sus aposentos.

—¿Un regalo? —preguntó. Se volvió hacia él y parpadeó.

—No es nada. Los repartían en la fiesta. Dame la mano.

Era mentira. Bueno, más o menos. Se los habían regalado a las mujeres de la nobleza y él había robado uno de la cesta. La mayoría de las mujeres jamás se los pondrían; los guardarían o se los darían a su criada favorita.

—Deja que lo vea —dijo ella, y extendió el brazo.

Chaol rebuscó en sus bolsillos y sacó el regalo.

—Toma.

Se lo dejó en la palma de la mano.

Celaena lo examinó y sonrió, somnolienta.

—Un anillo —dijo mientras se lo ponía—. Qué bonito.

Era sencillo: estaba hecho de plata y su único adorno consistía en una amatista del tamaño de una uña incrustada en el centro. La superficie de la joya era lisa y redondeada, y brillaba ante la asesina como un ojo morado.

—Gracias —añadió mientras se le cerraban los ojos.

—Llevas puesto el vestido, Celaena —dijo Chaol, todavía ruborizado.

—Me cambiaré dentro de un momento —contestó ella. El capitán sabía que no lo haría—. Solo necesito... descansar.

Se quedó dormida con una mano sobre el pecho y el anillo descansando sobre el corazón. Con un suspiro contrariado, el capitán tomó una manta del sofá y la cubrió con ella. Tuvo la tentación de quitarle el anillo del dedo, pero... Bueno, aquella imagen le transmitía paz. Se frotó el cuello, con la cara todavía sonrojada, y salió de sus aposentos preguntándose cómo exactamente iba a explicárselo a Dorian al día siguiente.

CAPÍTULO 25

Celaena soñó que volvía a recorrer el largo pasadizo secreto. No llevaba vela ni tenía hilo para no perderse. Eligió el portal de la derecha, ya que los otros dos eran fríos y húmedos y poco acogedores y este parecía cálido y agradable. Y el olor... no era a moho, sino a rosas. El pasadizo estaba lleno de recodos y Celaena tuvo que bajar una escalera estrecha. No sabía por qué, pero evitaba rozar la piedra. La escalera bajaba abruptamente, dando vueltas y más vueltas, y ella seguía el aroma a rosas siempre que se encontraba otra puerta o arco. Cuando ya se estaba cansando de andar tanto, llegó al pie de una escalera y allí se detuvo. Estaba ante una vieja puerta de madera.

En el centro había una aldaba de bronce con forma de cráneo que parecía estar sonriéndole. Esperó sentir aquella terrible brisa, u oír a alguien gritar, o que el ambiente se volviera frío y húmedo. Pero seguía siendo cálido y olía estupendamente, así que Celaena, armada de valor, giró el picaporte. La puerta se abrió sin hacer ruido.

Esperaba encontrarse una habitación oscura y olvidada, pero era algo muy diferente. A través de un agujerito en el techo se colaba un rayo de luz de luna y caía sobre la cara de una hermosa estatua de mármol tendida sobre una losa de piedra. No, no era una estatua. Era un sarcófago. Era una tumba.

En el techo de piedra había grabados unos árboles que se extendían por encima de la figura de una mujer dormida. Junto a la mujer había un segundo sarcófago con la figura de un hombre. ¿Por qué la cara de la mujer estaba bañaba por la luz de la luna y la del hombre estaba a oscuras?

Era guapo, tenía la barba recortada, la frente ancha y despejada y la nariz recta y robusta. Llevaba una espada de piedra entre las manos, y la empuñadura reposaba sobre su pecho. Celaena se quedó sin aliento. Sobre su cabeza descansaba una corona.

La mujer también llevaba corona. No era enorme ni de mal gusto, sino un aro del que salía un esbelto pico con una joya azul incrustada en el centro —la única joya que había en toda la estatua—. Su pelo, largo y ondulado, se derramaba alrededor de la cabeza y caía sobre un lado del párpado de una manera tan natural que Celaena habría jurado que era real. La luz de la luna le caía sobre la cara y a Celaena le tembló la mano al estirar el brazo y tocar la lisa y juvenil mejilla.

Estaba fría y dura, como corresponde a una estatua.

—¿Qué reina eras tú? —preguntó, y su voz reverberó por toda la cámara en silencio.

Le pasó la mano por los labios y luego por la frente. Entornó los ojos. En la superficie había grabada una marca, prácticamente invisible a la vista. La repasó con el dedo una y otra vez. Celaena decidió que la luz de la luna debía de estar haciéndola menos visible y protegió aquel punto con la mano. Un diamante, dos flechas atravesando un costado y una línea vertical partiéndolo en dos...

Era la marca del Wyrd que había visto antes. Dio un paso atrás para apartarse de los sarcófagos y de repente sintió frío. Aquel era un lugar prohibido.

Tropezó con algo y, al trastabillar, se fijó en el suelo. Se quedó boquiabierta: estaba cubierto de estrellas, de grabados en relieve que reflejaban el cielo por la noche. Y el techo representaba la tierra. ¿Por qué estaban cambiados? Miró las paredes y se llevó una mano al corazón.

En las paredes había grabadas incontables marcas del Wyrd. Describían arabescos, líneas y cuadrados. Las pequeñas marcas del Wyrd componían marcas más grandes, y las más grandes componían otras aún mayores, hasta que le pareció que toda la sala significaba algo que ella no llegaba a entender.

Celaena se fijó en los ataúdes de piedra. Había algo escrito a los pies de la reina. Se acercó a la figura de la mujer. En letras de piedra se leía:

«¡Ah! ¡La grieta en el tiempo!».

Aquello no tenía sentido. Debían ser gobernantes importantes y tremendamente antiguos, pero...

Se acercó de nuevo a la cabeza. Había algo tranquilizador y familiar en la cara de la reina, algo que le recordaba el olor a rosas. Pero seguía habiendo algo raro en ella.

Celaena estuvo a punto de gritar al verlas: las orejas puntiagudas y arqueadas. Las orejas de las hadas, las inmortales. Pero ningún hada se había casado con ningún miembro de la casa Havilliard durante mil años, y solo había habido una, y para colmo había sido una mestiza. De ser cierto, si era un hada o un hada mestiza, entonces era... era...

Celaena tropezó al apartarse de la mujer y se golpeó contra la pared. Una nube de polvo se levantó a su alrededor.

Entonces aquel hombre era Gavin, el primer rey de Adarlan. Y aquella era Elena, la primera princesa de Terrasen, la hija de Brannon, y la reina y esposa de Gavin.

El corazón de Celaena latió con tanta fuerza que sintió náuseas, pero era incapaz de lograr que sus pies se pusieran en movimiento. No debería haber entrado en la tumba, no debería haberse internado en los lugares sagrados de los muertos estando ella tan mancillada y corrompida por sus crímenes. Algo la perseguiría, la atormentaría y la torturaría por perturbar su tranquilidad.

Pero ¿por qué estaba su tumba tan descuidada? ¿Por qué no había ido nadie a honrar a los muertos aquel día? ¿Por qué no habían depositado flores junto a su cabeza? ¿Por qué habían olvidado a Elena Galathynius Havilliard?

En la otra punta de la cámara se amontonaban joyas y armas. Una espada ocupaba un lugar prominente delante de una armadura dorada. Celaena conocía aquella espada. Avanzó hacia el tesoro. Era la legendaria espada de Gavin, la espada que había blandido en las feroces guerras que habían estado a punto de desgarrar el continente, la espada que había matado al Señor Oscuro Erawan. Mil años después, no se había oxidado. Aunque la magia se hubiera desvanecido parecía que el poder que había forjado la hoja de la espada seguía vivo.

—Damaris —susurró llamando a la espada.

—Conoces su historia —dijo una suave voz de mujer, y Celaena dio un respingo. Se le escapó un grito cuando tropezó con una lanza y se cayó en un cofre lleno de oro. La voz se echó a reír.

Celaena buscó una daga, un candelabro, cualquier cosa. Pero entonces vio a la dueña de la voz y se quedó helada.

Era imposiblemente hermosa. Su pelo plateado caía alrededor de su cara juvenil como un río de luz de luna. Sus ojos eran de un azul brillante y cristalino, y su piel era blanca como el alabastro. Además, tenía las orejas ligeramente puntiagudas.

—¿Quién eres? —susurró la asesina. Ya conocía la respuesta, pero quería oírla.

—Tú sabes quién soy —dijo Elena Havilliard.

En el sarcófago habían reflejado su imagen a la perfección. Celaena no se movió del cofre donde había caído, aunque le dolían la espalda y las piernas.

—¿Eres un fantasma?

—No exactamente —dijo la reina Elena ayudando a la muchacha a levantarse del cofre. Su mano era fría, pero real—. No estoy viva, pero mi espíritu no frecuenta este lugar —miró hacia el techo y su rostro adoptó una expresión de gravedad—. He arriesgado mucho viniendo aquí esta noche.

Celaena, a pesar de todo, retrocedió un paso.

—¿Arriesgado?

—No puedo quedarme mucho tiempo... y tú tampoco —dijo la reina. ¿Qué clase de sueño absurdo era aquel?—. De momento están distraídos, pero...

Elena Havilliard miró hacia el sarcófago de su marido.

A Celaena le dolía la cabeza. ¿Gavin Havilliard estaría distrayendo a alguien que se encontraba por encima de ellas?

—¿A quién hay que distraer?

—A los ocho guardianes; ya sabes a quiénes me refiero.

Celaena se quedó mirándola sin entenderla, pero de pronto lo comprendió.

—¿Las gárgolas de la torre del reloj?

La reina asintió con la cabeza.

—Vigilan el portal entre nuestros mundos. Hemos logrado ganar algo de tiempo y he podido colarme —agarró a Celaena de los brazos. Para su sorpresa, le dolió—. Tienes que prestarme atención. Nada es casual. Todo tiene un objetivo. Tenías que venir a este castillo, del mismo modo que tenías que ser una asesina a sueldo para aprender las destrezas necesarias para sobrevivir.

Celaena volvió a sentir náuseas. Deseó que Elena no hablara de lo que su corazón se negaba a recordar. Deseó que la reina no mencionara lo que había pasado tanto tiempo olvidando.

—En este castillo mora algo malvado, algo lo bastante perverso para hacer temblar a las estrellas. Su maldad resuena en todos los mundos —prosiguió la reina—. Debes detenerlo. Olvídate de tus amistades, olvídate de tus deudas y juramentos. Destrúyelo antes de que sea demasiado tarde, antes de que se abra un portal tan amplio que no haya forma de dar marcha atrás —de pronto volvió la cabeza, como si hubiera oído algo—. Se nos acaba el tiempo —dijo, con los ojos en blanco—. Tienes que ganar la competencia y convertirte en la campeona del rey. Tú comprendes la difícil situación del pueblo. Erilea necesita que seas la campeona del rey.

—Pero ¿qué es...?

La reina se metió las manos en los bolsillos.

—No deben encontrarte aquí. Si te encuentran, todo estará perdido. Ponte esto —dijo, y depositó algo frío y metálico en la mano de Celaena—. Te protegerá de todo mal —tiró de Celaena hasta la puerta—. Esta noche alguien te ha hecho venir, pero no he sido yo. A mí también me han hecho venir. Alguien quiere que descubras la verdad; alguien quiere que abras los ojos —miró bruscamente a un lado al oír un gruñido—. Ya vienen —susurró.

—¡No lo entiendo! No soy... ¡No soy quien crees que soy!

La reina Elena le puso las manos sobre los hombros y le besó la frente.

—El valor del corazón es algo muy infrecuente —dijo con una calma repentina—. Deja que te guíe.

Un aullido hizo temblar las paredes y a la muchacha se le heló la sangre en las venas.

—Vete —dijo la reina empujándola hacia el pasillo—. ¡Corre!

Celaena no necesitaba más ánimos. Subió la escalera tambaleándose. Huyó tan deprisa que no tenía ni idea de adónde iba. Más abajo oyó un grito y unos gruñidos y se le hizo un nudo en el estómago mientras subía sin parar. De pronto vio la luz de sus aposentos y, al acercarse a ella, oyó una tenue voz gritar a sus espaldas, casi como si de repente comprendiera algo horrorizada.

Celaena entró a toda velocidad en su habitación y alcanzó a ver la cama antes de que todo se oscureciera.

Celaena abrió los ojos. Respiraba con dificultad y seguía llevando el vestido. Pero estaba a salvo... a salvo en su habitación.

¿Por qué era tan propensa a tener sueños extraños y desagradables? Y ¿por qué estaba sin aliento? «¡Conque tenía que encontrar y destruir el mal que acechaba en el castillo!».

Celaena se dio media vuelta, y se habría dormido gustosa otra vez de no haber sido por el metal que se le clavaba en la palma de la mano. «Por favor, dime que es el anillo de Chaol».

Pero sabía que no lo era. En su mano había un amuleto de oro del tamaño de una moneda y una delicada cadena. Se resistió al impulso de gritar. Hechos de intrincadas bandas metálicas, dentro del borde redondo del amuleto había dos círculos montados el uno sobre el otro. En el espacio que compartían había una pequeña joya azul que le daba al centro del amuleto la apariencia de un ojo. Una línea lo atravesaba de lado a lado. Era precioso, extraño y...

Celaena miró el tapiz. La puerta estaba ligeramente entreabierta.

Se levantó de un salto de la cama y se estampó contra la pared con tanta fuerza que su hombro hizo un feo crujido. A pesar del dolor, corrió hacia la puerta y la cerró del todo. Lo último que necesitaba era que lo que hubiera allí abajo entrara en sus aposentos. O que Elena se presentara de nuevo.

Jadeando, Celaena dio un paso atrás y se quedó mirando el tapiz. La figura de la mujer salía de detrás del baúl de madera. Sobresaltada, comprendió que era Elena; estaba de pie justo donde se encontraba la puerta. Una señal inteligente.

Celaena echó más troncos al fuego, se puso rápidamente el camisón y se coló en la cama agarrando con fuerza su cuchillo improvisado. El amuleto estaba donde lo había dejado. «Te protegerá...».

Celaena volvió a mirar hacia la puerta. Ni gritos, ni aullidos, nada que indicara lo que acababa de suceder. Aun así...

Se maldijo por hacerlo, pero se apresuró a ponerse la cadena al cuello. Era ligera y cálida. Se tapó hasta la barbilla, cerró los ojos con fuerza y esperó la llegada del sueño o de unas zarpas que la agarraran para decapitarla. Si no había sido un sueño, si no había sido una especie de alucinación...

Celaena aferró el colgante. Podía convertirse en la campeona del rey. Pensaba hacerlo, de todos modos. Pero, ¿cuáles eran las razones de Elena? Erilea necesitaba que el campeón del rey fuera alguien que entendiera el sufrimiento de las masas. Aquello parecía lo bastante sencillo. Pero, ¿por qué tenía que ser Elena quien se lo contara? ¿Y qué relación tenía eso con su primera orden: encontrar y destruir el mal que acechaba en el castillo?

Tomó aire y se acurrucó aún más contra las almohadas. ¡Había sido una estúpida por abrir la puerta secreta en Samhuinn! ¿Todo aquello lo había provocado ella? Abrió los ojos y miró el tapiz.

«Encuentra la fuente del mal».

¿Acaso no tenía ya suficientes preocupaciones? Iba a cumplir la segunda orden de Elena, pero la primera... Eso podía meterla en un lío. Además, ¡tampoco podía ponerse a fisgonear por el castillo siempre que quisiera!

Pero... si existía una amenaza así, su vida no era lo único que estaba en peligro. Y aunque hubiera estado más que contenta si alguna fuerza siniestra acababa con Caín, Perrington, el rey y Kaltain Rompier, si les pasaba algo a Nehemia, a Chaol o a Dorian...

Celaena tomó aire y se estremeció. Lo menos que podía hacer era buscar pistas en la tumba. Quizá descubriera algo relacionado con el propósito de Elena. Y si no obtenía ningún resultado... bueno, al menos lo habría intentado.

La brisa fantasma invadió la habitación con su olor a rosas. Pasó mucho rato antes de que Celaena cayera en un sueño inquieto.

CAPÍTULO 26

Las puertas de su dormitorio se abrieron de par en par y, en un instante, Celaena ya estaba de pie con un candelabro en la mano.

Pero Chaol no le prestó atención al entrar como un vendaval, apretando los dientes. Celaena protestó y se dejó caer de nuevo sobre la cama.

—¿Es que no duermes nunca? —balbuceó tapándose con las mantas—. ¿No estuviste celebrando hasta las tantas de la madrugada?

Chaol se llevó una mano a la espada, destapó a la muchacha y la sacó de la cama a rastras agarrándola del codo.

—¿Dónde estuviste anoche?

Celaena procuró olvidar el miedo que le atenazaba la garganta. Era imposible que el capitán supiera lo de los pasadizos, así que se limitó a sonreírle.

—Aquí, por supuesto. ¿Acaso no me visitaste para darme esto?

Soltó su codo y movió los dedos para enseñarle el anillo de amatista.

—Eso fue durante unos minutos. ¿Y el resto de la noche?

Celaena se negó a retroceder mientras él estudiaba su cara, luego sus manos y luego el resto de su cuerpo. Ella hizo lo propio. El capitán llevaba la camisa desabotonada a la altura del cuello y ligeramente arrugada... y su pelo corto estaba despeinado. Lo que fuera que lo había llevado hasta allí, era una emergencia.

—¿A qué viene esto? ¿Es que no tenemos una prueba esta mañana?

Celaena se toqueteó las uñas a la espera de que Chaol respondiera.

—Se canceló. Esta mañana encontramos muerto a otro campeón. Xavier, el ladrón de Melisande.

Celaena levantó los ojos y luego volvió a mirarse las uñas.

—¿Crees que lo maté yo?

—Espero que no, porque el cadáver estaba medio comido.

—¡Comido! —exclamó Celaena, y arrugó la nariz. Se sentó con las piernas cruzadas sobre la cama y se apoyó en las manos—. Qué truculento. Quizás haya sido Caín; es lo bastante bestia para hacer algo así.

Se le encogió el estómago. Otro campeón asesinado. ¿Tendría algo que ver con el mal que había mencionado Elena? Los asesinatos del Comeojos y de los otros dos campeones no habían sido casualidad, ni un pleito de borrachos, tal como había determinado la investigación. No, había una pauta.

Chaol resopló.

—Me alegro de que te parezca gracioso el asesinato de un hombre.

Celaena se obligó a sonreírle.

—Caín es el candidato más probable. Tú eres de Anielle: deberías saber mejor que nadie cómo son los habitantes de las montañas Colmillo Blanco.

Chaol se pasó una mano por su pelo corto.

—No acuses tan a la ligera. Aunque Caín sea un bruto, es el campeón del duque Perrington.

—¡Y yo soy la campeona del príncipe heredero! —se echó el pelo por detrás de un hombro—. Debería creer que eso significa que puedo acusar a quien me plazca.

—Dímelo sin rodeos: ¿dónde estuviste anoche?

Celaena se enderezó y lo miró a los ojos.

—Como podrán atestiguar mis guardianes, pasé la noche entera aquí. Aunque si el rey quiere interrogarme, siempre puedo decirle que tú también puedes dar fe de que lo que digo es cierto.

Chaol se quedó mirando el anillo y ella ocultó su sonrisa mientras un ligero arrebol asomaba a las mejillas del capitán.

—Seguro que te complace aún más saber que tú y yo no vamos a entrenar hoy.

Celaena sonrió al oírlo y suspiró teatralmente mientras volvía a colarse bajo las mantas y se acurrucaba contra las almohadas.

—Me complace enormemente —tiró de las mantas hasta que le llegaron a la barbilla y le hizo ojitos—. Y ahora, fuera. Voy a celebrarlo durmiendo cinco horas más.

Era mentira, pero él se lo creyó.

Celaena cerró los ojos antes de poder ver cómo Chaol la fulminaba con la mirada, y sonrió para sí al oírlo salir de la habitación. Solo se incorporó cuando oyó el portazo.

¿Se habían *comido* al campeón?

La última noche en su sueño... No, no había sido un sueño. Había sido real. Los alaridos de todas aquellas criaturas... ¿Una de ellas habría matado a Xavier? Pero estaban en la tumba; no había modo de que se hubieran colado en los corredores del castillo sin que nadie las hubiera visto. Algunas alimañas debían de haber encontrado el cadáver antes que los guardias. Unas alimañas muy, muy hambrientas.

Volvió a estremecerse y salió de debajo de las mantas. Necesitaba fabricarse unas cuantas armas más y encontrar el modo de reforzar las cerraduras de puertas y ventanas.

Mientras preparaba sus defensas no dejaba de asegurarse que no había nada de lo qué preocuparse. Pero con unas cuantas horas de libertad por delante, cargó con todas las que pudo, cerró con llave la puerta de su habitación y se coló en la tumba.

Celaena recorrió la tumba entera gruñendo para sus adentros. Allí no había nada que explicara las razones de Elena ni cuál era la fuente de aquel misterioso mal. Absolutamente nada.

Durante el día, en la tumba entraba un rayo de sol que hacía que todas las motas de polvo que ella removía se arremolinaran como copos de nieve. ¿Cómo era posible que hubiera luz a aquella profundidad por debajo del castillo? Celaena se paró bajo la rejilla del techo y contempló la luz que se colaba por ella.

Los lados del hueco brillaron: estaban recubiertos de oro pulido. *Mucho* oro, puesto que reflejaban los rayos del sol hasta allí abajo.

Celaena se paseó entre los dos sarcófagos. Aunque llevaba encima tres de sus armas improvisadas, no encontró ni rastro de la criatura que había estado gruñendo y chillando la noche anterior. Y tampoco halló rastro de Elena.

La asesina se detuvo junto al sarcófago de Elena. La joya azul incrustada en su corona de piedra emitió una pulsación bajo la tenue luz del sol.

—¿Cuál fue tu intención al decirme que hiciera esas cosas? —meditó en voz alta, y su voz rebotó en las paredes, llenas de intrincados grabados—. Llevas mil años muerta. ¿Por qué sigues preocupándote por Erilea?

¿Y por qué no se lo pedía a Dorian, o a Chaol, o a Nehemia, o a alguna otra persona?

Celaena pasó un dedo por la respingada nariz de la reina.

—Cualquiera habría pensado que tendrías mejores cosas que hacer en la otra vida.

Aunque intentó sonreír, su voz sonó más baja de lo que hubiera querido.

Debía irse; aun con la puerta de su habitación cerrada con llave, alguien iría a buscarla tarde o temprano. Y dudaba mucho que nadie le creyera si decía que la primera reina de Adarlan le había encargado una misión muy importante. De hecho, hizo una mueca al comprender que tendría suerte si no la acusaban de traición y de usar la magia. Eso le garantizaría volver a Endovier, desde luego.

Después de recorrer la tumba por última vez, Celaena se marchó. Allí no había nada que pudiera resultarle de utilidad. Además, si Elena estaba tan interesada en que se convirtiera en la campeona del rey, no podía pasarse todo el tiempo persiguiendo aquel mal que acechaba en el castillo. Seguramente aquello haría que empeoraran sus posibilidades de ganar. Celaena subió los escalones a toda prisa mientras su antorcha proyectaba extrañas sombras en las paredes. Si aquel mal era tan amenazador como Elena lo pintaba, ¿cómo iba a poder derrotarlo *ella*?

No es que la idea de algo malvado morando en el castillo le diera miedo.

No. No era eso. Celaena resopló. Se concentraría en convertirse en la campeona del rey. Y entonces, si ganaba, intentaría encontrar aquel mal.

Quizá.

Una hora después, flanqueada por guardias, Celaena mantuvo la cabeza bien alta mientras recorrían los pasillos en dirección a la biblioteca. Sonrió abiertamente a los jóvenes caballeros con los que se cruzaron... y sonrió con suficiencia a las cortesanas que pasaban revista a su vestido rosa y blanco. No le extrañaba: el vestido era espectacular. Y con él puesto, ella se veía espectacular. Hasta Ress, uno de los guardias más atractivos de los que había apostados vigilado la puerta de sus aposentos, se lo había dicho. Naturalmente, no le había resultado demasiado difícil convencerlo para que la acompañara a la biblioteca.

Celaena sonrió para sus adentros al saludar con la cabeza a un noble, que arqueó las cejas al verla. La asesina reparó en que estaba palidísimo cuando abrió la boca para decir algo, pero Celaena siguió andando por el pasillo y apretó el paso al oír voces de hombres discutiendo que rebotaban en las piedras según se acercaban a un recodo.

Celaena se apresuró y no prestó atención al chasquido de la lengua que emitió Ress cuando dobló la esquina. Conocía aquel olor demasiado bien. El penetrante olor de la sangre y el hedor de la carne en descomposición.

Pero no se esperaba ver lo que vio. «Medio comido» era una manera agradable de describir lo que quedaba del delgado cuerpo de Xavier.

Uno de sus escoltas maldijo entre dientes, y Ress se acercó más a ella, le apoyó una mano en la espalda ligeramente y la conminó a que no se detuviera. Ninguno de los hombres allí reunidos la miró mientras pasaba junto a la escena y lograba ver mejor el cadáver.

La cavidad torácica de Xavier estaba abierta en dos y le habían extraído los órganos vitales. A menos que alguien los hubiera retirado al encontrar el cadáver, no había ni rastro de ellos. Y su larga cara, desprovista de carne, seguía contraída en un grito silencioso.

Aquel asesinato no había sido fortuito. Xavier tenía un agujero en lo alto de la cabeza y Celaena alcanzó a ver que también le habían extraído el cerebro. Por las manchas de sangre de la pared parecía que alguien había estado escribiendo algo y luego lo había borrado. Pero aún podía verse parte de lo que habían escrito. Celaena intentó no quedarse boquiabierta al verlo. Marcas del Wyrd. Tres marcas del Wyrd que formaban un arco que en algún momento debía de haber sido un círculo junto al cadáver.

—Santos dioses —murmuró uno de los guardias mientras desaparecían entre el gentío presente en la escena del crimen.

No le extrañaba que Chaol estuviera tan desencajado aquella misma mañana. Celaena estiró la espalda. ¿Y el capitán pensaba que aquello lo había hecho *ella*? Qué necio. Si hubiera querido eliminar a sus competidores uno por uno, lo habría hecho de un modo rápido y limpio: un cuello rebanado, un cuchillo en el corazón, una copa de vino envenenado. Aquello era de mal gusto. Y extraño, ya que las marcas del Wyrd lo convertían en algo más que un brutal asesinato. Algo ritual, quizá.

Alguien se aproximaba de frente. Era Tumba, el asesino sanguinario, que contemplaba el cadáver a distancia. Su mirada, oscura e inmóvil como una charca, se cruzó con la de Celaena. Ella hizo caso omiso de sus dientes podridos y señaló con un movimiento de la cabeza los restos de Xavier.

—Una pena —dijo sin que pareciera que lo lamentaba demasiado.

Tumba se rio entre dientes y se metió los nudosos dedos en los bolsillos de sus pantalones, sucios y gastados. ¿Es que su patrocinador no se molestaba en vestirlo adecuadamente? Obviamente no, teniendo en cuenta que su patrocinador era lo bastante asqueroso y estúpido para elegirlo a él como campeón.

—Qué lástima —contestó Tumba encogiéndose de hombros al cruzarse con ella.

Ella asintió lacónicamente y, a su pesar, mantuvo la boca cerrada mientras seguía andando por el pasillo. Ahora solo quedaban dieciséis: dieciséis campeones, y cuatro de ellos debían enfrentarse en un duelo. El torneo se estaba poniendo difícil. Debería haberle dado las gracias al dios macabro que había decidido poner fin a la vida de Xavier, pero por algún motivo no podía.

Dorian blandió la espada y soltó un gruñido cuando Chaol desvió el golpe fácilmente. Le dolían los músculos después de haberse pasado varias semanas sin practicar, y le faltaba el aliento al tirarle una estocada tras otra.

—Este es el resultado de un comportamiento ocioso —bromeó Chaol haciéndose a un lado para que Dorian trastabillara al intentar embestirlo. Recordaba un tiempo en el que ambos habían demostrado las mismas habilidades —aunque eso había sido hacía mucho—. Mientras Chaol seguía disfrutando de la lucha con espada, Dorian había acabado prefiriendo los libros.

—He tenido reuniones y cosas importantes que leer —dijo Dorian jadeando, y arremetió contra el capitán.

Chaol esquivó el golpe, amagó y le tiró una estocada tan fuerte que Dorian tuvo que dar un paso atrás. El capitán se animó.

—Reuniones que has aprovechado como excusa para discutir con el duque Perrington —Dorian blandió la espada y Chaol se puso a la defensiva—. O a lo mejor es que estás demasiado ocupado visitando los aposentos de Sardothien en plena noche —las gotas de sudor perlaban la frente de Chaol—. ¿Cuánto tiempo llevas haciéndolo?

Dorian soltó un gruñido cuando Chaol pasó al ataque, y cedió terreno, un paso tras otro, con los muslos doloridos.

—No es lo que estás pensando —dijo entre dientes—. No paso las noches con ella. Aparte de anoche, solo la he visitado una vez, y se comportó de un modo algo menos que acogedor, no te preocupes.

—Al menos uno de los dos tiene algo de sentido común —Chaol asestaba cada golpe con tanta precisión que Dorian no tuvo más que admirarlo—. Porque está claro que tú has perdido el juicio.

—¿Y qué me dices de ti? —preguntó Dorian—. ¿Quieres que hable de cómo apareciste en sus aposentos anoche, la misma noche en la que murió otro campeón?

Dorian fintó, pero Chaol no cayó en la trampa, sino que le asestó un golpe tan fuerte que el príncipe retrocedió tambaleándose, intentando no caerse. Dorian hizo una mueca al ver la ira que bullía en los ojos de Chaol.

—Está bien, ese ha sido un golpe bajo —reconoció levantando la espada para desviar otro golpe—. Pero aun así quiero una respuesta.

—Quizá no la tenga. Como tú dijiste, no es lo que estás pensando —Chaol lo fulminó con la mirada, pero antes de que Dorian pudiera discutirlo, su amigo cambió de tema radicalmente—. ¿Qué tal los asuntos de la corte? —preguntó respirando con dificultad. Dorian entornó los ojos. Por eso estaba allí. Si tenía que pasar un momento más sentado mientras su madre recibía a la corte, iba a volverse loco—. ¿Tan terrible es?

—Cállate —ordenó Dorian, y entrechocó su espada con la de Chaol.

—Hoy debió ser excepcionalmente horrible para ti. Apuesto a que todas las damas te suplicaban que las protegieras del asesino que anda suelto dentro del castillo.

Chaol sonrió con malicia, pero su mirada no lo reflejó. Tomarse tiempo para entrenar con él habiendo un cadáver fresco en el castillo era un sacrificio que a Dorian le había sorprendido que Chaol hubiera estado dispuesto a hacer; Dorian sabía lo importante que era su puesto para su amigo.

Dorian se quedó quieto de repente y estiró la espalda. Chaol debería estar haciendo cosas más importantes.

—Basta —dijo envainando su estoque. Chaol hizo lo propio. Salieron de la sala de entrenamiento en silencio.

—¿Has tenido noticias de tu padre? —preguntó Chaol en un tono de voz que daba a entender que sabía que algo andaba mal—. Me pregunto adónde habrá ido.

Dorian soltó un largo suspiro para poner fin a sus jadeos.

—No, no tengo la menor idea. Recuerdo que cuando éramos niños él ya se marchaba así, sin más, pero hacía años que no sucedía. Seguro que está haciendo algo especialmente desagradable.

—Cuidado con lo que dices, Dorian.

—¿O qué? ¿Me encerrarás en las mazmorras? —no quería hablarle de mala manera, pero apenas había dormido la noche anterior, y la circunstancia de que un campeón apareciera muerto no había hecho que le mejorara el humor. Como Chaol no se molestó en contestar, Dorian preguntó—: ¿Crees que alguien quiere matar a todos los campeones?

—Quizá. Puedo entender que alguien quiera acabar con la competencia, pero hacerlo de un modo tan brutal... Espero que no se convierta en un patrón.

A Dorian se le heló la sangre.

—¿Crees que intentarán matar a Celaena?

—Puse a unos cuantos guardias más alrededor de sus dependencias.

—¿Para protegerla o para evitar que salga?

Se quedaron parados en el cruce de pasillos donde se separarían para dirigirse cada uno a sus aposentos.

—¿Cuál es la diferencia? —preguntó Chaol en voz baja—. De todos modos, no te importa. La visitarás independientemente de lo que te diga, y los guardias no te lo impedirán porque eres el príncipe.

Había un trasfondo tan derrotista y tan amargo en las palabras del capitán que Dorian, durante un instante, se sintió mal. Debía mantenerse apartado de Celaena: Chaol ya tenía suficientes motivos de preocupación. Pero entonces pensó en la lista que había confeccionado su madre y decidió que él también tenía más que suficientes.

—Tengo que echarle otro vistazo al cadáver de Xavier. Te veré esta noche en el salón para cenar —dijo Chaol, y echó a andar hacia sus aposentos.

Dorian se quedó mirándolo. El camino de vuelta hasta su torre se le hizo sorprendentemente largo. Abrió la puerta de madera que daba a sus dependencias y se desvistió de camino al cuarto de baño. Tenía toda la torre para sí, aunque sus aposentos solo ocupaban el piso de arriba. Le servían para refugiarse de todo el mundo, pero aquel día se le antojaron vacíos.

CAPÍTULO 27

Más tarde, esa noche, Celaena estaba mirando la torre del reloj, negra como el ébano. Cada vez se volvía más oscura, como si pudiera absorber los moribundos rayos del sol. En lo más alto, las gárgolas permanecían inmóviles. No se habían movido ni un dedo. Los guardianes, las había llamado Elena. ¿Pero guardianes de qué? A Elena le daban el miedo suficiente para mantenerla a distancia. Seguramente, si hubieran sido el mal que había mencionado Elena, lo habría dicho sin rodeos. Celaena no se planteaba investigarlo en aquel momento, y menos cuando eso podía meterla en un lío o incluso matarla antes de que pudiera convertirse en la campeona del rey.

Aun así, ¿por qué Elena había tenido que ser tan ambigua con respecto a todo?

—¿Por qué estás tan obsesionada con esas feas criaturas? —preguntó Nehemia a su espalda.

Celaena se volvió para mirar a la princesa.

—¿Crees que se mueven?

—Están hechas de piedra, Lillian —dijo la princesa en el idioma común, con un acento eyllwe ligeramente menos marcado que antes.

—¡Oh! —exclamó Celaena, sonriente—. ¡Eso estuvo muy bien! ¡Una clase y ya me estás avergonzando!

Desgraciadamente, no podía decirse lo mismo del eyllwe de Celaena.

Nehemia sonrió de oreja a oreja.

—Parecen malvadas —dijo en eyllwe.

—Y me temo que las marcas del Wyrd no ayudan —contestó Celaena.

A sus pies había una marca del Wyrd, y se quedó mirando las otras. Había doce en total, y formaban un círculo enorme alrededor de la torre solitaria. No tenía ni idea de qué significaban. Ninguna de aquellas marcas coincidía con las tres que había visto en el lugar donde habían asesinado a Xavier, pero tenía que haber alguna conexión.

—Entonces, ¿de verdad que no sabes interpretarlas? —le preguntó a su amiga.

—No —contestó Nehemia de manera cortante, y comenzó a caminar hacia los setos que bordeaban el patio—. Y no deberías intentar averiguar lo que dicen —añadió por encima del hombro—. No te deparará nada bueno.

Celaena se envolvió en la capa y se apresuró a seguir a la princesa. Comenzaría a nevar en cuestión de días y se acercarían a Yulemas —y al duelo final, para el que aún faltaban dos meses—. Se recreó en el calor que le daba la capa, y recordó con claridad el invierno que había pasado en Endovier. El invierno era implacable cuando se vivía a la sombra de las montañas Ruhnn. Era un milagro que no hubiera muerto por congelación. Si volvía, un invierno más podría matarla.

—Pareces preocupada —dijo Nehemia cuando Celaena la alcanzó y le puso una mano sobre el brazo.

—Estoy bien —contestó Celaena en eyllwe, sonriendo a la princesa—. Es que no me gusta el invierno.

—Yo nunca he visto la nieve —dijo Nehemia mirando al cielo—. Me pregunto cuánto me durará la novedad.

—Esperemos que lo suficiente como para que no te importen las corrientes de aire en los pasillos, las mañanas frías y los días sin sol.

Nehemia se echó a reír.

—Deberías venir conmigo a Eyllwe cuando regrese y quedarte el tiempo suficiente para experimentar uno de nuestros veranos abrasadores. Entonces valorarías tus mañanas frías y los días sin sol.

Celaena ya había pasado un verano abrasador en el calor del desierto Rojo, pero contárselo a Nehemia solo suscitaría preguntas difíciles.

—Me gustaría mucho visitar Eyllwe —se limitó a decir.

La mirada de Nehemia se detuvo en la frente de Celaena durante un instante y acto seguido sonrió.

—Pues así será.

A Celaena se le iluminó la mirada y echó la cabeza hacia atrás para ver el castillo que se alzaba por encima de ellas.

—Me pregunto si Chaol habrá resuelto ese asesinato.

—Mis guardaespaldas me dijeron que al hombre lo mataron con... mucha violencia.

—Como mínimo —murmuró Celaena contemplando cómo los colores cambiantes del sol del atardecer le daban al castillo un tono dorado, rojo y azul. A pesar de la naturaleza ostentosa del castillo de cristal, tenía que reconocer que a veces *sí* parecía bastante hermoso.

—¿Viste el cadáver? A mis guardias no les permitieron acercarse.

Celaena asintió lentamente.

—Estoy segura de que no quieres conocer los detalles.

—Dame el gusto —la presionó Nehemia, sonriente.

Celaena levantó una ceja.

—Bueno, pues estaba todo embadurnado de sangre. Las paredes, el suelo...

—¿Embadurnado? —preguntó Nehemia en un susurro—. ¿No salpicado?

—Eso creo. Como si alguien la hubiera restregado por allí. Había unas cuantas marcas del Wyrd pintadas, pero casi todas las habían borrado —negó con la cabeza al recordar la imagen—. Y al cadáver le faltaban los órganos vitales, como si alguien lo hubiera abierto en canal desde el cuello hasta el ombligo y... Lo siento, cualquiera diría que te vas a poner a vomitar. No debí haberte contado nada.

—No, continúa. ¿Qué más le faltaba?

Celaena se quedó callada unos momentos antes de seguir.

—El cerebro —añadió—. Alguien le había hecho un agujero en lo alto de la cabeza y le había quitado el cerebro. Y le habían arrancado la piel de la cara.

Nehemia asintió mientras miraba el arbusto desprovisto de hojas que tenían delante. La princesa se mordió el labio inferior y Celaena reparó en que apretaba y relajaba los puños, con los brazos caídos a los lados de su largo vestido blanco. Sopló una brisa fresca que meció las numerosas y finas trenzas de Nehemia. El oro con el que estaban entretejidas tintineó suavemente.

—Lo siento —dijo Celaena—. No debería haber...

Oyeron ruido de pasos a sus espaldas y antes de que Celaena pudiera volverse, una voz de hombre dijo:

—Mira nada más.

Celaena se puso tensa al ver a Caín allí plantado, medio escondido bajo la sombra de la torre del reloj. Verin, el indiscreto ladrón de pelo rizado, estaba a su lado.

—¿Qué quieres? —preguntó ella.

La curtida cara de Caín se torció en una sonrisa. A Celaena le pareció que se había hecho aún más grande —o quizá sus ojos la estaban traicionando.

—Que te hagas pasar por una dama no significa que lo seas —dijo.

Celaena miró rápidamente a Nehemia, pero la princesa estaba mirando fijamente a Caín con los ojos entornados y los labios sorprendentemente relajados.

Pero Caín aún no había acabado, y a continuación se dirigió a Nehemia. Sonrió de oreja a oreja y dejó a la vista sus brillantes dientes blancos.

—Tampoco llevar una corona te convierte a ti en una princesa de verdad, ya no.

Celaena se acercó a él.

—Cierra esa estúpida boca si no quieres que te haga tragar todos los dientes y te la cierre yo.

Caín soltó una carcajada aguda y Verin lo imitó. El ladrón se colocó tras ellas y Celaena se puso tensa al preguntarse si querrían enfrentarse a ella allí mismo.

—El perrito faldero del príncipe ladra mucho —dijo Caín—, pero ¿tiene colmillos?

Celaena notó la mano de Nehemia sobre su hombro, pero se libró de ella al dar otro paso en dirección a Caín hasta situarse lo bastante cerca de él como para que le llegara su aliento a la cara. Dentro del castillo, los guardias holgazaneaban hablando entre ellos.

—Lo averiguarás cuando te clave los colmillos en el cuello —contestó Celaena.

—¿Y por qué no ahora? —susurró Caín—. Vamos, pégame. Pégame con toda la rabia que sientes cada vez que te obligas a no acertar en la diana, o cuando vas más despacio a propósito para no escalar las murallas tan rápido como yo. Pégame, *Lillian* —susurró para que solo ella pudiera oírlo—, y veamos qué aprendiste en el año que pasaste en Endovier.

A Celaena se le aceleró el corazón. Lo sabía. Sabía quién era y lo que estaba haciendo. No se atrevió a mirar a Nehemia y confió en que su comprensión del idioma común aún no fuera lo bastante buena para haberlo entendido. Verin seguía mirándolas desde atrás.

—¿Crees que eres la única cuyo patrocinador está dispuesto a hacer cualquier cosa con tal de ganar? ¿Crees que tu príncipe y tu capitán son los únicos que saben lo que eres?

Celaena apretó el puño. Con dos golpes podría tumbarlo y dejarlo en el suelo respirando con dificultad. Un golpe más y Verin correría su misma suerte.

—Lillian —dijo Nehemia en el idioma común, tomándola de la mano—, tenemos cosas que hacer. Vámonos.

—Eso es —respondió Caín—. Síguela como el perrito faldero que eres.

A Celaena le tembló la mano. Si le pegaba... Si le pegaba, si comenzaba una pelea allí mismo y los guardias tenían que separarlos, Chaol podría no dejarle ver a Nehemia nunca más, aparte de prohibirle salir de sus aposentos después de las clases y quedarse hasta tarde entrenando con Nox. Celaena sonrió, echó los hombros hacia atrás y contestó:

—Jódete, Caín.

Caín y Verin se echaron a reír, pero Nehemia y ella se marcharon, con la princesa agarrándola con fuerza de la mano. No por miedo o rabia, sino solo para decirle que la comprendía... y que estaba ahí. Celaena también le apretó la mano. Hacía mucho tiempo que nadie se preocupaba por ella, y Celaena sintió que podía acostumbrarse a aquella sensación.

Chaol estaba de pie al lado de Dorian entre las sombras, en lo alto del entrepiso, mirando a la asesina mientras esta golpeaba el muñeco situado en el centro de la sala, por debajo de ellos. Celaena le había enviado un mensaje en el que le decía que iba a entrenar durante varias horas antes de cenar, y él había invitado a Dorian a presenciar el entrenamiento. Quizás ahora Dorian viera *por qué* ella suponía una amenaza para él. Y para todos.

Celaena soltó un gruñido y dio un puñetazo tras otro, izquierda-derecha-izquierda-izquierda-derecha. Una y otra vez, como si por dentro le hirviera algo que no podía expulsar.

—Parece más fuerte que antes —dijo el príncipe en voz baja—. Has hecho un buen trabajo volviendo a ponerla en forma —Celaena siguió dándole puñetazos y patadas al muñeco y esquivando golpes invisibles. Los guardias de la puerta se limitaban a mirar con el rostro impasible—. ¿Crees que tiene alguna posibilidad contra Caín?

Celaena dio una patada que alcanzó al muñeco en la cabeza, y esta se balanceó hacia atrás. Aquel golpe habría dejado sin conocimiento a un hombre.

—Creo que podría, siempre que no se irrite demasiado y mantenga la cabeza fría cuando se enfrenten. Pero es... salvaje. E impredecible. Necesita aprender a controlar sus sentimientos, sobre todo esa ira imposible.

Era cierto. Chaol no sabía si la culpa era de Endovier o simplemente se debía a que era una asesina a sueldo; cualquiera que fuera la causa de aquella ira persistente, nunca podría controlarla del todo.

—¿Quién es ese? —preguntó Dorian cuando vio que Nox entraba en la sala y se acercaba a Celaena. La asesina se quedó parada, se frotó los nudillos envueltos, se secó el sudor de la frente y lo saludó con la mano.

—Nox —dijo Chaol—. Un ladrón de Perranth. El campeón del ministro Joval.

Nox le dijo algo a Celaena que la hizo reír. El chico también se echó a reír.

—¿Hizo otro amigo? —preguntó Dorian arqueando las cejas al ver que Celaena le enseñaba un movimiento a Nox—. ¿Lo está *ayudando*?

—Todos los días. Normalmente se quedan después del entrenamiento, cuando ya han acabado los demás.

—¿Y tú lo permites?

Al oír el tono de la pregunta Chaol frunció el ceño, pero no dejó que Dorian lo viera.

—Si quieres que le ponga fin, lo haré.

Dorian siguió mirándolos durante unos instantes.

—No. Deja que entrene con él. Los otros campeones son unos brutos; podría venirle bien un aliado.

—Bastante.

Dorian se alejó del balcón y se internó en la oscuridad del pasillo. Chaol vio desaparecer al príncipe con su capa roja ondeando tras él y dejó escapar un suspiro. Sabía identificar los celos a primera vista, y aunque Dorian era listo, se le daba tan mal como a Celaena esconder sus sentimientos. Quizá llevando al príncipe al entrenamiento había logrado el efecto contrario al que buscaba.

Chaol echó a andar detrás del príncipe arrastrando los pies, con la esperanza de que Dorian no estuviera a punto de meterlos a todos en un buen lío.

Unos días después, Celaena estaba pasando las quebradizas y amarillentas páginas de un pesado tomo retorciéndose en su asiento. Al igual que los muchos otros que había intentado leer, eran páginas y más páginas de garabatos sin sentido. Pero valía la pena investigar, habiendo, como había, marcas del Wyrd en el lugar donde habían asesinado a Xavier y en la torre del reloj. Cuanto más supiera de lo que quería aquel asesino —*por qué* y *cómo* mataba—, mejor. *Aquella* era la verdadera amenaza a la que debía enfrentarse y no el mal misterioso e inexplicable que había mencionado Elena. Por supuesto, no había logrado encontrar casi nada. Con los ojos cansados, la asesina levantó la vista del libro y suspiró. La biblioteca estaba en penumbra y, de no haber sido por el sonido que hacía Chaol al pasar las páginas, habría estado completamente en silencio.

—¿Acabaste? —preguntó el capitán cerrando la novela que estaba leyendo.

Celaena no le había contado que Caín le había revelado que sabía quién era en realidad, ni la posible conexión del asesinato con las marcas del Wyrd —no todavía—. Dentro de la biblioteca no tenía que pensar en brutos y competencias. Allí podía saborear el silencio y la tranquilidad.

—No —protestó ella tamborileando con los dedos sobre la mesa.

—¿Así es como pasas *de verdad* el tiempo libre? —preguntó esbozando una sonrisa—. Espero que nadie se entere de esto: arruinaría tu reputación. Nox te dejaría por Caín.

Se rio para sí y volvió a abrir el libro, arrellanándose en su asiento. Celaena se quedó mirándolo un momento y se preguntó si dejaría de reírse de ella si supiera lo que estaba investigando. Y cómo podría ayudarlo a él también.

Celaena se enderezó en la silla y se frotó una fea magulladura en la pierna. Naturalmente, era el resultado de un golpe intencionado de Chaol con el garrote de madera. Lo fulminó con la mirada, pero el capitán siguió leyendo.

En los entrenamientos era despiadado. La obligaba a hacer todo tipo de actividades: andar con las manos, hacer malabarismos con cuchillos... No era nada nuevo, aunque le resultaba desagradable. Pero su genio había mejorado un poco. *Parecía* lamentar haberla golpeado en la pierna con tanta fuerza. Celaena supuso que le gustaba al capitán.

La asesina cerró el tomo de golpe y del libro salió una nubecilla de polvo. Aquello era inútil.

—¿Qué? —preguntó él estirándose.

—Nada —murmuró ella.

¿Qué eran las marcas del Wyrd y de dónde venían? Y, lo que era aún más importante, ¿por qué nunca había oído hablar de ellas? Cubrían toda la tumba de Elena. Una antigua religión de un tiempo olvidado, ¿pero qué hacían *allí*? ¡Y en el lugar del crimen! Tenía que haber alguna relación.

Hasta el momento no había descubierto gran cosa: según un libro, las marcas del Wyrd eran un alfabeto. Aunque, según *aquel* libro, no existía gramática alguna con las marcas del Wyrd: no eran más que símbolos que uno tenía que hilar. Y cambiaban de significado según las marcas que tuvieran a su alrededor. Eran increíblemente difíciles de dibujar; requerían longitudes y ángulos precisos; si no, se convertían en otra cosa totalmente distinta.

—Deja de fruncir el ceño y de enfurruñarte —la reprendió Chaol, y se quedó mirando el título del libro. Ninguno de los dos había mencionado el asesinato de Xavier, y ella no había logrado obtener más información sobre ello—. Recuérdame qué estás leyendo.

—Nada —repitió ella tapando el libro con los brazos. Pero el capitán entornó sus ojos marrones aún más y ella dejó escapar un suspiro—. Solo es... solo es sobre las marcas del Wyrd, esas cosas que parecen relojes de sol que hay junto a la torre del reloj. Me llamaron la atención y empecé a buscar información sobre ellas.

Al menos era una verdad a medias.

Esperó su sonrisa burlona y su sarcasmo, pero no hicieron acto de presencia.

—¿Y? ¿A qué viene la frustración?

Celaena miró al techo haciendo una mueca.

—Lo único que he podido encontrar son... son teorías radicales y estrafalarias. ¡Nunca había oído hablar de *nada* de esto! *¿Por qué?* Algunos libros dicen que el Wyrd es la fuerza que mantiene unida y gobierna Erilea —¡y no solo Erilea, sino también numerosos mundos aparte de este!

—He oído eso antes —dijo Chaol recogiendo su libro. Pero su mirada seguía fija en la cara de Celaena—. Siempre pensé que el Wyrd era una palabra antigua para designar el hado o el destino.

—Yo también. Pero el Wyrd no es una religión, al menos no lo es en las zonas más al norte del continente, y no está incluido en el culto a la diosa ni a los dioses.

Chaol dejó el libro sobre su regazo.

—¿Tiene esto algún sentido más allá de tu obsesión con esas marcas del jardín? *¿Tanto* te aburres?

«¡Más bien diría que estoy preocupada por mi seguridad!».

—No. Sí. Es interesante: algunas teorías sugieren que la diosa madre no es más que un espíritu de esos otros mundos, y que se perdió y entró por algo llamado puerta del Wyrd y descubrió Erilea necesitada de forma y vida.

—Eso suena un poco sacrílego —le advirtió el capitán.

Era lo bastante mayor para recordar más vívidamente las quemas y las ejecuciones de diez años antes. ¿Cómo habría sido vivir a la sombra del rey que había ordenado toda aquella destrucción?

¿Cómo habría sido vivir allí cuando masacraban a familias reales enteras, quemaban vivos a adivinos y magos y el mundo caía en la oscuridad y la tristeza?

Pero ella siguió hablando, ya que necesitaba dar salida a todo lo que la preocupaba por si acaso encajaban todas las piezas al hablar de ellas en voz alta.

—Existe la idea de que antes de que llegara la diosa ya había vida: una antigua civilización que, no se sabe cómo, desapareció. Quizás a través de esa puerta del Wyrd. Existen ruinas —ruinas demasiado antiguas para ser obra de las hadas.

Lo que no entendía era qué relación tenía aquello con el asesinato de los campeones. Desde luego, estaba agarrándose a un clavo ardiendo.

Chaol puso los pies en el suelo y dejó el libro sobre la mesa.

—¿Puedo serte sincero? —se inclinó para acercarse a ella y Celaena también se inclinó hacia él para oír sus susurros—: Hablas como una loca de atar.

Celaena emitió un ruido de indignación y volvió a sentarse hecha una furia.

—¡Perdón por interesarme *un poco* por la historia de nuestro mundo!

—Como bien has dicho, parecen teorías radicales y estrafalarias —empezó a leer de nuevo y dijo sin mirarla—: Te lo preguntaré otra vez. ¿Por qué la frustración?

Celaena se frotó los ojos.

—Porque... —dijo con voz quejumbrosa—. Porque solo quiero una respuesta sin rodeos a la pregunta de qué son las marcas del Wyrd y qué hacen en el jardín precisamente aquí.

La magia había sido borrada del mapa por orden del rey; ¿por qué había permitido que se quedara algo como las marcas del Wyrd? Y el hecho de que hubieran aparecido en la escena del crimen tenía que significar algo.

—Deberías encontrar otra manera de emplear el tiempo —dijo Chaol, y volvió a sumergirse en su libro.

Normalmente, los guardias la vigilaban en la biblioteca durante horas y horas, día tras día. ¿Qué hacía él allí? Celaena sonrió y el corazón se le aceleró. A continuación, se quedó mirando los libros que había sobre la mesa.

Repasó toda la información que había reunido. También estaba la idea de las puertas del Wyrd, que aparecían en numerosas ocasiones donde se mencionaban las marcas del Wyrd, pero ella nunca había oído hablar de ellas. La primera vez que se encontró con la noción de las puertas del Wyrd, días antes, le pareció interesante, y por eso se había puesto a investigar, buscando en pilas de viejos pergaminos, solo para dar con teorías aún más desconcertantes.

Las puertas eran al mismo tiempo reales e invisibles. Los humanos no podían verlas, pero podían ser invocadas y pasar por ellas usando las marcas del Wyrd. A través de ellas se podía acceder a otros reinos; algunos buenos, algunos malos. Del otro lado también podían colarse cosas en Erilea. Por eso muchas de las extrañas y malignas criaturas de Erilea existían.

Celaena cogió otro libro y sonrió. Era como si alguien le hubiera leído el pensamiento. Era un enorme tomo negro con el título de *Los muertos vivientes* en deslustradas letras plateadas. Afortunadamente, el capitán no llegó a ver el título antes de que ella abriera el libro, pero...

No recordaba haberlo sacado de las estanterías. Apestaba a suciedad y Celaena arrugó la nariz al pasar las páginas. Buscó alguna mención de las marcas del Wyrd, o de una puerta del Wyrd, pero no tardó en encontrar algo mucho más interesante.

Una ilustración de una cara retorcida y medio descompuesta le sonrió con la carne desprendiéndosele de los huesos. El ambiente se enfrió y Celaena se frotó los brazos. ¿Dónde había encontrado aquello? ¿Cómo había logrado escapar a la quema? ¿Cómo habían escapado aquellos libros a los fuegos purgadores diez años antes?

Volvió a estremecerse. Los huecos y dementes ojos del monstruo estaban llenos de maldad. Parecía mirarla a ella. Cerró el libro y lo empujó hasta la otra punta de la mesa. Si el rey supiera que aquella clase de libros seguían existiendo en su biblioteca, ordenaría destruirla por completo. A diferencia de la Gran Biblioteca de Orynth, allí no había maestros eruditos que pudieran proteger aquellos libros de valor incalculable. Chaol seguía leyendo. Sonó un gruñido y Celaena volvió la cabeza en dirección a la parte de atrás de la biblioteca. Era un ruido gutural, un ruido proferido por un animal...

—¿Oíste algo? —preguntó.

—¿Cuándo piensas marcharte? —dijo Chaol por toda respuesta.

—Cuando me canse de leer.

Volvió a tirar del libro negro, pasó las hojas hasta dejar atrás el terrorífico retrato de aquella criatura muerta y acercó la vela para leer las descripciones de varios monstruos.

Bajo sus pies oyó una especie de chirrido, muy cerca, como si alguien estuviera arañando el techo del piso inferior con una uña. Celaena cerró el libro de golpe y se apartó de la mesa. Se le erizó el vello de los brazos y estuvo a punto de tropezarse con la mesa más cercana mientras esperaba que algo —una mano, un ala, una boca abierta y llena de colmillos— apareciera y la agarrara.

—¿Sentiste eso? —le preguntó a Chaol, que sonrió lentamente con malicia. El capitán sacó su daga y la arrastró por el suelo de mármol para producir el mismo sonido y la misma sensación—. Condenado idiota —gruñó Celaena.

Agarró dos pesados libros de la mesa y salió de la biblioteca, asegurándose de dejar *Los muertos vivientes* muy atrás.

CAPÍTULO 28

Con el ceño fruncido, Celaena apuntó con el taco a la bola blanca. El palo se deslizó con facilidad entre sus dedos mientras apoyaba la mano sobre la superficie de fieltro de la mesa. Con una extraña sacudida del brazo empujó el taco y falló por completo.

Maldiciendo, Celaena lo intentó de nuevo. Golpeó la bola blanca de tal modo que esta rodó lamentablemente de lado, se estrelló con suavidad contra una bola de color y se oyó un leve clic. Bueno, al menos había golpeado algo. Ya había tenido más éxito que con su investigación de las marcas del Wyrd.

Pasaban de las diez y, necesitada como estaba de un descanso después de tantas horas de entrenamiento, investigación y preocupaciones por Caín y Elena, había entrado en la sala de juegos. Estaba demasiado cansada para la música, no podía jugar ella sola a las cartas y, bueno, el billar parecía la única actividad posible. Había agarrado el taco con la esperanza de que no sería difícil aprender a jugar.

La asesina rodeó la mesa y volvió a apuntar. Falló. Apretó los dientes y se planteó partir el taco por la mitad con la rodilla. Pero solo llevaba una hora intentando jugar. ¡Para las doce de la noche ya jugaría de maravilla! Dominaría aquel ridículo juego o haría astillas la mesa. Y la usaría para quemar vivo a Caín.

Celaena empujó el taco y golpeó la bola con tanta fuerza que esta salió disparada hacia el fondo de la mesa, desplazó tres bolas de color antes de estrellarse contra la bola número tres y terminar directo en un agujero.

Se paró al borde de la tronera.

Un aullido de rabia le salió de la garganta y Celaena se acercó corriendo a la tronera. Primero le gritó a la bola, luego agarró el taco y lo mordió, sin dejar de gritar entre sus dientes apretados. Finalmente, la asesina se quedó parada y, de un manotazo, metió la bola número tres en la tronera.

—Para ser la mejor asesina del mundo, eso ha sido lamentable —dijo Dorian entrando por la puerta.

Celaena gritó y se volvió hacia él. Llevaba una túnica y unos pantalones, y el pelo suelto. Dorian se apoyó en la mesa, sonriendo, mientras ella se sonrojaba.

—Si vas a insultarme, puedes meterte esto por... —levantó el taco e hizo un gesto obsceno que completó la frase por ella.

El príncipe se remangó antes de tomar un taco de la pared.

—¿Estás pensando en volver a morder el taco? Porque en ese caso me gustaría llamar al pintor de la corte para recordar siempre esa imagen.

—¡No te atrevas a burlarte de mí!

—No seas tan seria —Dorian apuntó a la bola e hizo que chocara con gracia contra una verde, que cayó a la buchaca—. Cuando estás enfurecida eres increíblemente graciosa.

Para su sorpresa y deleite, la asesina se echó a reír.

—Graciosa para ti —dijo—. Exasperante para mí —intentó jugar otra vez y falló el tiro.

—Deja que te enseñe —se acercó dando zancadas hasta donde estaba Celaena, dejó su taco y tomó el de ella. La apartó de un codazo suave, con el corazón latiéndole un poco más deprisa, y se colocó donde estaba la asesina—. ¿Ves cómo sostengo la parte superior del taco con el pulgar y el índice? Lo único que tienes que hacer es...

Celaena lo apartó con un golpe de la cadera y le quitó el taco.

—Sé cómo sostenerlo, bufón.

Intentó golpear la bola y falló de nuevo.

—No mueves el cuerpo como es debido. Déjame enseñarte.

Aunque era el truco más viejo y descarado de todos, alargó el brazo y puso su mano sobre la mano de Celaena que agarraba el taco. Acto seguido colocó los dedos de la otra mano de la asesina sobre la madera antes de agarrarla suavemente de la muñeca. Para consternación de Dorian, se puso colorado.

La miró y, aliviado, comprobó que ella estaba tan roja como él, si no es que más.

—Si no dejas de tocarme y empiezas a enseñarme voy a arrancarte los ojos y sustituirlos por estas bolas de billar.

—Mira, lo único que tienes que hacer es... —le enseñó los movimientos y ella golpeó la bola suavemente. Fue a parar a un rincón y rebotó para colarse en una buchaca. Dorian se apartó de ella y sonrió—. ¿Lo ves? Si lo haces bien, te saldrá bien. Inténtalo de nuevo.

El príncipe recogió su taco. Celaena resopló, pero aún en la misma posición, apuntó y acertó. La bola blanca recorrió toda la mesa y provocó un caos general, pero al menos la había golpeado.

Dorian agarró el triángulo y lo sostuvo en el aire.

—¿Jugamos una partida?

Cuando el reloj dio las dos, aún seguían jugando. Dorian había pedido que les llevaran una selección de postres mientras jugaban y, aunque ella había protestado, había engullido un buen trozo de tarta de chocolate y también se había comido la mitad de la rebanada del príncipe.

Él ganó todas las partidas, pero ella apenas se dio cuenta. Mientras golpeara la bola, fanfarroneaba descaradamente. Cuando fallaba... ni siquiera los fuegos del infierno podían compararse con la ira que le explotaba en la boca. Dorian no recordaba ninguna ocasión en la que se hubiera reído con tantas ganas.

Cuando Celaena no estaba maldiciendo ni balbuceando de indignación, los dos hablaban de los libros que ambos habían leído y, a medida que ella iba parloteando cada vez más, a Dorian le pareció como si ella no hubiera hablado en años y temiera volver a quedarse muda. Celaena era terriblemente inteligente. Lo entendía cuando el príncipe hablaba de historia, o de política —aunque dijera que odiaba el tema—, e incluso tenía mucho que decir sobre el teatro. Sin saber bien cómo, Dorian acabó prometiéndole que la llevaría a una obra después de la competencia. Entonces se hizo un silencio incómodo, pero enseguida pasó.

Dorian estaba sentado en un sillón y tenía la cabeza apoyada en una mano. Celaena estaba despatarrada en la butaca que había frente a él, con las piernas colgándole de un brazo del asiento. Ella miraba el fuego con los párpados entornados.

—¿Qué estás pensando? —preguntó Dorian.

—No sé —contestó ella. Apoyó la cabeza sobre el brazo de la butaca—. ¿Crees que los asesinatos de Xavier y de los otros campeones han sido intencionados?

—Quizá. ¿Acaso importa?

—No —movió la mano despreocupadamente—. Da igual.

Antes de que Dorian pudiera hacerle más preguntas, ella se quedó dormida.

A él le hubiera gustado saber más cosas de su pasado. Chaol solo le había contado que era oriunda de Terrasen y que todos los miembros de su familia habían muerto. No tenía ni idea de cómo había sido su vida, de cómo se había convertido en una asesina, ni de cómo había aprendido a tocar el pianoforte... Todo era un misterio.

Quería saberlo todo sobre ella. Deseó que se lo hubiera contado ella misma. Dorian se levantó y se estiró. Colocó los tacos en el soporte, volvió a colocar las bolas y regresó junto a la asesina dormida. La zarandeó con suavidad y ella protestó con un gruñido.

—Aunque quieras quedarte aquí dormida, mañana lo lamentarás profundamente.

Sin abrir apenas los ojos, Celaena se puso en pie y caminó hasta la puerta arrastrando los pies. Como estuvo a punto de chocar contra el marco de la puerta, decidió que no le vendría mal una mano que la guiara antes de que rompiera algo. Dorian guio a la asesina hasta el dormitorio intentando no pensar en la calidez de la piel de Celaena bajo su mano, y la vio avanzar hasta la cama tambaleándose. Allí se dejó caer sobre las mantas.

—Ahí tienes tus libros —murmuró señalando una pila de libros junto a su cama.

Él entró lentamente en la habitación. Celaena estaba tumbada, inmóvil y con los ojos cerrados. Había tres velas encendidas. Dorian dejó escapar un suspiro y las apagó antes de acercarse a la cama. ¿Estaba durmiendo?

—Buenas noches, Celaena —dijo.

Era la primera vez que se dirigía a ella por su nombre. Lo pronunció de un modo exquisito. Ella murmuró algo que sonó a «na-nu», pero no se movió. En el hueco de su cuello brilló un curioso colgante. A Dorian le pareció que le resultaba familiar, como si lo hubiera visto antes. Lo miró por última vez, tomó la pila de libros y salió de la habitación.

Si se convertía en la campeona de su padre y luego recobraba su libertad, ¿seguiría siendo la misma? ¿O todo aquello no era más que una fachada para lograr lo que quería? Dorian no podía imaginársela fingiendo. No *quería* imaginársela fingiendo.

El castillo estaba en silencio y a oscuras cuando volvió a sus aposentos.

CAPÍTULO 29

En la tercera prueba, la tarde siguiente, Celaena, cruzada de brazos, observaba en la sala de entrenamiento cómo Caín luchaba contra Tumba. Caín sabía quién era ella; todas sus sonrisas tontas, sus fingimientos y sus secretos no habían servido nada más que para divertirlo.

Celaena apretó los dientes cuando Caín y Tumba recorrieron el círculo entrechocando sus espadas. La prueba era muy sencilla: a cada uno le asignaban un compañero de entrenamiento, quien ganara el duelo ya no tenía que preocuparse de ser eliminado. Pero los perdedores debían someterse al juicio de Brullo. Quien peor lo hubiera hecho tendría que marcharse.

Tumba aguantó bastante bien contra Caín, aunque Celaena vio que las piernas le temblaban del esfuerzo. Nox, de pie a su lado, silbó cuando Caín empujó a Tumba y lo hizo retroceder tambaleándose.

Caín sonrió durante todo el combate, sin apenas jadear. Celaena apretó los puños y se presionó con fuerza las costillas. En un abrir y cerrar de ojos, Caín acercó la espada al cuello de Tumba y el asesino picado de viruela le enseñó los dientes podridos.

—Excelente, Caín —dijo Brullo aplaudiendo.

Celaena intentó controlar la respiración.

—Cuidado, Caín —dijo Verin junto a ella. El ladrón de pelo rizado sonrió a Celaena. Ella no se había emocionado cuando anunciaron que debía combatir contra Verin. Pero al menos no era Nox—. La damita quiere hacerte trizas.

—Cuídate tú, Verin —lo advirtió Nox con los ojos grises inyectados en sangre.

—¿Cómo? —dijo Verin.

Ahora los otros campeones —y todos los demás— los estaban mirando. Pelor, que no estaba lejos, retrocedió unos cuantos pasos. Inteligente decisión.

—Así que la estás defendiendo, ¿eh? —lo provocó Verin—. ¿Ese es el acuerdo que tienen? ¿Ella se abre de piernas y tú la proteges durante el entrenamiento?

—Cierra la boca, maldito cerdo —lo enfrentó Celaena.

Chaol y Dorian se apartaron de donde estaban, apoyados contra la pared, para acercarse al círculo.

—Y si no, ¿qué? —dijo Verin acercándose a ella.

Nox se puso rígido y acercó la mano a la espada.

Pero Celaena se negó a retroceder.

—Si no, te arrancaré la lengua.

—¡Basta! —bramó Brullo—. Acaben con sus diferencias en el ring. Verin. Lillian. Ahora.

Verin sonrió como lo haría una serpiente y Caín le dio una palmada en la espalda cuando entró en el círculo dibujado con tiza y desenvainó la espada.

Nox apoyó una mano en el hombro a Celaena y esta, por el rabillo del ojo, vio que Chaol y Dorian los observaban atentamente. Hizo como si no los hubiera visto.

Ya estaba harta. Harta de fingir y de hacerse la dócil. Harta de Caín.

Verin levantó la espada y se apartó los rubios rizos de los ojos.

—A ver de qué eres capaz.

Celaena avanzó hacia él con la espada envainada en el costado. Verin sonrió de oreja a oreja al levantar el arma.

Blandió la espada, pero Celaena le dio un puñetazo en el brazo que hizo saltar el arma por los aires. Acto seguido, le golpeó el brazo izquierdo con la palma de la mano. Mientras el ladrón retrocedía tambaleándose, Celaena levantó la pierna y los ojos de Verin parecieron salírsele de las órbitas cuando el pie de la asesina se estampó contra su pecho. El golpe lo hizo salir despedido, su cuerpo cayó al suelo con un ruido sordo y se deslizó fuera del anillo. Quedó eliminado instantáneamente. Todos los presentes en la sala se quedaron en silencio.

—Si vuelves a burlarte de mí —le dijo a Verin—, la próxima vez lo haré con la espada —se volvió para darle la espalda y se encontró con la flácida cara de Brullo—. A ver si te sirve de lección, maestro de armas —dijo pasando por delante de él—. Ponme a luchar contra hombres de verdad. Quizás entonces me moleste en intentarlo.

Se alejó dando grandes zancadas, pasó por delante de un sonriente Nox y se detuvo ante Caín. Se quedó mirándolo a la cara —una cara que podría haber sido bonita de no tratarse de un malnacido—, y sonrió con un dulce veneno.

—Aquí estoy —dijo enderezando los hombros—. Un pequeño perrillo faldero.

—No oigo más que ladridos —contestó Caín con un destello en sus negros ojos.

La mano de Celaena se acercó a su espada, pero la mantuvo a su costado.

—Ya veremos si sigues oyendo ladridos cuando gane esta competencia.

Antes de que le diera tiempo a contestar, Celaena echó a andar hacia la mesa del agua.

Nox fue el único que se atrevió a hablar con Celaena después de aquello. Curiosamente, Chaol tampoco la reprendió.

De nuevo en sus aposentos, a salvo después de la prueba, Celaena se dedicó a contemplar los copos de nieve que se movían empujados por el viento, procedentes de las montañas que había más allá de Rifthold. Avanzaban hacia ella, precursores de la tormenta que estaba a punto de llegar. El último sol de la tarde, encerrado tras una pared plomiza, teñía las nubes de un color gris amarillento que hacía que el cielo estuviera inusitadamente brillante. Parecía surrealista, como si el horizonte hubiera desaparecido detrás de las montañas. Celaena estaba atrapada en un mundo de cristal.

Se apartó de la ventana, pero se detuvo frente al tapiz con la representación de la reina Elena. A menudo había deseado vivir aventuras con antiguos hechizos y reyes malvados, pero no sabía que sería así: una lucha por su libertad. Y siempre se había imaginado que habría alguien que la ayudaría: un amigo leal, un soldado de un solo brazo o algo parecido. No se había imaginado que estaría tan... sola.

Deseó que Sam estuviera allí con ella. Él siempre había sabido qué hacer y siempre la había protegido, tanto si ella quería como si no. Hubiera dado cualquier cosa, lo que fuera, porque él aún siguiera con ella.

Le escocían los ojos. Se llevó una mano al amuleto. Notó el cálido metal bajo los dedos —casi reconfortante—. Retrocedió un paso del tapiz para verlo mejor en su totalidad.

En el centro había un ciervo, espléndido y viril, que miraba de soslayo a Elena. Era el símbolo de la casa real de Terrasen, del reino que había fundado Brannon, el padre de Elena. Un recordatorio de que aunque Elena se había convertido en la reina de Adarlan aún pertenecía a Terrasen. Como le ocurría a Celaena, no importaba adónde fuera Elena, no importaba cuán lejos, Terrasen *siempre* formaría parte de ella.

Celaena se quedó escuchando el aullido del viento. Dejó escapar un suspiro, negó con la cabeza y se dio media vuelta.

Tenía que encontrar el mal que moraba en el castillo —pero lo único verdaderamente malo en el mundo era el hombre que lo dominaba.

En la otra punta del castillo, Kaltain Rompier aplaudió sin ganas cuando una compañía de acróbatas finalizaron sus volteretas. Por fin había acabado la función. No le apetecía ver a unos palurdos vestidos de llamativos colores dando saltos durante horas, pero a la reina Georgina le gustaba y la había invitado a sentarse junto al trono. Era un honor y se había organizado a través de Perrington.

Perrington la deseaba y ella lo sabía. Si lo presionaba, podía lograr fácilmente que él le ofreciera convertirla en su duquesa. Pero el título de duquesa no le bastaba —y menos estando soltero Dorian—. Le había dolido la cabeza durante la última semana y aquel día parecía latirle con las palabras: «No basta. No basta. No basta». Hasta en sus sueños se había filtrado el dolor y los había transformado en pesadillas tan vívidas que al despertar no podía ni recordar dónde estaba.

—Qué delicioso, majestad —dijo Kaltain mientras los acróbatas recogían sus cosas.

—Sí, ha sido emocionante, ¿verdad?

Los verdes ojos de la reina brillaron y le sonrió a Kaltain. Pero entonces Kaltain sintió un dolor agudo en la cabeza, tan fuerte que le hizo apretar los puños y esconderlos en los pliegues de su vestido naranja.

—Ojalá el príncipe Dorian hubiera podido verlos —repuso Kaltain—. Su alteza me dijo ayer lo mucho que le gustaba venir aquí —mintió como si nada, y de alguna manera hizo que el dolor de cabeza cediera.

—¿Dorian dijo tal cosa? —preguntó la reina Georgina levantando una ceja color caoba.

—¿Eso sorprende a su majestad?

La reina se llevó una mano al pecho.

—Creía que mi hijo no soportaba estas cosas.

—Majestad —susurró la muchacha—, ¿jura no decir una palabra?

—¿Una palabra sobre qué? —respondió la reina en voz baja.

—El príncipe Dorian me contó una cosa.

—¿Qué dijo? —la reina le tocó un brazo a Kaltain.

—Me dijo que si no viene a menudo a estas celebraciones de la corte es porque es bastante tímido.

La reina se apartó de ella mientras se desvanecía el brillo de sus ojos.

—Ah, me ha dicho eso un centenar de veces. Esperaba que me contaras algo interesante, Lady Kaltain. Como por ejemplo si ha conocido a alguna muchacha que le guste.

Kaltain se puso colorada y la cabeza comenzó a latirle sin piedad. Deseó tener a mano su pipa, pero a aquella sesión en la corte aún le quedaban horas por delante y no habría sido decoroso marcharse antes que Georgina.

—He oído decir —dijo la reina entre dientes— que hay una joven, ¡pero nadie sabe quién es! O al menos cuando oyen su nombre no les resulta *familiar*. ¿La conoces?

—No, majestad.

Kaltain intentó que la frustración no asomara a su rostro.

—Qué pena. Confiaba en que lo supieras. Eres una muchacha muy lista, Kaltain.

—Gracias, majestad. Es muy amable.

—Tonterías. Lo que pasa es que tengo buen ojo para la gente; supe lo extraordinaria que eras en cuanto entraste en la corte. Solo tú eres adecuada para un hombre del valor de Perrington. ¡Qué pena que no conocieras primero a mi Dorian!

«No basta. No basta», cantaba el dolor. Su momento había llegado.

—Aunque lo hubiera conocido antes —comentó Kaltain entre risas—, no habría aprobado nuestra relación, majestad. Soy demasiado humilde para las atenciones de su hijo.

—Tu belleza y riqueza lo compensan con creces.

—Gracias, majestad —a Kaltain se le aceleró el corazón.

Si la reina lo aprobaba... Kaltain apenas podía pensar mientras la reina se arrellanaba en su trono y daba dos palmadas. La música comenzó a sonar, pero ella no la oyó.

Perrington le había dado los zapatos. Había llegado el momento de salir a bailar.

CAPÍTULO 30

—No te estás concentrando.

—¡Claro que sí! —dijo Celaena entre dientes, tensando aún más la cuerda del arco.

—Pues adelante —contestó Chaol señalando un objetivo lejano en la pared, en el otro extremo del pasillo abandonado. Una distancia imposible para cualquiera, excepto para ella—. A ver si lo consigues.

Celaena puso los ojos en blanco y estiró la espalda ligeramente. La cuerda del arco tembló en su mano y la asesina levantó un poco la punta de la flecha.

—Vas a darle a la pared de la izquierda —dijo el capitán cruzándose de brazos.

—Voy a darle a tu cabeza si no te callas —respondió ella, y giró la cabeza para mirarlo a los ojos. Chaol arqueó las cejas y Celaena, sin dejar de mirarlo, sonrió malévolamente y disparó la flecha a ciegas.

El zumbido de la flecha resonó por todo el pasillo de piedra antes de oírse el ruido sordo y leve del impacto. Pero ambos se quedaron mirándose el uno al otro. El capitán tenía unas ligeras ojeras —¿acaso no habría dormido en las tres semanas que habían pasado desde el asesinato de Xavier?

Desde luego, ella tampoco había dormido bien. Cualquier ruido la despertaba y Chaol aún no había descubierto quién podía estar matando a los campeones uno tras otro. El *quién* no importaba tanto como el *cómo*: ¿cómo los estaba seleccionando el asesino? No había ningún patrón; cinco habían muerto asesinados y no había ninguna relación entre ellos aparte del hecho de que todos participaban en el torneo. Celaena no había podido ver ninguna otra escena del crimen para saber si allí también habían pintado marcas del Wyrd con sangre. La asesina dejó escapar un suspiro y echó los hombros hacia atrás.

—Caín sabe quién soy —susurró bajando el arco.

—¿Cómo? —repuso Chaol con el rostro inexpresivo.

—Se lo dijo Perrington. Y Caín me lo dijo a mí.

—¿Cuándo?

Celaena nunca lo había visto tan serio. Aquello la hizo ponerse tensa.

—Hace unos cuantos días —mintió. Habían pasado semanas desde su enfrentamiento—. Estaba en el jardín con Nehemia... y con mis guardias, no te preocupes... y se acercó a nosotras. Lo sabe todo sobre mí... y sabe que me contengo cuando estoy con los otros campeones.

—¿Te insinuó que los otros campeones también lo saben?

—No —contestó ella—. No lo creo. Nox no tiene ni idea.

Chaol puso una mano sobre la empuñadura de su espada.

—No pasa nada. Solo hemos perdido el elemento sorpresa, nada más. Aun así, vencerás a Caín en los duelos.

Celaena esbozó una sonrisa.

—¿Sabes? Empiezas a hablar como si confiaras en mí. Más te vale tener cuidado.

Chaol comenzó a decir algo, pero los pasos de alguien que corría se oyeron al doblar la esquina y se quedó callado. Dos guardias se detuvieron ante ellos y los saludaron. Chaol les dio unos segundos para recuperar el aliento.

—¿Sí? —preguntó.

Uno de los guardias, un hombre mayor con el pelo ralo, lo saludó por segunda vez.

—Capitán, lo necesitan.

Aunque sus rasgos no se alteraron, Chaol movió los hombros y levantó ligeramente la barbilla.

—¿Qué sucede? —preguntó un poco apresurado como para parecer indiferente.

—Otro cadáver —replicó el guardia—. En los pasillos de los criados.

El segundo guardia, un hombre delgado y con aspecto delicado, estaba mortalmente pálido.

—¿Has visto el cadáver? —le preguntó Celaena. El guardia asintió con la cabeza—. ¿Está fresco?

Chaol la fulminó con la mirada.

—Creen que es de anoche porque la sangre está medio seca —contestó el guardia.

Chaol tenía la mirada perdida. Estaba pensando, planteándose qué hacer. Se irguió.

—¿Quieres demostrar lo buena que eres? —le preguntó a Celaena.

La asesina puso los brazos en jarras.

—¿Crees que necesito hacerlo?

Chaol les hizo una seña a los guardias para que encabezaran la marcha.

—Acompáñame —le dijo a Celaena por encima del hombro.

Esta, a pesar del cadáver, esbozó una sonrisa y echó a andar tras él.

Cuando ya se marchaban, Celaena miró la diana.

Chaol no se había equivocado. Había fallado el tiro por quince centímetros —a la izquierda.

Afortunadamente, alguien había creado algo parecido al orden antes de que llegaran. Aun así, Chaol tuvo que abrirse paso a través de una multitud de guardias y criados allí reunidos, con Celaena siguiéndolo de cerca. Cuando llegaron al lugar donde estaba el cadáver y lo vieron, las manos de Celaena cayeron flácidas a ambos lados de su cuerpo y Chaol maldijo con una violencia impresionante.

Ella no supo adónde mirar primero: si al cadáver, con la caja torácica abierta y el cerebro y la cara ausentes, a las marcas de garras en el suelo o a las dos marcas del Wyrd dibujadas con tiza a ambos lados del cadáver. Se le heló la sangre. Ahora ya no había manera de negar la relación.

La gente siguió hablando mientras el capitán se acercaba al cadáver. Se giró en dirección a uno de los guardias que lo observaban.

—¿Quién es? —preguntó.

—Verin Ysslych —dijo Celaena antes de que el guardia pudiera contestar. Habría reconocido el pelo rizado de Verin en cualquier parte. El ladrón había estado a la cabeza de la competencia desde el principio. Lo que fuera que lo había matado...

—¿Qué clase de animal deja marcas como esas? —le preguntó a Chaol, pero no necesitaba oír su respuesta para saber que el capitán tenía tantas probabilidades como ella de acertar. Las marcas de garras eran profundas: al menos un cuarto de centímetro. Celaena se puso en cuclillas junto a una y pasó el dedo por el borde interior. Era irregular, pero el corte en el suelo de piedra era limpio. Frunció el ceño y examinó las otras marcas.

—En estas marcas de garras no hay sangre —dijo girando la cabeza para mirar a Chaol por encima del hombro. El capitán se arrodilló a su lado mientras ella las señalaba—. Están limpias.

—¿Qué significa eso?

Celaena frunció el ceño y un escalofrío le recorrió los brazos.

—La criatura que hizo esto se afiló las uñas antes de destriparlo.

—¿Y por qué te parece importante?

Celaena se levantó y miró a ambos lados del pasillo. Luego volvió a agacharse.

—Significa que esa criatura tuvo tiempo de hacerlo antes de atacarlo.

—Pudo haberlo hecho mientras lo esperaba tumbada.

La muchacha negó con la cabeza.

—Las antorchas de la pared están prácticamente consumidas. No hay nada que indique que se apagaron antes del ataque. No hay ni rastro de agua con hollín. Si Verin murió anoche, esas antorchas seguían ardiendo cuando murió.

—¿Y?

—Fíjate en este pasillo. La puerta más cercana está a doce metros y el recodo más cercano está un poco más lejos. Si esas antorchas estaban encendidas...

—Verin lo habría visto mucho antes de llegar aquí.

—¿Y por qué se acercó? —preguntó ella, más para sí misma que otra cosa—. ¿Y si era una persona en lugar de un animal? ¿Y si esa persona hubiera incapacitado a Verin durante el tiempo suficiente para invocar a aquella criatura? —Celaena señaló las piernas de Verin—. Alrededor de los tobillos tiene unos cortes limpios. Le cortaron los tendones con un cuchillo para impedirle huir —se acercó al cadáver con cuidado de no tocar las marcas del Wyrd grabadas en el suelo. Levantó la mano rígida y fría de Verin—. Mira sus uñas —tragó saliva—. Las puntas están agrietadas y rotas —utilizó su propia uña para sacar la suciedad de debajo de las uñas del muerto y la restregó por la palma de su mano—. ¿Lo ves? —le enseñó la mano a Chaol—. Polvo y trocitos de piedra —apartó el brazo de Verin para ver las tenues rayas en el suelo de piedra—. Marcas de uñas. Intentó huir desesperadamente, arrastrándose si era necesario. Estaba vivo mientras esa criatura se afilaba las uñas en la piedra y su amo miraba.

—¿Y eso qué significa?

Celaena le sonrió gravemente.

—Significa que estás metido en un buen lío.

Y, mientras Chaol palidecía, Celaena se sobresaltó al darse cuenta de que quizás el asesino de campeones y la misteriosa fuerza malvada de Elena fueran la misma cosa.

Sentada a la mesa del comedor, Celaena fue pasando las páginas del libro.

«Nada, nada, nada». Página tras página fue buscando cualquier pista de las dos marcas del Wyrd que habían dibujado junto al cadáver de Verin. Tenía que haber alguna relación.

Se detuvo al encontrar un mapa de Erilea. Los mapas siempre le habían interesado; había algo cautivador en el hecho de conocer la ubicación precisa de uno mismo en relación con otros en la tierra. Suavemente recorrió con un dedo el contorno de la costa este. Comenzó por el sur, en Banjali, la capital de Eyllwe, y fue subiendo, girando y serpenteando hasta Rifthold. Luego subió hasta Meah, y a continuación hacia el norte y el interior, hasta Orynth, para retroceder hasta el mar, a la costa de Sorian, y llegar por fin a la parte alta del continente y al mar del Norte, que se encontraba más allá.

Se quedó mirando el punto que señalaba Orynth, aquella ciudad de luz y aprendizaje, la perla de Erilea y capital de Terrasen. Su lugar de nacimiento. Celaena cerró el libro de golpe.

La asesina echó un vistazo a sus aposentos y soltó un largo suspiro. Cuando lograba dormir, sus sueños se llenaban de antiguas batallas, de espadas con ojos, de marcas del Wyrd que daban vueltas alrededor de su cabeza y la cegaban con sus intensos colores. Podía ver la brillante armadura de hadas y guerreros mortales, oír el ruido metálico de los escudos y los gruñidos de bestias salvajes y oler la sangre y los cadáveres en descomposición a su alrededor. La carnicería la perseguía hasta el momento del despertar. La Asesina de Adarlan se estremeció.

—Bien. Esperaba que siguieras despierta —dijo el príncipe heredero, y Celaena se levantó del asiento de un salto y vio que Dorian se acercaba a ella. Parecía cansado y despeinado.

La asesina abrió la boca y negó con la cabeza.

—¿Qué haces aquí? Es casi medianoche y mañana tengo una prueba.

No podía negar que su compañía resultaba un alivio: el asesino únicamente parecía atacar a los campeones cuando estaban solos.

—¿Has pasado de la literatura a la historia? —Dorian echó un vistazo a los libros que había sobre la mesa—. *Breve historia moderna de Erílea* —leyó—. *Símbolos y poder. Cultura y costumbres de Eyllwe* —arqueó una ceja.

—Leo lo que me place.

El príncipe se dejó caer en una silla junto a la de ella; su pierna rozaba las de Celaena.

—¿Hay alguna relación entre todos estos?

—No.

No era del todo una mentira —aunque habría deseado encontrar en todos ellos *algo* sobre las marcas del Wyrd, o sobre su significado junto a un cadáver.

—Supongo que ya te enteraste de la muerte de Verin.

—Por supuesto —contestó él, y una expresión oscura se instaló en su atractiva cara.

Celaena era muy consciente de lo cerca que estaba la pierna de Dorian, pero no hizo nada por moverse.

—¿No te preocupa que la bestia salvaje de alguien haya asesinado brutalmente a tantos campeones?

Dorian se inclinó hacia ella y la miró a los ojos.

—Todos esos asesinatos se produjeron en pasillos oscuros y solitarios. A ti siempre te acompañan varios guardias, y tus aposentos están bien vigilados.

—No estoy preocupada por mí misma —dijo ella brusca-mente, apartándose un poco. No era del todo cierto—. Solo creo que lo que está sucediendo da una mala imagen de tu es-timado padre.

—¿Desde cuándo te preocupa a ti la reputación de mi «es-timado» padre?

—Desde que me convertí en la campeona de su hijo. A lo mejor deberías dedicar más recursos a resolver estos asesinatos antes de que gane esta absurda competencia solo porque sea la única que quede viva.

—¿Alguna exigencia más? —preguntó Dorian, que aún es-taba lo bastante cerca para que los labios de Celaena rozaran los suyos si ella se atrevía a tal cosa.

—Ya te lo haré saber si se me ocurre.

Sus miradas se cruzaron y Celaena esbozó una leve sonrisa. ¿Qué clase de hombre era el príncipe heredero? Aunque no quería reconocerlo, le gustaba tener a alguien cerca, aunque fuera un Havilliard.

Apartó de sus pensamientos las marcas de garras y los ca-dáveres sin cerebro.

—¿Por qué estás tan despeinado? ¿Es que Kaltain te ha es-tado arañando?

—¿Kaltain? Afortunadamente no en los últimos tiempos. ¡Pero tuve un día tan deprimente! Los cachorros son corrientes y... —se llevó las manos a la cabeza.

—¿Cachorros?

—Una de mis perras ha parido una camada de perros mes-tizos. Antes eran demasiado pequeños para saberlo, pero ahora... En fin, me esperaba animales de raza.

—¿Estamos hablando de perros o de mujeres?

—¿Qué prefieres? —Dorian sonrió con picardía.

—Ay, cállate —dijo Celaena entre dientes, y él se echó a reír.

—¿Se puede saber por qué estás *tú* tan despeinada? —al príncipe se le cortó la risa—. Chaol me dijo que te llevó a ver el cadáver; espero que no fuera una experiencia demasiado terrible.

—Para nada. Lo que pasa es que no he dormido bien.

—Yo tampoco —reconoció Dorian, y se estiró—. ¿Puedes tocar el pianoforte para mí?

Celaena dejó caer el pie hasta el suelo y se preguntó cómo podía haber cambiado de tema con tanta facilidad.

—Por supuesto que no.

—Tocaste de maravilla.

—De haber sabido que alguien me estaba espiando, no habría tocado.

—¿Por qué tocar es algo tan personal para ti? —preguntó Dorian reclinándose en la silla.

—No puedo escuchar ni tocar música sin... Da igual.

—No, di lo que ibas a decir.

—Nada interesante —contestó ella apilando los libros.

—¿Te trae recuerdos?

Celaena lo miró en busca de alguna muestra de burla.

—A veces.

—¿Recuerdos de tus padres? —Dorian estiró el brazo para ayudarla a apilar los libros restantes.

Celaena se puso en pie de repente.

—No me hagas preguntas tan estúpidas.

—Lamento haberme entrometido.

Ella no contestó. La pregunta había abierto una rendija en la puerta mental que siempre tenía clausurada, y ahora estaba intentando cerrarla a toda costa. Al ver la cara de Dorian y al verlo tan cerca de ella... La puerta se cerró y Celaena echó la llave.

—Lo que pasa... —dijo él, totalmente ajeno a la batalla que acababa de librar Celaena—. Lo que pasa es que no sé nada de ti.

—Soy una asesina —contestó ella mientras se tranquilizaba—. No hace falta que sepas nada más.

—Sí —dijo Dorian con un suspiro—. Pero, ¿qué tiene de malo que quiera saber más? Por ejemplo, cómo te convertiste en asesina... y cómo era tu vida antes de eso.

—No es interesante.

—No me parecería aburrido.

Ella no contestó.

—Por favor. Una pregunta, y prometo que no será nada demasiado delicado.

Celaena torció la boca y se quedó mirando la mesa. ¿Qué tenía de malo una pregunta? Podía elegir no responder.

—De acuerdo.

Dorian sonrió.

—Necesito un momento para pensar una buena —ella puso los ojos en blanco, pero se sentó. Pasados unos segundos, el príncipe preguntó—: ¿Por qué te gusta tanto la música?

Celaena hizo una mueca.

—¡Dijiste que nada delicado!

—¿Tanto me estoy entrometiendo? ¿Qué diferencia hay con preguntarte por qué te gusta leer?

—No, no. La pregunta está bien —dejó escapar un largo resoplido por la nariz y miró la mesa—. Me gusta la música —dijo lentamente— porque cuando la escucho me... me pierdo dentro de mí misma, no sé si eso tiene sentido. Me vacío y me lleno al mismo tiempo y siento que el mundo entero gira a mi alrededor. Cuando toco, no estoy... para empezar, no estoy destruyendo, sino creando —se mordió el labio—. Antes quería ser curandera. Cuando era... mucho antes de que este se convirtiera en mi oficio, cuando era casi demasiado joven para acordarme quería ser curandera —se encogió de hombros—. La música me recuerda esa sensación —se echó a reír entre dientes—. Nunca se lo he contado a nadie —reconoció, y entonces vio a Dorian sonreír—. No te burles de mí.

El príncipe negó con la cabeza y la sonrisa se borró de sus labios.

—No me estoy burlando de ti. Simplemente no...

—¿No estás acostumbrado a que la gente te hable con el corazón en la mano?

—Exacto.

Celaena esbozó una sonrisa.

—Ahora me toca a mí. ¿Hay alguna limitación?

—No —se puso las manos en la nuca—. No soy ni de lejos tan reservado como tú.

Celaena hizo una mueca al pensar en la pregunta.

—¿Por qué aún no estás casado?

—¿Casado? ¡Tengo diecinueve años!

—Sí, pero eres el príncipe heredero.

Dorian se cruzó de brazos. Celaena intentó no fijarse en los músculos que se le marcaban por debajo de la camisa.

—Hazme otra pregunta.

—Quiero oír tu respuesta... Si te resistes con tanta vehemencia, debe de ser interesante.

Dorian miró por la ventana los copos de nieve que se arremolinaban al otro lado del cristal.

—No estoy casado —dijo en voz baja— porque no soporto la idea de casarme con una mujer inferior a mí en mente y espíritu. Eso supondría la muerte de mi alma.

—El matrimonio es un contrato legal, no es algo sagrado. Siendo el príncipe heredero, deberías haber renunciado a esas ideas descabelladas. ¿Y si te ordenan casarte por el bien de una alianza? ¿Declararías una guerra por culpa de tus ideales románticos?

—Las cosas no son así.

—¿Ah? ¿Tu padre no te ordenaría casarte con una princesa para fortalecer su imperio?

—Mi padre ya tiene un ejército para eso.

—Podrías amar a alguna otra mujer aparte. El matrimonio no significa que no puedas amar a otras personas.

Sus ojos color azul zafiro brillaron.

—Uno se casa con la persona a la que ama, y con ninguna otra —dijo, y Celaena se echó a reír—. ¡Te estás burlando de *mí*! ¡Te estás riendo en mi cara!

—¡Mereces que se rían de ti por tener esas ideas tan estúpidas! Yo te hablé con el corazón; tú solo hablas desde el egoísmo.

—Eres increíblemente sentenciosa.

—¿Qué sentido tiene tener un cerebro si no lo usas para hacer juicios?

—¿Qué sentido tiene tener un corazón si no lo usas para ahorrarles a los demás los duros juicios de tu cerebro?

—¡Bien dicho, alteza! —Dorian se quedó mirándola con resentimiento—. Vamos. No te he ofendido tanto.

—Has intentado echar por tierra mis sueños y mis ideales. Bastante tengo ya con mi madre. Estás siendo cruel conmigo.

—Estoy siendo práctica. Hay una diferencia. Y tú eres el príncipe heredero de Adarlan. Estás en una posición desde la que tienes la posibilidad de mejorar Erilea. Podrías contribuir a crear un mundo donde no fuera necesario el *amor verdadero* para asegurar un final feliz.

—Y ¿qué clase de mundo necesitaría crear para que eso sucediera?

—Un mundo en el que los seres humanos se gobernaran a sí mismos.

—Estás hablando de anarquía y de traición.

—No estoy hablando de anarquía. Llámame traidora si quieres. Ya me han condenado por asesina.

Dorian se acercó a ella y sus dedos rozaron los de Celaena: estaban encallecidos, calientes y duros.

—No puedes resistirte a responder a todo lo que digo, ¿verdad?

La asesina se sintió inquieta, pero al mismo tiempo estaba increíblemente inmóvil. A ojos del príncipe, algo cobró vida y volvió a dormirse.

—Tienes unos ojos muy curiosos —dijo—. Nunca había visto ningunos con un anillo dorado tan brillante.

—Si estás intentando cortejarme con halagos, me temo que no va a funcionar.

—Simplemente estaba observando; no tengo nada en mente —se miró la mano, que aún estaba en contacto con la de la muchacha—. ¿De dónde sacaste ese anillo?

Ella cerró el puño y lo apartó de él. La amatista del anillo brilló a la luz del fuego.

—Fue un regalo.

—¿De quién?

—Eso no es de tu incumbencia.

Dorian se encogió de hombros, aunque Celaena sabía de sobra que no debía decirle quién se lo había regalado. Es más, sabía que *Chaol* no querría que Dorian lo supiera.

—Me gustaría saber quién ha estado regalándole *anillos* a mi campeona.

El modo en que el cuello de la chamarra negra de Dorian entraba en contacto con su cuello hacía que a Celaena le resultara imposible sentarse quieta. Quería tocarlo, repasar con el dedo la línea entre su piel morena y el forro dorado de la tela.

—¿Billar? —preguntó ella poniéndose de pie—. Me vendría bien otra clase.

Celaena no esperó su respuesta y echó a andar hacia la sala de juegos. Deseaba con todas sus fuerzas estar cerca de él y sentir el cálido aliento del príncipe en su piel. Le gustaba aquella sensación. Y lo que era peor, comprendió que le gustaba *él*.

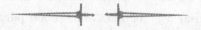

Chaol observó a Perrington sentado a la mesa en el comedor. Cuando le contó al duque la muerte de Verin, Perrington no pareció preocupado. Chaol echó un vistazo por toda la sala, grande y oscura; de hecho, casi todos los patrocinadores de los campeones estaban haciendo lo de costumbre. Idiotas. Si Celaena estaba en lo cierto, el responsable de la muerte de los campeones podía estar entre ellos. ¿Pero cuál de los miembros del consejo del rey podía estar tan desesperado por ganar para hacer tal cosa? Chaol estiró las piernas por debajo de la mesa y volvió a concentrarse en Perrington.

Había crecido a la sombra del duque, y había visto cómo este usaba su estatura y su título para ganar aliados en el consejo del rey y evitar que sus rivales lo desafiaran. Pero esa noche no eran sus estratagemas lo que había llamado la atención del capitán de la guardia, sino los momentos entre las sonrisas y la risa, cuando el rostro del duque se ensombrecía. No era una expresión de ira ni de asco, sino una sombra que le nublaba los ojos. Resultaba tan extraño que, al verlo por primera vez, Chaol había decidido alargar la cena para ver si sucedía de nuevo.

Unos segundos después volvió a suceder. Los ojos de Perrington se oscurecieron y su rostro se aclaró, como si lo hubiera visto todo tal como era en realidad y no le hubiera alegrado ni divertido en modo alguno. Chaol se reclinó en la silla y le dio un sorbo a su copa de agua.

No sabía gran cosa del duque y nunca había confiado plenamente en él. Dorian tampoco, y menos después de lo que había dicho de usar a Nehemia como rehén para obligar a los rebeldes de Eyllwe a que colaboraran. Pero el duque era el consejero de mayor confianza del rey —y no había dado razón alguna para desconfiar de él más allá de su firme creencia en el derecho de conquista de Adarlan.

Kaltain Rompier estaba sentada a unas cuantas sillas de distancia. Chaol levantó las cejas ligeramente. La muchacha también estaba mirando a Perrington: no con el deseo de una amada, sino con una contemplación fría. Chaol volvió a estirarse y levantó los brazos por encima de la cabeza. ¿Dónde estaría Dorian? El príncipe no había acudido a cenar y tampoco estaba en las perreras con la perra y sus cachorros. Chaol volvió a mirar al duque. Allí estaba de nuevo... ¡durante un instante!

La mirada de Perrington se posó sobre el anillo negro que llevaba en la mano izquierda y se oscureció, como si sus pupilas se hubieran dilatado para abarcar la totalidad de cada ojo. Luego desapareció... y sus ojos volvieron a la normalidad. Chaol miró a Kaltain. ¿Se habría percatado ella de aquel extraño cambio?

No. Su cara había permanecido impasible. No se había reflejado en ella extrañamiento ni sorpresa algunos. La mirada de la muchacha se volvió superficial, como si estuviera más interesada en cómo podría hacer juego la chamarra del duque con su vestido. Chaol se estiró y se levantó y se acabó de comer su manzana mientras salía del comedor dando grandes zancadas. Por curioso que pudiera parecer, ya tenía bastantes preocupaciones. El duque era ambicioso, pero desde luego no suponía una amenaza para el castillo ni sus habitantes. Sin embargo, mientras se dirigía a sus aposentos, el capitán de la guardia no pudo evitar la sensación de que el duque Perrington también había estado observándolo a él.

CAPÍTULO 31

Había alguien parado a los pies de su cama.

Celaena se dio cuenta mucho antes de abrir los ojos, así que metió la mano por debajo de la almohada y sacó el cuchillo que se había fabricado con alfileres para el pelo, cordel y jabón.

—No será necesario —dijo una mujer, y Celaena se incorporó en la cama al oír el sonido de la voz de Elena—. Y sería completamente inútil.

Se le heló la sangre al ver el brillante espectro de la primera reina de Adarlan. Aunque Elena parecía sólida, los bordes de su cuerpo relucían como si estuviera hecha de luz de estrellas. Su pelo, largo y plateado, le caía a los lados de su hermosa cara, y sonrió cuando Celaena soltó su lamentable cuchillo.

—Hola, niña —añadió la reina.

—¿Qué quieres? —preguntó Celaena, pero sin levantar la voz. ¿Estaba soñando, o podrían oírla los guardias? Puso las piernas en tensión, preparada para saltar de la cama... quizás hacia el balcón, ya que Elena se interponía entre ella y la puerta.

—Simplemente recordarte que *debes* ganar esta competencia.

—Eso tengo pensado —¿la había despertado para *eso?*—. Y no es por ti —añadió fríamente—. Lo hago para recuperar mi libertad. ¿Tienes algo útil que decir o solo veniste a molestarme? O quizá podrías *contarme* algo más sobre el mal que está dando caza a los campeones uno tras otro.

Elena suspiró y levantó la vista hacia el techo.

—Sé tan poco como tú —como Celaena no dejaba de fruncir el ceño, Elena añadió—: Aún no confías en mí. Lo comprendo. Pero tú y yo estamos en el mismo bando, lo creas o no —bajó la vista para mirar a la asesina y la inmovilizó con la intensidad de su mirada—. Vine para advertirte que no quites ojo a tu derecha.

—¿Cómo? —Celaena ladeó la cabeza—. Y eso ¿qué significa?

—Mira a tu derecha. Allí encontrarás las respuestas.

Celaena miró a su derecha, pero solo vio el tapiz que ocultaba la tumba. Abrió la boca para contestar, pero cuando volvió a mirar a Elena, la reina había desaparecido.

En la prueba del día siguiente, Celaena examinó todas las copas que había en la mesita que tenía delante. Habían pasado más de dos semanas desde Samhuinn, y aunque había superado una prueba más —de lanzamiento de cuchillos, afortunadamente para ella—, dos días antes habían encontrado muerto a otro campeón. Decir que en los últimos tiempos estaba durmiendo poco era quedarse muy corto. Cuando no estaba buscando pistas para descifrar las marcas del Wyrd que había alrededor de los cadáveres, se pasaba casi toda la noche en vela, observando sus puertas y ventanas, escuchando con atención por si oía un ruido de garras arañando la piedra. Los guardias reales que había apostados junto a las puertas de sus aposentos no servían de nada. Si aquella bestia era capaz de arañar el mármol, estaba claro que podía destrozar a unos cuantos hombres.

Brullo estaba de pie en la parte delantera de la sala de entrenamiento con las manos a la espalda, observando a los doce competidores restantes, que esperaban ante doce mesas. Echó un vistazo al reloj. Celaena también lo miró. Le quedaban cinco minutos —cinco minutos durante los cuales no solo tenía que identificar los venenos que había en las siete copas, sino colocarlos en orden: del más inocuo al más letal.

Pero la verdadera prueba llegaría pasados los cinco minutos, cuando tuvieran que beber de la copa que hubieran juzgado más inocua. Si elegían mal... aun con los antídotos a mano, no sería una experiencia agradable. Celaena estiró el cuello y se llevó una de las copas a la nariz para olerla. Dulce, demasiado dulce. Movió el vino de postre que habían usado para disimular la dulzura, pero en la copa de bronce era difícil ver el color. Metió el dedo en la copa y estudió el líquido morado que le goteaba de la uña. Estaba claro: era belladona.

Miró las otras copas que había identificado. Cicuta. Sanguinaria. Acónito. Adelfa. Puso las copas en orden y colocó la belladona justo antes de la copa que contenía una letal dosis de adelfa. Quedaban tres minutos.

Celaena agarró la penúltima copa y la olisqueó. Y volvió a olerla. Su olor no se parecía a ninguna otra cosa.

Apartó la cara de la mesa y olfateó el aire con la esperanza de despejar sus orificios nasales. Al probarse perfumes, la gente solía perder el sentido del olfato después de oler demasiados.

Por eso los perfumistas solían tener algo a mano para ayudar a limpiar el aroma de la nariz. Volvió a oler la copa y metió el dedo. Olía a agua y parecía agua...

Quizá fuera simplemente agua. Dejó esa copa y levantó la última. Al olerla, el vino de dentro no tenía ningún olor inusitado. Todo parecía en orden. Se mordió el labio y miró el reloj. Quedaban dos minutos.

Algunos de los otros campeones estaban maldiciendo entre dientes. Aquel que estuviera más equivocado en el orden tendría que hacer las maletas.

Celaena volvió a oler la copa de agua y repasó mentalmente una lista de venenos inodoros. Ninguno podía combinarse con el agua sin teñirla. Tomó la copa de vino y agitó el líquido. El vino podía disimular unos cuantos venenos avanzados —¿pero de cuál se trataba?

En la mesa de su izquierda, Nox se pasó la mano por el pelo moreno. Tenía tres copas delante y las otras cuatro estaban alineadas detrás. Quedaban noventa segundos.

Venenos, venenos, venenos. A Celaena se le secó la boca. Si perdía, ¿la atormentaría Elena por puro rencor?

Miró a su derecha y vio a Pelor, el joven asesino desgarbado, que a su vez estaba mirándola a ella. Le faltaban por ordenar las mismas dos copas. Celaena lo vio colocar la copa de agua en el último lugar —el más venenoso— y la copa de vino en el otro extremo.

Pelor la miró y agachó la barbilla en un gesto afirmativo apenas perceptible. Se metió las manos en los bolsillos. Había terminado. Celaena miró hacia sus propias copas antes de que Brullo pudiera atraparla mirando a donde no debía.

Venenos. Eso era lo que había dicho Pelor durante la primera prueba. Estaba versado en venenos.

Lo miró de soslayo. Estaba de pie a su derecha.

«Mira a tu derecha. Allí encontrarás las respuestas».

La recorrió un escalofrío. Elena le había dicho la verdad.

Pelor se quedó mirando el reloj, viendo cómo se consumían los últimos segundos de la prueba. Pero, ¿por qué querría ayudarla?

Colocó la copa de agua en último lugar y la copa de vino en el primero.

Porque, aparte de a ella, el campeón al que más le gustaba atormentar a Caín era Pelor. Y porque cuando había estado en Endovier, los aliados que había hecho no habían sido los mimados por los capataces, sino aquellos a quienes los capataces más odiaban. Los menos favoritos cuidaban los unos de los otros. Ninguno de los otros campeones se había molestado en prestar atención a Pelor. Hasta Brullo, aparentemente, había olvidado las palabras que había pronunciado Pelor el primer día. De haberlo sabido, nunca les habría permitido hacer la prueba en público.

—Se acabó el tiempo. Pongan las copas en orden —dijo Brullo, y Celaena se quedó mirando su fila de copas durante unos segundos más. Desde un extremo de la sala, Dorian y Chaol la miraban cruzados de brazos. ¿Habrían reparado en la ayuda de Pelor?

Nox maldijo sonoramente y colocó las copas restantes de cualquier manera. Muchos de los otros competidores hicieron lo mismo. Los antídotos estaban a mano por si alguien cometía un error, y a medida que Brullo se paseaba por delante de las mesas y conminaba a los campeones a beber, se los entregaba con frecuencia. La mayoría había supuesto que el vino insípido era una trampa y lo habían colocado hacia el final de la selección. Hasta Nox acabó tomándose un frasco de antídoto, ya que había colocado la sanguinaria en primer lugar.

Y a Caín, para deleite de Celaena, acabó poniéndosele la cara morada después de probar la belladona. Mientras se tragaba el antídoto, la asesina deseó que a Brullo se le hubiera acabado. Hasta el momento, nadie había ganado la prueba. Un campeón se bebió el agua y cayó al suelo antes de que Brullo pudiera darle el antídoto. Acónito sanguíneo, un veneno horrible y doloroso. Aunque solo se consumiera un poco podía provocar intensas alucinaciones y desorientación. Por suerte, el maestro de armas lo obligó a tragarse el antídoto, aunque tuvieron que trasladar al campeón de emergencia a la enfermería del castillo.

Finalmente, Brullo se paró ante su mesa para inspeccionar el orden de las copas.

—Adelante —dijo con el rostro impasible.

Celaena miró a Pelor, cuyos ojos color avellana brillaron cuando ella se llevó la copa de vino a los labios y bebió un trago.

Nada. Ningún sabor extraño y ninguna sensación inmediata. Algunos venenos tardaban más en hacer efecto, pero...

Brullo le acercó la mano cerrada en un puño y a ella le dio un vuelco el estómago. ¿Estaría dentro el antídoto?

Pero sus dedos se abrieron y se limitó a darle una palmada en la espalda.

—Era la correcta: no es más que vino —dijo, y los otros campeones murmuraron detrás de él.

Brullo avanzó hasta la mesa de Pelor —el último campeón— y el joven bebió de la copa de vino. Brullo le sonrió y lo agarró del hombro.

—Otro ganador.

Los patrocinadores y los entrenadores comenzaron a aplaudir y Celaena lanzó una sonrisa agradecida al joven asesino. Este le devolvió la sonrisa y se puso colorado desde el cuello hasta el pelo cobrizo.

Celaena había hecho trampa, pero había ganado. Podía soportar compartir la victoria con un aliado. Y sí, Elena estaba cuidando de ella, pero eso no cambiaba nada. Aunque su camino y las exigencias de Elena estuvieran unidos, no pensaba convertirse en la campeona del rey solo para servir a los planes de un fantasma —unos planes que Elena había evitado revelarle en dos ocasiones.

Aunque le hubiera dicho lo que debía hacer para ganar la prueba.

CAPÍTULO 32

Después de acortar la clase para dar un paseo, Celaena y Nehemia se pusieron a recorrer los espaciosos corredores del castillo seguidas por un grupo de guardias. Pensara lo que pensara del tropel de guardias que seguían a Celaena a todas partes, Nehemia no decía nada. A pesar de que faltaba un mes para Yulemas —y el duelo final tendría lugar cinco días después de esa fecha—, todas las tardes, durante una hora antes de cenar, Celaena y la princesa dividían su tiempo a partes iguales entre el eyllwe y la lengua común. Celaena hacía que Nehemia leyera de sus libros de la biblioteca y luego la obligaba a copiar una letra tras otra hasta que las hacía perfectas.

Desde que habían empezado las clases, la princesa había adquirido mucha soltura en el idioma común, aunque las muchachas seguían hablando en eyllwe. Quizá fuera por comodidad, quizá para ver cómo arqueaban todos las cejas y se quedaban boquiabiertos al oírlas, quizá para mantener sus conversaciones en privado. Independientemente del motivo, la asesina prefería ese idioma. Al menos había aprendido *algo* en Endovier.

—Hoy estás muy callada —dijo Nehemia—. ¿Pasa algo?

Celaena sonrió con timidez. Claro que pasaba algo. Había dormido muy mal la noche anterior, hasta el punto de desear fervientemente que amaneciera. Había muerto otro campeón. Eso por no hablar de las órdenes de Elena.

—Me quedé leyendo hasta tarde, nada más.

Entraron en una parte del castillo que Celaena no había visto nunca.

—Detecto mucha preocupación en ti —dijo Nehemia de pronto—, y oigo muchas cosas que no dices. Nunca expresas tus problemas, aunque tus ojos te traicionan.

¿Tan transparente era?

—Somos amigas —susurró Nehemia—. Cuando me necesites, aquí estaré.

A Celaena se le hizo un nudo en la garganta y puso una mano sobre el hombro de Nehemia.

—Hace mucho tiempo que nadie me llama amiga —dijo la asesina—. Yo... —una negrura impenetrable se coló en un rincón de su memoria y ella intentó hacerle frente—. Hay partes de mí que... —entonces oyó el sonido que la atormentaba en sueños. El ruido atronador de cascos. Celaena negó con la cabeza y el sonido cesó—. Gracias, Nehemia —añadió con sinceridad—. Eres una amiga de verdad.

Tenía el corazón en carne viva y tembloroso, y la oscuridad se desvaneció.

—La reina me pidió que vea a una compañía de actores interpretar una de sus obras favoritas esta noche —se quejó Nehemia de pronto—. ¿Me harías el favor de acompañarme? Me vendría bien una traductora.

Celaena frunció el ceño.

—Me temo que...

—No puedes ir.

La voz de Nehemia estaba teñida de irritación, y Celaena se disculpó con la mirada.

—Hay ciertas cosas que... —comenzó a decir Celaena, pero la princesa negó con la cabeza.

—Todos tenemos nuestros secretos, aunque me intriga saber por qué te vigila tan de cerca el capitán y te encierra en tus aposentos por la noche. Si fuera una necia, diría que te tienen miedo.

La asesina sonrió.

—Los hombres siempre se comportan como unos tontos con ciertas cosas —pensó en lo que había dicho la princesa y se le hizo un nudo en el estómago de pura preocupación—. Entonces, ¿te llevas bien con la reina de Adarlan? Al principio... no hiciste ningún esfuerzo en ese sentido.

La princesa asintió con la cabeza y levantó la barbilla.

—Ya sabes que la situación entre nuestros países no es nada agradable en estos momentos. Aunque fui un poco fría con Georgina al principio, comprendí que si me esforzaba podría beneficiar a Eyllwe. Por eso llevo varias semanas hablando con ella, con la esperanza de que se dé cuenta de cómo podríamos mejorar nuestras relaciones. Creo que el hecho de que me haya invitado esta noche es una señal de que podría estar avanzando algo.

Celaena comprendió que, a través de Georgina, Nehemia también podría hacerse oír por el mismísimo rey de Adarlan.

Celaena se mordió el labio, pero sonrió rápidamente.

—Estoy segura de que tus padres estarán complacidos —doblaron por un pasillo y el ladrido de los perros lo invadió todo—. ¿Dónde estamos?

—En las perreras —dijo Nehemia, y sonrió de oreja a oreja—. Ayer el príncipe me enseñó los cachorros, aunque creo que solo estaba buscando una excusa para escaparse un rato de los compromisos sociales de su madre.

Bastante malo era ya que pasearan juntas sin Chaol, pero entrar en las perreras...

—¿Tenemos permiso para estar aquí?

Nehemia se puso tensa.

—Soy la princesa de Eyllwe —dijo—. Puedo ir a donde quiera.

Celaena siguió a la princesa a través de una enorme puerta de madera. Arrugó la nariz ante el repentino olor y pasó junto a jaulas y compartimentos llenos de perros de muchas razas diferentes.

Algunos eran tan grandes que le llegaban por la cadera, mientras que otros tenían las patas de la longitud de su mano, con cuerpos tan largos como su brazo. Las razas eran todas fascinantes y bonitas, pero los elegantes perros de caza la dejaron asombrada. Su parte inferior arqueada y sus patas largas y esbeltas estaban llenas de gracia y velocidad; no ladraban igual que los otros perros, sino que se quedaban sentados absolutamente inmóviles y la miraban con sus oscuros y sabios ojos.

—¿Todos estos son perros de caza? —preguntó Celaena, pero Nehemia había desaparecido.

Oyó su voz, y la voz de otra persona más, y luego vio una mano que se extendía desde dentro de un compartimento y que la llamaba. La asesina avanzó apresuradamente hasta allí y miró hacia abajo por encima de la puerta.

Dorian Havilliard le sonrió mientras Nehemia tomaba asiento.

—¡Vaya! Hola, Lady Lillian —susurró, y apartó a un cachorro marrón y dorado—. No esperaba verte aquí. Aunque teniendo en cuenta la pasión de Nehemia por la caza, no puedo decir que me sorprenda que por fin te haya arrastrado.

Celaena se quedó mirando a los cuatro perros.

—¿Estos son los perros callejeros?

Dorian agarró uno y le acarició la cabeza.

—Una pena, ¿verdad? Pero no puedo resistirme a su encanto.

Cuidadosamente, mientras observaba a Nehemia reírse porque dos perros le habían saltado encima y la habían sepultado bajo sus lenguas y sus colas en movimiento, la asesina abrió la puerta del compartimento y se deslizó dentro.

Nehemia señaló a un rincón.

—¿Ese perro está enfermo? —preguntó.

Había un quinto cachorro, un poco más grande que los demás, y su pelo era sedoso al tacto y de un color dorado plateado que brillaba en las sombras. Abrió sus ojos negros como si supiera que estaban hablando de él y los miró. Era un animal precioso y si Celaena no lo hubiera sabido, habría pensado que era de raza.

—No está enfermo —dijo Dorian—. Lo que pasa es que no es muy sociable. No se acerca a nadie, ni humano ni canino.

—No me extraña —contestó Celaena pasando por encima de las piernas del príncipe heredero para acercarse al quinto cachorro—. ¿Por qué iba a tocar a alguien como tú?

—Si no se relaciona con los humanos, habrá que matarlo —dijo Dorian con brusquedad, y un chispazo recorrió el cuerpo de Celaena.

—¿Matarlo? *¿Matarlo?* ¿Por qué motivo? ¿Qué te ha hecho?

—No será una mascota adecuada, que es justo en lo que van a convertirse todos estos perros.

—¿Lo matarías por su temperamento? ¡No puede evitar ser como es! —Celaena miró a su alrededor—. ¿Dónde está su madre? Quizá la necesite.

—Su madre solo los ve para amamantarlos y durante unas cuantas horas de socialización. Normalmente crío estos perros para correr y cazar, no para abrazarlos.

—¡Me parece una crueldad apartarlo de su madre! —la asesina estiró los brazos, sacó al cachorro de entre las sombras para agarrarlo y lo abrazó contra su pecho—. No dejaré que le hagas daño.

—Si su comportamiento es extraño —añadió Nehemia—, podría ser una carga.

—¿Una carga para quién?

—No hay que preocuparse —dijo Dorian—. Todos los días se entierra indoloramente a muchos perros. No veo por qué *tú* tienes que oponerte a eso.

—¡Pues a este no lo mates! —exclamó ella—. Deja que me lo quede, aunque solo sea para que no lo mates.

Dorian se quedó mirándola.

—Si tanto te molesta, no ordenaré que lo maten. Le buscaré una casa e incluso pediré tu aprobación antes de tomar una decisión definitiva.

—¿De verdad harías eso?

—¿Qué me importa la vida del perro? Si así te place, así sucederá.

A Celaena le ardió la cara cuando él se levantó y se quedó de pie muy cerca de ella.

—¿Me... me lo prometes?

Él se llevó una mano al corazón.

—Juro por mi corona que el cachorro vivirá.

Celaena se dio cuenta de repente de que estaban a punto de tocarse.

—Gracias.

Nehemia los miró desde el suelo con las cejas arqueadas hasta que uno de sus guardias personales apareció al otro lado de la puerta.

—Ya es hora de irse, princesa —dijo en eyllwe—. Tienes que vestirte para tu velada con la reina.

La princesa apartó a los cachorros, que no paraban de dar saltos, y se puso en pie.

—¿Quieres acompañarme paseando? —le preguntó Nehemia a Celaena en el idioma común.

Celaena asintió con la cabeza y abrió la puerta. A continuación la cerró y miró al príncipe heredero.

—¿Y bien? ¿No vienes con nosotras?

Dorian se dejó caer en la perrera y los cachorros saltaron inmediatamente sobre él.

—Quizá las vea más tarde esta noche.

—Si tienes suerte —susurró Celaena, y se alejó. Sonrió para sí mientras caminaban a buen paso por el castillo.

Finalmente, Nehemia la miró.

—¿Te gusta?

Celaena puso mala cara.

—Por supuesto que no. ¿Por qué habría de gustarme?

—Conversan afablemente. Parece que tuvieran... una conexión.

—¿Una conexión? —Celaena se atragantó con la palabra—. Solo disfruto provocándolo.

—No sería un crimen que lo consideraras atractivo. Reconozco que lo juzgué mal; lo tenía por un idiota pomposo y egoísta, pero no es tan malo.

—Es un Havilliard.

—Mi madre era hija de un jefe que intentaba derrocar a mi abuelo.

—Estamos tontas. No es nada.

—Parece que le interesas mucho.

Celaena volvió la cabeza con los ojos llenos de una furia que había olvidado hacía tiempo y que hacía que se le revolviera el estómago.

—Preferiría arrancarme el corazón a amar a un Havilliard —gruñó.

Continuaron su paseo en silencio y, cuando se separaron, Celaena le deseó rápidamente a Nehemia una velada placentera antes de encaminarse dando grandes zancadas a su parte del castillo.

Los pocos guardias que la seguían se mantenían a una distancia respetuosa —una distancia que cada día se hacía mayor—. ¿Seguían acaso órdenes de Chaol? Acababa de anochecer y el cielo conservaba un tono azul oscuro que teñía la nieve que se amontonaba sobre los cristales de las ventanas. Podría salir del castillo fácilmente, a pie, aprovisionarse en Rifthold y estar a bordo de un barco en dirección al sur a la mañana siguiente.

Celaena se detuvo ante una ventana y se inclinó hacia delante para acercarse al cristal. Los guardias también se quedaron parados y no dijeron nada mientras esperaban. El frío de la noche se coló a través del cristal y la besó en la cara. ¿Esperarían de ella que fuera al sur? Quizá lo más inesperado sería dirigirse al norte; nadie iba al norte en invierno a menos que deseara morir.

Algo se movió en el reflejo de la ventana y Celaena se volvió al ver al hombre que estaba de pie detrás de ella.

Pero Caín no le sonrió de la manera burlona en la que lo hacía habitualmente, sino que se limitó a jadear abriendo y cerrando la boca como un pez al que hubieran sacado del agua. Tenía los ojos oscuros como platos y llevaba una mano alrededor de su enorme cuello. A Celaena la embargó la esperanza de que se estuviera ahogando.

—¿Pasa algo? —preguntó con dulzura, apoyándose contra la pared.

Él miró de un lado a otro, a los guardias, a la ventana, antes de que su mirada se cruzara con la de la asesina. Se agarró el cuello con más fuerza, como para acallar las palabras que pugnaban por salir, y el anillo negro de su dedo brilló débilmente. A pesar de que debería haber sido imposible, parecía que había ganado cinco kilos de músculo en los últimos días. De hecho, cada vez que lo veía, Caín le parecía más grande que antes.

Celaena frunció el ceño y descruzó los brazos.

—Caín —dijo, pero él salió corriendo por el pasillo como una liebre, más rápido de lo que cualquiera hubiera pensado que podía correr. Miró varias veces por encima del hombro —no a ella, ni a los confusos guardias que no paraban de murmurar, sino a algo que estaba más allá.

Celaena esperó a que cesara el sonido de sus huidizos pasos y volvió apresuradamente a sus aposentos. Les envió sendos mensajes a Nox y a Pelor en los que, sin explicarles sus razones, les decía que se quedaran en sus dependencias esa noche y no le abrieran la puerta a nadie.

CAPÍTULO 33

Kaltain se pellizcó las mejillas al salir del vestidor. Sus criadas le echaron perfume y la joven bebió agua con azúcar antes de apoyar la mano en la puerta. Estaba fumando una pipa cuando habían anunciado al duque Perrington. Se había metido en el vestidor y se había cambiado de ropa con la esperanza de librarse del olor. Si el duque averiguaba lo del opio, ella podía echarles la culpa a los terribles dolores de cabeza que había tenido últimamente. Kaltain cruzó el dormitorio para entrar en el vestíbulo y acto seguido en el salón.

El duque parecía listo para la batalla, como siempre.

—Excelencia —dijo Kaltain haciendo una reverencia.

El mundo se le antojaba nebuloso y le pesaba el cuerpo. El duque le besó la mano cuando ella se la ofreció y sintió sus labios mojados contra la piel. Sus miradas se cruzaron cuando él levantó la vista de la mano y una parte del mundo se desvaneció. ¿Hasta dónde sería capaz de llegar la joven para asegurarse un puesto al lado de Dorian?

—Espero no haberte molestado —dijo el duque soltándole la mano.

De pronto aparecieron las paredes de la sala, y luego el suelo y el techo, y Kaltain tuvo la clara sensación de que estaba atrapada en una caja, una jaula encantadora llena de tapices y cojines.

—Tan solo estaba dormitando, milord —contestó ella sentándose. El duque olfateó el aire; Kaltain se habría sentido inmensamente nerviosa de no haber sido por la droga, que le envolvía el cerebro—. ¿A qué debo el placer de esta visita inesperada?

—Deseaba preguntar por ti. No te vi en la cena.

Perrington se cruzó de brazos —unos brazos que parecían capaces de aplastarle el cráneo.

—Estaba indispuesta.

La muchacha resistió el impulso de apoyar la cabeza, que sentía demasiado pesada, en el sofá.

El noble le dijo algo, pero ella comprendió que sus oídos habían dejado de oír. La piel del duque pareció endurecerse y vidriarse, y sus ojos se convirtieron en unas implacables esferas de mármol. Hasta su pelo ralo estaba congelado en piedra. La muchacha se quedó boquiabierta al ver que la blanca boca de Perrington seguía moviéndose y dejaba ver una garganta de mármol tallado.

—Lo siento —dijo Kaltain—. No me encuentro bien.

—¿Te traigo agua? —preguntó el duque poniéndose en pie—. ¿O prefieres que me vaya?

—¡No! —repuso ella, casi gritando. El corazón le dio un vuelco—. Lo que quiero decir es que estoy lo bastante bien para disfrutar de tu compañía, pero debes disculpar mi despiste.

—Yo no te llamaría despistada, Lady Kaltain —dijo él sentándose de nuevo—. Eres una de las mujeres más inteligentes que conozco. Su alteza me dijo eso mismo ayer.

A Kaltain le crujió la columna al estirarse. Vio la cara de Dorian y la corona que descansaba sobre su cabeza.

—¿El príncipe dijo eso... de mí?

El duque le puso una mano sobre la rodilla y la acarició con el pulgar.

—Por supuesto, luego lo interrumpió Lady Lillian antes de que pudiera decir nada más.

Kaltain volvió la cabeza.

—¿Y qué hacía ella con él?

—No lo sé. Ojalá hubiera sucedido de otro modo.

Debía hacer algo para poner fin a aquella situación. La muchacha actuaba rápido, demasiado rápido para sus estratagemas. Lillian había hecho caer al príncipe heredero en su trampa y ahora Kaltain debía liberarlo. Perrington podía hacerlo. Él podía hacer que Lillian desapareciera y no la encontraran jamás. No, Lillian era una dama, y un hombre tan honorable como Perrington jamás le haría daño a alguien de noble cuna. ¿O sí? Unos esqueletos se pusieron a bailar dando vueltas alrededor de su cabeza. ¿Pero qué pasaría si el duque pensara que Lillian no era una dama...? Su dolor de cabeza cobró vida con un repentino estallido que la dejó sin aliento.

—Yo tuve la misma reacción —dijo ella frotándose la sien—. Cuesta creer que alguien con tan mala fama como Lady Lillian haya conquistado al príncipe —quizá los dolores de cabeza cesaran cuando lograra estar al lado de Dorian—. Tal vez estaría bien que alguien hablara con su alteza.

—¿Mala fama?

—Alguien me dijo que su pasado no es tan... puro como debería ser.

—¿Qué has oído? —preguntó Perrington.

Kaltain se puso a juguetear con una joya que colgaba de su pulsera.

—No me dieron detalles, pero algunos de los nobles no la consideran una compañía digna para nadie de esta corte. Me gustaría saber más cosas sobre Lady Lillian. ¿A ti no? Como súbditos leales de la corona, nuestra obligación es proteger a nuestro príncipe de tales fuerzas.

—En efecto, lo es —contestó el duque en voz baja.

Algo salvaje y extraño gritó en su interior, destrozó el dolor que le atenazaba la cabeza, y los pensamientos de amapolas y jaulas se desvanecieron.

Tenía que hacer lo que fuera necesario para salvar la corona... y su futuro.

Celaena levantó la vista de un antiguo libro de teorías sobre las marcas del Wyrd en cuanto oyó que la puerta se abría con un crujido y las bisagras gritaban lo bastante alto para despertar a los muertos. El corazón le dio un vuelco e intentó aparentar indiferencia. Pero no fue Dorian Havilliard quien entró, ni tampoco una criatura feroz.

La puerta se abrió del todo y Nehemia, ataviada con una maravilla de vestido bordado en oro, apareció ante ella. No miró a Celaena, ni tampoco se movió, sino que se quedó plantada en el umbral. Tenía la mirada fija en el suelo y por las mejillas le caían lagrimones de kohl.

—¿Nehemia? —preguntó Celaena levantándose—. ¿Qué pasó con la obra de teatro?

Nehemia levantó los hombros solo para dejarlos caer de nuevo. Lentamente, levantó la vista y mostró sus ojos enrojecidos.

—No... no sabía adónde ir —dijo en eyllwe.

A Celaena le costaba trabajo respirar.

—¿Qué ocurrió? —preguntó.

Entonces Celaena reparó en el trozo de papel que Nehemia llevaba en las temblorosas manos.

—Los han masacrado —susurró Nehemia con los ojos como platos. Negó con la cabeza, como si estuviera negando sus propias palabras.

Celaena se quedó inmóvil.

—¿A quiénes?

Nehemia dejó escapar un sollozo ahogado y una parte de Celaena se vino abajo al intuir todo el dolor que encerraba aquel sonido.

—Una legión del ejército de Adarlan capturó a quinientos rebeldes de Eyllwe que estaban escondidos en la linde del bosque de Oakwald con los Pantanos de Piedra —las lágrimas resbalaron de las mejillas de Nehemia y cayeron en su vestido blanco. Arrugó el trozo de papel que llevaba en la mano—. Mi padre dice que iban a enviarlos a Calaculla como prisioneros de guerra, pero que algunos de los rebeldes intentaron escapar durante el viaje y... —Nehemia respiró hondo para intentar pronunciar aquellas palabras—. Y los soldados los mataron a todos como castigo, incluidos los niños.

A Celaena se le revolvió el estómago. Quinientas personas... masacradas.

La asesina reparó en los guardias personales de Nehemia, plantados en el umbral; tenían los ojos brillantes. ¿Cuántos de los rebeldes habrían sido conocidos suyos, a quienes Nehemia habría ayudado y protegido?

—¿De qué sirve ser princesa de Eyllwe si no puedo ayudar a mi pueblo? —dijo Nehemia—. ¿Cómo puedo considerarme su princesa cuando pasan estas cosas?

—Lo siento mucho —susurró Celaena.

Como si esas palabras hubieran roto el hechizo que había mantenido inmóvil a la princesa, Nehemia se echó en los brazos de la asesina. Sus joyas de oro se le clavaron en la piel. Nehemia no podía parar de llorar. Incapaz de decir nada, Celaena se limitó a abrazarla... todo el tiempo que fue necesario para aliviar su dolor.

CAPÍTULO 34

Celaena estaba sentada junto a una ventana de su habitación viendo el baile de los copos de nieve en el aire nocturno. Hacía un buen rato que Nehemia había regresado a sus propios aposentos con las lágrimas secas y la cabeza bien alta. El reloj dio las once y Celaena se estiró, pero se quedó quieta en cuanto el dolor le atenazó el vientre. Se inclinó hacia delante, se concentró en su respiración y esperó a que pasara el calambre. Llevaba así más de una hora. Se envolvió con las mantas, ya que el calor de la chimenea no llegaba del todo a donde estaba sentada, junto a la ventana. Afortunadamente, entró Philippa y le ofreció una taza de té.

—Toma, chiquilla —dijo—. Esto te ayudará —la dejó sobre la mesa que había al lado de la asesina y apoyó una mano en el sillón—. Es una pena lo que les pasó a esos rebeldes de Eyllwe —dijo con una voz lo suficientemente baja para asegurarse de que nadie más podría oírla—. No puedo ni imaginarme cómo debe de sentirse la princesa —Celaena sintió la rabia hirviéndole por dentro al mismo tiempo que el dolor en el vientre—. Pero tiene suerte de poder contar con una buena amiga como tú.

Celaena le tocó la mano a Philippa.

—Gracias.

Agarró la taza de té y soltó un bufido. A punto estuvo de caérsele en el regazo cuando se quemó la mano con la taza de agua hirviendo.

—Ten cuidado —dijo Philippa entre risas—. No sabía que las asesinas a sueldo pudieran ser tan torpes. Si necesitas algo, avísame. A mí me ha tocado sufrir cólicos menstruales muchas veces.

Philippa le alborotó el pelo a Celaena y salió de la habitación. La muchacha le habría vuelto a dar las gracias, pero sintió otra oleada de calambres y se inclinó hacia delante mientras se cerraba la puerta.

El peso que había ganado durante los últimos tres meses y medio había propiciado la vuelta de sus cólicos menstruales después de que el estado de inanición en Endovier los hubiera hecho desaparecer. Celaena soltó un gruñido. ¿Cómo iba a entrenar así? Solo faltaban cuatro semanas para el duelo.

Los copos de nieve centelleaban y resplandecían al otro lado del cristal de la ventana, dando vueltas y flotando de camino al suelo en un vals que se escapaba a la comprensión humana.

¿Cómo podía esperar Elena que ella derrotara al mal que moraba en el castillo cuando había tanto mal suelto por ahí fuera? ¿Qué era aquello comparado con lo que estaba ocurriendo en otros reinos y en lugares tan cercanos como Endovier y Calaculla? La puerta de su habitación se abrió y alguien se acercó.

—Escuché lo de Nehemia.

Era Chaol.

—¿Qué estás...? ¿No es tarde ya para que estes aquí? — preguntó tirando de las mantas.

—Pues... ¿Estás enferma?

—Estoy indispuesta.

—¿Por lo que les pasó a esos rebeldes?

¿Es que no lo entendía? Celaena hizo una mueca.

—No. Me encuentro mal *de verdad.*

—A mí también me da ganas de vomitar —murmuró Chaol mirando al suelo con cara de odio—. Todo. Y después de ver Endovier... —se frotó la cara, como si así pudiera olvidarlo—. Quinientas personas —susurró.

Celaena no pudo evitar quedarse mirándolo, asombrada ante la confesión del capitán.

—Escucha —comenzó a decir, y se puso a recorrer la habitación—. Ya sé que a veces soy distante contigo, y sé que te has quejado con Dorian, pero... —se volvió para mirarla—. Me alegro de que te hayas hecho amiga de la princesa, y valoro tu sinceridad y tu amistad inquebrantable con ella. Ya sé que corren rumores sobre la conexión de Nehemia con los rebeldes de Eyllwe, pero... pero me gustaría pensar que si conquistaran mi país, yo tampoco dudaría en intentar devolverle la libertad a mi pueblo a toda costa.

Celaena le habría respondido de no ser por el fuerte dolor que envolvía la parte baja de su columna y por el estómago revuelto.

—Podría... —comenzó a decir Chaol mirando por la ventana—. Podría haberme equivocado.

El mundo comenzó a dar vueltas y Celaena cerró los ojos. Siempre había sentido esos horribles calambres, acompañados habitualmente por las náuseas, pero no iba a vomitar. No en este momento.

—Chaol —alcanzó a decir, y se tapó la boca con la mano cuando las náuseas se apoderaron de ella.

—Lo que pasa es que me enorgullezco de mi trabajo —prosiguió el capitán.

—Chaol —repitió ella.

Estaba a punto de vomitar.

—Y tú eres la Asesina de Adarlan. Pero me preguntaba si... si querrías...

—*Chaol* —le advirtió.

Mientras él se daba la vuelta, Celaena vomitó en el suelo.

El capitán hizo un ruido de asco y retrocedió de un salto. Los ojos de la asesina se llenaron de lágrimas cuando el sabor amargo le llenó la boca. Se inclinó hacia delante apoyada sobre sus rodillas, y dejó que las babas y la bilis se derramaran por el suelo.

—Estás... ¡Por el Wyrd! Estás enferma de verdad, ¿no?

Llamó a una criada y la ayudó a levantarse. Ahora todo estaba un poco más claro. ¿Qué había estado preguntándole?

—Vamos. Te ayudaré a meterte en la cama.

—No estoy enferma en *ese* sentido —protestó ella.

Chaol la sentó en la cama y retiró la manta. Entró una criada, frunció el ceño al ver que el suelo estaba hecho un desastre y gritó pidiendo ayuda.

—Entonces, ¿en qué sentido?

—Pues... eh... —la cara le ardía tanto que pensó que se le iba a derretir y a derramarse por el suelo. «¡Será idiota!»—. Por fin me han vuelto los cólicos menstruales.

La cara del capitán se puso de repente tan blanca como la de ella y se alejó pasándose una mano por su pelo castaño y corto.

—Yo... si... Entonces, me iré —dijo tartamudeando, e hizo una reverencia.

Celaena levantó una ceja y, acto seguido y sin poder evitarlo, sonrió al ver que Chaol salía de la habitación tan rápidamente como podía sin echar a correr, y tropezaba ligeramente en el umbral al acceder tambaleándose a los aposentos que había al otro lado de la puerta.

Celaena miró a las criadas que estaban limpiando.

—Lo siento mucho —comenzó a decir, pero ellas le hicieron un gesto como quitándole importancia.

Avergonzada y dolorida, la asesina se metió en la cama y se acurrucó bajo las mantas con la esperanza de que el sueño no tardara en llegar.

Pero el sueño no llegó y, pasado un rato, la puerta volvió a abrirse. Oyó que alguien se reía.

—Me crucé con Chaol y me informó de tu «condición». Cualquiera pensaría que un hombre en su posición no sería tan impresionable, y menos después de haber examinado tantos cadáveres.

Celaena abrió un ojo y frunció el ceño al ver que Dorian se sentaba sobre la cama.

—Estoy en un estado de dolor insoportable y no quiero que nadie me moleste.

—No será para tanto —dijo el príncipe sacando una baraja de cartas de la chamarra—. ¿Quieres jugar?

—Ya te dije que no me encuentro bien.

—Yo diría que tienes buen aspecto —se puso a barajar las cartas hábilmente—. Solo una partida.

—¿Es que no le pagas a gente para que te entretenga?

Dorian la fulminó con la mirada y cortó la baraja.

—Deberías sentirte honrada por mi compañía.

—Me sentiría honrada si te marcharas.

—Para ser alguien cuya suerte depende de su buena relación conmigo, eres muy atrevida.

—¿Atrevida? Si apenas he comenzado.

Se tumbó de lado y pegó las rodillas al pecho.

Dorian se echó a reír y se guardó la baraja en el bolsillo.

—Tu nuevo amigo canino está muy bien, por si querías saberlo.

—Márchate. Solo quiero morirme —protestó ella contra la almohada.

—Ninguna hermosa doncella debería morir sola —dijo él tocándole la mano—. ¿Quieres que te lea en tus últimos momentos? ¿Qué historia te gustaría?

Celaena apartó la mano.

—¿Qué tal la historia del príncipe idiota que no quería dejar en paz a la asesina a sueldo?

—¡Ah, me encanta esa historia! Además, tiene un final feliz. Resulta que la asesina estaba fingiendo que se encontraba mal para llamar la atención del príncipe. ¿Quién lo hubiera dicho? Qué chica tan lista. Y la escena del dormitorio es *tan* bonita... que vale la pena leer todas sus innumerables bromas.

—¡Fuera! ¡Fuera! ¡Fuera! ¡Déjame en paz y márchate a coquetear con otra! —agarró un libro y se lo lanzó. Dorian lo atrapó antes de que le rompiera la nariz y Celaena abrió los ojos como platos—. No tenía intención de... ¡No te estaba atacando! Era una broma... No quería hacerte daño, alteza —dijo atropelladamente.

—Hubiera esperado que la Asesina de Adarlan me atacara de un modo un poco más *digno*. Al menos con una espada o un cuchillo, aunque si puedo elegir, prefiero que no sea por la espalda.

Celaena se agarró el vientre y se dobló. A veces no soportaba ser mujer.

—Por cierto, me llamo Dorian, no «alteza».

—De acuerdo.

—Dilo.

—¿Que diga qué?

—Di mi nombre. Di: «De acuerdo, Dorian».

Celaena puso los ojos en blanco.

—Si así le place a su magnánima santidad, te llamaré por tu nombre de pila.

—¿«Magnánima santidad»? Vaya, eso me gusta —Celaena esbozó una sonrisa y Dorian bajó la vista hacia el libro—. ¡Este no es uno de los libros que te envié! ¡Yo ni siquiera *tengo* ningún libro así!

Celaena se echó a reír débilmente y tomó el té que le ofreció la criada.

—Por supuesto que no, *Dorian*. Mandé a las criadas por un ejemplar hoy.

—*Pasiones al atardecer* —leyó el príncipe, y abrió el libro por una página al azar para leer en voz alta—: «Sus manos acariciaron suavemente sus marfileños y sedosos pe...» —abrió los ojos como platos—. ¡Por el Wyrd! ¿De verdad *lees* esta basura? ¿Qué fue de *Símbolos y poder* y *Cultura y costumbres de Eyllwe*?

Celaena se acabó la bebida; el té de jengibre le asentó el estómago.

—Te lo puedo prestar cuando lo acabe. Si lo lees, tu experiencia literaria estará completa. Además —añadió con una sonrisa coqueta—, te dará algunas ideas creativas de cosas que puedes hacer con tus amigas.

—No pienso leerlo —contestó Dorian entre dientes.

Ella le quitó el libro de las manos y se reclinó en la cama.

—Ya veo que eres igual que Chaol.

—¿Chaol? —preguntó el príncipe cayendo en la trampa—. ¿Le pediste a *Chaol* que leyera esto?

—Se negó, por supuesto —mintió la asesina—. Dijo que no era adecuado leer esta clase de material aunque se lo diera yo.

Dorian le arrebató el libro.

—Dámelo, mujer demoníaca. No pienso tolerar que nos enfrentes el uno al otro.

Miró de nuevo la novela y le dio la vuelta para ocultar el título. Celaena sonrió y se concentró otra vez en la nieve que caía. Hacía un frío atroz y ni siquiera el fuego podía calentar las ráfagas de viento que se colaban por las rendijas de las puertas del balcón. Notó que Dorian la estaba mirando... y no precisamente con la cautela con la que Chaol la miraba a veces. Dorian parecía estar mirándola porque *disfrutaba* haciéndolo.

Y ella también disfrutaba mirándolo a él.

Dorian no se dio cuenta de que Celaena lo había sorprendido mirándola hasta que ella se estiró y preguntó:

—¿Qué estás mirando?

—Eres hermosa —dijo Dorian antes de que le diera tiempo de pensar.

—No seas estúpido.

—¿Te ofendí?

El corazón comenzó a latirle a un ritmo extraño.

—No —contestó ella, y rápidamente volvió a mirar por la ventana.

Dorian vio que se ponía cada vez más colorada. Nunca había conocido a mujer atractiva durante tanto tiempo sin cortejarla —excepto a Kaltain—. Y no podía negar que estaba deseando saber qué se sentía al besar los labios de Celaena, a qué olía su piel desnuda y cómo reaccionaría al contacto de sus dedos sobre su cuerpo.

La semana previa a Yulemas era un tiempo de relajación, dedicado a celebrar los placeres carnales que lo mantenían a uno caliente en una noche de invierno. Las mujeres se soltaban el pelo; algunas incluso se negaban a llevar corsé. Era una fiesta para darse un festín con los frutos de la cosecha y con los de la carne. Naturalmente, Dorian deseaba su llegada todos los años, pero ahora...

Ahora tenía un nudo en el estómago. ¿Cómo podía celebrarlo cuando acababa de llegar la noticia de lo que les habían hecho los soldados de su padre a unos rebeldes de Eyllwe? No habían perdonado una sola vida. Quinientas personas, todas muertas. ¿Cómo iba a poder mirar a la cara a Nehemia? ¿Y cómo podía él gobernar un país cuyos soldados habían sido entrenados para sentir tan poca compasión por la vida humana?

A Dorian se le secó la boca. Celaena era de Terrasen, otro país conquistado, la primera conquista de su padre. Era un milagro que Celaena se molestara en reconocer su existencia —o quizás había pasado tanto tiempo en Adarlan que ya no le importaba—. Dorian no sabía por qué, pero dudaba mucho que se tratara de esto último, y menos teniendo aquellas tres enormes cicatrices en la espalda que le recordarían para siempre la brutalidad de su padre.

—¿Pasa algo? —preguntó Celaena con cautela y curiosidad.

Como si le importara. Dorian respiró hondo y se acercó a la ventana, incapaz de mirarla. El cristal estaba frío al tacto. Vio los copos de nieve estrellarse contra el suelo.

—Debes odiarme —murmuró—. A mí y a mi corte por nuestra frivolidad y nuestra estupidez cuando tantas cosas horribles están sucediendo fuera de esta ciudad. Oí lo de esos rebeldes masacrados y estoy... estoy avergonzado —dijo apoyando las manos en la ventana. La oyó levantarse y dejarse caer en una silla. Las palabras le salieron atropelladamente, una tras otra, y no pudo evitar pronunciarlas—: Comprendo por qué matas con tanta facilidad a los míos. Y no te culpo.

—Dorian —contestó Celaena en voz baja.

El mundo exterior al castillo se había vuelto oscuro.

—Sé que nunca me lo contarás —prosiguió expresando lo que llevaba un tiempo queriendo decir—. Pero sé que cuando eras joven te sucedió algo terrible, quizás algo que fue obra de mi padre. Tienes derecho a odiar Adarlan por apoderarse de Terrasen tal como lo hizo —por apoderarse de todos los países y del país de tu amiga.

El príncipe tragó saliva. Le escocían los ojos.

—No me creerás, pero... no quiero formar parte de algo así. No puedo considerarme un hombre cuando permito que mi padre aliente tales atrocidades imperdonables. Aunque le suplicara clemencia para los reinos conquistados, no me escucharía. Al menos en este mundo. Este es el mundo en el que te elegí para ser mi campeona únicamente porque sabía que eso irritaría a mi padre —ella negó con la cabeza, pero él siguió hablando—: Pero si me hubiera negado a patrocinar a un campeón, mi padre lo habría visto como una señal de desacuerdo, y aún no soy lo bastante hombre para enfrentarme a él de ese modo. Por eso elegí a la Asesina de Adarlan como campeona, porque la elección de mi campeón era la única elección que tenía.

Ya estaba claro.

—La vida no debería ser así —dijo Dorian, y sus miradas se cruzaron cuando él hizo un gesto señalando la habitación—. Y... el *mundo* no debería ser así.

La asesina se quedó en silencio escuchando los latidos de su corazón antes de contestar.

—No te odio —dijo en un susurro. Dorian se dejó caer en la silla que había frente a la de Celaena y se sujetó la cabeza con la mano. Parecía increíblemente solo—. Y no creo que seas como ellos. Yo... siento mucho si te he ofendido. La mayor parte del tiempo bromeo.

—¿Ofendido? —preguntó él—. ¡Claro que no me has ofendido! Solo... solo has hecho las cosas un poco más entretenidas.

Celaena ladeó la cabeza.

—¿Solo un poco?

—Quizás una pizca más que eso —estiró las piernas—. Ah, ojalá pudieras acompañarme al baile de Yulemas. Da gracias por no poder asistir.

—¿Por qué no puedo asistir? ¿Y qué es el baile de Yulemas?

—Nada especial —se quejó Dorian—. Tan solo un baile de disfraces que se celebra en Yulemas. Y creo que sabes exactamente por qué no puedes asistir.

—Chaol y tú disfrutan arruinando cualquier diversión que pudiera tener. Me *encanta* asistir a fiestas.

—Cuando seas la campeona de mi padre, podrás asistir a todos los bailes que quieras.

Celaena puso mala cara. Dorian quería decirle que, de haber podido, le habría pedido que fuera con él; que quería pasar tiempo con ella, que pensaba en ella incluso cuando no estaban juntos; pero sabía que ella se habría echado a reír.

El reloj dio las doce de la noche.

—Creo que debería irme —dijo Dorian estirando los brazos—. Mañana tengo el día lleno de reuniones del consejo, y no creo que al duque Perrington le guste verme medio dormido en todas.

Celaena esbozó una sonrisa de complicidad.

—Recuerda saludar al duque de mi parte.

Le resultaba imposible olvidar cómo la había tratado aquel día en Endovier. Dorian tampoco lo había olvidado. Y la imagen del duque tratándola así le hizo sentir ira de nuevo.

Sin pensarlo, se agachó y besó a Celaena en la mejilla. Ella se puso tensa cuando la boca de Dorian tocó su piel, y, aunque el beso fue breve, él aspiró su olor. Le costó mucho apartarse de ella.

—Que descanses, Celaena —dijo.

—Buenas noches, Dorian.

Al marcharse, se preguntó por qué ella parecía de pronto tan triste, y por qué no había pronunciado su nombre con ternura, sino con resignación.

Celaena se quedó mirando la luz de la luna que bañaba el techo. ¡Un baile de disfraces en Yulemas! Aunque la de Erilea fuera la corte más corrupta y ostentosa, se le antojaba como algo terriblemente romántico. Y, por supuesto, no le permitían asistir. Dejó escapar un largo resoplido y se llevó las manos a la nuca. ¿Era eso lo que había querido ofrecerle Chaol antes de que ella vomitara, una invitación al baile?

Negó con la cabeza. No. Lo último que haría el capitán sería invitarla a un baile real. Además, los dos tenían cosas más importantes de las que preocuparse. Por ejemplo, la identidad del asesino de campeones. Quizá debería haberle avisado del comportamiento tan extraño de Caín aquella misma tarde.

Celaena cerró los ojos y sonrió. No podía ocurrírsele un mejor regalo de Yulemas: que Caín apareciera muerto a la mañana siguiente. Aun así, mientras el reloj iba dando las horas, Celaena se mantuvo despierta, a la espera, preguntándose qué era lo que acechaba en los pasillos del castillo, e incapaz de dejar de pensar en los quinientos rebeldes de Eyllwe, muertos, enterrados en alguna tumba sin nombre.

CAPÍTULO 35

La noche siguiente, Chaol Westfall estaba de pie en la segunda planta del castillo mirando en dirección al patio. Debajo de él, dos figuras avanzaban lentamente a través de los setos. La capa blanca de Celaena la hacía fácil de distinguir, y Dorian se caracterizaba por el vacío que lo rodeaba siempre.

Él debería estar allí abajo, a un metro de distancia por detrás, vigilándolos, asegurándose de que ella no agarraba a Dorian y lo usaba para escapar. El sentido común y sus años de experiencia le gritaban que debía estar con ellos, por más que los siguieran seis guardias. Aquella muchacha era mentirosa, astuta y despiadada.

Pero era incapaz de moverse.

Cada día que pasaba sentía que las barreras se iban derritiendo. Era él quien las dejaba derretirse. Por culpa de su risa auténtica, porque una noche la había sorprendido durmiendo con la cara entre las páginas de un libro y porque sabía que iba a ganar.

Era una criminal: una máquina de matar, una reina de los bajos fondos... y aun así... aun así no era más que una niña a la que habían enviado a Endovier con diecisiete años.

Se ponía enfermo cada vez que lo pensaba. A los diecisiete años, él estaba entrenando con los guardias, pero vivía allí, tenía un techo sobre la cabeza, buena comida y amigos. Con esa misma edad, Dorian había estado cortejando a Rosamund, sin ninguna otra preocupación.

Pero a ella —con diecisiete años— la habían enviado a un campo de exterminio. Y había sobrevivido.

Chaol no estaba seguro de si él podría sobrevivir a Endovier, y mucho menos durante los meses de invierno. Nunca lo habían azotado y nunca había visto morir a nadie. Nunca había pasado frío ni hambre.

Celaena se echó a reír por algo que había dicho Dorian. Había sobrevivido a Endovier y aun así seguía siendo capaz de reír.

Aunque lo aterrorizaba verla allí abajo, a una mano de distancia del cuello desprotegido de Dorian, lo que más lo aterrorizaba era que confiaba en ella. Y no sabía lo que eso quería decir sobre sí mismo.

Celaena iba caminando entre los setos y no pudo evitar sonreír de oreja a oreja. Iban andando cerca el uno del otro, pero no tan cerca como para poder tocarse. Dorian se la había encontrado poco después de cenar y la había invitado a dar un paseo. De hecho, él se había presentado tan deprisa después de que los criados se llevaran su comida que Celaena podría haber pensado que el príncipe había estado esperando fuera.

Por supuesto, si deseaba agarrarlo del brazo y absorber su calor se debía exclusivamente al frío. La capa blanca forrada de piel no lograba evitar que el aire glacial le congelara todo el cuerpo. Solo podía pensar en cómo reaccionaría Nehemia a aquellas temperaturas. Después de enterarse de la suerte que habían corrido los rebeldes, la princesa había comenzado a pasar casi todo el tiempo en sus aposentos y había declinado las repetidas ofertas de Celaena para salir a pasear.

Habían pasado más de tres semanas desde su último encuentro con Elena, y no la había visto ni oído, a pesar de las tres pruebas a las que se había sometido desde entonces. La más emocionante había sido una carrera de obstáculos que había logrado superar tan solo con unos arañazos y contusiones sin importancia. Por desgracia, a Pelor no le había ido tan bien y por fin lo habían enviado a casa. Pero había tenido suerte: habían muerto otros tres competidores. A todos los habían encontrado en pasillos olvidados y todos estaban mutilados hasta resultar irreconocibles. Incluso Celaena había empezado a asustarse al oír cualquier ruido extraño.

Ahora solo quedaban seis: Caín, Tumba, Nox, un soldado y Renault, un mercenario despiadado que había sustituido a Verin como mano derecha de Caín. Como era lógico, la actividad favorita de Renault era provocar a Celaena.

Procuró dejar de pensar en los asesinatos mientras pasaban junto a una fuente, y vio que Dorian la miraba con admiración por el rabillo del ojo. Por supuesto que no había estado pensando en Dorian al elegir un vestido color lavanda tan bonito para ponerse esa noche, ni al asegurarse de que iba cuidadosamente peinada y de que sus guantes blancos estuvieran inmaculados.

—¿Y ahora qué hacemos? —preguntó Dorian—. Ya recorrimos dos veces el jardín.

—¿No tienes obligaciones principescas que atender? —Celaena entornó los ojos cuando una ráfaga helada le arrancó la capucha e hizo que se le helaran las orejas. Cuando volvió a cubrirse con la capucha, vio que Dorian le estaba mirando el cuello—. ¿Qué? —preguntó envolviéndose en la capa.

—Siempre llevas ese colgante —dijo el príncipe—. ¿Es otro regalo?

Aunque la muchacha llevaba guantes, Dorian se quedó mirándole la mano, donde llevaba el anillo de amatista que le había regalado Chaol, y sus ojos dejaron de brillar.

—No —se tapó el amuleto con la mano—. Lo encontré en mi joyero y me gustó. Eres insoportablemente territorial.

—Tiene un aspecto muy antiguo. Has estado robando de las arcas reales, ¿verdad? —le guiñó un ojo, pero ella no sintió ninguna calidez detrás del gesto.

—No —repitió Celaena de manera cortante.

Aunque un colgante no iba a protegerla del asesino, y aunque Elena tenía algunos planes que no quería revelarle, Celaena no pensaba quitárselo. Su sola presencia la consolaba en las largas horas que pasaba sentada en la cama, mirando la puerta.

Dorian siguió mirándole la mano hasta que ella la apartó de su cuello. El príncipe examinó el colgante con atención.

—De pequeño leía historias sobre los albores de Adarlan; Gavin era mi héroe. Debo de haber leído todas las leyendas que hablan de la guerra contra Erawan.

«¿Cómo puede ser tan inteligente? No ha podido adivinarlo tan pronto». Celaena hizo todo lo posible para aparentar un interés inocente.

—¿Y?

—Elena, la primera reina de Adarlan, tenía un amuleto mágico. En la batalla contra el Señor Oscuro, Gavin y Elena se quedaron indefensos contra él. Cuando el Señor Oscuro estaba a punto de matar a la princesa, apareció un espíritu y le dio el colgante a Elena. Y cuando se lo puso, Erawan ya no pudo hacerle daño. La princesa vio al Señor Oscuro como lo que era y lo llamó por su verdadero nombre. A este le sorprendió tanto que se distrajo y Gavin lo mató —Dorian miró al suelo—. A su colgante le dieron el nombre de Ojo de Elena. Lleva siglos perdido.

Resultaba curioso oír a Dorian, el hijo del hombre que había prohibido y proscrito todo rastro de la magia, hablando de amuletos poderosos. Aun así, se echó a reír lo mejor que pudo.

—¿Y piensas que esta baratija es el Ojo? A estas alturas ya debe de haberse convertido en polvo.

—Supongo que no —dijo él, y se frotó los brazos con fuerza para entrar en calor—. Pero he visto unas cuantas ilustraciones del Ojo y tu colgante se parece a él. Quizá sea una réplica.

—Quizá —enseguida buscó otro tema de conversación—. ¿Cuándo llega tu hermano?

Dorian miró hacia el cielo.

—Tengo suerte. Recibimos una carta esta mañana que dice que la nieve de las montañas impide a Hollin volver a casa. Va a tener que quedarse en la escuela hasta después del segundo trimestre, y está furioso.

—Tu pobre madre... —dijo Celaena esbozando una sonrisa.

—Probablemente envíe a algún criado para entregarle sus regalos de Yulemas, a pesar de la tormenta.

Celaena no oyó su respuesta y, aunque estuvieron hablando durante más de una hora, deambulando por los jardines, ella no logró tranquilizarse. Elena tenía que haber sabido que alguien reconocería su amuleto... y si aquel era el auténtico... El rey podía matarla en el acto por llevar no solo una reliquia de familia, sino un objeto de poder.

Aun así, no pudo evitar preguntarse cuáles serían realmente los motivos de Elena.

Celaena levantó la vista del libro y miró el tapiz de la pared. La cómoda seguía estando donde la había colocado ella, a empujones, justo delante del pasadizo. Negó con la cabeza y regresó al libro. Aunque leyó las frases, no retuvo ninguna de las palabras.

¿Qué quería Elena de ella? Las reinas muertas no solían volver para darles órdenes a los vivos. Celaena agarró con fuerza el libro. Tampoco es que estuviera obedeciendo la orden de Elena de ganar el torneo: se habría empleado a fondo de todos modos para convertirse en la campeona del rey. Y en cuanto a lo de buscar y derrotar el mal que moraba en el castillo... bueno, ahora que aquello parecía guardar relación con la persona que estaba asesinando a los campeones, ¿cómo no iba a intentar averiguar su procedencia?

Se cerró una puerta en alguna parte de sus aposentos. Celaena dio un respingo y el libro se le escapó de las manos. Agarró el candelabro metálico que había junto a la cama, lista para saltar del colchón, pero volvió a dejarlo en su sitio cuando oyó el canturreo de Philippa al otro lado de la puerta del dormitorio. Soltó un gruñido al levantarse del calor de su cama para recuperar el libro.

Había caído bajo el lecho. Celaena se arrodilló en el suelo helado y se estiró para alcanzar el libro. Como no llegaba a palparlo, tomó la vela. Lo vio inmediatamente, pegado a la pared, pero cuando sus dedos ya podían tocar la tapa, el brillo trémulo de la luz de la vela dibujó una línea blanca en el suelo por debajo de la cama.

Celaena tiró del libro y se puso en pie sobresaltada. Le temblaron las manos al empujar la cama para moverla de su sitio y sus pies resbalaron en el suelo casi helado. La cama acabó moviéndose lentamente, pero ya la había desplazado lo suficiente para ver lo que habían dibujado en el suelo.

Se le heló la sangre en las venas.

Marcas del Wyrd.

Alguien había dibujado docenas de marcas del Wyrd en el suelo con tiza. Formaban una gigantesca espiral con una marca grande en el centro. Celaena tropezó al retroceder y se golpeó contra el vestidor.

¿Qué era aquello? Se pasó una mano temblorosa por el pelo y se quedó mirando la marca del centro.

No era la primera vez que veía aquella marca. La había visto dibujada a un lado del cadáver de Verin.

Se le revolvió el estómago. Corrió hasta la mesita de noche y agarró la jarra de agua. Sin pensárselo, echó el agua sobre las marcas y corrió hasta el cuarto de baño para llenar la jarra. Cuando el agua acabó de reblandecer la tiza, agarró una toalla y restregó el suelo hasta que le dolió la espalda y las manos y las piernas se le quedaron heladas.

Entonces, y solo entonces, se vistió con unos pantalones y una túnica y salió por la puerta.

Afortunadamente, los guardias no dijeron nada cuando les pidió que la acompañaran a la biblioteca a medianoche. Se quedaron en la sala principal mientras ella dejaba atrás las estanterías en dirección a la hornacina olvidada y polvorienta donde había encontrado casi todos los libros que hablaban de las marcas del Wyrd. Se dio toda la prisa que pudo y en ningún momento dejó de mirar por encima del hombro.

¿Sería ella la siguiente? ¿Qué significaba todo aquello? Se retorció los dedos con nerviosismo. Dobló una esquina que estaba a unas diez estanterías de la hornacina y se detuvo en seco.

Nehemia, sentada ante un pequeño escritorio, se quedó mirándola con los ojos como platos.

Celaena se llevó una mano al corazón, que le latía desbocado.

—Maldita sea —dijo—. ¡Me diste un buen susto!

Nehemia sonrió, pero había algo fuera de lugar. Celaena ladeó la cabeza mientras se aproximaba a la mesa.

—¿Qué haces aquí? —preguntó Nehemia en eyllwe.

—No podía dormir.

La asesina miró el libro que estaba leyendo la princesa. No era el mismo que usaban durante las clases. No, aquel era un libro grueso y antiguo con sus páginas llenas de texto.

—¿Qué estás leyendo?

Nehemia cerró el libro de golpe y se puso en pie.

—Nada.

Celaena se quedó observando su cara: la princesa tenía los labios fruncidos y la barbilla levantada.

—Pensaba que aún no eras capaz de leer nada de ese nivel.
Nehemia se metió el libro bajo el brazo.

—Entonces, eres igual que todos los necios ignorantes de
este castillo, Lillian —dijo con una pronunciación perfecta en
el idioma común. Sin darle ocasión de responder, la princesa se
alejó dando grandes zancadas.

Celaena la vio marcharse. Aquello no tenía sentido. Nehemia no era capaz de leer libros tan avanzados, no cuando aún le
costaba leer una frase detrás de otra. Además, Nehemia nunca
hablaba con aquel acento tan perfecto. Y...

En las sombras de atrás del escritorio había caído un papel
entre la madera y la pared de piedra. Celaena lo sacó y desple-
gó el arrugado papel.

Se giró bruscamente hacia el lugar por donde había desaparecido Nehemia. Con un nudo en la garganta, Celaena se guardó el trozo de papel en el bolsillo y volvió a toda prisa a la gran
sala. La marca del Wyrd dibujada en el papel parecía estar que-
mándole la ropa hasta hacerle un agujero.

Celaena bajó apresuradamente por una escalera y luego
recorrió un pasillo con libros a ambos lados.

No, Nehemia no podía haberla engañado así. Nehemia no le
habría mentido un día tras otro sobre lo poco que sabía. Nehemia había sido quien le había dicho que los grabados del jardín
eran marcas del Wyrd. Sabía lo que eran; le había *advertido* una y
otra vez que se alejara de las marcas del Wyrd. Porque Nehemia
era su amiga... Porque Nehemia había llorado al saber que habían
asesinado a su gente y había acudido a *ella* para que la consolara.

Pero Nehemia procedía de un reino conquistado. Y el rey de
Adarlan le había arrancado la corona a su padre y le había arre-

batado su título. Y a los habitantes de Eyllwe los secuestraban por la noche y los vendían como esclavos, igual que a los rebeldes a los que, según el rumor, tanto apoyaba Nehemia. Además, acababan de masacrar a quinientos ciudadanos de Eyllwe.

A Celaena le escocieron los ojos al ver a los guardias holgazaneando en los sillones de la gran sala.

Nehemia tenía motivos más que suficientes para engañarlos y para conspirar contra ellos. Para poner fin a aquella estúpida competencia y ponerlos nerviosos a todos. ¿Qué mejor objetivo que los criminales que vivían allí? Nadie los echaría de menos, pero el miedo se instalaría en el castillo.

Sin embargo, ¿por qué iba Nehemia a conspirar contra *ella*?

CAPÍTULO 36

Pasó varios días sin ver a la princesa, y Celaena no contó nada sobre el incidente a Chaol ni a Dorian ni a nadie que la visitara en sus aposentos. No podía enfrentarse a Nehemia sin contar con pruebas más tangibles si no quería echarlo todo a perder. Se pasaba el tiempo libre buscando información sobre las marcas del Wyrd, desesperada por hallar el modo de descifrarlas, encontrar aquellos símbolos, averiguar qué significaban y qué relación tenían con el asesino y su bestia. En medio de tanta preocupación, se sometió a otra prueba sin que se produjeran incidentes ni bochornos —aunque no podía decir lo mismo del soldado al que habían mandado a casa—, y mantuvo su intenso ritmo de entrenamiento con Chaol y los demás campeones. Ya solo quedaban cinco. Faltaban tres días para la última prueba y el duelo tendría lugar dos días después.

Celaena se despertó la mañana de Yulemas y saboreó aquel momento de silencio.

Había algo inherentemente tranquilo en aquel día, a pesar de su siniestro encuentro con Nehemia. De momento, todo el castillo se había quedado en silencio para oír cómo caía la nieve. La escarcha adornaba los cristales de las ventanas, el fuego ya ardía en la chimenea y las sombras de los copos de nieve iban y venían por el suelo. Era una mañana de invierno tan tranquila y encantadora como podía imaginarse. No pensaba estropearla pensando en Nehemia, ni en el duelo, ni en el baile al que no le permitían asistir esa noche. No, era la mañana de Yulemas y quería ser feliz.

No parecía una festividad para celebrar la oscuridad que dio paso a la luz de la primavera, ni una festividad para celebrar el nacimiento del primogénito de la diosa. Simplemente era un día en el que la gente era más educada, miraba dos veces a un mendigo en la calle y recordaba que el amor era algo vivo. Celaena sonrió y se dio media vuelta en la cama, pero algo se interpuso en su camino. Estaba arrugado, resultaba áspero al tacto y tenía el inconfundible olor de las...

—¡Golosinas!

Una enorme bolsa de papel descansaba sobre una almohada; vio que estaba llena de todo tipo de delicias de confitería. No llevaba nota, ni siquiera un nombre garabateado en la bolsa. Celaena se encogió de hombros, le brillaron los ojos y sacó un puñado de caramelos. ¡*Adoraba* los dulces!

Soltó una carcajada y se metió unos cuantos caramelos en la boca. Uno por uno fue masticando la mezcla, cerró los ojos y respiró hondo mientras disfrutaba de todos los sabores y texturas.

Cuando por fin dejó de masticar, le dolía la mandíbula. Vació el contenido de la bolsa sobre la cama, sin hacer caso de los montoncitos de azúcar que caían también, y se quedó contemplando el delicioso paisaje que tenía delante.

Allí estaban todas sus favoritas: frutas confitadas cubiertas de chocolate, chocolate almendrado, goma de mascar con forma de baya, trozos de azúcar con forma de joya, palanqueta de cacahuate, palanqueta normal, galletitas con bordados de azúcar, regaliz rojo escarchado y, sobre todo, chocolate. Celaena se metió una trufa de avellana en la boca.

—Alguien —dijo entre bocado y bocado— se ha portado *muy* bien conmigo.

Se paró a examinar la bolsa de nuevo. ¿Quién se la habría enviado? Quizá Dorian. Desde luego, ni Nehemia ni Chaol. Ni tampoco las Hadas del Hielo que repartían regalos entre los niños buenos. Habían dejado de visitarla la primera vez que hizo sangrar a un ser humano. Quizá Nox. Ella le caía bastante bien.

—¡*Señorita Celaena!* —exclamó Philippa desde el umbral, boquiabierta.

—¡Feliz Yulemas, Philippa! —contestó Celaena—. ¿Te apetece una golosina?

Philippa avanzó apresuradamente hacia Celaena.

—¡Conque feliz Yulemas! ¡Mira esta cama! ¡Fíjate en este desastre! —Celaena se estremeció—. ¡Tienes los dientes *rojos!* —gritó Philippa.

Estiró el brazo para tomar el espejo de mano que Celaena guardaba junto a la cama y lo sostuvo para que la asesina pudiera verse reflejada en él.

Claramente tenía los dientes teñidos de rojo. Se pasó la lengua por los dientes y luego intentó quitarse las manchas con un dedo, pero no desaparecieron.

—¡Malditos dulces!

—Sí —le espetó Philippa—. Y eso que tienes por toda la boca es chocolate. ¡Ni siquiera mi nieto se come las golosinas así!

Celaena se echó a reír.

—¿Tienes un nieto?

—Sí, y sabe comer sin manchar la cama de comida. ¡Y sin mancharse los dientes y la *cara!*

Celaena tiró de las mantas y el azúcar saltó por los aires.

—Toma un dulce, Philippa.

—Son las siete de la mañana —Philippa recogió el azúcar en la palma de la mano—. Va a sentarte mal.

—¿Mal? ¿A quién pueden sentarle mal los dulces?

Celaena puso mala cara y le enseñó los dientes teñidos de rojo.

—Pareces un demonio —dijo Philippa—. Si no abres la boca, nadie se dará cuenta.

—Tú y yo sabemos que eso no es posible.

Para su sorpresa, Philippa se echó a reír.

—Feliz Yulemas, Celaena —le deseó. El hecho de oír a Philippa llamarla por su nombre le hizo sentir una oleada de placer—. Ven —añadió la criada con un gesto de reconvención—. Vamos a vestirte. La ceremonia comienza a las nueve.

Philippa se dirigió afanosamente al vestidor y Celaena la vio marcharse. Tenía un corazón enorme, y tan rojo como sus dientes. Había gente buena: en el fondo, siempre había una pizca de bondad en todo el mundo. *Tenía* que haberla.

Celaena salió un poco más tarde, ataviada con un vestido verde de aspecto solemne que Philippa había considerado el único vestido apropiado para asistir al templo. Los dientes de Celaena seguían estando rojos, por supuesto, y se le revolvía el estómago al mirar la bolsa de golosinas. Sin embargo, las náuseas se le olvidaron rápidamente al ver a Dorian Havilliard sentado a la mesa en su dormitorio con las piernas cruzadas. Llevaba una preciosa chamarra blanca y dorada.

—¿Tú eres mi regalo, o hay algo en esa cesta que tienes a tus pies? —preguntó la muchacha.

—Si quieres desenvolverme a mí... —dijo Dorian poniendo la enorme cesta de mimbre sobre la mesa—, aún tenemos una hora hasta que comience el servicio en el templo.

Celaena se echó a reír.

—Feliz Yulemas, Dorian.

—Igualmente. Veo que... ¿Tienes los dientes rojos?

Ella cerró la boca con fuerza y negó con la cabeza para protestar.

Dorian le agarró la nariz y se la pellizcó. Por más que lo intentó, Celaena no logró zafarse de sus dedos. Abrió la boca y él soltó una carcajada.

—Veo que estuviste comiendo golosinas.

—¿Me las enviaste tú? —preguntó abriendo la boca lo menos posible.

—Por supuesto —Dorian tomó de la mesa la bolsa de golosinas marrón—. ¿Cuál es tu...? —comenzó a preguntar, pero se quedó callado al sopesar la bolsa—. ¿Acaso no te envié tres libras de golosinas?

Celaena sonrió con picardía.

—¡Te comiste media bolsa!

—¿Acaso tenía que reservarla?

—¡Me habría gustado probarlas!

—No me lo dijiste.

—¡Porque no esperaba que te las zamparas todas antes del desayuno!

Ella le arrebató la bolsa y volvió a dejarla sobre la mesa.

—Bueno, eso demuestra lo mal que se te da juzgar a la gente.

Dorian abrió la boca para replicar, pero la bolsa de dulces se volcó y se derramó sobre la mesa. Celaena se volvió justo a tiempo para ver el esbelto hocico dorado que asomaba de la cesta avanzando lentamente hacia las golosinas.

—¿Qué es eso? —preguntó.

Dorian sonrió.

—Un regalo de Yulemas para ti.

La asesina abrió la tapa de la cesta. El hocico volvió a esconderse rápidamente y Celaena descubrió un extraño cachorro de pelo dorado que temblaba en un rincón con un lazo rojo al cuello.

—Pobrecita —dijo con suavidad, y la acarició. La perra tembló y Celaena fulminó a Dorian mirándolo por encima del hombro—. ¿Qué hiciste, bufón? —susurró.

Dorian levantó las manos.

—¡Es un *regalo!* Casi pierdo el brazo, y otras partes importantes, al intentar ponerle ese lazo, ¡y luego no ha parado de aullar hasta que llegamos aquí!

Celaena miró compungida al animal, que ya estaba chupándole el azúcar de los dedos.

—¿Qué voy a hacer con ella? ¿No pudiste encontrarle dueño y por eso decidiste dármela a mí?

—¡No! —exclamó él—. Bueno, sí. Pero... no parecía tan asustada cuando tú estabas cerca, y recordé cómo te habían seguido mis perros en el viaje desde Endovier. A lo mejor confía lo suficiente en ti para adaptarse a los humanos. Hay gente que tiene ese don —levantó una ceja mientras se paseaba por la habitación—. Es un regalo horrible, lo sé. Debería haberte traído algo mejor.

La perra levantó la vista para mirar a Celaena. Tenía los ojos de un color entre dorado y marrón, como el caramelo fundido. Parecía estar esperando a que alguien le pegara. Era preciosa, y sus enormes patas hacían sospechar que algún día se haría grande... y rápida. Celaena esbozó una sonrisa. La perra movió el rabo, una vez y luego otra.

—Es tuya —dijo Dorian—. Si la quieres.

—¿Y qué voy a hacer con ella si me envían de vuelta a Endovier?

—Yo me ocuparé de eso.

Celaena acarició sus suaves orejas aterciopeladas y luego se atrevió a rascarle la barbilla. El cachorro movió la cola a conciencia. Sí, había vida en aquella criatura.

—Entonces, ¿no la quieres? —murmuró el príncipe.

—Pues claro que la quiero —replicó Celaena, y luego comprendió lo que implicaban sus palabras—. Pero quiero adiestrarla. No quiero que se orine por ahí ni que destroce muebles, zapatos y libros. Y quiero que se siente cuando se lo ordene y que se tumbe y se dé media vuelta y todas las demás cosas que hacen los perros. Y quiero que corra, que corra con los otros perros cuando estén entrenando. Quiero que dé uso a estas patas tan largas.

Dorian se cruzó de brazos mientras Celaena levantaba a la perrita.

—Qué lista de exigencias tan larga. Quizá debería haberte comprado joyas.

—Y cuando yo esté entrenando... —besó la suave cabeza de la mascota, y esta enterró su fría naricita en el cuello de Celaena—, quiero que ella esté también entrenando en las perreras. Cuando vuelva por la tarde, me la pueden traer. Me la quedaré por la noche —Celaena levantó a la perra a la altura de sus ojos. La perra pataleó en el aire—. Si me estropeas algún zapato —le dijo—, te convertiré en un par de zapatillas. ¿Entendido?

La perra se quedó mirándola, con el ceño arrugado, y Celaena sonrió y la dejó en el suelo. Comenzó a olisquear a su alrededor, aunque no se acercó a Dorian, y enseguida desapareció bajo la cama. La asesina levantó la colcha para mirar debajo. Afortunadamente, las marcas del Wyrd habían desaparecido por completo. La perra prosiguió con su exploración, olisqueándolo todo.

—Tendré que ponerte nombre —musitó, y se puso en pie—. Gracias —añadió dirigiéndose a Dorian—. Es un regalo precioso.

Dorian era amable —anormalmente amable, tratándose de alguien que había recibido su educación—. Celaena comprendió que el príncipe tenía corazón y conciencia. Era diferente de los demás. Tímida, casi torpemente, la asesina dio una zancada hacia el príncipe heredero y lo besó en la mejilla. Él tenía la piel sorprendentemente cálida, y Celaena se preguntaba si lo habría besado adecuadamente cuando se retiró y vio que Dorian tenía los ojos brillantes y abiertos como platos. ¿Habría sido descuidada? ¿Su beso habría sido demasiado húmedo? ¿Tendría los labios pegajosos de las golosinas? Confió en que no se limpiaría la mejilla.

—Lamento mucho no tener un regalo para ti —dijo ella.

—No... eh... no lo esperaba —se puso como un tomate y miró el reloj—. Tengo que irme. Te veré en la ceremonia... o quizás esta noche, después del baile. Intentaré escaparme tan pronto como pueda, aunque apuesto a que, sin ti allí, Nehemia seguramente hará lo mismo, así que no se verá tan mal si yo también me voy pronto.

La asesina nunca lo había visto balbucear así.

—Pásala bien —le deseó mientras él retrocedía un paso casi estampándose contra la mesa.

—Te veré esta noche —contestó él—. Después del baile.

Celaena ocultó su sonrisa con la mano. ¿Tan nervioso lo había puesto su beso?

—Adiós, Celaena —volvió a despedirse Dorian, y miró hacia atrás al llegar a la puerta.

Ella le sonrió, enseñándole los dientes rojos; el príncipe se rio, hizo un reverencia y desapareció. Sola en sus aposentos, Celaena estaba a punto de ver qué hacía su nueva compañera cuando la asaltó un pensamiento: Nehemia estaría en el baile.

Al principio no fue más que un pensamiento sencillo, pero luego lo siguieron pensamientos peores. Celaena se puso a dar vueltas por la habitación. Si Nehemia estaba detrás de los asesinatos de los campeones —y, peor aún, tenía una bestia salvaje a sus órdenes para destrozarlos— y también se había enterado de la masacre a su pueblo... ¿qué mejor lugar para castigar a Adarlan que en el baile, donde tantos miembros de su realeza estarían de celebración y desprotegidos?

Era irracional, Celaena lo sabía, pero ¿y si...? ¿Y si Nehemia soltara en el baile a aquella criatura controlada por ella? No le importaría que Kaltain y Perrington tuvieran unas muertes horribles, pero Dorian también estaría allí. Y Chaol.

Celaena entró en su dormitorio retorciéndose los dedos. No podía avisar a Chaol, porque si se equivocaba, eso no solo echaría a perder su amistad con Nehemia, sino también los esfuerzos diplomáticos de la princesa. Pero no podía limitarse a no hacer *nada*.

Oh, no debería ni pensar en eso, pero no era la primera vez que veía a personas a las que consideraba sus amigas hacer cosas terribles, y se había vuelto más seguro para ella suponer lo peor. Había sido testigo de lo lejos que puede llegar alguien por un deseo de venganza. Tal vez Nehemia no hiciera nada, quizá Celaena estaba comportándose de manera loca y ridícula. Pero si aquella noche pasaba algo...

Celaena abrió las puertas que daban al vestidor y contempló los brillantes vestidos que colgaban de las paredes. Chaol se pondría furioso si ella se colaba en el baile, pero podría soportarlo. También podría soportar que la encerrara en las mazmorras durante una temporada.

Porque la sola idea de que le pudieran hacer daño —o algo peor— le hacía estar dispuesta a correr cualquier riesgo.

—¿Ni siquiera en Yulemas vas a sonreír? —le preguntó a Chaol mientras salían del castillo en dirección al templo de cristal, que se encontraba en el centro del jardín del este.

—Si tuviera los dientes rojos, no sonreiría en absoluto —dijo él—. Date por contenta con una mueca de vez en cuando

—Celaena le enseñó los dientes, pero cerró la boca cuando se cruzaron con varios cortesanos seguidos por unos criados—. Me sorprende que no te quejes más.

—¿Quejarme de qué?

¿Por qué Chaol nunca bromeaba con ella como hacía Dorian? Quizá no la encontrara atractiva. Aquella posibilidad le dolió más de lo que quería admitir.

—De no poder ir al baile esta noche.

La miró de soslayo. Sin embargo, el capitán no podía saber lo que estaba planeando. Philippa le había prometido guardarle el secreto y no hacer preguntas cuando Celaena le había pedido que le buscara un vestido y una máscara a juego.

—Vaya, al parecer sigues sin fiarte de mí.

Quiso sonar descarada, pero no pudo evitar que su tono la traicionara. No podía perder el tiempo preocupándose por alguien que, obviamente, no tenían ningún interés por ella más allá de aquella ridícula competencia.

Chaol soltó un bufido, aunque esbozó una sonrisa. Al menos el príncipe heredero nunca la hacía sentir estúpida ni culpable. Chaol no hacía más que provocarla, aunque también tenía una parte buena. Celaena no tenía ni idea de cuándo había dejado de despreciarlo.

Aun así, sabía que no iba a gustarle verla aparecer en el baile de esa noche. Tanto si llevaba máscara como si no, Chaol la reconocería. Solo esperaba que no la castigara demasiado severamente.

CAPÍTULO 37

Sentada en un banco al fondo del espacioso templo, Celaena mantenía la boca cerrada con tanta fuerza que le dolía. Aún tenía los dientes rojos y no quería que nadie más se diera cuenta.

El templo era un hermoso lugar construido enteramente de cristal. La piedra caliza que cubría el suelo era lo único que quedaba del templo de piedra original, que el rey de Adarlan había destruido cuando decidió sustituirlo por aquella estructura de cristal. Dos hileras de unos cien bancos de palisandro se extendían bajo una bóveda acristalada que dejaba entrar tanta luz que durante el día no se precisaban velas. Sobre el tejado translúcido se amontonaba la nieve, de tal modo que los rayos de sol se filtraban creando formas caprichosas. Como los muros también eran de cristal, los vitrales dispuestos sobre el altar parecían flotar en el aire.

Celaena se levantó para mirar por encima del mar de cabezas que tenía delante. Dorian y la reina estaban sentados en el primer banco, precedidos por toda una fila de guardias. El duque y Kaltain se habían acomodado al otro lado del pasillo, y detrás de ellos estaban Nehemia y varias personas más a las que Celaena no reconoció. No buscó a Nox ni a los demás campeones...

ni tampoco a Caín. ¿Por qué le habían permitido presenciar aquel acto pero no la dejaban asistir al baile?

—Siéntate —gruñó Chaol a la vez que tiraba de su vestido verde.

Celaena puso mala cara y se dejó caer sobre el almohadón del banco. Varias personas se quedaron mirándola. Llevaban vestidos y chaquetas tan recargados que la asesina no pudo evitar preguntarse si habrían adelantado la hora del baile.

La suma sacerdotisa se situó sobre el altar de piedra y levantó las manos por encima de la cabeza. Los pliegues de su vaporosa túnica de color negro azulado cayeron a su alrededor. Tenía una larga melena blanca que llevaba suelta. En la frente tenía tatuada una estrella de ocho puntas en un tono de azul que hacía juego con su ropa. Las finas líneas de la figura se extendían hasta el nacimiento del pelo.

—Bienvenidos todos, y reciban las bendiciones de la diosa y de todos sus dioses.

Su voz resonó a través de la sala hasta llegar a los oídos de los que se encontraban más al fondo.

Celaena reprimió un bostezo. Respetaba a los dioses —si acaso existían y solo cuando le convenía pedirles ayuda—, pero las ceremonias religiosas eran... *atroces*.

Llevaba muchos años sin asistir a ese tipo de rituales, y mientras la suma sacerdotisa bajaba los brazos y se quedaba mirando a los allí presentes, la asesina se movía inquieta en el asiento. Primero serían las oraciones de costumbre; luego, las oraciones especiales de Yulemas; a continuación, el sermón, seguido por las canciones, y por último, la procesión de los dioses.

—Deja de moverte —la reprendió Chaol entre dientes.

—¿Qué hora es? —susurró ella, y él le pellizcó el brazo.

—Hoy —prosiguió la sacerdotisa— estamos aquí reunidos para celebrar el final y el principio del gran ciclo. Hoy conmemoramos el día en el que la gran diosa dio a luz a su primogénito, Lumas, señor de los dioses. Con su nacimiento, el amor llegó a Erilea y desterró el caos procedente de las puertas del Wyrd.

A Celaena le pesaban los párpados. Se había despertado muy temprano y había dormido poquísimo desde su encuentro con Nehemia. Incapaz de evitarlo, Celaena se adentró en el reino de los sueños.

—Despierta —le gruñó Chaol al oído—. ¡Ya!

Celaena se incorporó sobresaltada. De repente, el mundo era brillante y nebuloso. Varios nobles de rango inferior que compartían banco con ella se rieron en voz baja. La asesina miró a Chaol como disculpándose y acto seguido dirigió la vista al altar. El sermón de la suma sacerdotisa había llegado a su fin, y las canciones de Yulemas habían terminado. Solo tenía que soportar la procesión de los dioses y luego sería libre.

—¿Cuánto tiempo me dormí? —preguntó en un susurro. Él no contestó—. ¿Cuánto tiempo me dormí? —volvió a preguntar, y se fijó en que Chaol se había ruborizado—. ¿Tú también te dormiste?

—Hasta que empezaste a babearme en el hombro.

—Qué hipócrita —susurró ella, y Chaol le dio un golpe en la pierna.

—Presta atención.

Un coro de sacerdotisas bajó del altar. Celaena bostezó, pero asintió junto con el resto de la congregación cuando el coro dio las bendiciones. Sonó un órgano y todos se incorporaron para mirar la procesión de dioses que avanzaba por el pasillo.

El sonido de los pasos resonó por el templo y la congregación se puso en pie. Ninguno de los niños de ojos vendados que recorrían el templo tendría más de diez años, y aunque ofrecían un aspecto bastante ridículo vestidos de dioses, la escena no carecía de encanto. Todos los años escogían a nueve niños. Si uno de ellos se detenía ante alguno de los presentes, el elegido recibía las bendiciones del dios en cuestión y un pequeño regalo que el niño llevaba como símbolo del favor divino.

Farnor, dios de la guerra, se detuvo en la primera fila junto a Dorian, pero luego se desplazó hacia la derecha, al otro lado del pasillo, para darle la espada de plata en miniatura al duque Perrington. «Vaya sorpresa».

Ataviado con unas alas brillantes, Lumas, dios del amor, pasó de largo por delante de Celaena. Esta se cruzó de brazos. «Qué tradición tan ridícula».

Deanna, diosa de la caza y las doncellas, se le acercó. Celaena se movió inquieta y deseó no haberle pedido a Chaol que le permitiera sentarse junto al pasillo. Para su horror, la niña se detuvo ante ella y se quitó la venda que le tapaba los ojos.

Era una monada: el pelo rubio le caía por la espalda en una cascada de rizos y sus ojos marrones tenían motitas verdes. La niña sonrió a Celaena y estiró el brazo para tocarle la frente. Un sudor frío recorrió la espalda de la asesina cuando notó cientos de ojos clavados en ella.

—Que Deanna, diosa y protectora de los jóvenes, te bendiga y te proteja este año. Te hago entrega de esta flecha de oro como símbolo de su poder y su gracia —la niña hizo una reverencia mientras le ofrecía la delicada flecha. Chaol le dio un ligero codazo y Celaena tomó el objeto—. Bendiciones de Yulemas para ti —prosiguió la pequeña, y Celaena asintió en señal de agradecimiento.

Cogió la flecha y la niña se alejó dando saltitos. No servía para disparar, pero estaba hecha de oro macizo.

«Cazaré una buena presa».

Encogiéndose de hombros, Celaena le entregó la flecha a Chaol.

—Supongo que no se me permite tener esto —dijo, y volvió a tomar asiento con el resto de la multitud.

Él volvió a depositarla en el regazo de Celaena.

—Preferiría no poner a prueba a los dioses.

La asesina lo miró detenidamente durante unos instantes. ¿Qué le pasaba al capitán? Algo en su expresión había cambiado. Celaena le dio un ligero codazo y sonrió.

CAPÍTULO 38

Metros y metros de seda, nubes de polvos, cepillos, peines, perlas y diamantes destellaban ante los ojos de Celaena. Mientras Philippa colocaba con cuidado el último rizo de la muchacha alrededor de su rostro, le ajustaba un antifaz a los ojos y a la nariz y depositaba una pequeña tiara de cristal sobre su cabeza, la asesina se sintió, muy a su pesar, como una auténtica princesa.

Philippa se arrodilló para sacar brillo al detalle de cristal de los zapatos plateados de Celaena.

—Si no supiera la verdad, diría que eres la mismísima reina de las hadas. Parece m... —Philippa se mordió la lengua antes de pronunciar la palabra que el rey de Adarlan había prohibido de manera tan tajante. Enseguida se apresuró a añadir—: ¡Apenas te reconozco!

—Bien —repuso Celaena.

Era la primera vez que asistía a un baile con otro propósito que no fuera el de matar a alguien. En realidad se proponía evitar que Nehemia se hiciera daño o lastimara a un miembro de la corte, pero... un baile era un baile. Con algo de suerte hasta podría dar unos pasos.

—¿Estás segura de que es buena idea? —le preguntó Philippa con voz queda, plantada ante ella—. Al capitán Westfall no le va a hacer ninguna gracia.

Celaena obsequió a la criada con una mirada torva.

—Te he dicho que no hagas preguntas.

Philippa resopló.

—Muy bien, pero no les digas que yo te ayudé cuando te arrastren de vuelta.

Celaena reprimió su irritación y caminó a grandes zancadas hacia el espejo, con Philippa pisándole los talones. De pie ante su propio reflejo, la muchacha se preguntó si sus ojos no la estarían engañando.

—Es el vestido más bonito que he usado en mi vida —reconoció con los ojos brillantes.

No era de un blanco inmaculado, sino más bien tirando a gris. Tanto la falda de organza como el corpiño llevaban infinidad de pedrería de cristal que a Celaena le hacía pensar en la superficie del mar. Los remolinos de seda cosidos al cuerpo creaban rosas de tela que bien podrían haber sido obra de un maestro pintor. Un volante de encaje ribeteaba el escote y dotaba al vestido de unas delicadas mangas que cubrían apenas los hombros. Pequeños diamantes en forma de gota le adornaban las orejas, y se había rizado el pelo para recogerlo en lo alto entre sartas de cuentas. Llevaba la máscara de seda gris bien ajustada al rostro. El antifaz no representaba ningún motivo en concreto, pero sin duda una mano muy diestra había tallado los delicados cristales y había creado los motivos de perlas.

—Hasta un rey caería rendido ante ti —opinó Philippa—. O quizás un príncipe heredero.

—¿Dónde en Erilea encontraste un vestido así? —murmuró Celaena.

—No hagas preguntas —repuso la anciana.

Celaena soltó una risita de suficiencia.

—Es justo.

Se preguntó por qué el corazón no le cabía en el pecho y los pies apenas la sostenían. No debía olvidar el motivo que la llevaba al baile; tenía que mantener la cabeza fría.

El reloj dio las nueve y Philippa echó un vistazo a la puerta, lo que proporcionó a Celaena la ocasión que necesitaba para ocultar la improvisada daga en el corpiño del vestido sin que la otra lo advirtiera.

—¿Cómo, exactamente, piensas entrar al baile? No creo que los guardias te dejen salir así como así.

Celaena miró de soslayo a Philippa.

—Ambas vamos a fingir que el príncipe heredero me ha invitado, y ahora mismo tú vas a empezar a armar tanto alboroto diciendo que llego tarde que no pondrán ninguna objeción.

Philippa se abanicó el rostro congestionado. Celaena la cogió de la mano.

—Te prometo —dijo— que si me meto en algún lío, juraré y perjuraré que te engañé y que tú no estabas enterada de nada.

—Pero no te vas a meter en ningún lío, ¿verdad?

Celaena esbozó una sonrisa encantadora.

—Claro que no. Solo estoy harta de que me dejen al margen mientras ellos se divierten de lo lindo.

En parte, decía la verdad.

—Que los dioses me ayuden —musitó Philippa antes de inhalar profundamente—. ¡Ve! —exclamó de repente empujando a Celaena hacia la puerta que conducía al pasillo—. ¡Márchate o llegarás tarde! —gritaba demasiado como para resultar convincente pero... Philippa abrió la puerta—. ¡El príncipe heredero se disgustará si te retrasas!

Celaena se detuvo en el pasillo e hizo un gesto a los cinco guardias apostados en el exterior. Luego se volvió a mirar a Philippa.

—Gracias —le dijo.

—¡No te demores más! —la azuzó la doncella.

Celaena estuvo a punto de perder el equilibrio cuando Philippa la empujó al otro lado de la puerta antes de cerrarla.

La asesina se volvió a mirar a los guardias.

—Estás muy guapa —comentó uno de ellos, Ress, con timidez.

—¿Vas a la fiesta? —sonrió otro.

—Resérvame un baile, ¿quieres? —añadió el tercero.

Ninguno de los tres le hizo preguntas.

Celaena sonrió y tomó el brazo que Ress le ofrecía. Procuró no reírse cuando lo vio sacar pecho. Sin embargo, conforme se fueron acercando al salón y la música del vals llegó hasta ellos, un montón de mariposas empezaron a revolotear en su estómago. No podía olvidar a qué había ido. Había representado aquel papel otras veces en el pasado, pero siempre con el propósito de matar a un extraño, no de enfrentarse a una amiga.

Las puertas de cristal rojo y dorado aparecieron ante ella y Celaena atisbó las espirales de humo de las velas que decoraban el enorme salón de baile. Todo habría sido más sencillo si hubiera podido colarse por una puerta lateral sin que nadie la notara, pero no tenía tiempo de ponerse a explorar los túneles secretos en busca de otro acceso a la sala. Además, a esas alturas, no podía buscar una entrada alternativa sin levantar sospechas. Ress se detuvo y le hizo una reverencia.

—A partir de aquí, tendrás que seguir sola —anunció con tanta circunspección como pudo, aunque no separaba la vista del baile que se desplegaba al pie de las escaleras—. Que tengas una velada maravillosa, Lady Lillian.

—Gracias, Ress.

Celaena hubiera querido echar a correr hacia sus aposentos para vomitar. En cambio, se despidió del hombre con una graciosa reverencia. Solo tenía que bajar la escalinata e ingeniárselas para convencer a Chaol de que la dejara quedarse. Luego podría pasarse la noche vigilando a Nehemia.

Los zapatos parecían frágiles, y Celaena dio unos pasos hacia atrás. Haciendo caso omiso de los guardias que flanqueaban la puerta, levantó un pie cuanto pudo y volvió a posarlo en tierra para comprobar la fuerza de los zapatos. Cuando se convenció de que los tacones resistirían incluso un buen salto, se acercó a lo alto de las escaleras.

Alojada en el corpiño, la daga casera se le clavaba en la piel. Rogó a la diosa, a todos los dioses que conocía, al Wyrd, a quienquiera que fuera responsable de su destino no tener que usarla.

Celaena irguió los hombros y dio un paso adelante.

¿Qué estaba haciendo *ella* allí?

A Dorian casi se le cae la bebida cuando vio a Celaena Sardothien en lo alto de la escalinata. La reconoció a pesar de la máscara. Desde luego, Celaena podía tener sus defectos, pero nunca hacía nada a medias. Se había superado a sí misma con aquel vestido. Pero ¿qué estaba haciendo *allí*?

Por un momento, el príncipe se preguntó si estaría soñando, hasta que algunas cabezas, y luego muchas más, se volvieron a mirarla. Aunque el vals estaba en pleno apogeo, todo aquel que no bailaba contemplaba sin aliento cómo la misteriosa enmascarada se recogía las faldas y daba un paso, luego otro. El vestido parecía confeccionado con las mismísimas estrellas del firmamento, y las cuentas de cristal de la máscara gris destellaban con cada movimiento.

—¿Quién es? —preguntó un joven cortesano al lado de Dorian.

Ella bajaba sin mirar a nadie. Incluso la reina de Adarlan se puso en pie para presenciar la llegada de aquella invitada de última hora. Nehemia, sentada junto a la soberana, se levantó también. ¿Acaso Celaena se había vuelto loca?

«Camina hacia ella. Tómale la mano». Por desgracia, Dorian tenía los pies paralizados y no pudo hacer nada salvo contemplarla. Le ardía la piel del rostro bajo la pequeña máscara negra. No sabía por qué, pero al mirarla se sentía un hombre. Ella parecía algo sacado de un sueño, un sueño en el que él no era un príncipe mimado sino un rey. Celaena llegó al pie de las escaleras y Dorian dio un paso adelante.

Por desgracia, alguien le tomó la delantera. Cuando la vio sonreír y hacerle una reverencia a Chaol, Dorian apretó los dientes con tanta fuerza que se hizo daño. El capitán de la guardia, que ni siquiera se había molestado en ponerse una máscara, le tendió la mano. Celaena miraba solo a Chaol con aquellos ojos de estrella, y sus dedos, largos y pálidos, flotaron en el aire para tomar su mano. La multitud recuperó el habla cuando Chaol se la llevó hacia la fiesta y se fundieron con el gentío. Fuera cual fuera la conversación que estaban a punto de mantener, no sería divertida. Mejor no estar presente.

—Por favor —dijo otro cortesano—, dime que Chaol no ha tomado esposa de repente.

—¿Quién, el capitán Westfall? —contestó el que había hablado primero—. ¿Y por qué una belleza como ella iba a casarse con un guardia? —al recordar quién estaba a su lado, se volvió hacia Dorian, que seguía mirando las escaleras alelado—. ¿Quién es, alteza? ¿La conoces?

—No, no la conozco —muurmuró Dorian antes de alejarse.

El vals sonaba a toda potencia, tan alto que Celaena casi no podía oír ni sus propios pensamientos cuando Chaol la empujó hacia una alcoba en sombras. Como era de esperar, no llevaba máscara; seguro que le parecían ridículas. De modo que la furia que le arrugaba la cara saltaba a la vista.

—Y bien —rezongó Chaol, que apretaba la muñeca de Celaena con fuerza—, ¿me quieres decir cómo se te pasó por la cabeza hacer semejante tontería?

La muchacha intentó zafarse de la mano de Chaol, pero este no la soltó. Al otro lado del salón, Nehemia, sentada junto a la reina de Adarlan, miraba de vez en cuando en dirección a Celaena. Parecía nerviosa; ¿o quizá solo estaba sorprendida de verla allí?

—Tranquilízate —susurró la muchacha al capitán de la guardia—. Solo quería divertirme un poco.

—¿Divertirte? ¿Tu idea de la diversión es colarte en un baile de gala?

La asesina pensó que de nada serviría discutir con él; seguro que estaba furioso porque había conseguido escabullirse de sus aposentos. De modo que hizo una mueca de pena.

—Me sentía sola.

Él soltó una risita.

—¿No eres capaz de pasar ni una noche a solas?

Celaena apartó la mano por fin.

—Nox está aquí... ¡y es un ladrón! ¿Por qué a él lo dejan asistir, con todas esas joyas brillando por todas partes, y a mí no? ¿Cómo voy a ser la campeona del rey si no confías en mí?

En realidad, se había hecho varias veces aquella pregunta.

Chaol se llevó una mano a la frente y soltó un larguísimo suspiro. Celaena procuró no sonreír. Había ganado la partida.

—Si te pasas un pelo de la raya...

Ella fingió seriedad.

—Lo consideraré tu regalo de Yulemas.

El capitán le lanzó una mirada de advertencia, pero dejó caer los hombros.

—Por favor, no hagas que me arrepienta de esto.

La asesina le dio unas palmaditas en la mejilla y echó a andar.

—Sabía que eras un buen chico.

Sin responder, Chaol la siguió de vuelta al centro de la fiesta. Celaena había asistido a otros bailes de máscaras, pero a pesar de eso le resultaba inquietante no poder ver las caras de las personas que la rodeaban. Casi toda la corte, Dorian incluido, lucía máscaras de tamaños, formas y colores variados. Algunos diseños eran sencillos, otros, muy complicados, inspirados en animales. Nehemia, que seguía junto a la reina, llevaba una máscara en tonos dorados y turquesas en forma de flor de loto. Estaba enzarzada en una conversación muy seria, y los guardias que la escoltaban, plantados junto al estrado, ya parecían aburridos.

Chaol no se separaba de ella mientras Celaena buscaba un espacio libre entre el gentío. Cuando encontró uno apropiado, se paró. Era una posición inmejorable. Desde allí, lo veía todo: el estrado, la escalinata principal, la pista de baile...

Dorian bailaba con una morenita de pechos grandes que él miraba de vez en cuando sin tomarse la molestia de disimular. ¿Acaso no la había visto llegar? Incluso Perrington se había fijado en ella cuando Chaol la había arrastrado al rincón. Por suerte, el capitán se la había llevado antes de que tuviera que intercambiar ninguna palabra con el duque.

Sus ojos se cruzaron con los de Nox, que la miraba desde el otro lado del salón. El ladrón coqueteaba con una joven que ocultaba la cara tras una máscara de paloma, y alzó la copa en dirección a Celaena antes de devolver la atención a la chica. Nox había optado por una máscara azul que solo le tapaba la zona de los ojos.

—Bueno, procura no divertirte demasiado —se burló Chaol, y cruzó los brazos.

Disimulando su irritación, Celaena se cruzó de brazos también y comenzó su vigilancia.

Una hora después, Celaena empezaba a maldecir su propia estupidez. Nehemia charlaba tan tranquila con la reina y apenas había mirado un par de veces en su dirección. ¿Cómo se le había pasado por la cabeza que Nehemia, precisamente ella, se proponía atacar a todos?

Las mejillas de la asesina ardían de vergüenza bajo la máscara. No merecía la amistad de la princesa. Todos aquellos campeones muertos, tanto poder misterioso y aquella absurda competencia la habían vuelto loca.

Celaena, algo enfurruñada, alisó la tela de su vestido. Chaol seguía a su lado, sin decir nada. Aunque al final la hubiera dejado quedarse, el capitán no se lo perdonaría. Y estaba segura de que los guardias se iban a llevar la bronca de su vida aquella misma noche.

La asesina se irguió al ver que Nehemia se levantaba de repente de su asiento. Los guardias reaccionaron también. La vio saludar a la soberana con una inclinación de cabeza, entre los destellos que la luz de las velas arrancaban a su máscara, y alejarse del estrado con paso vivo.

A Celaena se le aceleró el corazón cuando vio que Nehemia se abría paso entre la multitud, seguida de sus guardias, para acercarse a ella.

—Estás guapísima, Lillian —le dijo la princesa en la lengua común, con un acento tan fuerte como de costumbre.

Celaena recibió el comentario como una bofetada; Nehemia había hablado con absoluta fluidez aquella noche en la biblioteca. ¿Le estaba advirtiendo que no la delatara?

—Tú también —respondió Celaena, incómoda—. ¿Te estás divirtiendo?

Nehemia jugueteó con un pliegue de su traje; un verdadero vestido de gala. Y, por el aspecto de la suntuosa tela azul, regalo de la reina de Adarlan.

—Sí, pero no me encuentro bien —se disculpó la princesa—. Voy a retirarme a mis aposentos.

Celaena la saludó con un rígido gesto de la cabeza.

—Espero que te mejores pronto —fue todo lo que se le ocurrió decir.

Nehemia la miró durante un largo momento, con los ojos brillantes de algo que parecía tristeza, y se marchó. Celaena la siguió con la vista mientras la princesa subía las escaleras y no apartó los ojos hasta que desapareció.

Chaol carraspeó.

—¿Me vas a contar a qué vino todo eso?

—No es asunto tuyo —replicó ella.

Todavía podía ocurrir algo. Aunque Nehemia se hubiera ido, podía ocurrir algo. Pero no. La princesa no pagaría el dolor con más dolor. Era demasiado buena para hacer algo así. Celaena tragó saliva con fuerza. La daga del corpiño le pareció un peso muerto.

Sin embargo, aunque Nehemia no planeara lastimar a nadie aquella noche, eso no demostraba su inocencia.

—¿Qué pasa? —la presionó Chaol.

Dispuesta a olvidar por un momento la vergüenza y la preocupación, Celaena levantó la barbilla. Puesto que Nehemia se había ido, y aunque no quería bajar la guardia, podía divertirse un poco.

—Contigo ahí mirando mal a todo el mundo, nadie me va a sacar a bailar.

Chaol enarcó sus oscuras cejas.

—No miro mal a nadie.

No había terminado de hablar cuando Celaena lo vio fulminar con la mirada a un cortesano que se había fijado en ella.

—¡Basta ya! —cuchicheó—. Nadie se acercará a mí si sigues haciendo eso.

Él le lanzó una mirada exasperada y echó a andar. La asesina lo siguió hasta el borde de la pista de baile.

—Quédate aquí —propuso Chaol, plantado ante el mar de volantes y faldas—. Así todo el mundo sabrá que estás esperando a que alguien te saque a bailar.

Desde allí, Celaena también podía asegurarse de que ninguna bestia horrorosa se abalanzara de repente sobre la multitud. Sin embargo, Chaol no tenía por qué saberlo. Se volvió a mirarlo.

—¿Quieres bailar conmigo?

Él se echó a reír.

—¿Contigo? No.

Ella se quedó mirando el suelo de mármol con el corazón en un puño.

—No hace falta que seas tan cruel.

—¿Cruel? Celaena, Perrington está aquí mismo. Estoy seguro de que no le hace ninguna gracia que estés aquí, de modo que no llamaré su atención más de lo necesario.

—Cobarde.

La expresión de Chaol se suavizó.

—Si no estuviéramos aquí, te habría dicho que sí.

—Eso se puede arreglar fácilmente, ¿sabes?

Él negó con la cabeza mientras se ajustaba la solapa de su túnica negra. Justo en aquel momento, Dorian pasó bailando junto a ellos, arrastrando a la morenita con él. Ni siquiera volvió la vista hacia Celaena.

—Además —prosiguió Chaol, señalando a Dorian con un gesto de la barbilla—, creo que tienes pretendientes mucho más interesantes que compiten por tu atención. Soy una compañía aburrida.

—A mí no me importa estar aquí contigo.

—No, claro que no —contestó él con indiferencia, aunque la miraba a los ojos.

—Lo digo en serio. ¿Y tú? ¿Por qué no bailas con nadie? ¿No hay ninguna dama que sea de tu agrado?

—Soy el capitán de la guardia; no me consideran un buen partido.

Sus ojos delataban cierta tristeza, aunque muy oculta en el fondo.

—¡No hablarás en serio! Eres mejor que cualquiera de los que están aquí. Y eres... eres muy guapo —objetó ella mientras tomaba la mano del capitán.

El rostro de Chaol reflejaba belleza, además de fuerza, sentido del honor y lealtad. Celaena dejó de oír a la muchedumbre y se le secó la boca cuando el capitán la miró. ¿Cómo había tardado tanto en darse cuenta?

—¿De verdad piensas eso? —preguntó él pasado un rato, mirando sus manos unidas.

Ella le apretó la mano con más fuerza.

—Ya lo creo. Si yo no fuera...

—Y ustedes dos, ¿por qué no bailan?

Chaol le soltó la mano. De mala gana, Celaena se separó del capitán.

—¿Y con quién voy a bailar, alteza?

Dorian estaba impresionante con una túnica cubierta de polvo de peltre. El atuendo del príncipe heredero casi hacía juego con el vestido de la misma Celaena.

—Estás radiante —la elogió—. Y tú también estás muy guapo, Chaol —añadió guiñándole un ojo a su amigo. En aquel momento, la mirada de Dorian se cruzó con la de ella, y la sangre de Celaena se convirtió en una lluvia de estrellas—. Y ¿bien? ¿Debo echarte un sermón sobre la tontería que cometiste al colarte en el baile o puedo, en vez de eso, sacarte a bailar?

—No creo que sea buena idea —intervino Chaol.

—¿Por qué? —preguntaron los otros dos al unísono.

Dorian se acercó un poco más a ella. Aunque se sentía avergonzada de haber pensado cosas tan terribles sobre Nehemia, saber que Dorian y Chaol estaban a salvo la compensaba.

—Porque llamarías demasiado la atención, por eso.

Celaena puso los ojos en blanco y Chaol la fulminó con la mirada.

—¿Debo recordarte quién eres?

—No. Me lo recuerdas a diario —replicó ella.

La mirada del capitán se ensombreció. ¿Qué sentido tenía ser amable con ella si al momento siguiente la insultaba?

Dorian posó una mano en el hombro de la asesina y obsequió a su amigo con una sonrisa encantadora.

—Tranquilízate, Chaol —dijo, y su mano se deslizó hacia la espalda de Celaena y rozó con los dedos su piel desnuda—. Tómate la noche libre —Dorian se volvió a mirarla—. Te sentará bien —añadió luego por encima del hombro, pero su voz había perdido la alegría.

—Voy por una bebida —musitó Chaol antes de alejarse.

Ella siguió al capitán con la mirada. Sería un milagro si la consideraba su amiga. Dorian le acarició la espalda y ella puso los ojos en el príncipe. El corazón le dio un brinco, y Chaol desapareció de su pensamiento como niebla bajo el sol de la mañana. Se sentía mal por ser tan voluble, pero... pero... Oh, deseaba a Dorian, no podía negarlo. Vaya que lo deseaba.

—Estás preciosa —dijo Dorian con voz queda, y la acarició con la vista de un modo que la hizo ruborizar—. No he podido dejar de mirarte.

—¿En serio? Pensaba que ni siquiera habías reparado en mí.

—Chaol se me adelantó cuando llegaste. Además, me hizo falta ánimo para acercarme a ti —sonrió—. Tu aspecto intimida. Sobre todo con la máscara.

—Y supongo que la cola de damas que aguardaba para bailar contigo también tuvo algo que ver.

—Ahora estoy aquí, ¿no?

A Celaena se le encogió el corazón y comprendió que no era esa la respuesta que esperaba. ¿Qué quería de ella?

Dorian tendió la mano e inclinó la cabeza.

—¿Me concedes este baile?

¿Estaba sonando la música? Ni siquiera se había dado cuenta. El mundo se había reducido a nada, se había disuelto en el brillo dorado de las velas. Sin embargo, sus pies seguían allí, y su brazo, su cuello y su boca. Sonrió y tomó la mano que el príncipe le tendía, pero no perdió de vista a la multitud que la rodeaba.

CAPÍTULO 39

Estaba perdido —perdido en un mundo con el que siempre había soñado—. Notaba el cuerpo de Celaena, cálido al contacto, los dedos suaves alrededor de su propia mano. La hizo girar y la condujo por la pista, bailando con toda la suavidad del mundo. Ella no fallaba ni un solo paso, ni tampoco parecía importarle que hubiera toda una colección de mujeres que miraban furiosas cómo finalizaba una pieza y otra volvía a empezar sin que los dos bailarines cambiaran de pareja.

Por supuesto, se consideraba una falta de delicadeza que un príncipe concediera todos los bailes a una misma dama, pero Dorian no podía pensar en nada más que en su pareja y la música que los arrastraba.

—Desde luego, eres incansable —le dijo ella.

¿Cuándo habían hablado por última vez? Quizás hacía diez minutos, tal vez hubiera transcurrido una hora entera. Los rostros enmascarados que los rodeaban se fundían borrosos.

—Si bien algunos padres azotan a sus hijos, los míos me castigaban con lecciones de baile.

—En ese caso, debiste ser un niño muy travieso.

Celaena miró a su alrededor, como si buscara algo, o a alguien.

—Haces unos cumplidos encantadores esta noche.

El príncipe la hizo dar una vuelta. La falda del vestido titiló bajo la araña del techo.

—Hoy es el día de Yulemas. En estas fiestas todo el mundo es amable.

Un destello de algo semejante a dolor brilló en los ojos de ella, pero desapareció antes de que Dorian pudiera estar seguro.

La tomó por la cintura sin dejar de mover los pies al compás de la música.

—¿Y cómo está tu regalo?

—Pues se escondió debajo de mi cama y luego en el comedor. Allí la dejé.

—¿Encerraste al perro en el comedor?

—¿Debí dejarlo en mi habitación, para que arruinara las alfombras? ¿O en la sala de juegos, donde podía ahogarse con alguna pieza de ajedrez?

—A lo mejor deberías haberla enviado al criadero, que es donde deben estar los perros.

—¿El día de Yulemas? ¡Ni en sueños iba a dejarla en ese lugar tan horrible!

De repente, Dorian sintió el impulso de besarla, con fuerza, en la boca. Pero aquel sentimiento, por desgracia, nunca podría ser real. Porque en cuanto el baile hubiera acabado, ella volvería a ser una asesina y él seguiría siendo un príncipe. Dorian tragó saliva con fuerza. Aquella noche, sin embargo...

La estrechó contra sí. Todo cuanto los rodeaba se transformó en una gran sombra en la pared.

Molesto, Chaol miraba cómo su amigo bailaba con la asesina. De todos modos, él no podía sacarla a bailar. Y se alegraba de no haber reunido el valor necesario para pedírselo, sobre todo después de ver el color de la cara del duque Perrington cuando había descubierto a la pareja entre los bailarines.

Un cortesano llamado Otho se detuvo junto a Chaol.

—Pensé que estaba contigo.

—¿Quién? ¿Lady Lillian?

—¡De modo que se llama así! Nunca la había visto. ¿Acaba de llegar a la corte?

—Sí —contestó Chaol.

Al día siguiente tendría unas palabras con los guardias por haber dejado salir a Celaena. Era de esperar que, para entonces, se le hubieran pasado las ganas de aplastar sus cabezas.

—¿Y qué tal te va, capitán Westfall? —preguntó Otho al mismo tiempo que le daba unas palmadas en la espalda con más ímpetu de la cuenta. El aliento le olía a vino—. Ya nunca cenas con nosotros.

—Hace tres años que dejé de cenar con ustedes, Otho.

—Deberías volver; echamos de menos tu conversación.

Era mentira. Otho solo quería sacarle información sobre la joven forastera. Su reputación de conquistador lo precedía; de hecho, en el castillo tenía tan mala fama que debía abordar a las cortesanas en cuanto llegaban o desplazarse a Rifthold a buscar a otro tipo de mujeres.

Dorian estaba pendiente de Celaena, y Chaol veía cómo las sonrisas se extendían por los labios de ella, cómo sus ojos se iluminaban con cada palabra del príncipe. Leía la felicidad en cada rasgo de la asesina, aun con la máscara puesta.

—¿Y él está con ella?

—Lady Lillian es dueña de sí misma. No pertenece a nadie.

—¿Entonces no está con él?

—No.

Otho se encogió de hombros.

—Qué raro.

—¿Por qué?

De repente, a Chaol le entraron ganas de estrangularlo.

—Porque se diría que el príncipe está enamorado de ella —respondió antes de alejarse.

Por un momento la mirada de Chaol se desenfocó. Justo entonces Celaena se echó a reír, y vio los ojos de Dorian clavados en ella. El príncipe no había separado la vista de la asesina ni una sola vez. Su expresión reflejaba... algo. ¿Alegría? ¿Asombro? Bailaba con los hombros erguidos, la espalda recta. Tenía el aspecto de un hombre. De un rey.

Era imposible que tal cosa hubiera ocurrido; y ¿cuándo había pasado? Otho era un borracho y un conquistador. ¿Qué sabía él del amor?

Dorian hizo girar a Celaena con destreza y ella se dejó caer en sus brazos con el cuerpo tenso de la emoción. Pero ella no estaba enamorada del príncipe; Otho no había dicho eso. No había observado apego por parte de ella. Y Celaena jamás cometería una estupidez semejante. El necio era Dorian; sería el príncipe el que acabaría con el corazón roto si es que en verdad la amaba.

Incapaz de seguir mirando a su amigo más tiempo, el capitán de la guardia abandonó el baile.

Rabiosa y desesperada, Kaltain miraba al príncipe heredero de Adarlan, que seguía bailando con Lillian Gordaina. Aunque hubiera llevado una máscara mucho más discreta, habría reconocido a la recién llegada. Además, ¿qué clase de persona escogía el color gris para asistir a un baile de gala? Kaltain bajó la vista hacia su propio vestido y sonrió. En brillantes tonos de azul, verde esmeralda y marrón claro, su vestido y la máscara de plumas de pavo a juego costaban tanto como una vivienda pequeña. Todo se lo había regalado Perrington, por supuesto, junto con las joyas que le cubrían gran parte del cuello y los brazos. Nada que ver con el deplorable amasijo de cristal que llevaba aquella ramera calculadora.

Perrington le acarició el brazo y Kaltain se volvió a mirarlo dejando caer los ojos.

—Estás guapísimo esta noche, amor mío —le dijo al mismo tiempo que le ajustaba la cadena de oro a la saya roja.

Al momento, el rostro de él se puso del color de su túnica. Kaltain se preguntó si llegaría a vencer la repulsión que le inspiraba la idea de besarlo. Siempre podía seguir rechazándolo, como llevaba haciendo todo el mes, pero cuando estaba tan borracho...

Debía encontrar una solución cuanto antes. Por desgracia, seguía sin estar más cerca de Dorian ahora que a principios de otoño, y desde luego no haría ningún progreso mientras Lillian estuviera de por medio.

Un abismo se abrió a sus pies. Un dolor leve, instantáneo le latió en las sienes. No tenía otro remedio. Debía eliminar a Lillian.

Cuando el reloj dio las tres y la mayoría de los invitados —incluidos la reina y Chaol— se había marchado, Celaena juzgó que podía retirarse sin peligro. Aprovechando que Dorian había ido a buscar bebidas, se escabulló del baile y descubrió que Ress la estaba esperando para acompañarla de vuelta. Reinaba el silencio en el castillo mientras volvían a los aposentos de la joven por los corredores del servicio para evitar que los cortesanos más curiosos obtuvieran demasiada información. Aunque las razones que la habían llevado al baile no hubieran sido las mejores del mundo, se había divertido bastante bailando con Dorian. Sonriendo para sí, se hurgó las uñas mientras recorría el pasillo que conducía a su habitación. La euforia de sentir que Dorian solo tenía ojos para ella, que solo le hablaba a ella, que la trataba como a una igual o algo más que eso no la había abandonado del todo. Quizá su plan no había fracasado, después de todo.

Ress carraspeó, y Celaena, alzando la vista, descubrió que Dorian la esperaba junto a la puerta de sus aposentos charlando con los guardias. No podía haberse quedado mucho rato más en el baile si había llegado allí antes que ella. El corazón le dio un brinco en el pecho pero se las ingenió para esbozar una sonrisa tímida cuando Dorian le hizo una reverencia, le abrió la puerta y entró tras ella. Que Ress y los guardias pensaran lo que quisieran.

Celaena se quitó la máscara y la lanzó al centro de la salita. Suspiró cuando el aire le refrescó la piel.

—¿Y bien? —preguntó, y se apoyó en la pared, junto a la puerta del dormitorio.

Dorian se acercó a ella despacio. Cuando por fin se detuvo, sus bocas estaba a un dedo de distancia.

—Te marchaste del baile sin despedirte —le reprochó apoyando un brazo en la pared, a la altura de la cabeza de Celaena.

Ella levantó los ojos y miró la tela negra de la manga que caía justo por encima de su pelo.

—Es impresionante lo rápido que llegaste hasta aquí. Y sin que tu corte de admiradoras te siguiera. Quizá deberías probar suerte como asesino.

Él se apartó el pelo de la cara con una sacudida de la cabeza.

—No me interesan las cortesanas —dijo con voz ronca, y la besó.

Tenía la boca cálida, los labios suaves, y Celaena perdió cualquier sentido del tiempo y del espacio mientras le devolvía el beso con parsimonia. Él se apartó un instante, la miró a los ojos cuando ella los abrió y volvió a besarla. Aquel beso fue distinto, más profundo y ansioso.

Celaena sentía los brazos pesados y ligeros a un tiempo. La habitación parecía dar vueltas y más vueltas a su alrededor. Le gustaba —le gustaban sus besos, su olor, su sabor, las sensaciones que le provocaba.

El príncipe le rodeó la cintura con el brazo y la estrechó contra sí sin separar sus labios de los de ella ni un momento. Ella lo tomó por el hombro y le clavó los dedos en el músculo tenso bajo la piel. ¡Cuánto había cambiado su relación desde el día en el que se conocieron en Endovier!

Celaena abrió los ojos. Endovier. ¿Por qué estaba besando al príncipe heredero de Adarlan? Aflojó los dedos y dejó caer el brazo.

Él se separó de ella y sonrió. Rebosaba carisma. Volvió a inclinarse hacia delante, pero ella posó dos dedos en su boca con suavidad.

—Debería irme a dormir —se disculpó. Dorian enarcó las cejas—. Sola —añadió.

Él se apartó los dedos de la boca e intentó volver a besarla, pero Celaena se escabulló por debajo del brazo del príncipe y agarró la manija de la puerta del dormitorio. La abrió y cruzó el umbral antes de que él pudiera detenerla. Luego se asomó a la salita, donde él seguía sonriendo.

—Buenas noches —se despidió Celaena.

Dorian se apoyó en la puerta y acercó su rostro al de ella.

—Buenas noches —susurró a su vez.

Esta vez no lo rechazó cuando volvió a besarla. Dorian se separó a mitad del beso, y Celaena estuvo a punto de caerse al suelo cuando él se apartó. El príncipe se rio por lo bajo.

—Buenas noches —repitió ella, un poco ruborizada.

Luego el príncipe se marchó.

Celaena se dirigió al balcón y abrió las puertas de par en par para dejarse inundar por el aire fresco. Se llevó la mano a los labios y se quedó mirando las estrellas, mientras su corazón crecía, crecía, crecía dentro de su pecho.

Dorian caminó despacio hacia sus propios aposentos, con el corazón desbocado. Aún podía notar la caricia de los labios de Celaena, oler el aroma de su cabello, ver el oro de sus ojos que titilaban a la luz de las velas.

Al diablo las consecuencias. Se las ingeniaría para que la historia funcionara; encontraría el modo de estar con ella. Tenía que hacerlo.

Había saltado al abismo. Ya solo podía rezar para que hubiera una red al fondo.

En el jardín, el capitán de la guardia miraba el balcón de la joven, donde ella bailaba en solitario, perdida en sus sueños. Aunque Chaol sabía que los pensamientos de Celaena no le pertenecían.

La asesina se detuvo y alzó la mirada. Aun a aquella distancia, el capitán veía el rubor de sus mejillas. Parecía muy joven; no, nueva. El corazón se le encogió en el pecho.

A pesar de todo, siguió mirándola, observándola hasta que ella suspiró y volvió al interior sin molestarse en mirar abajo.

CAPÍTULO 40

Celaena gruñó cuando algo frío y húmedo le rozó la mejilla. Abrió un ojo y descubrió que el cachorro la miraba desde arriba agitando la cola. Cambió de postura y entrecerró los ojos para protegerlos de la luz del sol. No había tenido intención de dormir tanto. Dentro de dos días se celebraba una prueba y debía prepararse. Sería el último examen antes del duelo final, la prueba que iba a decidir quiénes serían los cuatro finalistas.

Celaena se frotó un ojo y rascó a la perrita detrás de las orejas.

—¿Te has hecho pipí en alguna parte y has venido a decírmelo?

—Ni hablar —respondió alguien abriendo la puerta del dormitorio; Dorian—. La he sacado al alba junto con los otros perros.

Ella sonrió con pereza mientras él se acercaba.

—¿No es demasiado pronto para las visitas?

—¿Pronto? —se rio el príncipe, y se sentó en la cama. Ella se apartó sobresaltada—. ¡Casi es la una de la tarde! Philippa me dijo que llevas toda la mañana durmiendo como un tronco.

¡La una! ¿Tanto había dormido? ¿Y su entrenamiento con Chaol? Celaena se rascó la nariz y tomó en brazos al cachorro. Por lo menos, la noche había sido tranquila. De haberse producido algún ataque, ya se habría enterado. Tuvo ganas de suspirar de alivio, aunque el sentimiento de culpa por lo que había hecho —su falta de fe en Nehemia— la entristeció.

—¿Ya le pusiste nombre? —preguntó él; indiferente, tranquilo, compuesto. ¿Estaba fingiendo o sencillamente el beso no había significado nada para él?

—No —contestó ella.

Intentaba parecer serena, aunque habría querido gritar de tan incómoda como se sentía.

—¿Y qué tal —prosiguió él mientras se daba unos toques en la barbilla— Dorad... ita?

—Es el nombre más bobo que he oído en mi vida.

—¿Se te ocurre algo mejor?

Celaena tomó una de las patas de la perrita y examinó las patas mullidas. Apretó la almohadilla con el pulgar.

—Ligera —era un nombre perfecto. De hecho, tenía la sensación de que había estado allí todo el rato, esperando a que ella fuera tan perspicaz como para descubrirlo—. Sí, Ligera le sienta de maravilla.

—¿Tiene algún significado? —preguntó él, y la perrita levantó la cabeza para mirarlo.

—Lo tendrá cuando corra más que tus perros de raza.

Celaena cogió al animal en brazos y le besó la cabeza. Meneó al cachorro arriba y abajo, y la perrita se quedó mirándola con el ceño fruncido. Era enternecedora, tan suave y adorable.

Dorian soltó una risita.

—Ya veremos.

La asesina dejó al perro a los pies de la cama. Ligera se metió rápidamente bajo las mantas y desapareció.

—¿Dormiste bien? —le preguntó el príncipe.

—Sí. A juzgar por lo temprano que te levantaste, tú no puedes decir lo mismo.

—Mira —empezó a hablar Dorian, y Celaena quiso tirarse por el balcón—. Ayer por la noche... Lamento haber sido tan directo contigo —se interrumpió un momento—. Celaena, ¿te burlas de mí?

Oh, no... ¿Le estaba haciendo muecas al príncipe?

—Ejem... Lo siento.

—Entonces, ¿te molestó?

—Si me molestó ¿qué?

—¡El beso!

Incapaz de tragar saliva, la asesina tosió.

—No, claro que no, no fue nada —dijo a la vez que se golpeaba el pecho para aclararse la garganta—. No tuvo importancia. Pero tampoco me desagradó, si es eso lo que estás pensando.

Enseguida se arrepintió de haber dicho eso.

—Entonces, ¿te gustó? —preguntó Dorian con una sonrisa lánguida.

—¡No! ¡Oh, déjame en paz!

Celaena se dejó caer sobre las almohadas y se tapó el rostro con las mantas. Se moría de vergüenza.

En la oscuridad de la cama, Ligera le lamió la cara.

—Vamos —se burló él—. A juzgar por tu reacción, se diría que fue tu primer beso.

Ella arrojó las mantas a un lado y Ligera se escondió aún más adentro.

—Claro que no —replicó Celaena mientras intentaba no pensar en Sam y en lo que había compartido con él—, aunque ha sido mi primera experiencia con un principito creído, arrogante y estirado.

Él se miró el pecho.

—¿Estirado?

—Oh, cállate —se desesperó ella, y lo golpeó con una almohada.

Pasó al otro lado de la cama, se levantó y caminó hacia el balcón.

Notó que el príncipe la miraba. Observaba las tres cicatrices de la espalda que el escotado camisón no conseguía ocultar.

—¿Te vas a quedar aquí mientras me cambio?

Se volvió hacia él. La expresión de Dorian no se parecía a la de la noche anterior. Su mirada parecía cauta... e infinitamente triste. La sangre de la muchacha corría como un torrente por sus venas.

—¿Y bien?

—Esas cicatrices son horribles —respondió él, casi en susurros.

Ella se llevó la mano a la cadera y se encaminó al vestidor.

—Todos tenemos cicatrices, Dorian. Resulta que las mías son más visibles que las de la mayoría. Quédate aquí sentado si te place, pero yo me voy a vestir.

Abandonó el cuarto con paso digno.

Kaltain caminaba tras el duque Perrington entre los inacabables planteles del invernadero. En la enorme construcción de cristal abundaban tanto la luz como las sombras, y ella se abanicaba sin cesar para ahuyentar la pegajosa humedad que le empapaba la cara. Aquel hombre siempre escogía los peores lugares del mundo para pasear. A ella le interesaban tanto las plantas y las flores como un charco de barro en la cuneta.

Perrington arrancó un lirio —de un blanco inmaculado— y se lo tendió con una inclinación de cabeza.

—Para ti.

Ella intentó no encogerse ante la visión de la piel rubicunda y el mostacho rojo. Solo de pensar que pudiera acorralarla le entraban ganas de arrancar todas las plantas de raíz y arrojarlas a la nieve.

—Gracias —dijo con voz ronca.

Perrington se quedó mirándola.

—Se diría que estás algo desanimada, Lady Kaltain.

—Ah, ¿sí? —ella ladeó la cabeza con la expresión más tímida que pudo adoptar—. Tal vez porque el día de hoy palidece ante la diversión del baile de ayer.

Poco convencido, el duque la siguió escudriñando con sus negros ojos. Con el ceño fruncido, la tomó por el codo para obligarla a seguir avanzando.

—No tienes que disimular conmigo. Me di cuenta de que mirabas al príncipe heredero.

Kaltain optó por disimular. Enarcando sus cejas bien perfiladas, lo miró de reojo.

—Ah, ¿sí?

Con un dedo regordete, Perrington acarició el tallo de un helecho. El anillo negro delató su pulso, y un dolor sordo volvió a latir en las sienes de Kaltain.

—Yo también me fijé en él. En la chica, para ser más exactos. Es un engorro, ¿no es cierto?

—¿Lady Lillian?

Esta vez Kaltain pestañeó, sin atreverse a bajar la guardia todavía. El duque no se había dado cuenta de que *deseaba* al príncipe, más bien se había fijado en que Dorian y Lillian no se habían separado en toda la noche.

—Así se hace llamar, sí —murmuró Perrington.

—¿No es su verdadero nombre? —preguntó ella sin pararse a pensar.

El duque se volvió a mirarla. La negrura de sus ojos hacía juego con el anillo.

—¿No te habrás tragado el cuento de que esa muchacha es una verdadera dama?

El corazón de Kaltain dio un brinco.

—¿No lo es?

Perrington sonrió y, por fin, se lo contó todo.

Cuando el duque finalizó su relato, Kaltain lo miraba fijamente. Una asesina. Lillian Gordaina era Celaena Sardothien, la asesina más famosa del mundo. Y había puesto las zarpas en el corazón de Dorian. Si Kaltain quería casarse con Dorian, tendría que ser mucho, muchísimo más lista. Quizá bastara con revelar quién era Lillian en realidad. Pero tal vez no. Kaltain no podía correr ningún riesgo. El silencio reinaba en el invernadero, como si el mismo edificio contuviera el aliento.

—¡No podemos dejar que esto se quede así! ¡No podemos permitir que el príncipe se ponga en peligro!

La expresión de Perrington mudó un instante —en algo más dolorido y feo—, pero el cambio fue tan rápido que ella apenas lo advirtió, torturada por una migraña cada vez más fuerte. Necesitaba la pipa; tenía que tranquilizarse antes de que le diera un ataque.

—Claro que no —repuso Perrington.

—¿Y cómo vamos a detenerlos? ¿Revelándole la verdad al rey?

El duque negó con la cabeza y se llevó una mano al sable con ademán meditabundo. Kaltain examinó un capullo de rosa y resiguió el borde de una espina con su larga uña.

—Se va a celebrar un duelo entre los campeones supervivientes —dijo el hombre despacio—. En el transcurso del duelo, ella brindará en honor de la diosa y los dioses menores —mientras el duque seguía hablando, Kaltain sintió que le faltaba el aliento, y no solo por culpa del estrecho corsé. Separó el dedo de la espina—. Iba a pedirte que presidieras el brindis... en representación de la diosa. Tal vez podrías dejar caer algo en su bebida.

—¿Matarla yo misma?

Una cosa era contratar a alguien que lo hiciera, pero asesinarla en persona...

El duque levantó las manos.

—No, no. Sin embargo, el rey está de acuerdo conmigo en que debemos tomar medidas drásticas, y quiere que lo hagamos de tal modo que Dorian atribuya los acontecimientos a... un accidente. Si le administráramos sencillamente una dosis de acónito sanguíneo, nada letal, solo lo suficiente para asegurarnos de que pierde el control, Caín obtendría la ventaja que necesita.

—¿Y no puede matarla el propio Caín? Los accidentes abundan en los duelos.

El dolor de cabeza se le estaba agudizando, los latidos se transmitían a todo su cuerpo. Tal vez drogarla fuera más fácil...

—Caín cree que sí, pero prefiero no correr riesgos.

Perrington le tomó las manos. Kaltain notó la frialdad del anillo contra la piel y reprimió el impulso de apartarlas.

—¿No quieres ayudar a Dorian? Cuando se haya librado de ella...

«Entonces será mío. Será mío, como debe ser».

Pero matar... «Será mío».

—Podremos devolverlo al buen camino, ¿no te parece?

Perrington remató la frase con una gran sonrisa que la hizo estremecer. Su instinto le decía que corriera, que huyera sin mirar atrás.

En su mente, en cambio, solo veía una corona y un trono, y al príncipe sentado junto a ella.

—Dime qué tengo que hacer —accedió por fin.

CAPÍTULO 41

El reloj dio las diez, y Celaena, sentada al pequeño escritorio de su habitación, alzó la vista del libro. Ya debería estar durmiendo o cuando menos intentando conciliar el sueño. Ligera, adormilada en su regazo, dio un gran bostezo. Celaena le rascó la piel de alrededor de las orejas y pasó la mano por la página abierta del libro. Las marcas del Wyrd, cuyos extraños ángulos y curvas hablaban un lenguaje que ella aún no entendía, la desafiaban desde el papel. ¿Cuánto tiempo había tardado Nehemia en aprenderlas? Y además, se preguntó con desaliento, ¿cómo podían conservar su poder si la magia había desaparecido?

No había visto a Nehemia desde el baile de la noche anterior y tampoco se había atrevido a ir a buscarla, ni a contarle a Chaol lo que había descubierto. La princesa tal vez hubiera mentido acerca de sus conocimientos de la lengua común, pero sin duda tendría sus razones para ello. Celaena había hecho mal en acudir al baile, se había equivocado al pensar que Nehemia era capaz de hacer cosas tan terribles. La princesa pertenecía al bando de los buenos. No perjudicaría a Celaena, no cuando habían sido amigas. Habían sido amigas. Celaena tragó saliva para deshacer el nudo que tenía en la garganta y volvió la página. Se quedó sin aliento.

Allí, ante sus propios ojos, estaban los símbolos que había visto junto a los cadáveres. Y en el margen, escrita por alguien que había habitado el mundo hacía muchos siglos, encontró una explicación.

Para ofrecer sacrificios al ridderak: con la sangre de la víctima, trazar las marcas indicadas alrededor de esta. Una vez que la criatura haya sido invocada, las marcas propiciarán el intercambio: por la carne del sacrificio, la bestia te proporcionará la fuerza de la víctima.

Celaena casi no podía contener el temblor de manos mientras pasaba página tras página en busca de alguna información sobre los signos que había descubierto bajo su cama. Tras comprobar que el libro no incluía nada, regresó a la invocación. Un ridderak... ¿así se llamaba el monstruo? ¿Qué era? ¿Y de dónde procedía, si no era de...?

Las puertas del Wyrd. Se apretó las palmas contra los ojos. Alguien estaba empleando las marcas del Wyrd para invocar a aquella criatura. Era imposible, porque ya no existía la magia, pero los textos afirmaban que las marcas del Wyrd existían al margen de la magia. ¿Y si conservaban su poder? Pero... ¿Nehemia? ¿En qué cabeza cabía que su amiga hubiera hecho algo semejante? ¿Para qué necesitaba la fuerza de los campeones? ¿Y cómo se las había ingeniado para no levantar sospechas?

Ahora bien, Nehemia poseía grandes dotes de actriz. Y tal vez las ganas de Celaena de tener una amiga —alguien tan distinto y fuera de lugar como ella misma— la habían traicionado. Quizás había estado demasiado desesperada, demasiado dispuesta a ver solo lo que quería ver. Celaena inhaló profundamente para tranquilizarse. Nehemia amaba Eyllwe —de eso no cabía duda— y Celaena sabía que la princesa haría cuanto estuviera en su mano por defender a su pueblo. A menos que...

La sangre se le heló en las venas. A menos que Nehemia estuviera allí con un propósito más grande y no pretendiera exactamente proteger a su pueblo. A menos que anduviera buscando algo que muy pocos se atrevían a murmurar: la *rebelión*. Y no una rebelión como la actual, con unos cuantos grupos de insumisos ocultos en los territorios salvajes, sino más bien una rebelión de todos los reinos contra Adarlan —como debería haber sido desde el comienzo.

Sin embargo, ¿qué sentido tenía matar a los campeones? ¿Por qué no eliminar a la realeza? El baile le había brindado la ocasión perfecta. ¿Y por qué usar las marcas del Wyrd? Conocía los aposentos de Nehemia; allí no había rastros de ningún demonio al acecho, y en el castillo no existía escondrijo alguno donde...

Celaena levantó los ojos del libro. Tras la gigantesca cómoda, el tapiz ondeaba como agitado por una brisa fantasma. En todo el castillo no existía ningún lugar donde invocar una criatura como esa, salvo las cámaras olvidadas y los inacabables túneles que discurrían bajo tierra.

—No —dijo, y se levantó tan deprisa que Ligera tuvo que apartarse de un salto para que la silla no la aplastara.

No, no podía ser verdad. Porque se trataba de Nehemia. Porque... porque...

Gruñendo del esfuerzo, Celaena separó la cómoda de la pared y luego retiró el tapiz del muro. Igual que hacía dos meses, una brisa fría y húmeda se coló por las grietas, aunque no olía a nada parecido a rosas. Todos los asesinatos se habían producido dos días después de una de las pruebas. De modo que aquella misma noche, o tal vez al día siguiente, se producirían más incidentes. El ridderak, fuera lo que fuera, volvería a atacar. Y dadas las marcas que alguien había pintado bajo su propia cama, ni todos los demonios del infierno conseguirían que Celaena esperara sentada los acontecimientos.

Después de dejar a la gimoteante Ligera fuera de la habitación, la asesina cubrió la puerta secreta con el tapiz, colocó un libro en la entrada a modo de cuña para evitar que se cerrara y deseó contar con algún arma aparte del candelabro que llevaba en la mano y la daga casera del bolsillo.

Porque si Nehemia había sido capaz de mentirle hasta tal punto, si era Nehemia la que estaba matando a los campeones, Celaena tenía que andarse con mucho cuidado. De ser verdad todo aquello, Nehemia podía matarla con las manos desnudas.

Descendió por los túneles, más y más abajo, exhalando nubes de vaho en el aire gélido. En alguna parte caían gotas de agua y Celaena miró con anhelo el arco de crucería cuando se acercó a la encrucijada. Esta vez ni siquiera consideró la posibilidad de huir. ¿Qué sentido tendría, estando tan cerca de la victoria? Si perdía, se escabulliría por aquellos túneles antes de que la enviaran de vuelta a Endovier.

Celaena observó el pasadizo de la derecha y el de la izquierda. Sabía que el de la izquierda conducía a un punto muerto. El de la derecha en cambio... llevaba al sepulcro de Elena. Y de camino hacia allí había muchas desembocaduras.

Se acercó un poco más al arco y se quedó de una pieza al descubrir las huellas que bajaban hacia las tinieblas. Algo había alterado aquel polvo de siglos de antigüedad. Pisadas que subían y bajaban.

Por lo visto, Nehemia y su criatura habían rondado varias veces por allí, pocos pies más abajo de donde todos hacían vida a diario. ¿Acaso Verin no había muerto después de burlarse de Celaena delante de Nehemia? La asesina tomó el candelabro con más fuerza y se sacó la daga del bolsillo.

Peldaño a peldaño, empezó a descender la escalera. Pronto perdió de vista el rellano superior, pero no le parecía estar más cerca del fondo. De repente, unos susurros resonaron en el túnel, deslizándose por las paredes hacia ella. Avanzó con cautela y protegió la vela con la mano conforme se iba acercando al origen del sonido. No era una charla relajada entre criados, más bien la voz de alguien que hablaba rápidamente, como recitando.

Y no era Nehemia, sino un hombre.

Se fue acercando a un rellano que desembocaba en una cámara a mano izquierda. Una luz verdosa se derramaba por las piedras de la escalera, que se hundía más abajo en la negra oscuridad. Se le puso la piel de gallina cuando pudo oír la voz más claramente. No hablaba ninguna lengua que ella conociera; era áspera y gutural, y le crispaba los oídos, tétrica como un escalofrío que le helara los huesos. El hombre resollaba, como si las palabras le irritaran la garganta, y por fin se detuvo a tomar aire.

Se hizo un silencio. Celaena dejó la vela en el suelo. Cruzó a gatas el rellano y echó un vistazo al interior de la cámara. La puerta de roble estaba abierta, y una llave enorme descansaba en la oxidada cerradura. Y dentro de la pequeña estancia, arrodillado ante una oscuridad tan intensa que parecía a punto de devorar el mundo, estaba Caín.

CAPÍTULO 42

Caín.

La persona que se había vuelto más fuerte y mejor conforme avanzaba el torneo. Celaena lo había atribuido al entrenamiento, pero no. En realidad se estaba valiendo de las marcas del Wyrd y del monstruo que estas invocaban para robar la fuerza de los campeones muertos.

Caín arrastró la mano por el suelo, ante la oscuridad, y unas luces verdosas brotaron por donde había pasado los dedos antes de que el vacío las aspirara como fantasmas al viento. Le sangraba la mano.

Celaena contuvo el aliento cuando atisbó algo moviéndose en la oscuridad. Sonó el repiqueteo de una garra contra la piedra y el siseo como de una llama que se apaga. A continuación, caminando hacia Caín, caminando sobre unas piernas con las rodillas del revés —como las patas traseras de un animal— apareció el ridderak.

Parecía algo sacado de las pesadillas de un dios antiguo. Su lisa y grisácea piel se tensaba sobre una cabeza deforme, y dejaba a la vista una enorme boca repleta de colmillos negros.

Los mismos colmillos que habían arrancado y devorado los órganos internos de Verin y de Xavier; colmillos que habían engullido sus cerebros. El cuerpo, vagamente humano, se hundía por la parte de las ancas. Al caminar, arrastraba unos brazos largos por el suelo. Las piedras chirriaban al contacto de sus uñas. Caín levantó la cabeza y se puso en pie despacio cuando el engendro se arrodilló ante él y bajó los oscuros ojos. En actitud sumisa.

Celaena solo se dio cuenta de lo mucho que temblaba cuando retrocedió un paso para dar media vuelta y echar a correr como alma que lleva el diablo. Elena había dicho la verdad: aquello era el mal, pura y simplemente. En el pecho de la asesina, el amuleto latía como si la apremiara a huir. Con la boca seca y el pulso acelerado, Celaena retrocedió.

Caín se volvió a mirarla y el ridderak levantó la cabeza al instante para olisquear dos veces con su hocico hendido. La muchacha se quedó petrificada, pero justo entonces se levantó un viento huracanado que la empujó desde atrás y la obligó a entrar en la cámara trastabillando.

—No te tocaba a ti esta noche —observó Caín, pero Celaena solo tenía ojos para el monstruo, que se había puesto a jadear—, aunque la ocasión es demasiado buena para desperdiciarla.

—Caín —fue lo único que ella atinó a responder.

Los ojos del ridderak... jamás había visto algo parecido. No reflejaban nada salvo pura hambre; un hambre insaciable, infinita. La criatura no era de este mundo. Las marcas del Wyrd funcionaban. Los portales existían. Se sacó el cuchillo casero del bolsillo. Le pareció minúsculo; ¿qué daño podía hacer un alfiler de pelo en el pellejo de aquel animal?

Caín avanzó con tanta rapidez que ella apenas tuvo tiempo de parpadear antes de que el soldado se colocara a su espaldas. De alguna manera, también le había arrebatado el cuchillo. Nadie —ningún ser humano— se podía mover a esa velocidad, como si su cuerpo estuviera hecho de sombras y viento.

—Lástima —susurró Caín desde el umbral mientras se guardaba el cuchillo de Celaena en el bolsillo. La asesina miró a la criatura, luego a él, por último detrás de ella—. Nunca llegaré a averiguar cómo conseguiste llegar hasta aquí —el soldado abarcó la manija de la puerta con la mano—. Aunque tampoco es que me importe. Adiós, Celaena.

La puerta se cerró.

La luz verdosa seguía brotando de las marcas del suelo —signos que Caín había grabado con su propia sangre—, iluminando a la criatura que la observaba con aquellos ojos hambrientos y crueles.

—Caín —susurró Celaena mientras retrocedía hacia la puerta y empezaba a toquetear la manija.

Intentó abrirla y tiró de ella. La puerta estaba cerrada. En aquella habitación no había nada salvo piedra y polvo. ¿Cómo era posible que se hubiera dejado desarmar tan fácilmente?

—*Caín* —la puerta no cedía—. *¡Caín!* —gritó, y golpeó la puerta con el puño, tan violentamente que se lastimó.

El ridderak la acechaba desplazándose sobre sus cuatro miembros como una araña, sin dejar de olisquearla. Celaena se quedó quieta. ¿Por qué no la había atacado de inmediato? El monstruo volvió a olfatearla y rascó el suelo con una mano en forma de garra, con tanta fuerza que arrancó un trozo de piedra.

SARAH J. MAAS

La quería viva. Caín había dejado inconsciente a Verin mientras invocaba a la criatura; le gustaba la sangre caliente. De modo que buscaría un modo de inmovilizarla y después...

No podía respirar. No, así no. No en aquella cámara, donde nadie la encontraría nunca, ni siquiera Chaol, que jamás sabría por qué había desaparecido y la maldeciría por siempre, donde nunca tendría oportunidad de decirle a Nehemia que la había juzgado mal. Y Elena... Elena le había pedido que la acompañara a la tumba para que viera... ¿para que viera qué?

Y de repente lo supo.

La respuesta estaba allí mismo, a su derecha, en el pasadizo que descendía varios niveles más por debajo de la tierra.

La criatura se apoyó en las patas traseras preparada para saltar, y en ese momento a Celaena se le ocurrió el plan más temerario y valiente que había urdido jamás. Dejó caer la capa al suelo.

Con un rugido que sacudió los cimientos del castillo, el ridderak echó a correr hacia ella.

Celaena se quedó ante la puerta, viendo cómo el monstruo arremetía al galope en su dirección; saltaban chispas del suelo cuando sus patas golpeaban la piedra. A unos tres metros de ella, la criatura se abalanzó contra sus piernas.

La asesina, sin embargo, ya había echado a correr directamente hacia aquellos colmillos negros y pútridos. El ridderak se lanzó contra ella y Celaena sobrevoló de un salto aquella mezcolanza de gruñidos y rugidos. Un estrépito ensordecedor inundó la cámara cuando el ridderak hizo añicos la puerta de madera. La muchacha no quería ni imaginar qué habría sido de sus piernas de haberla alcanzado. Pero no había tiempo para pensar. Aterrizó rodando y volvió a abalanzarse hacia la puerta resquebrajada, donde la criatura se abría paso entre los trozos de madera.

Celaena corrió por el pasadizo, torció a la izquierda y se precipitó escaleras abajo. Jamás conseguiría llegar viva a sus aposentos, pero si corría lo bastante quizá pudiera alcanzar el sepulcro.

El ridderak volvió a rugir y la escalera tembló. La asesina no se atrevía a mirar atrás. Se concentró en sus propios pies, en no tropezar mientras descendía los peldaños como una exhalación hacia el rellano del fondo, iluminado por la luz de la luna que se filtraba desde la cámara funeraria.

Celaena llegó al rellano, corrió hacia la puerta del sepulcro y rezó a dioses cuyos nombres había olvidado pero que, con algo de suerte, tal vez no la hubieran olvidado a ella.

«Alguien quiso que bajara aquí el día de Samhuinn. Alguien sabía que esto sucedería. Elena quería que lo viera... para que pudiera sobrevivir».

La criatura alcanzó el fondo de la escalera y se abalanzó hacia ella. La tenía tan cerca que podía oler su aliento putrefacto. La puerta del sepulcro estaba abierta de par en par. Como si hubiera alguien allí esperando.

«Por favor... Por favor...».

Asida a la jamba de la puerta, se dio impulso para entrar. Ganó unos segundos preciosos mientras el ridderak se detenía en seco al reparar en que había pasado la cámara de largo. Solo tardó unos momentos en reaccionar. Cuando volvió a la carga, se llevó consigo un trozo de puerta.

Las pisadas de Celaena resonaban por el sepulcro mientras corría entre los sarcófagos buscando a Damaris, la espada del antiguo rey.

Expuesta en su soporte, la hoja brillaba a la luz de la luna; aunque tenía más de mil años, el metal conservaba todo su esplendor.

La criatura gruñó, y Celaena oyó su respiración y el roce de las uñas contra la piedra cuando el ridderak cargó contra ella. Alcanzó la espada con un último esfuerzo y ciñó la fría empuñadura con la mano izquierda antes de darse la vuelta sobre sí misma blandiendo la espada.

Sin ver nada más que los ojos y la piel borrosa de la criatura, hundió a Damaris en la cara del ridderak.

Un fuerte dolor le atravesó la mano cuando ambos se estrellaron contra la pared y cayeron al suelo entre monedas y joyas. Una sangre negra y hedionda la salpicó.

Celaena no se movió. Se quedó allí tendida, mirando aquellos ojos negros abiertos a pocos centímetros de los suyos, viendo su mano derecha entre los dientes negros de la criatura. Su propia sangre se derramaba por la barbilla del ridderak. La muchacha se limitó a jadear y temblar, sin atreverse a separar la mano izquierda de la espada, ni siquiera cuando advirtió que los ojos del monstruo adquirían un brillo vidrioso y que el cadáver se aflojaba sobre su cuerpo.

Solo parpadeó cuando volvió a notar el latido del amuleto. A partir de aquel momento, sus movimientos fueron una serie de pasos orquestados, un baile que debía ejecutar a la perfección si no quería caer en redondo allí mismo y no volver a levantarse.

Empezó por retirar la mano de entre los dientes de la bestia. Le escocía horrores. Un arco de puntos ensangrentados le rodeaba el pulgar. Apartó al ridderak de un empujón y se puso en pie de un salto. El monstruo pesaba poquísimo, como si tuviera los huesos huecos o fuera puro pellejo. Aunque el mundo empezaba a desdibujársele, arrancó a Damaris del cráneo del engendro.

Usó su propia camisa para limpiar la sangre de la espada de Gavin y volvió a depositarla en el lugar que le correspondía. ¿Por eso le habían mostrado la cámara funeraria en Samhuinn? ¿Para que viera a Damaris y llegado el momento pudiera salvarse?

Dejó a la criatura donde estaba, derrumbada sobre un montón de joyas. Quienquiera que la hubiera salvado tendría que encargarse de ella. Celaena no daba más de sí.

Pese a todo, la asesina se detuvo un momento ante el sarcófago de Elena y miró las hermosas facciones talladas en mármol.

—Gracias —dijo con voz ronca.

Con la visión borrosa, y apretando la mano herida contra su pecho, abandonó la tumba y remontó las escaleras a duras penas.

En cuanto estuvo sana y salva en sus aposentos, Celaena se dirigió a la puerta de su dormitorio y se apoyó contra ella, jadeando, para abrirla. La herida no se le había cerrado y la sangre seguía resbalando por su muñeca. Oía el sonido de las gotas al estrellarse contra el suelo. Tenía que ir al baño a lavarse la mano. La tenía helada. Tenía que...

Se le doblaron las piernas y cayó al suelo. Le pesaban tanto los párpados que acabó por cerrarlos. ¿Por qué el corazón le latía tan despacio?

Celaena abrió los ojos y se miró la mano. No podía enfocar la vista y apenas vio un borrón rojo y rosado. El frío de su mano le subía por el brazo y bajaba por sus piernas.

Oyó un estallido. Un pom-pom-pom seguido de un gemido. A través de los párpados entrecerrados vio una luz en la habitación a oscuras.

Luego oyó un grito —femenino— y unas manos cálidas le tomaron el rostro. El frío era tan intenso que casi quemaba. ¿Alguien había dejado la ventana abierta?

—¡Lillian!

Era Nehemia. Sacudió a Celaena por los hombros.

—¡Lillian! ¿Qué pasó?

La asesina escasamente recordaría los siguientes momentos. Unos fuertes brazos la levantaron y la transportaron a toda prisa al baño. Nehemia jadeaba mientras llevaba a Celaena a la bañera. Allí, le quitó la ropa. La mano le escocía tanto que cuando entró en contacto con el agua la retiró, pero la princesa se la sostuvo con fuerza mientras recitaba algo en una lengua desconocida. La luz de la sala latía y Celaena notó un cosquilleo en la piel. Descubrió que tenía los brazos cubiertos de unas marcas brillantes color turquesa: marcas del Wyrd. Nehemia la sostenía en el agua sin dejar de mecerla.

La oscuridad la engulló.

CAPÍTULO 43

Celaena abrió los ojos.

No tenía frío, y las velas brillaban con un resplandor dorado. El aire olía a flor de loto con un toque de nuez moscada. Exhaló un pequeño gemido y, parpadeando, intentó levantarse de la cama. ¿Qué había pasado? Solo recordaba haber subido las escaleras, haber colocado el tapiz para ocultar la puerta secreta...

Sobresaltada, Celaena se palpó la túnica y se quedó pasmada al descubrir que alguien la había sustituido por un camisón. Luego levantó la mano y la contempló maravillada. Estaba curada, completamente curada. El único rastro de la herida era una cicatriz en forma de media luna entre los dedos índice y pulgar y las pequeñas marcas que habían dejado los dientes inferiores del ridderak. Se pasó el dedo por cada una de aquellas cicatrices blancas, siguió la curva y luego movió los dedos para comprobar que los nervios de la mano estaban intactos.

¿Cómo era posible? Alguien la había curado como por arte de magia. Se incorporó y descubrió que no estaba sola.

Sentada en una silla, junto a la cama, Nehemia la miraba. No sonrió, y Celaena se revolvió inquieta al advertir una sombra de desconfianza en los ojos de la princesa. Ligera yacía a sus pies.

—¿Qué pasó? —preguntó Celaena.

—Eso mismo iba a preguntar yo —respondió la princesa de Eyllwe. Señaló con un gesto el cuerpo de su amiga—. Si no te hubiera encontrado, ese mordisco te habría matado en cuestión de minutos.

Incluso había limpiado la sangre del suelo.

—Gracias —dijo Celaena. Entonces descubrió con sobresalto el cielo oscuro al otro lado de las ventanas—. ¿Qué día es hoy?

Si habían transcurrido dos días y se había perdido la última prueba...

—Solo han pasado tres horas.

Celaena respiró aliviada. No se la había perdido. Al día siguiente podría entrenarse y al otro presentarse a la prueba.

—No lo entiendo. ¿Cómo...?

—Eso da igual ahora —la interrumpió Nehemia—. Quiero saber dónde estabas cuando recibiste ese mordisco. Solo había sangre en tu dormitorio. No vi manchas en el pasillo ni en ninguna otra parte.

Abriendo y cerrando la mano derecha, Celaena observó cómo las cicatrices se expandían y se contraían. Había estado a punto de morir. Echó un vistazo a la princesa y volvió a mirarse la mano. Fuera cual fuera el papel de Nehemia en todo aquello, no estaba confabulada con Caín.

—No soy quien pretendo ser —empezó a decir la asesina con voz queda, incapaz de mirar a su amiga a los ojos—. Lillian Gordaina no existe.

Nehemia no dijo nada. Celaena se obligó a sí misma a posar la mirada en el rostro de la princesa. Su amiga la había salvado. ¿Cómo había podido pensar que era Nehemia la que controlaba a la criatura? Al menos, merecía saber la verdad.

—Me llamo Celaena Sardothien.

Los labios de Nehemia se separaron. Despacio, negó con la cabeza.

—Pero si te enviaron a Endovier. Se suponía que estabas en Endovier con... —la princesa abrió mucho los ojos—. Hablas el Eyllwe de los campesinos, de los esclavos de Endovier. Lo aprendiste allí —a Celaena le costaba respirar. Los labios de Nehemia temblaban—. Estuviste... ¿Has estado en Endovier? Es un campo de exterminio. Pero... ¿Por qué no me lo dijiste? ¿Acaso no confías en mí?

—Claro que sí —repuso Celaena. Sobre todo sabiendo, sin el menor asomo de duda, que la princesa no estaba detrás de los asesinatos—. El rey me ordenó que no revelara ni una palabra de esto.

—¿Ni una palabra de qué? —la cuestionó Nehemia mientras intentaba contener las lágrimas—. ¿El rey sabe que estas aquí? ¿Obedeces sus órdenes?

—Estoy aquí para entretenerlo —la asesina se incorporó en la cama—. Estoy aquí para participar en un concurso del que saldrá proclamado el campeón del rey. Y cuando gane, si es que gano, tendré que trabajar para él durante cuatro años como sirvienta y asesina. Luego me liberará y limpiará mi nombre.

Nehemia se quedó mirándola con ojos vacíos, acusadores.

—¿Crees que a mí me gusta estar aquí? —exclamó Celaena, pese a que eso hizo que le martilleara la cabeza—. No tenía elección. O aceptaba o me quedaba en Endovier —se llevó las manos al pecho—. Antes de que empieces a sermonearme, o antes de que corras a esconderte detrás de tu guardia personal, quiero que sepas que no transcurre ni un solo momento sin que me pregunte cómo me sentiré cuando tenga que matar en su nombre; ¡en el del hombre que destruyó todo cuanto yo amaba!

Apenas podía respirar, no mientras la puerta de su mente siguiera abriéndose y cerrándose, no mientras las imágenes que tanto se había esforzado en olvidar continuaran desfilando ante sus ojos. Las ahuyentó, ansiosa de oscuridad. Nehemia permanecía callada. Ligera gimió. En el silencio, personas, lugares y palabras resonaban en el pensamiento de Celaena.

Entonces oyó unos pasos que la devolvieron a la realidad. El colchón chirrió y Nehemia se sentó a su lado. Un instante después, Celaena notó otro peso más leve: Ligera.

La princesa estrechó la mano de su amiga con la suya, cálida y seca. Celaena abrió los ojos pero clavó la vista en la pared.

Nehemia le apretó la mano.

—Eres mi amiga más querida, Celaena. Me duele, más de lo que jamás habría pensado, que nuestra amistad se haya enfriado. Leer la desconfianza en tus ojos cuando me miras. Y no quiero que vuelvas a mirarme jamás de ese modo. De forma que deseo concederte algo que reservo para muy pocas personas —sus oscuros ojos brillaron—. Los nombres no son importantes. Solo importa lo que albergamos en nuestro interior. Sé lo mucho que sufriste en Endovier. Sé lo que soporta allí mi pueblo, día tras día. Pero tú no dejaste que las minas te endurecieran, tu alma no ha cedido el paso a la vergüenza de la crueldad.

Apretando con fuerza, la princesa trazó una señal sobre la mano de Celaena.

—Llevas muchos nombres, y yo te voy a bautizar también —alzó la mano hasta la frente de su amiga y dibujó una marca invisible—. Te llamaras Elentiya —besó la frente de la asesina—. Yo te bautizo para que emplees el nombre con honor, para que lo uses cuando los demás te pesen demasiado. Te llamarás Elentiya, «espíritu inquebrantable».

Celaena estaba petrificada. Sintió que el nombre se posaba sobre ella como un velo tembloroso. Acababa de recibir un gesto de amor incondicional. No sabía que existieran amigos así. ¿Cómo era posible que fuera tan afortunada como para haber encontrado uno?

—Vamos —quiso animarla Nehemia—. Cuéntame cómo llegaste a convertirte en la Asesina de Adarlan y cómo acabaste en este castillo exactamente... y explícame los pormenores de ese absurdo concurso.

Celaena sonrió apenas. Ligera agitó la cola y lamió el brazo de Nehemia.

La princesa le había salvado la vida —no sabía cómo—. Las respuestas a aquel enigma podían esperar. De modo que Celaena empezó a hablar.

Al día siguiente, Celaena caminaba junto a Chaol con los ojos fijos en el suelo de mármol del pasillo. El sol se reflejaba en la nieve del jardín con tanta fuerza que la luz inundaba el corredor con una intensidad casi cegadora. El día anterior se había sincerado con Nehemia. Se había guardado ciertos detalles que jamás revelaría a nadie y tampoco había mencionado a la criatura de Caín. Nehemia no había vuelto a preguntarle por la procedencia del mordisco, pero se había quedado con ella toda la noche, acurrucada en la cama, charlando. Celaena, que no sabía si podría volver a conciliar el sueño sabiendo las cosas de las que Caín era capaz, había agradecido la compañía. Se ciñó la capa. La mañana era anormalmente fría.

—Estás muy callada —Chaol caminaba con la mirada al frente—. ¿Te peleaste con Dorian?

Dorian. Había pasado a verla la noche anterior, pero Nehemia lo había ahuyentado antes de que pudiera entrar en el dormitorio.

—No. Llevo sin verlo desde ayer por la mañana.

Tras los acontecimientos de la víspera, le parecía que había transcurrido una semana.

—¿Te divertiste la otra noche bailando con él?

¿Había cierto tono recriminatorio en sus palabras? Se volvió a mirarlo mientras doblaban una esquina para dirigirse a un salón de entrenamiento privado.

—Tú te retiraste muy pronto. Pensaba que no ibas a separarte de mí en toda la noche.

—Ya no precisas mi vigilancia.

—Nunca la he precisado.

Chaol se encogió de hombros.

—Ahora ya sé que no irás a ninguna parte.

En el exterior un viento ululante levantó una ráfaga de nieve que revoloteó en el aire como chispas de cristal.

—A lo mejor vuelvo a Endovier.

—No lo harás.

—¿Y tú cómo lo sabes?

—Lo sé.

—Gracias por la inyección de confianza.

Él dejó escapar una risita mientras seguían andando hacia el salón de entrenamiento.

—Me sorprende que el perro no te haya seguido, después de lo mucho que protestó.

—Si tuvieras perro, no te burlarías —le reprochó ella.

—No tengo mascotas; nunca he querido tenerlas.

—Sin duda es una suerte para cualquier perro haberse librado de pasear a tu lado.

Chaol le propinó un codazo. Celaena sonrió y se lo devolvió. Quería hablarle de Caín. Había sentido el impulso de contarle lo sucedido cuando él había ido a buscarla por la mañana. Deseaba explicárselo todo.

Sin embargo, él no podía saberlo. Porque, tal como había comprendido la noche anterior, si le hablaba de Caín y de la criatura a la que había invocado, Chaol querría ver los restos del monstruo, lo cual implicaría enseñarle el pasadizo secreto. Y si bien confiaba lo bastante en ella como para dejarla a solas con Dorian, no sabía cómo reaccionaría si descubría que tenía acceso a una salida sin vigilancia.

«Además, maté al engendro. Todo ha terminado. El misterioso monstruo de Elena ha sido derrotado. Ahora venceré a Caín en duelo y nadie llegará a enterarse».

Chaol se detuvo ante la puerta no señalizada del salón de prácticas, pero se volvió de repente hacia ella.

—Te voy a preguntar esto solo una vez y luego nunca volveré a referirme a ello —la miraba con tanta intensidad que Celaena se revolvió inquieta—. ¿Sabes dónde te estás metiendo con Dorian?

Ella soltó una carcajada forzada.

—¿Ahora me aconsejas sobre mi vida amorosa? ¿Y quién te preocupa exactamente, Dorian o yo?

—Los dos.

—No sabía que yo te importara hasta ese punto. Ni siquiera lo había sospechado.

Chaol fue lo bastante listo como para no morder el anzuelo. Se limitó a abrir la puerta.

—Solo te digo que uses la cabeza, ¿de acuerdo? —respondió por encima del hombro, y entró en la sala.

Una hora más tarde, sudando y jadeando tras las prácticas de combate con espada, Celaena se secó la frente con la manga mientras ambos caminaban de regreso a sus aposentos.

—El otro día te vi leyendo *Elric y Emide* —comentó Chaol—. Pensaba que detestabas la poesía.

—Eso es distinto —contestó Celaena haciendo girar los brazos—. La poesía épica no es aburrida... ni pretenciosa.

—Ah, ¿no? —una sonrisa socarrona se extendió por las facciones del capitán—. ¿Un poema que trata de grandes batallas y amor infinito no es pretencioso?

Celaena le propinó un puñetazo cariñoso en el hombro y él se echó a reír. Encantada de verlo de tan buen humor, la muchacha soltó una carcajada. Justo en aquel momento doblaron la esquina y se dieron de bruces con un montón de guardias. Entonces lo vio.

El rey de Adarlan.

CAPÍTULO 44

El rey. A Celaena el corazón le dio un vuelco y luego se le encogió. Sintió molestias en cada una de las pequeñas cicatrices que tenía en la mano. De complexión descomunal, el soberano caminaba hacia ellos a grandes zancadas por un pasillo que se empequeñecía por momentos. Sus ojos se encontraron, y a la muchacha la recorrió un escalofrío. Chaol se detuvo en seco e hizo una profunda reverencia.

Despacio, temerosa de acabar colgando de una soga a pesar de todo, Celaena se inclinó a su vez. El rey la miró con sus ojos férreos. A la muchacha se le erizó el vello. Comprendió que la estaba estudiando, que buscaba en su interior. Sabía que algo iba mal, que algo se cocía en el castillo... y que ese algo guardaba relación con ella. Celaena y Chaol se irguieron y se hicieron a un lado.

El rey se volvió a mirarla cuando pasó por su lado. ¿Podía leerle el pensamiento? ¿Sabía que Caín era capaz de abrir puertas, portales reales, a otros mundos? ¿Era consciente de que, aunque la magia estaba prohibida, las marcas del Wyrd poseían la suya propia? Cuán inmenso sería el poder del rey si aprendiera a invocar demonios como el ridderak...

Los ojos del soberano albergaban una oscuridad fría y extraña, como materia interestelar. ¿Podía un solo hombre destruir todo un mundo? ¿Tan insaciable era su ambición? Celaena casi alcanzaba a oír el fragor de la batalla. El rey volvió a mirar el pasillo que se extendía ante él.

Algo peligroso se agazapaba en el interior del monarca. Desprendía el mismo aliento de muerte que había notado frente al vacío negro invocado por Caín. Era el hedor de otro mundo, un mundo muerto. ¿Qué se proponía Elena al pedirle que se acercara a él?

Celaena consiguió reanudar la marcha, un paso y luego otro, cada vez más lejos del rey. Su mirada se había perdido en la distancia, y aunque no miró a Chaol, notó que la estaba observando. Afortunadamente, el capitán no pronunció palabra. Era agradable estar con alguien que te comprendía.

Chaol tampoco dijo nada cuando Celaena se mantuvo pegada a él durante el resto del trayecto.

El capitán de la guardia se paseaba por su habitación, concluida la lección con Celaena y la comida posterior. Estaba libre hasta la hora del entrenamiento vespertino con los otros campeones. Releyó el informe que había encontrado a su llegada, en el que se detallaban los pormenores del viaje del rey, y lo estrujó. ¿Por qué el rey había regresado solo? Y, aún más importante, ¿cómo era posible que toda una compañía hubiera muerto? El informe no aclaraba adónde había ido. Había mencionado las montañas Colmillo Blanco, pero... ¿por qué todos habían perdido la vida?

El rey había dado a entender que unos rebeldes habían envenenado las provisiones, pero el relato había sido lo bastante va-
go como para pensar que la verdad se ocultaba en otra parte.
Quizá se había ahorrado los detalles para no preocupar a la reina
Georgina. Ahora bien, Chaol era el capitán de la guardia. Si el
soberano no confiaba en él...

El reloj dio la hora. Pobre Celaena. ¿Se habría dado cuenta
de que se comportaba como un animalillo asustado en presencia del rey? Chaol había estado a punto de darle unas palmaditas
en la espalda. Y el efecto que el rey le provocaba se había pro-
longado mucho después del encuentro. Durante la comida, aún
seguía distante.

Era una campeona fantástica, tan rápida que a él mismo le
costaba estar a su altura. Escalaba muros con facilidad e incluso
había trepado al balcón de sus aposentos con las manos desnudas. Sus habilidades lo turbaban, sobre todo cuando recordaba
que solo tenía dieciocho años. Se preguntó si ya habría sido así
antes de su paso por Endovier. Cuando se enfrentaban en duelo jamás titubeaba, aunque parecía retirarse a lo más profundo
de sí misma, donde cabían la calma y el hielo, pero también la
rabia y el fuego. Era capaz de matar a cualquiera, Caín incluido,
en cuestión de segundos.

Ahora bien, si llegaba a ser campeona, ¿cómo iban a dejarla en libertad por Erilea? Chaol le tenía cariño, pero no creía
que pudiera volver a dormir tranquilo sabiendo que había entrenado y liberado a la asesina más peligrosa del mundo. Si ganaba, no obstante, tendría que quedarse cuatro años allí.

¿Qué habría pensado el rey cuando los había visto juntos,
bromeando? No creía que hubiera sido eso lo que le había

llevado a ocultarle la verdad acerca de lo sucedido a sus hombres. No; el rey no concedía importancia a ese tipo de cosas, máxime cuando Celaena podía convertirse muy pronto en su campeona.

Chaol se frotó el hombro. Parecía tan pequeña cuando se había cruzado con el rey...

El monarca no había vuelto cambiado del viaje; se mostraba tan brusco con el capitán de su guardia como de costumbre. Sin embargo, su súbita desaparición, su regreso completamente solo... Algo se estaba cociendo y el soberano había viajado para remover el caldero. De algún modo, Celaena también lo había advertido.

El capitán de la guardia se apoyó en la pared y se quedó mirando al techo. No debería inmiscuirse en los asuntos del rey. En aquellos momentos, debía centrarse en resolver el asesinato de los campeones y asegurarse de que Celaena ganara el torneo. No solo estaba en juego el orgullo de Dorian; la muchacha no sobreviviría otro año en Endovier.

Chaol sonrió con desgana. La asesina había suscitado infinidad de habladurías en los pocos meses que llevaba en el castillo. No podía ni imaginar lo que sucedería a lo largo de los cuatro años siguientes.

CAPÍTULO 45

Celaena jadeaba mientras ella y Nox bajaban las espadas a una orden de Brullo. El maestro de armas había ordenado a gritos a los cinco campeones que bebieran un poco de agua. Al día siguiente se celebraría la última prueba antes del duelo. Tras hacer unos estiramientos, Celaena obsequió a Nox una gran sonrisa. Se mantuvo alejada cuando Caín avanzó pesadamente hacia la jarra que descansaba sobre la mesa, al otro lado del salón, pero no lo perdió de vista. Cuando la vio entrar en la sala de entrenamiento, Caín se había limitado a enarcar las cejas y luego había esbozado una sonrisa burlona.

Celaena observó sus músculos, su altura, su volumen; todo robado a los campeones asesinados. Se fijó en el anillo negro que llevaba en el dedo. ¿No guardaría aquel objeto alguna relación con sus horribles habilidades?

—¿Te pasa algo? —preguntó Nox con la respiración entrecortada. Se detuvo a su lado y miró a Caín, Tumba y Renault, que charlaban entre sí—. Parecías tener problemas de equilibrio.

¿Cómo había aprendido Caín a invocar a la criatura? ¿Y qué era aquella negrura de la que había surgido el engendro? ¿De verdad lo hacía solo para ganar el concurso?

—O —siguió diciendo Nox— a lo mejor hay algo que te distrae.

Celaena intentó sacar a Caín de sus pensamientos.

—¿Qué?

Nox le sonrió.

—El día del baile, parecías disfrutar mucho de las atenciones que te dispensaba el príncipe heredero.

—Métete en tus asuntos —replicó ella.

Nox levantó las manos.

—No pretendía entrometerme.

Celaena caminó hacia la jarra de agua. Se sirvió un vaso sin responder a Nox y sin molestarse en ofrecerle uno. Cuando devolvió la jarra a la mesa, el chico se inclinó hacia ella.

—Esas cicatrices que tienes en la mano son nuevas.

Ella se metió la mano en el bolsillo y entornó los ojos.

—Métete en tus asuntos —repitió.

Empezó a alejarse, pero Nox la tomó del brazo.

—La otra noche me dijiste que me quedara en mis aposentos. Y esas cicatrices parecen marcas de dientes. Dicen que a Verin y a Xavier los mataron unos animales —entrecerró sus grises ojos—. Tú sabes algo.

Celaena miró a Caín por encima del hombro. Este bromeaba tranquilamente con Tumba como si no fuera un maníaco invocador de demonios.

—Solo quedamos cinco. Cuatro clasificarán para los duelos y la prueba se celebra mañana. Lo que les sucedió a Verin y a Xavier, sea lo que sea, no fue un accidente, no si murieron en el transcurso de los dos días que abarcaron las pruebas —Celaena se zafó de la mano de Nox—. Ten cuidado —le cuchicheó.

—Dime lo que sabes.

No podía, no sin que la tomaran por loca.

—Si fueras un poco listo te largarías ahora mismo de este castillo.

—¿Por qué? —Nox echó una ojeada en dirección a Caín—. ¿Qué es lo que no me dices?

Brullo apuró el agua y echó a andar hacia su espada. Dentro de un momento los volvería a llamar.

—Te digo que si tuviera alguna opción de marcharme, si mi vida no dependiera de ello, a estas alturas ya estaría atravesando Erilea sin mirar atrás.

Nox se frotó la nuca.

—No entiendo ni una palabra de lo que dices. ¿Por qué no tienes otra opción? Sé que tienes problemas con tu padre, pero no creo que él vaya a... —Celaena lo hizo callar con una mirada elocuente—. No eres una ladrona de joyas, ¿verdad? —ella negó con la cabeza. Nox volvió a mirar a Caín—. Él también lo sabe. Por eso te hace rabiar todo el tiempo. Para obligarte a mostrar quién eres en realidad.

Ella asintió. ¿Qué más daba que Nox supiera la verdad? Tenía preocupaciones mucho más importantes en aquel momento. Por ejemplo, cómo iba a sobrevivir hasta los duelos. O cómo detener a Caín.

—Pero, ¿quién eres? —insistió Nox. Celaena se mordió el labio—. Dijiste que tu padre te envió a Endovier, y eso es verdad. El príncipe acudió allí para reclamarte, y hay pruebas de que ese viaje se realizó —miraba más allá de ella mientras hablaba. Celaena prácticamente alcanzaba a ver los engranajes de su cerebro haciendo deducciones—. Y... no estabas en la ciudad de Endovier. Estabas en Endovier. En las minas de sal. Eso explica por qué cuando te conocí estabas escuálida.

Brullo dio unas palmadas.

—¡Vamos, chicos! ¡Ejercicios!

Nox y Celaena se quedaron junto a la mesa. Él la miraba con asombro.

—¿Eres una esclava de Endovier? —ella se quedó sin palabras. Nox era demasiado listo para su propio bien—. Pero si eres casi una niña. ¿Qué hiciste? —la mirada del chico se posó en Chaol y en los guardias que lo acompañaban—. ¿Es posible que haya oído tu nombre alguna vez? ¿Se hizo público tu ingreso en Endovier?

—Sí. Todo el mundo se enteró —respondió por lo bajo, y se quedó mirándolo mientras él repasaba todos los nombres que había oído a lo largo de los últimos años en relación al lugar. Pronto, las piezas encajaron.

—¿Eres tú? ¿Una muchacha?

—Es sorprendente, ya lo sé. Todo el mundo me cree mayor.

Nox se pasó la mano por el oscuro pelo.

—Y si no te proclamas campeona del rey, ¿te enviarán de vuelta a Endovier?

—Por eso me tengo que quedar aquí —Brullo les ordenó a gritos que empezaran con los ejercicios—. Y por eso te digo que te marches del castillo mientras puedas —Celaena se sacó la mano del bolsillo y se la enseñó—. Este mordisco me lo dio una criatura que me siento incapaz de describirte, y aunque lo hiciera tampoco me creerías. Pero quedamos cinco y, puesto que la prueba se celebra mañana, uno de nosotros corre peligro. Varios de los asesinatos se han producido en la víspera de una prueba.

—Sigo sin entender nada —insistió Nox, que no acababa de fiarse.

—No hace falta que lo entiendas. Pero a ti no te van a encarcelar si fracasas, y tampoco vas a conseguir el título de campeón, ni aunque clasifiques para los duelos. De modo que debes marcharte.

—¿Es mejor para mí que no sepa qué está matando a los campeones?

Al recordar los colmillos y el hedor de la criatura, Celaena reprimió un estremecimiento.

—Sí —contestó, incapaz de disimular el miedo que sentía—. Es mejor que no lo sepas. Solo debes confiar en mí, y confiar en que no pretendo engañarte para eliminarte de la competencia.

Algo en la expresión de la muchacha indujo a Nox a darse por vencido.

—Llevo meses pensando que solo eras una niña mimada de Bellhaven que robaba joyas para llamar la atención de su padre. Cómo me iba a imaginar que me encontraba ante la mismísima reina del submundo —sonrió con desgana—. Gracias por avisarme. Podrías haber optado por no decir nada.

—Eres el único que se ha molestado en tomarme en serio —respondió ella con una sonrisa cálida—. Me sorprende que me hayas creído siquiera.

Brullo volvió a gritar, y ambos echaron a andar hacia el grupo. Chaol tenía la mirada clavada en ellos. Celaena sabía que más tarde la interrogaría sobre la conversación.

—Hazme un favor, Celaena —le pidió Nox. El sonido de su verdadero nombre la sobresaltó. El chico se acercó para hablarle al oído—. Arráncale la cabeza a Caín —susurró con una sonrisa malévola.

La asesina sonrió a su vez y luego asintió.

Nox se marchó aquella misma noche. Se escabulló sin despedirse de nadie.

Tocaron las cinco, y Kaltain reprimió el impulso de frotarse los ojos. El opio rezumaba hasta del último poro de su cuerpo. A la luz del ocaso, un fundido de tonos rojos, anaranjados y dorados bañaba los pasillos del castillo. Perrington le había pedido que cenara con él en el salón de gala. Por lo general, Kaltain no se habría atrevido a fumar antes de un acto público, pero la migraña que llevaba toda la tarde fastidiándola no acababa de desaparecer.

El salón parecía extenderse hasta el infinito. Hizo caso omiso de los cortesanos y los criados y eligió concentrarse en el día que declinaba. Alguien se acercó desde el fondo, un manchurrón negro contra la luz dorada y naranja. Las sombras parecían escurrirse de la figura, y se proyectaban contra las losas, las ventanas y los muros como salpicaduras de tinta.

Kaltain intentó tragar saliva al acercarse a él, pero tenía la lengua dormida, la boca seca como papel de lija.

A cada paso que daba hacia él le parecía verlo crecer ante sus ojos, hacerse más grande, más alto. El corazón de Kaltain latía pesadamente. Quizás el opio le había sentado mal. Tal vez hubiera fumado demasiado aquella vez. En medio del retumbar de oídos y del zumbido de la cabeza, distinguió un susurro de alas.

Entre parpadeo y parpadeo habría jurado que veía seres que revoloteaban en torno a él en círculos rápidos y violentos, criaturas que planeaban, acechaban, esperaban...

—Milady —la saludó Caín inclinando la cabeza mientras se acercaba a ella.

Kaltain no respondió. Cerró las manos, que le sudaban a mares, y siguió avanzando por el salón de gala. El aleteo prosiguió durante un rato, pero en cuanto llegó a la mesa del duque, Kaltain lo olvidó por completo.

Después de cenar, Celaena descansaba frente a Dorian ante un tablero de ajedrez. El beso que se habían dado la noche del baile no había estado nada mal. En realidad, le había encantado. Como era de esperar, el príncipe había querido verla, pero de momento no había mencionado las cicatrices que Celaena tenía en la mano ni tampoco el beso. Nunca, ni en un millón de años, le hablaría a Dorian del ridderak. Tal vez sintiera algo por él, pero si el príncipe informaba a su padre del poder de las marcas del Wyrd o de las mismas puertas... Se estremeció solo de pensarlo.

Sin embargo, mirando su rostro a la luz del fuego, no encontraba en él ningún parecido con su padre. No, solo veía bondad, inteligencia y quizás una pizca de arrogancia, pero... Celaena rascó la cabeza de Ligera. Confiaba en que el príncipe se mantuviera alejado, que se fijara en otra mujer ahora que ya la había probado a ella.

«Pero, bueno, ¿estás segura de que solo quería probarte?».

Él movió la reina y Celaena se echó a reír.

—¿Seguro que quieres hacer eso? —le preguntó.

La cara de Dorian reflejó confusión. Ella cogió un peón, lo movió en diagonal y mató la pieza.

—Maldición —exclamó el príncipe, y Celaena soltó una carcajada.

—Toma —la joven le devolvió la pieza—. Prueba otra jugada.

—No. Jugaré como un hombre y aceptaré mis derrotas.

Ambos rieron, pero el silencio pronto se instaló entre ellos. La sonrisa aún no había abandonado los labios de Celaena cuando él le tomó la mano. La muchacha quiso retirarla, pero no se atrevió a hacerlo. El príncipe le colocó la mano sobre el tablero. Despacio, posó la palma contra la de ella y luego entrelazó los dedos con los suyos. Dorian tenía las manos encallecidas, fuertes. Sus manos unidas se desplazaron a un lado de la mesa.

—Hacen falta las dos manos para jugar al ajedrez —dijo Celaena, que se preguntaba en secreto si un corazón podía estallar.

Ligera bufó y se alejó corriendo, seguramente a esconderse bajo la cama.

—Me parece que tú solo necesitas una —Dorian le apretó la mano y ella intentó retirarla, pero el príncipe la retuvo y movió una pieza por el tablero—. ¿Lo ves?

Celaena se mordió el labio. No obstante, optó por dejar la mano donde estaba.

—¿Vas a volver a besarme?

—Me gustaría.

Se quedó petrificada cuando el príncipe se aproximó a ella, cada vez más cerca, mientras la mesa gemía bajo su peso. Dorian se detuvo a un cabello de distancia y la miró a los ojos.

—Hoy me encontré a tu padre —lo interrumpió la joven.

Dorian volvió a sentarse despacio.

—¿Y?

—Todo bien —mintió.

El príncipe entornó los ojos. A continuación, con un dedo, la obligó a levantar la barbilla.

—No me habrás contado eso para evitar lo inevitable, ¿verdad?

No, en realidad se lo había contado para seguir hablando, para que Dorian permaneciera a su lado el mayor tiempo posible, para no tener que afrontar una noche a solas sabiendo que la amenaza de Caín se cernía sobre ella. ¿Qué mejor compañía que el hijo del rey en la negra oscuridad de la noche? Caín no se atrevería a hacerle daño.

Sin embargo, su encuentro con el ridderak significaba que cuanto había leído en los libros era verdad. ¿Y si Caín era capaz de invocar cualquier cosa, como por ejemplo... a los muertos?

—Estás temblando —le dijo Dorian. Era verdad. Temblaba como una idiota—. ¿Te encuentras bien?

El príncipe rodeó la mesa y se sentó a su lado.

Celaena no se lo podía decir. No, él no debía saberlo. Como tampoco podía contarle que cuando había mirado debajo de la cama antes de cenar había encontrado nuevas marcas de tiza y las había borrado. Caín sabía que Celaena había descubierto cómo eliminaba a sus contrincantes. No conciliaría el sueño aquella noche... ni nunca, mientras no hundiera en Caín la punta de su espada.

—Perfectamente —replicó ella, pero su voz era apenas un susurro. Si el príncipe la seguía presionando se vería obligada a contárselo.

—¿Seguro que te encuentras...? —empezó a decir Dorian, pero Celaena se abalanzó sobre él y lo besó.

Estuvo a punto de tirarlo al suelo, pero él se sujetó al respaldo de la silla mientras con el otro brazo rodeaba la cintura de la muchacha. Celaena dejó que el contacto de Dorian, su sabor, inundara de agua su espacio mental. Siguió besándolo, con la esperanza de robarle algo de aire. Jugueteó con su pelo y, mientras él le devolvía el beso con pasión, la asesina dejó que el mundo se desvaneciera a su alrededor.

El reloj dio las tres. Celaena se sentó en la cama y recogió las rodillas contra el pecho. Tras horas de besos y de charla, y luego más besos en aquel mismo lecho, Dorian se había marchado, hacía apenas unos minutos. Había estado a punto de pedirle que se quedara —habría sido lo más inteligente—, pero la idea de que el príncipe estuviera allí cuando el ridderak fuera a buscarla, o que resultara malherido, la había disuadido.

Excesivamente agotada para leer pero demasiado despierta para dormir, se quedó mirando el fuego que chisporroteaba en el hogar. El menor golpe o paso le provocaba un sobresalto. Se las había ingeniado para extraer unas cuantas agujas del costurero de Philippa cuando no estaba mirando. Por desgracia, una daga casera, un libro pesado y un candelabro no la protegerían de los demonios que Caín era capaz de invocar.

«No deberías haber dejado a Damaris en la tumba». La posibilidad de volver a bajar era impensable, al menos mientras Caín siguiera vivo. Se abrazó las rodillas y se estremeció al recordar la absoluta negrura de la que había surgido el engendro.

Caín debía de haber aprendido a usar las marcas del Wyrd en las montañas Colmillo Blanco, aquella frontera maldita entre Adarlan y los yermos occidentales. Decían que el mal aún moraba en las ruinas del Reino Embrujado... y que por los pasos de las montañas aún vagaban viejas brujas con los dientes de hierro.

Se le puso el pelo de punta, y agarró una manta de pieles de la cama para envolverse con ella. Si llegaba viva a los duelos vencería a Caín y todo habría terminado. Después, volvería a dormir como un tronco, a no ser que Elena le reservara algo más, alguna misión importante.

Celaena apoyó la mejilla contra las rodillas y se quedó mucho rato escuchando el tictac del reloj en la noche.

Unos cascos de caballo resonaban contra el camino helado, más y más veloces con cada azote del jinete. Una espesa capa de nieve y barro cubría la tierra, y algunos copos solitarios flotaban por el cielo nocturno.

Celaena corría, tan deprisa como sus jóvenes piernas se lo permitían. Le dolía todo. Las ramas de los árboles se le enredaban en la ropa y el pelo, las piedras le cortaban los pies. Se abría paso entre los bosques, resollando tanto que ni siquiera conseguía reunir el aire necesario para pedir ayuda. Debía llegar al puente. El engendro no podía cruzar el puente.

Tras ella, una espada fue desenvainada con un zumbido.

Celaena cayó contra las rocas y el barro. Los ruidos del demonio que se acercaba resonaban en la noche mientras ella hacía esfuerzos por levantarse, pero el barro se le adhería a los pies y no podía correr.

Se aferró a un arbusto con las manos ensangrentadas. El caballo se acercaba rápidamente y...

Celaena dio un respingo y despertó. Se llevó la mano al corazón y la dejó allí mientras su pecho subía y bajaba. Lo había soñado todo.

El fuego había mudado en brasas; una luz fría y gris se filtraba a través de las cortinas. Solo había sido una pesadilla. En algún momento de la noche debía de haberse quedado dormida. Tomó el amuleto que le colgaba del cuello y pasó el pulgar por la piedra del centro.

«Alguna protección me diste cuando aquel demonio me atacó».

Con el ceño fruncido, alisó con suavidad las mantas sin molestar a Ligera y luego acarició la cabeza del perro. Pronto amanecería. Había sobrevivido otra noche.

Suspirando, volvió a tenderse y cerró los ojos.

Algunas horas después, cuando corrió la voz de que Nox se había marchado, se enteró de que la última prueba había sido cancelada. Dos días más tarde se batiría en duelo contra Tumba, Renault y Caín.

Dos días... y su suerte estaría echada.

CAPÍTULO 46

Al día siguiente, Dorian cabalgaba por un bosque helado y silencioso. La nieve caía de los árboles en grandes grumos cuando pasaba por debajo. Sus ojos recorrían velozmente los arbustos y las ramas. Había sentido la necesidad de salir de caza, aunque solo fuera para disfrutar del aire gélido.

Cada vez que cerraba los ojos veía la cara de Celaena. Era la dueña de sus pensamientos, le despertaba el deseo de llevar a cabo grandes hazañas en su nombre, quería demostrarle que era merecedor de la corona.

Sin embargo, desconocía los sentimientos de ella. Celaena lo había besado —con ansia, era verdad—, pero estaba acostumbrado a que las mujeres se mostraran ansiosas en su presencia. Todas las damas a las que había amado en el pasado lo habían mirado con adoración, mientras que ella parecía un gato jugando con un ratón. Dorian se irguió al advertir un movimiento muy cerca de donde estaba. A unos diez metros, divisó un ciervo que arrancaba corteza de árbol. Detuvo al caballo y sacó una flecha del carcaj. Sin llegar a disparar, bajó el arco.

Al día siguiente, Celaena se batiría en duelo.

Si le pasaba algo... No, sabía cuidar de sí misma. Era fuerte, inteligente y rápida. Dorian había traspasado el límite; nunca debería haberla besado. Porque ya no importaba qué futuro hubiera vislumbrado o con quién hubiera previsto compartirlo; no concebía la vida sin ella ni desearía nunca a ninguna otra mujer.

La nieve empezó a caer en aquel bosque silencioso. Dorian miró brevemente el cielo gris y siguió cabalgando por el coto de caza.

De pie ante las puertas del balcón, Celaena miraba en dirección a Rifthold. La nieve aún cubría los tejados y las luces brillaban en todas las ventanas. La estampa le habría parecido hermosa de no haber sabido que la corrupción y la depravación campaban a sus anchas, y de no haber conocido la monstruosidad que lo gobernaba todo. Esperaba que Nox estuviera ya muy lejos de allí. Celaena les había dicho a los guardias que no quería recibir visitas esa noche, y que la disculparan incluso ante Chaol y Dorian si aparecían. Alguien había llamado, solo una vez, pero Celaena no había respondido y el visitante se había marchado sin insistir. Posó la mano sobre el cristal y se recreó en el frío contacto. El reloj dio las doce.

Al día siguiente —¿o tal vez ese mismo día?— se enfrentaría a Caín. Nunca se había batido en duelo con él durante las prácticas. Los demás campeones siempre se peleaban por entrenarse con él. Si bien Caín era fuerte, ella lo superaba en rapidez. No obstante, él poseía una gran resistencia. Tendría que fatigarlo primero. Rezó para que tanta carrera con Chaol la ayudara a aguantar más que él. Si perdía...

«Ni siquiera lo pienses».

Apoyó la frente en el cristal. ¿Qué sería más honroso, morir en duelo o volver a Endovier? ¿O tal vez fuera más digno perder la vida que convertirse en la campeona del rey? ¿A quién tendría que asesinar en su nombre?

Cuando era la Asesina de Adarlan, su opinión siempre se había tenido en cuenta. Aunque Arobynn Hamel gobernaba su vida, Celaena ponía sus propias condiciones. Nada de niños. Nadie de Terrasen. El rey, en cambio, podría ordenarle que matara a cualquiera. ¿Esperaba Elena que se negara a cumplir alguna orden cuando fuera la campeona? Se le revolvió el estómago. No era el momento de ponerse a pensar en eso. Tenía que concentrarse en Caín, en cómo vencerlo.

Sin embargo, por más que lo intentaba, no podía dejar de pensar en la asesina famélica y desahuciada a la que un hosco capitán de la guardia real había arrancado de Endovier un lejano día de otoño. ¿Cuál habría sido su respuesta a la oferta del príncipe de haber sabido que llegaría a un punto en el que tendría tanto que perder? ¿Se habría echado a reír si alguien le hubiera dicho entonces que ciertas cosas —ciertas personas— llegarían a importarle tanto o más que la libertad?

Celaena tragó saliva para deshacer el nudo que tenía en la garganta. Quizás en el duelo del día siguiente hubiera más cosas en juego de las que estaba dispuesta a reconocer. Tal vez no quería abandonar el castillo tan pronto. Era posible que... quisiera quedarse por motivos que no tenían nada que ver con la promesa de libertad. Aquella asesina desesperada de Endovier jamás lo hubiera creído.

Sin embargo, era verdad. Quería quedarse.

Lo cual complicaba aún más el día que se avecinaba.

CAPÍTULO 47

Kaltain se ciñó la capa roja e intentó pensar en algo que no fuera el frío. ¿Por qué se celebraban los duelos al aire libre? ¡Se iba a quedar helada esperando a la asesina! Palpó el frasco que llevaba en el bolsillo y echó un vistazo a las copas que aguardaban sobre la mesa de madera. La de la derecha era para Sardothien. No debía confundirse.

Miró a Perrington, que aguardaba de pie a su lado. El duque no tenía ni idea de lo que Kaltain se proponía hacer en cuanto quitaran a Lillian de en medio; en cuanto Dorian fuera libre. Su sangre burbujeó y se caldeó.

El duque se acercó, pero Kaltain mantuvo los ojos fijos en el mirador embaldosado donde se iba a celebrar el duelo. Perrington se colocó frente a ella de tal modo que los otros miembros del consejo no pudieran verla.

—Demasiado frío para un duelo en el exterior —comentó.

Kaltain sonrió y dejó que los pliegues de su capa cayeran sobre la mesa mientras él le besaba la mano.

Con la mano libre oculta tras un velo rojo, Kaltain retiró sigilosamente la tapa del frasco y vertió el contenido en el vino. Cuando el duque se incorporó, el frasco ya estaba de vuelta en su bolsillo. Solo lo suficiente para debilitar a Sardothien; para marearla y desorientarla.

Un guardia cruzó el umbral del castillo, y luego otro. Entre los dos, caminaba una tercera figura. Celaena llevaba ropas de hombre, pero Kaltain tenía que admitir que la chamarra negra y dorada era exquisita. Le costaba creer que una mujer fuera una asesina, pero viéndola en aquel momento todas sus excentricidades y defectos cobraban sentido. Kaltain pasó un dedo por la base de la copa y sonrió.

El campeón del duque Perrington surgió por detrás de la torre del reloj. Kaltain enarcó las cejas. ¿Consideraban a Sardothien tan hábil como para vencer a un hombre así si no la envenenaban?

La dama se separó de la mesa y Perrington se sentó junto al rey mientras esperaban a los otros dos campeones. Sus rostros ansiosos pedían sangre.

Plantada en el enorme mirador que rodeaba la torre del reloj de obsidiana, Celaena intentó no temblar. No entendía por qué celebraban los duelos al aire libre; bueno, a no ser que lo hicieran para fastidiar aún más a los campeones. Miró con añoranza las ventanas de cristal que se alineaban en el muro del castillo y luego volvió la vista al jardín helado. Ya tenía las manos entumecidas. Las hundió en los bolsillos forrados de piel y se acercó a Chaol, que esperaba al borde del gigantesco círculo de tiza que habían dibujado sobre las baldosas.

—Está helando aquí afuera —se quejó Celaena. El cuello y las mangas de la chamarra negra estaban forrados de piel de conejo, pero no era suficiente—. ¿Por qué no me dijiste que los duelos se celebraban en el exterior?

Chaol negó con la cabeza. Miró a Tumba y a Renault, el mercenario de la bahía de la Calavera, quien, para alivio de Celaena, también parecía muerto de frío.

—No lo sabíamos. El rey acaba de decidirlo —le explicó Chaol—. Al menos durarán poco.

Esbozó una leve sonrisa, pero ella no se la devolvió.

El cielo, de un azul brillante, estaba despejado. Celaena apretó los dientes cuando una fuerte ráfaga de viento la azotó. Se fueron ocupando los trece asientos de la mesa, presidida por el rey y Perrington. De pie detrás del duque, Kaltain lucía una hermosa capa roja forrada de piel blanca. Las miradas de ambas se cruzaron y Celaena se preguntó por qué la mujer le sonreía. Kaltain desvió la vista hacia la torre. La asesina siguió su mirada y comprendió.

Caín aguardaba apoyado contra la pared de la torre. La saya que llevaba apenas alcanzaba a contener sus músculos. Cuánta fuerza robada... ¿Qué habría pasado si el ridderak la hubiera matado a ella también? ¿Qué aspecto tendría Caín? Lo que era peor, lucía el atuendo rojo y dorado de los miembros de la guardia real, el guiverno estampado sobre la amplia pechera. La espada que descansaba a su lado era hermosa. Sin duda, regalo de Perrington. ¿Sabía el duque los poderes que poseía su campeón? Aunque ella intentara decírselo, nadie le creería nunca.

Le entraron arcadas, pero Chaol la agarró del codo y la guio al otro lado del mirador. Celaena advirtió que dos ancianos sentados a la mesa lanzaban miradas nerviosas en su dirección. Los saludó con un gesto de la cabeza.

«Lord Urizen y Lord Garnel. Parece ser que consiguieron lo que deseaban con tanto empeño como para matar por ello».

Hacía dos años la habían contratado, por separado, para asesinar al mismo hombre. Celaena no se había molestado en revelar la coincidencia, como es natural, y había aceptado ambos pagos. Le guiñó un ojo a Lord Garnel y él palideció, tan nervioso que tiró una taza de cacao caliente y estropeó los papeles que tenía delante. Qué exagerados, pensaba guardar sus secretos; de lo contrario, arruinaría su reputación. Ahora bien, si alguna vez su libertad se sometía a voto... Sonrió a Lord Urizen, que desvió la mirada. Luego desplazó la vista hacia otro hombre, que la miraba fijamente.

El rey. Se echó a temblar por dentro, pero inclinó la cabeza.

—¿Estás lista? —le preguntó Chaol.

Celaena se quedó en blanco antes de recordar que el capitán estaba a su lado.

—Sí —respondió, aunque no era verdad.

El viento azotó el cabello de la asesina y se lo enredó con sus gélidos dedos. Dorian se acercó a la mesa, tan sobrecogedoramente guapo como de costumbre, y le obsequió una sonrisa triste antes de meterse las manos en los bolsillos y volverse hacia su padre. El último consejero del rey se sentó a la mesa. Celaena ladeó la cabeza cuando apareció Nehemia y se colocó al borde del gran círculo blanco. La princesa buscó sus ojos y levantó la barbilla como dándole ánimos. Lucía un atuendo impresionante: calzas ajustadas, una saya en varias capas con remaches de hierro y botas altas hasta la rodilla. Además, había llevado su báculo de madera, tan alto como ella misma. Para honrarla, se dijo Celaena con lágrimas en los ojos. El saludo de una guerrera a otra.

Cuando el rey se levantó, se hizo el silencio. A Celaena se le petrificaron las entrañas y se sintió torpe y pesada, pero también débil y ligera como un recién nacido.

Chaol le propinó un codazo antes de indicarle por gestos que se dirigiera a la mesa. Ella se concentró en sus pies y procuró no mirar a la cara del monarca. Afortunadamente, Renault y Tumba la escoltaron. De haber tenido a Caín al lado, le habría roto el cuello para acabar de una vez. Había tantos espectadores...

Se detuvo a unos diez metros del rey de Adarlan. La muerte o la libertad aguardaban en aquella mesa. Su pasado y su futuro estaban sentados en un mismo trono de cristal.

Posó la mirada en Nehemia, cuyos ojos ardientes y compasivos la reconfortaron hasta la médula y apaciguaron el temblor de sus brazos.

El rey de Adarlan habló. Consciente de que si lo miraba a los ojos perdería la fuerza que le acababa de insuflar Nehemia, Celaena no posó la vista en él, sino en el trono que tenía detrás. ¿Sabían los consejeros quién era ella, lo sospechaban? Se preguntó si la presencia de Kaltain significaba que el duque Perrington le había contado quién era ella en realidad.

—Hace unos meses los arrancamos de sus miserables vidas para darles la oportunidad de demostrarse a ustedes mismos que merecían convertirse en guerreros sagrados de la corona. Tras largos entrenamientos, ha llegado el momento de decidir quién será el campeón. Se batirán en duelo de dos en dos. Se proclamará vencedor aquel que deje a su oponente en posición de recibir una muerte segura. Sin llegar más lejos —añadió a la vez que lanzaba una mirada de advertencia en dirección a Celaena—. Caín y el campeón del consejero Garnel se enfrentarán en primer lugar. A continuación, la campeona de mi hijo se batirá con el del consejero Mullison.

Como era de esperar, el rey solo conocía el nombre de Caín. Bien pudo haber declarado campeón a esa bestia directamente.

—Los ganadores se enfrentarán entre sí en un duelo final. El vencedor se proclamará campeón del rey. ¿Ha quedado claro?

Los cuatro asintieron. Por un fugaz instante, Celaena vio al rey con absoluta claridad. Solo era un hombre. Un hombre con demasiado poder. Y durante ese momento efímero, dejó de temerle. «No tengo miedo», susurró para sí, dejando que el antiguo lema envolviera su corazón.

—Pues que comiencen los duelos a una orden mía —dijo el rey.

Considerando la frase como una señal de que podían abandonar el círculo de tiza, Celaena se dirigió a donde aguardaba Chaol y se quedó a su lado.

Caín y Renault se inclinaron ante el rey. Luego se hicieron una reverencia mutua y sacaron las espadas. La asesina observó el cuerpo de Renault mientras este adoptaba la posición de ataque. Había visto enfrentarse otras veces a Caín; nunca le ganaba, pero siempre se las arreglaba para resistir más de lo que ella esperaba. A lo mejor lo vencía.

Entonces Caín levantó su espada. Tenía un arma mejor. Y le pasaba unos centímetros a Renault.

—¡Que empiece el combate! —ordenó el rey.

El metal destelló. Las espadas entrechocaron y se retiraron. Renault, decidido a no adoptar un papel defensivo, se abalanzó hacia delante y asestó unos cuantos mandobles a la hoja de Caín. Celaena se obligó a sí misma a relajar los hombros, a respirar el aire frío.

—¿Debo considerar mala suerte —le murmuró a Chaol— que me haya tocado en segundo lugar?

Él no perdía detalle del duelo.

—Seguro que te dan un poco de tiempo para descansar —señaló con la barbilla a los dos contendientes—. A veces Caín se olvida de proteger su costado derecho. Mira —Celaena observó el ataque de Caín, que retorcía el cuerpo con el costado derecho totalmente expuesto—. Renault ni siquiera se ha dado cuenta.

Caín gruñó e hizo presión sobre la hoja del otro hasta obligar al mercenario a retroceder.

—Desperdició la ocasión —dijo el capitán de la guardia.

El viento rugía en torno a ellos.

—Mantén la cabeza fría —recomendó Chaol a la asesina, sin apartar los ojos del duelo. Renault flaqueaba, y cada mandoble de Caín lo obligaba a retroceder más y más hacia la línea de tiza dibujada en el suelo. Un paso fuera del círculo y quedaría descalificado—. Intentará sacarte de quicio. No te enfades. Céntrate únicamente en su hoja y en ese lado vulnerable.

—Ya lo sé —repuso ella, y devolvió la mirada al duelo justo a tiempo de ver cómo Renault caía hacia atrás con un grito. Le salía sangre de la nariz y golpeó el suelo con fuerza. Caín, con el puño manchado de la sangre de Renault, se limitó a sonreír mientras apuntaba al corazón de su adversario con la espada. El mercenario palideció y enseñó los dientes con la mirada fija en el vencedor.

Celaena echó un vistazo al reloj de la torre. Renault no había durado ni tres minutos.

Se oyeron algunos aplausos educados y la asesina advirtió que la furia asomaba al semblante de Lord Garnel. Celaena no se atrevía ni a pensar cuánto dinero acababa de perder el hombre.

—Un esfuerzo loable —declaró el rey.

Caín hizo una reverencia y no se molestó en tender la mano a Renault para ayudarlo a levantarse antes de echar a andar hacia el otro extremo del mirador. Con más dignidad de la que Celaena esperaba, Renault se puso en pie y saludó al rey al mismo tiempo que le daba las gracias. Agarrándose la nariz, el mercenario se alejó. ¿Qué acababa de perder exactamente? ¿Y adónde iría a continuación?

Al otro lado del círculo, Tumba sonrió a Celaena mientras apretaba con fuerza la empuñadura de su espada. Ella reprimió una mueca al ver el aspecto de sus dientes. Cómo no, le había tocado batirse en duelo con el más grotesco. Al menos, los dientes de Renault parecían limpios.

—Empezaremos dentro de un momento —declaró el rey—. Preparen las armas.

Dicho eso, se giró hacia Perrington y, al amparo del rugido del viento, se puso a hablar con él en voz demasiado queda como para que nadie oyera lo que decían.

Celaena se volvió a mirar a Chaol, quien, en vez de tenderle la vulgar espada con la que solía entrenarse, le alargó su propia arma. El pomo en forma de águila destelló al sol del mediodía.

—Toma —dijo.

Ella miró la hoja de cabo a rabo y, despacio, alzó la vista hacia él. Descubrió en sus ojos las onduladas colinas del norte. Reflejaban una lealtad hacia su país que superaba con creces la de cualquier hombre sentado a aquella mesa. En lo más profundo de su ser, Celaena encontró una cadena de oro que la vinculaba a él.

—Tómala —insistió Chaol.

El corazón de Celaena latía con fuerza. Alzó la mano para coger el arma, pero alguien le tocó el codo.

—Si me permites —dijo Nehemia en lengua eyllwe—. Me gustaría ofrecerte esto.

La princesa le tendió el exquisito báculo tallado con la punta de hierro. Celaena desplazó la mirada de la espada de Chaol al báculo de su amiga. Naturalmente, la espada era la opción más inteligente, y le había dado un brinco el corazón al ver que Chaol le ofrecía su propia arma, pero el báculo...

Nehemia se acercó a Celaena y le susurró al oído:

—Que sea un arma de Eyllwe la que los someta —su tono de voz se volvió más agudo—. Que la madera de los bosques de Eyllwe derrote al acero de Adarlan. Que el campeón del rey sea alguien capaz de comprender el sufrimiento de los inocentes.

¿Acaso Elena no había dicho casi lo mismo, varios meses atrás? Celaena tragó saliva. Chaol bajó la espada y retrocedió un paso. Nehemia la miraba a los ojos.

La asesina sabía lo que le estaba pidiendo la princesa. Como campeona del rey se las podría ingeniar para salvar incontables vidas, para socavar la autoridad del rey.

Y aquel precisamente, comprendió Celaena, era el deseo de Elena, la antepasada del rey.

Aunque la mera idea le provocaba escalofríos, aunque la cercanía del rey era lo único que desafiaba su valor hasta límites insoportables, no podía olvidar las tres cicatrices que llevaba en la espalda, ni a los esclavos a los que había dejado en Endovier, ni a los quinientos rebeldes masacrados de Eyllwe.

Celaena tomó el báculo de manos de Nehemia. La princesa le dedicó una sonrisa radiante.

Chaol, para sorpresa de la muchacha, no puso objeciones. Se limitó a envainarse la espada y saludó a Nehemia con una inclinación de cabeza. Cuando Celaena se disponía a alejarse, la princesa le dio una palmada en el hombro.

La asesina probó el báculo haciéndolo girar varias veces a su alrededor. Proporcionado, sólido, fuerte. La punta de hierro redondeada podía quitarle el sentido a un hombre.

La vara aún conservaba el aceite de las manos de Nehemia y la madera olía al perfume de su amiga, esencia de flor de loto. Sí, se las arreglaría con el báculo. Había derribado a Verin con las manos desnudas. Esto bastaría para vencer a Tumba y a Caín.

Celaena echó una ojeada al rey, que seguía hablando con Perrington, y se encontró, en cambio, con la mirada de Dorian. Sus ojos color zafiro reflejaban el azul del cielo, aunque se oscurecieron un poco cuando los desvió para mirar a Nehemia. Dorian tenía muchos defectos, pero sin duda no era ningún tonto; ¿había comprendido lo que simbolizaba la oferta de Nehemia? Rápidamente, la asesina desvió la vista.

Ya se preocuparía de eso más tarde. Al otro lado del círculo, Tumba se puso a andar de un lado a otro mientras aguardaba a que el rey devolviera la atención al duelo y diera la orden de empezar.

Temblando, Celaena soltó el aliento que había estado conteniendo. Allí estaba por fin. Agarró el báculo con la mano izquierda para imbuirse de la fuerza del bosque, de la fuerza de su amiga. Podían pasar muchas cosas en unos minutos. Todo podía cambiar.

Antes de entrar en el círculo se colocó ante Chaol. El viento le arrancó algunos mechones de la trenza y ella se los sujetó detrás de las orejas.

—Pase lo que pase —le dijo—, quiero darte las gracias.

El capitán ladeó la cabeza.

—¿Por qué?

A Celaena se le saltaban las lágrimas, pero lo atribuyó al fuerte viento y parpadeó para contenerlas.

—Por haber dado sentido a mi libertad.

Él no respondió. Se limitó a estrecharle los dedos con la mano derecha y a dejarlos allí, mientras le acariciaba el anillo con el pulgar.

—Que empiece el segundo duelo —gritó el rey, y agitó la mano en dirección al mirador.

Chaol le apretó la mano, un contacto cálido en aquel ambiente gélido.

—Acaba con ellos —le dijo.

Tumba entró en el círculo y sacó la espada.

Tras retirar la mano de entre los dedos de Chaol, Celaena se irguió y penetró el círculo. Dedicó una rápida reverencia al rey y luego se inclinó ante su contrincante.

Las miradas de los dos contendientes se encontraron, y Celaena, sonriendo, se arrodilló y tomó el báculo con ambas manos.

«No tienes ni idea de lo que te espera, hombrecito».

CAPÍTULO 48

Tal como Celaena esperaba, Tumba se abalanzó al instante contra ella, directamente hacia el centro del báculo con la intención de romperlo.

La asesina lo esquivó. Cuando Tumba no golpeó otra cosa que aire, le estampó un extremo del cayado en la columna. Él se tambaleó pero logró incorporarse y dio media vuelta sobre un pie para volver a atacarla.

Celaena rechazó la embestida con el báculo inclinado y aprovechó el movimiento para golpear a su contrincante con el extremo inferior. La hoja de Tumba se clavó en la madera, y la muchacha aprovechó la fuerza del golpe para estamparle en la cara la parte superior del cayado. Tumba se echó hacia atrás, pero el puño de la asesina ya estaba preparado. Celaena encajó el puño en la nariz de su adversario sin preocuparse de la explosión de dolor en los dedos ni del crujido de los nudillos. Saltó hacia atrás antes de que él pudiera devolverle el golpe. La sangre brillaba bajo la nariz de Tumba con un destello rojo.

—¡Bruja! —exclamó entre dientes, y le asestó un mandoble.

Ella sostuvo el báculo con ambas manos para parar el ataque y empujó la vara contra la espada sin dejarse intimidar por el crujido de la madera al resquebrajarse.

Con un gruñido, Celaena propinó un último empujón a su adversario y dio un salto. Le estampó el extremo del báculo en la parte trasera de la cabeza y Tumba trastabilló, pero consiguió recuperarse. Jadeando, con lágrimas en los ojos, el contrincante se limpió la sangre de la nariz. Su rostro picado de viruela adquirió una expresión fiera y se lanzó contra ella espada en ristre, apuntando directamente al corazón. Una reacción salvaje, demasiado irreflexiva como para detenerse a tiempo.

Celaena se acuclilló. Cuando la espada le pasó por encima, dio un salto con las piernas hacia delante. Tumba no tuvo tiempo ni de gritar cuando perdió pie, y tampoco pudo sacar el arma antes de ver a la asesina acuclillada sobre él, apuntando a su garganta con la cabeza de hierro del báculo.

La asesina acercó los labios al oído de Tumba.

—Mi nombre es Celaena Sardothien —susurró—, pero el hecho de que me llame Celaena, Lillian o bruja no cambiará las cosas, porque nunca me vencerás.

Celaena le dedicó una sonrisa antes de incorporarse. El otro se quedó mirándola con la nariz ensangrentada. Ella se sacó un pañuelo del bolsillo y se lo tiró al pecho.

—Te lo puedes quedar —le dijo antes de abandonar el círculo.

Chaol la estaba esperando al otro lado de la línea de tiza.

—¿Cuánto tardé? —preguntó ella.

Nehemia le sonreía a lo lejos y Celaena levantó el báculo a modo de saludo.

—Dos minutos.

La muchacha sonrió al capitán. Apenas resollaba.

—Un tiempo mejor que el de Caín.

—Y mucho más espectacular —bromeó Chaol—. ¿El detalle del pañuelo era necesario?

Celaena se mordió el labio y estaba a punto de responder cuando el rey se levantó. La multitud enmudeció al instante.

—Un brindis para los ganadores —propuso el soberano.

Caín, que aguardaba al borde del círculo, se acercó a grandes zancadas y se situó ante la mesa del rey. Celaena se quedó junto a Chaol.

El rey le hizo un gesto a Kaltain, que al instante tomó la bandeja de plata en la que descansaban las dos copas. Le tendió una a Caín y se dirigió hacia Celaena para tenderle la otra antes de detenerse frente a la mesa real.

—De todo corazón y en honor de la diosa suprema —recitó en un tono tan dramático que Celaena tuvo ganas de atizarla—, presenten sus respetos a la diosa que nos engendró a todos. Beban, y que ella los bendiga y les devuelva las fuerzas.

Pero, ¿quién le había escrito aquel discurso? Kaltain saludó a los campeones con una reverencia y la asesina se llevó la copa a los labios. El rey le dedicó una sonrisa mientras bebía. Cuando Celaena hubo apurado el vino, Kaltain tomó la copa, recogió luego la de Caín y se retiró.

«Tienes que ganar. Tienes que ganar. Acaba con él cuanto antes».

—Prepárense para el combate —ordenó el rey—, y empiecen a mi señal.

Celaena miró a Chaol. ¿No iba a poder descansar? Incluso Dorian se volvió hacia su padre con las cejas enarcadas, pero el rey ignoró la protesta silenciosa de su hijo.

Caín sacó la espada y, con una sonrisa torva en los labios, se acuclilló en posición de defensa en el centro del círculo.

La asesina se habría puesto a lanzar improperios allí mismo si Chaol no le hubiera apretado el hombro. Una emoción que Celaena no supo definir inundaba los ojos castaños del capitán. Su rostro reflejaba una fuerza cuya belleza le partía el corazón.

—Ni se te ocurra perder —le susurró Chaol—. No quiero tener que escoltarte de vuelta a Endovier.

Haciendo caso omiso de la mirada asesina del rey, el capitán de la guardia se alejó con la cabeza alta. A Celaena le costaba enfocar la mirada. Su visión periférica se había nublado.

Caín se acercó y su espada lanzó un destello amenazante. La asesina inspiró profundamente y penetró el círculo.

El conquistador de Erilea alzó las manos.

—¡Que empiece el duelo! —rugió, y Celaena sacudió la cabeza para disipar las sombras que le nublaban la visión.

Esgrimiendo el báculo como si fuera una espada, se esforzó por mantener el equilibrio mientras Caín giraba en torno a ella. La invadió una sensación de náusea mientras él flexionaba los músculos. Por alguna razón, una ligera neblina empañaba el ambiente. Celaena parpadeó y apretó los dientes. Aprovecharía la fuerza de Caín en beneficio propio.

El soldado cargó antes de lo que se esperaba. Ella rechazó la espada con el extremo más grueso del báculo, evitando la hoja, y saltó hacia atrás. El rugido del bosque resonaba en sus oídos.

Caín volvió al ataque tan deprisa que Celaena tuvo que parar el filo. La hoja de la espada se hundió en el báculo con fuerza y ella soportó el impacto con los brazos. Sin darle tiempo a recuperarse, Caín arrancó la espada de la madera y se abalanzó contra ella. Celaena retrocedió y rechazó el golpe con la punta de hierro del bastón. La sangre circulaba por sus venas lenta y espesa, la cabeza le daba vueltas. ¿Acaso estaba enferma? Las náuseas no la abandonaban.

Recurriendo a todas sus fuerzas, la muchacha se rehízo con un gruñido. Si de verdad había caído enferma, debía vencer cuanto antes. No era el momento de hacer alarde de su destreza, sobre todo si el libro decía la verdad y Caín acumulaba la fuerza de todos aquellos campeones muertos.

Adoptó una postura ofensiva y se abalanzó con agilidad contra el soldado. Caín rechazó el ataque de Celaena con un barrido de espada. Las astillas de madera revolotearon a su alrededor cuando ella opuso resistencia.

Oía los latidos sordos de su corazón y el fragor del bosque contra el acero resultaba casi insoportable. ¿Por qué todo discurría tan despacio?

Celaena siguió atacando, cada vez más deprisa, con más fuerza. Caín se echó a reír y ella estuvo a punto de gritar de rabia. Cada vez que movía el pie para desequilibrarlo, cada vez que se acercaban demasiado, o bien ella cometía una torpeza o bien él la esquivaba, como si Caín conociera sus planes de antemano. Tenía la frustrante sensación de que el otro jugaba con ella, de que le estaban gastando una broma pesada.

La asesina blandió el báculo en el aire con la esperanza de golpearlo en el cuello por sorpresa, pero él se escurrió, y aunque Celaena reaccionó embistiendo contra su vientre, el soldado volvió a rechazarla.

—¿No te encuentras bien? —se burló Caín con un destello de su dentadura blanca y deslumbrante—. Tal vez hayas pasado demasiado tiempo...

¡PAM!

Celaena sonrió cuando el báculo golpeó a Caín en el costado. Él se echó hacia delante, y la muchacha aprovechó para hacerlo perder el equilibrio. El soldado cayó al suelo y ella alzó el bastón para golpearlo, pero las náuseas se apoderaron de ella, tan fuertes que se le doblaron las piernas. No tenía fuerzas.

Caín rechazó el golpe como si nada y Celaena retrocedió mientras él se levantaba. En aquel momento, la asesina oyó una risita; débil, femenina y malvada: Kaltain. Trastabilló, pero se mantuvo en pie mientras miraba brevemente a la dama y las copas que descansaban sobre la mesa. En aquel momento comprendió que la copa no solo contenía vino, sino también acónito sanguíneo, precisamente la droga que no había sabido reconocer en la prueba. En el mejor de los casos, provocaba alucinaciones y mareos. En el peor...

Apenas podía sostener el báculo. Caín se acercó a ella y no tuvo más remedio que rechazar sus golpes, casi sin fuerzas, para poder levantar el arma. ¿Cuánto acónito sanguíneo le habían administrado? El báculo crujía, se astillaba y chirriaba. Si le hubieran dado una dosis letal, ya estaría muerta. Debían de haber puesto lo suficiente para desorientarla, pero no tanto como para que alguien advirtiera la estratagema. La mirada se le desenfocaba y tenía escalofríos. Caín era tan grande... Parecía una montaña y sus golpes... A su lado, Chaol parecía un niño.

—¿Fatigada? —preguntó el soldado—. Es una pena que todas esas historias que cuentan de ti sean mera palabrería.

Él lo sabía. Sabía que le habían administrado una droga. Celaena gruñó y se abalanzó contra él. Caín la esquivó y la asesina abrió mucho los ojos cuando no alcanzó nada salvo aire, aire hasta que...

Caín le golpeó la espalda y Celaena solo vio las baldosas borrosas antes de estrellarse contra el suelo.

—Patético —dijo él.

La sombra de su adversario se proyectaba sobre ella cuando Celaena se dio la vuelta y retrocedió a rastras antes de que Caín pudiera alcanzarla. Notó el sabor de la sangre. Aquello no podía estar pasando, no era posible que la hubieran traicionado de un modo tan vil.

—Si yo fuera Tumba, me sentiría avergonzado de haber perdido ante ti —se recreó Caín.

A la asesina le faltaba el aliento y las rodillas apenas la sostenían cuando se levantó como pudo para cargar contra él. Sin darle tiempo a rechazarlo, Caín la tomó por el cuello de la camisa y la empujó hacia atrás. Ella avanzó tambaleándose y se detuvo a pocos metros de él.

Caín giraba en torno a ella, esgrimiendo la espada con indolencia. Sus ojos eran oscuros, tan negros como aquel portal al otro mundo. Solo estaba prolongando lo inevitable, como un depredador que juguetea con su presa antes de devorarla. Quería disfrutar al máximo cada momento.

Celaena tenía que poner fin a aquello, antes de que empezaran las alucinaciones. Conocía bien su poder: los adivinos habían utilizado acónito sanguíneo en cierta ocasión para vislumbrar espíritus de otros mundos. Celaena barrió el aire con el báculo para golpear a Caín. La madera chocó con el acero.

El báculo se partió en dos.

La cabeza de hierro salió volando al otro extremo del mirador y Celaena se quedó con un trozo de madera inservible en la mano. Los ojos de Caín se posaron en los de la asesina instantes antes de tomar impulso y golpearle el hombro con el brazo.

La muchacha oyó el chasquido antes de notar el dolor. Gritó y cayó de rodillas, con el hombro dislocado. Caín le dio una patada y Celaena cayó hacia atrás con tanta fuerza que el hombro se le recolocó con un horrible crujido. El dolor la cegaba; el mundo empezó a desenfocarse. Todo se movía tan despacio...

Caín la agarró por el cuello de la chamarra para obligarla a ponerse en pie. Ella se tambaleó hacia atrás. El suelo se acercó en cámara lenta y cayó a tierra... con fuerza.

Celaena levantó el asta de madera rota con la mano izquierda. Caín, jadeando y sonriendo, se aproximó.

Dorian apretó los dientes. Algo iba terriblemente mal. Lo había intuido desde el instante en que había empezado el duelo. Y se había puesto a sudar en cuanto la asesina había tenido oportunidad de asestar un golpe definitivo y la había desperdiciado. Pero aquello...

No podía soportar que Caín le pateara el hombro de aquel modo y había estado a punto de vomitar cuando el soldado la había obligado a levantarse y ella había caído otra vez. Celaena no paraba de frotarse los ojos y el sudor le empapaba la frente. ¿Qué estaba pasando?

Tenía que detenerlo. Debía suspender el duelo en aquel mismo instante. Lo aplazaría hasta el día siguiente, cuando ella volviera a estar en plenas facultades, armada de una espada. Chaol maldijo entre dientes y Dorian estuvo a punto de gritar cuando Celaena intentó levantarse y volvió a caer. Caín estaba jugando con ella. No solo quería quebrarle el cuerpo sino también la voluntad. Aquello tenía que terminar.

Caín blandió la espada ante Celaena, que se echó hacia atrás. Demasiado tarde. La asesina gritó cuando la hoja le abrió una brecha en la tela y en la carne del muslo. La sangre tiñó sus calzas. A pesar de todo, la muchacha se volvió a levantar con expresión airada y desafiante.

Dorian tenía que ayudarla. Sin embargo, si interfería, tal vez proclamaran vencedor a su contrincante. De modo que se quedó mirando, cada vez más horrorizado, cómo Caín le asestaba un puñetazo en la mandíbula.

Las rodillas de Celaena se doblaron y cayó al suelo.

Algo empezó a quebrarse en el interior de Chaol cuando Celaena alzó un rostro ensangrentado para mirar a Caín.

—Me esperaba algo mejor —dijo el soldado mientras la muchacha se arrastraba para arrodillarse, sin soltar su báculo inservible.

Celaena jadeaba entre dientes, la sangre manaba de sus labios. Caín escudriñaba su rostro como buscando algo en su expresión, como si pudiera oír algo que los demás no oían.

—¿Y qué dirá tu padre?

Una mezcla de miedo y confusión asomó al semblante de ella.

—Cállate —replicó con voz temblorosa, como si luchara contra el dolor que le provocaban las heridas.

Caín seguía con la mirada fija en Celaena, cada vez más sonriente.

—Todo está ahí —prosiguió—. Debajo del muro que has construido para contenerlo. Lo veo con absoluta claridad.

¿De qué estaba hablando? Caín levantó la espada y pasó el dedo por la sangre; la sangre de Celaena. Chaol hacía esfuerzos por mantener a raya el asco y el miedo.

Caín lanzó una carcajada forzada.

—¿Qué se siente cuando te despiertas entre tu padre y tu madre, bañada por su sangre?

—¡Cállate! —repitió ella, que arañaba el suelo con la mano libre.

El dolor y la ira retorcían sus facciones. Fuera cual fuera la herida que estaba hurgando Caín, le dolía.

—Tu madre era una mujercita muy guapa, ¿verdad? —siguió diciendo el otro.

—¡*Cállate!*

Celaena intentó levantarse pero la herida de la pierna se lo impidió. Jadeaba, casi sin aliento. ¿Por qué Caín estaba al corriente de su pasado?

El corazón de Chaol latía desbocado ante el terror que irradiaba la muchacha. Pero no podía hacer nada por ayudarla.

Ella lanzó un grito de impotencia que hendió el viento helado mientras se arrastraba para ponerse en pie. Ahogando el dolor en furia, golpeó el arma de Caín con los restos del báculo.

—Bien —resolló él, oponiendo tanta resistencia que la hoja se hundió en la madera—. Pero no lo suficiente.

La empujó, y cuando ella dio un paso vacilante hacia atrás, levantó la pierna y le propinó una patada en las costillas. Celaena salió volando.

Chaol nunca había visto a nadie golpear con tanta fuerza. La asesina cayó y siguió rodando hasta estrellarse contra la torre del reloj. Se golpeó la cabeza contra la piedra y Chaol se mordió el labio al oír el grito. Se obligó a sí mismo a permanecer al margen, a quedarse mirando mientras Caín la hacía pedazos, pieza a pieza. ¿Cómo era posible que todo se hubiera estropeado tan rápidamente?

La asesina se estremeció al incorporarse sobre sus rodillas, agarrándose el costado. Todavía se aferraba al resto del báculo de Nehemia, como si fuera una roca en medio de un mar violento.

Celaena notó el sabor de la sangre cuando Caín la arrastró por el suelo y la obligó a levantarse una vez más. La muchacha no opuso resistencia. El soldado podría haberle apuntado al corazón en cualquier momento. Aquello no era un duelo; era una ejecución. Y nadie iba a hacer nada por detenerla. Estaba bajo los efectos de una droga. No era justo. La luz del sol parpadeó y ella se retorció en las manos de Caín a pesar de los terribles dolores que le atenazaban el cuerpo.

Cientos de susurros, risas, voces de otro mundo la rodeaban. La llamaban, pero empleaban un nombre distinto, más peligroso...

Alzó la vista y vio la barbilla de Caín antes de que este la levantara de nuevo y la empujara de cara contra una pared de piedra gélida y lisa. La envolvía una negrura que le resultaba familiar. El impacto le provocó un dolor tremendo, pero su grito agonizante se interrumpió en seco cuando abrió los ojos en la oscuridad y vio lo que surgía de esta. Había algo... algo muerto ante ella.

Era un hombre de piel blanca y pútrida. Tenía unos ojos rojos, ardientes, y la señalaba de un modo desagradable y rígido. Sus dientes, acabados en punta, eran tan largos que apenas le cabían en la boca.

¿Dónde estaba? Las alucinaciones debían de haber empezado. Vio un fogonazo y notó que alguien la arrastraba por detrás. Tenía los ojos desorbitados cuando Caín la lanzó hasta el borde del círculo.

Una sombra tapó el sol. Todo había terminado. Iba a morir. Y si no moría, la enviarían otra vez a Endovier. Todo había terminado. Todo.

Unas botas negras surgieron ante ella. Luego unas rodillas. Alguien se había arrodillado al borde del círculo.

—Levántate —le susurró Chaol.

Celaena no tenía valor para mirarlo a la cara. Todo había terminado.

Caín se echó a reír, y la muchacha notó la reverberación de sus pasos, que se acercaban.

—¿Es esto todo lo que puedes ofrecer? —gritó el campeón en tono triunfante.

Celaena tembló. El mundo estaba inundado de niebla, oscuridad y voces.

—*Levántate* —volvió a decir Chaol, en tono más enérgico.

Ella no podía sino mirar la línea de tiza blanca que marcaba el círculo.

Caín había hablado de cosas que no podía saber. Las había leído en sus ojos. Y si conocía su pasado... Celaena gimió, odiándose por ello y por las lágrimas que le surcaban la cara, se deslizaban por el puente de su nariz y caían al suelo. Todo había terminado.

—Celaena —insistió Chaol con suavidad. En aquel momento, la asesina oyó el roce de su mano, que se acercaba por el suelo. Los dedos del capitán se detuvieron justo al otro lado de la línea blanca—. *Celaena* —resolló él en un tono cargado de dolor... y esperanza.

Aquello era cuanto le quedaba: la mano tendida de Chaol y una promesa de esperanza, de algo mejor al otro lado de la línea.

El mero hecho de mover el brazo le hizo ver las estrellas, pero lo alargó de todos modos hasta que sus dedos rozaron el otro lado de la línea de tiza. Los dejó allí, casi tocando los de Chaol, ambas manos separadas tan solo por el grueso trazo blanco.

Abrió los ojos para mirar al capitán de la guardia y allí, en su mirada, encontró las fuerzas que necesitaba.

—Levántate —se limitó a repetir él.

Y en aquel momento, sintió que el semblante de Chaol era lo único que importaba. Se revolvió y no pudo evitar el sollozo que brotó de sus labios cuando el dolor estalló en su cuerpo, tan intenso que se dejó caer otra vez. Sin embargo, volvió a concentrarse en los ojos castaños, en los labios apretados que se separaban para susurrar:

—Levántate.

Celaena separó el brazo de la línea y apoyó una palma contra el suelo gélido. Mantuvo la mirada en el capitán mientras colocaba la otra mano bajo el pecho y reprimió un grito de dolor cuando, con el hombro casi desencajado, se apoyó para darse impulso. Deslizó la pierna ilesa por debajo de su cuerpo. Mientras se levantaba, oyó los pasos de Caín que se acercaban. Chaol abrió los ojos como platos.

El mundo se fundió en negro, niebla y azul cuando Caín la tomó por el cuello y, empujándola una vez más contra el reloj de la torre, le estrelló la cara contra la piedra. Al abrir los ojos, Celaena se encontró en otro mundo. Todo era negrura a su alrededor. Muy en el fondo supo que no sufría una alucinación, que las cosas que estaba viendo, los seres que la rodeaban existían realmente al otro lado del velo de su mundo; de algún modo, aquella droga le había abierto los ojos de la mente.

Había dos engendros a su lado ahora, y el recién llegado tenía alas. La miraba sonriendo, sonriendo como...

Sin darle tiempo ni a gritar, la criatura alzó el vuelo e intentó atraparla entre sus garras. Celaena se debatió. ¿Qué había pasado con el mundo? ¿Dónde estaba?

Pronto aparecieron más engendros, muertos, demonios, monstruos, y todos intentaban agarrarla. La llamaban por su nombre. Casi todos volaban, y los que carecían de alas remontaban el aire en las garras de sus compañeros.

La golpeaban al pasar, le clavaban las uñas en la carne. Se proponían llevarla al interior de su reino y la torre era el portal. Querían devorarla. El pánico, un terror como jamás había sentido, se apoderó de ella. Celaena se protegió la cabeza y pateó con furia para alejar a todos aquellos seres que se lanzaban en picado sobre ella.

¿Cuándo acabaría aquello? ¿Qué cantidad de veneno le habían administrado? Iba a morir. *Libertad o muerte.*

La rabia y la rebeldía se mezclaban en sus venas. Agitó el brazo libre y se topó con un rostro fiero que la contemplaba con ojos ardientes como ascuas. La oscuridad cedió y aparecieron los rasgos de Caín, que la miraba de fijamente. Veía la luz del sol; había regresado a la realidad. ¿Cuánto tiempo tenía antes de que el veneno le provocara una nueva serie de alucinaciones?

Caín intentó agarrarle la garganta, pero ella se echó hacia atrás y solo pudo tomar su amuleto. Celaena oyó un fuerte chasquido cuando el soldado le arrancó el Ojo de Elena.

La luz del sol desapareció y el acónito sanguíneo volvió a apoderarse de su mente. Celaena descubrió ante sí todo un ejército de muertos. La figura en sombras a la que identificaba con Caín alzó el brazo y dejó caer el amuleto al suelo.

Iban por ella.

CAPÍTULO 49

Dorian observaba horrorizado cómo Celaena se debatía en el suelo, como si tratara de ahuyentar cosas que solo ella podía ver. ¿Qué estaba pasando? ¿Habían vertido algo en su vino? Pero también había algo raro en la actitud de Caín, plantado junto a ella, sonriendo. ¿Acaso... realmente había algo allí invisible para todos menos para ellos?

Celaena gritó. Fue el sonido más horrible que Dorian había oído en su vida.

—Detén eso —le dijo a Chaol, que había acudido a su lado.

Sin embargo, su amigo se limitaba a mirar boquiabierto cómo la asesina agitaba los brazos. Estaba pálido como un muerto.

Celaena seguía pateando y golpeando el vacío cuando Caín se acuclilló junto a ella y la golpeó en la boca. La sangre manaba profusamente. El soldado solo se detendría si el rey se lo ordenaba o si ella perdía el sentido. O algo peor. Cualquier interferencia externa —aunque solo fuera para denunciar que alguien había vertido veneno en el vino de la asesina— solo serviría para que Caín se declarara vencedor.

La muchacha se alejó a rastras de Caín, dejando un rastro de sangre y saliva en el suelo.

Alguien se colocó junto a Dorian y, por la respiración agitada, el príncipe supo que era Nehemia. Dijo algo en eyllwe y caminó hasta el mismo borde del círculo. Con la mano escondida entre los pliegues de la capa, trazaba símbolos en el aire moviendo los dedos con rapidez.

Caín caminó despacio hacia Celaena. Jadeando, la asesina se dejó caer de rodillas, con la pálida tez teñida de rojo, mirando sin ver el círculo, el público, algo que no era de este mundo quizá.

Esperaba a Caín. Aguardaba...

Su muerte.

Arrodillada en el suelo, Celaena intentó tomar aire, incapaz de encontrar la salida de la alucinación para volver a la realidad. Allí, en aquel mundo oscuro, los muertos la rodeaban, esperando. El tenebroso Caín la observaba de cerca, pero solo alcanzaba a distinguir sus ojos ardientes. La oscuridad ondeaba a su alrededor como jirones al viento.

Celaena iba a morir.

«Luz y oscuridad. Vida y muerte. ¿Dónde encajo yo?».

El pensamiento la sobresaltó tanto que sus manos buscaron a ciegas algo para utilizarlo contra él. Así no. Encontraría la manera... Podía encontrar un modo de sobrevivir. «No tengo miedo». Allá en Endovier todas las mañanas repetía aquellas mismas palabras, pero ¿de qué le servían en este momento?

Cuando un demonio se acercó a ella, brotó un grito de su garganta; no de terror ni de desesperación, sino de súplica. Una petición de socorro.

El demonio se alejó volando, como si el grito lo hubiera asustado. Caín se acercó un poco más.

Y entonces sucedió algo extraordinario.

Puertas, muchas puertas se abrieron de golpe. Puertas de madera, de hierro, de aire y de magia.

Y llegada de otro mundo, apareció Elena, envuelta en luz dorada. El cabello de la antigua reina brillaba como una estrella errante que pasara sobre Erilea.

Caín soltó una risita y se acercó a la agotada asesina. Levantó la espada y le apuntó al pecho.

Elena estalló entre las filas de muertos y los disipó.

Caín bajó la espada.

Una ráfaga de viento golpeó al soldado con tanta fuerza que lo arrojó contra el suelo y le arrebató el arma, que fue a parar al otro lado del mirador. Encerrada en aquel mundo oscuro y espantoso, Celaena veía en cambio a la antigua reina abalanzarse sobre Caín y derribarlo. Los muertos intentaban detenerla, pero era demasiado tarde.

Alrededor de la reina apareció una luz dorada que actuó como escudo y la protegió de ellos.

Un viento de una fuerza que ninguno de los presentes había conocido jamás seguía bramando en el mirador.

Los demonios rugieron y atacaron de nuevo, pero una espada destelló y el primer demonio fue derrotado. La negra sangre del engendro goteó por la hoja, y la reina Elena enarboló la espada con una mueca feroz. Los estaba desafiando; los retaba a que se enfrentaran a ella, a que pusieran a prueba su ira.

Por sus ojos entrecerrados, Celaena vio que una corona de estrellas rodeaba la cabeza de Elena, al tiempo que su armadura de plata brillaba como un faro en la negrura. Los demonios retrocedieron y Elena tendió una mano, de la que brotaba una luz blanca. Cuando la luz creó una muralla entre los muertos y ellas, la reina corrió al lado de Celaena y tomó su cara entre las manos.

—No puedo protegerte —susurró Elena, cuya tez desprendía un extraño fulgor. El rostro de la reina también parecía distinto, más definido, más hermoso; su herencia mágica—. No puedo proporcionarte mi fuerza —pasó los dedos por la frente de la asesina—. Pero sí puedo arrancar el veneno de tu cuerpo.

Más allá, Caín intentaba en vano levantarse. El viento, que soplaba con fuerza a su alrededor, lo mantenía en el suelo.

Al otro lado del mirador, un nuevo soplo de aire empujó la cabeza del báculo y la arrastró rodando hacia Celaena. Se detuvo con un tintineo, tentador, a pocos metros de distancia.

Elena posó una mano en la frente de la muchacha.

—Tómalo —ordenó la reina.

La asesina, a caballo entre el soleado mirador y la negrura infinita que rodeaba a la reina, alargó el brazo para alcanzar los restos del báculo. El hombro se le desplazó una pizca y Celaena gritó de dolor. Por fin sentía de nuevo la suave madera tallada, pero también el dolor que le oprimía los dedos.

—Cuando el veneno haya desaparecido de tu organismo, no podrás verme, y tampoco a los demonios —dijo la reina mientras dibujaba signos en la frente de la muchacha.

Al ir por su espada, Caín miró al rey. El soberano asintió.

Elena aún sostenía la cara de Celaena entre las manos.

—No tengas miedo.

Al otro lado de la muralla de luz, los muertos chillaban y gemían el nombre de la asesina. Caín, en cambio —acompañado de esa fuerza tenebrosa que moraba en su interior—, traspasó el muro como si nada, haciéndolo trizas a su paso.

—Trucos baratos, su majestad —le dijo el campeón a Elena—. Trucos baratos.

Elena se puso en pie al instante para impedir que Caín llegara hasta Celaena. Las sombras ondeaban en torno a la silueta del soldado y sus ojos ardientes se encendieron aún más. Caín miraba a la asesina cuando dijo:

—Te trajeron aquí con un propósito; todos fueron traídos con un propósito. Son piezas de un juego inacabado. Mis amigos —señaló a los muertos con un gesto— así me lo han dicho.

—Vete —rugió Elena a la vez que formaba un símbolo con los dedos. Una luz azul y brillante surgió de sus manos.

Caín aulló cuando la luz lo golpeó destruyendo al mismo tiempo las tinieblas que lo acompañaban. Entonces desapareció, pero dejó tras de sí el aullante ejército de muertos y malditos. Elena también seguía allí. Los demonios se lanzaron contra ellas, pero la reina, jadeando entre dientes, los rechazó con su escudo dorado. A continuación se arrodilló y agarró a la asesina por los hombros.

—El veneno ya casi ha desaparecido —le dijo.

La oscuridad perdía intensidad. Celaena empezaba a ver grietas de luz.

La campeona asintió. El dolor ya sustituía al pánico. Podía notar el frío del invierno, el dolor de la pierna y el calor de su propia sangre en la piel. ¿Cómo había llegado Elena y qué hacía Nehemia al borde del círculo moviendo las manos de un modo tan extraño?

—Levántate —le dijo la reina.

Se estaba volviendo translúcida. Elena separó las manos de las mejillas de Celaena y una luz blanca inundó el cielo. El veneno había desaparecido del organismo de la asesina.

Caín se acercó a la campeona tendida, de nuevo un hombre de carne y hueso.

Cuánto dolor. Le dolía la pierna, la cabeza, el hombro, el brazo y las costillas.

—*Levántate* —volvió a susurrar Elena, y desapareció. El mundo volvió a su lugar.

Caín estaba muy cerca, sin el menor rastro de sombras a su alrededor. Celaena levantó los restos del báculo. Su visión se aclaró.

Y por fin, temblorosa y destrozada, se puso en pie.

CAPÍTULO 50

La pierna derecha de Celaena apenas la sostenía, pero apretó los dientes con fuerza y se levantó. Irguió los hombros mientras Caín se detuvo.

El viento le acarició el rostro y su cabello dorado ondeó a su espalda como una capa reluciente. «No tengo miedo». Una marca de luz azul resplandecía en su frente.

—¿Qué tienes en la cara? —preguntó Caín.

El rey se levantó, ceñudo, y más cerca Nehemia contuvo el aliento.

Con un brazo dolorido, casi inservible, Celaena se limpió la sangre de la cara. Gruñendo, Caín blandió la espada, dispuesto a decapitarla.

Celaena se abalanzó hacia delante, tan rápida como una flecha de Deanna.

Los ojos de Caín se abrieron de par en par al ver que le clavaba el extremo dentado del báculo en el costado derecho, tan desprotegido como Chaol le había señalado.

La sangre se derramó por las manos de la muchacha cuando retiró el bastón. Caín, agarrándose las costillas, trastabilló hacia atrás.

Celaena olvidó el dolor, el miedo, al tirano que clavaba sus ojos oscuros en la marca azul que ardía en su frente. Retrocedió de un salto y, con el extremo punzante del báculo, le hizo un corte en el brazo que atravesó músculo y nervio. Él la atacó con el otro brazo, pero Celaena lo esquivó y le hirió ese miembro también.

Cuando el soldado trató de embestirla, Celaena se hizo a un lado. Caín cayó despatarrado. La asesina le colocó un pie sobre la espalda y, cuando él levantó la cabeza, descubrió que el extremo afilado del báculo le apuntaba a la garganta.

—Un solo movimiento y te clavo el cuello al suelo —resolló Celaena con dificultad.

Caín se quedó inmóvil y, por un momento, la asesina habría jurado que sus ojos brillaban como ascuas. Durante el tiempo que dura un latido, consideró la idea de matarlo allí mismo para que no pudiera contar a nadie lo que sabía; sobre ella, sobre sus padres, sobre los signos del Wyrd y su poder. Si el rey llegaba a enterarse de algo... Celaena temblaba del esfuerzo que le suponía no clavarle la punta de la lanza en el cuello, pero por fin alzó su rostro magullado y miró al rey.

Los consejeros empezaron a aplaudir con timidez. En realidad, ninguno de ellos había presenciado el espectáculo: ninguno había visto las sombras que transportaba el viento. El rey miró en su dirección y Celaena se obligó a sí misma a permanecer erguida, a no doblegarse mientras él emitía su veredicto. Vivió cada segundo de silencio como un golpe en el vientre. ¿Estaría buscando el rey un modo de anular el combate? Tras lo que le pareció toda una vida, el rey habló.

—La campeona de mi hijo es la ganadora —gruñó.

Celaena sintió que el suelo giraba bajo sus pies. Había ganado. Había ganado. Era libre; o cuando menos estaba más cerca de la libertad de lo que nunca lo estaría. La nombrarían campeona del rey y luego sería libre...

De repente tomó conciencia de todo lo que acababa de suceder. Dejó caer los restos ensangrentados del báculo y apartó el pie de la espalda de Caín. Se alejó cojeando y resollando con fuerza. Estaba salvada. Elena la había salvado. Y ella... había ganado.

Nehemia seguía en el mismo sitio que antes, con una leve sonrisa en los labios, tan leve como si...

La princesa se desmayó, y su guardia personal corrió a socorrerla. Celaena quiso acercarse a su amiga, pero le fallaron las piernas y cayó al suelo. Dorian, como saliendo de un trance, se precipitó hacia ella. Cayó de rodillas a su lado, sin dejar de murmurar su nombre.

Celaena apenas podía oírlo. Acurrucada, dejó que las lágrimas surcaran sus mejillas. Había ganado. A pesar del dolor, la asesina se echó a reír.

Mientras Celaena reía en silencio, con la cabeza contra el suelo, Dorian examinaba su cuerpo. La herida del muslo seguía sangrando, el brazo le colgaba inerte y su rostro y sus brazos eran un mosaico de cortes y moretones incipientes. Caín, con la furia grabada en el semblante, los observaba de cerca. La sangre le goteaba entre los dedos y se aferraba a su costado. Que sufriera.

—Necesito que la vea un sanador —le dijo Dorian a su padre. El rey no respondió—. Tú, chico —ordenó a un paje—. Ve a buscar a un sanador. ¡Tráelo cuanto antes!

Dorian apenas podía respirar. Tendría que haber puesto fin al combate cuando Caín había golpeado a Celaena por primera vez. No habría debido quedarse mirando, cuando saltaba a la vista que la habían envenenado. De haber estado en su lugar, ella lo habría ayudado, sin titubear ni un instante. Incluso Chaol le había prestado apoyo: se había arrodillado al borde del círculo. ¿Y quién la había drogado?

Rodeándola cuidadosamente con los brazos, Dorian miró en dirección a Kaltain y Perrington. Al hacerlo, pasó por alto la mirada que intercambiaban Caín y su padre. El soldado sacó una daga.

Chaol, en cambio, sí se percató. Caín levantó la daga para apuñalar a la chica por la espalda.

Sin pararse a pensar, sin preguntarse qué estaba pasando, Chaol se interpuso entre ambos de un salto y hundió la espada en el corazón de Caín.

La sangre manó a borbotones y empapó los brazos, la cabeza, la ropa de Chaol. Un líquido oscuro que olía a muerte y podredumbre. Caín cayó de bruces en el suelo.

Se hizo un silencio. Chaol se quedó mirando cómo el soldado exhalaba su último aliento hasta morir. Cuando todo terminó y los ojos de Caín se pusieron vidriosos, el capitán de la guardia dejó caer la espada. Se arrodilló junto a Caín pero no lo tocó. ¿Qué había hecho?

Chaol no podía dejar de mirar la sangre que le empapaba las manos. Había puesto fin a una vida. Acababa de matar a Caín.

—Chaol —jadeó Dorian.

Celaena se había quedado inmóvil en sus brazos.

—¿Qué hice? —preguntó Chaol.

La asesina gimió y empezó a temblar.

Dos guardias ayudaron al capitán de la guardia a levantarse. Mientras se lo llevaban, Chaol no dejaba de mirarse aquellas manos ensangrentadas.

Dorian siguió a su amigo con la mirada. Cuando Chaol desapareció en el interior del castillo, devolvió la atención a Celaena. El rey gritaba algo.

La muchacha temblaba tanto que las heridas le sangraban aún más profusamente.

—No debería haberlo matado. Ahora él... él... —se interrumpió con un resuello—. Ella me salvó —siguió diciendo Celaena, que había hundido la cara en el pecho de Dorian—. Dorian, ella me quitó el veneno. Ella... Oh, dioses, ni siquiera sé lo que ha pasado.

El príncipe no tenía ni idea de lo que estaba hablando, pero la abrazó con más fuerza.

Dorian posó la mirada en el consejo mientras sopesaba cada palabra que salía de la boca de la asesina, cada uno de sus propios movimientos o reacciones. Al infierno el consejo. La besó en el pelo. La marca había desaparecido de la frente de la muchacha. ¿Qué era aquel signo? ¿Qué había pasado allí exactamente? Caín había tocado la fibra sensible de Celaena; cuando había mencionado a sus padres, la asesina había perdido el control por completo. Nunca la había visto tan furiosa, tan frenética.

El príncipe se odiaba a sí mismo por no haber intervenido, por haberse quedado allí mirando como un maldito cobarde.

Debería haber salido en su defensa. Se aseguraría de que le fuera concedida la libertad y después... Después...

Celaena no se resistió cuando Dorian la llevó a sus aposentos tras pedirle al galeno que acudiera allí.

Estaba harto de la política y las intrigas. Amaba a Celaena y ningún imperio, ningún rey, ningún poder terrenal lo iba a apartar de ella. No, si alguien intentaba separarlos rompería el mundo en dos con las manos desnudas. La idea ni siquiera lo asustaba.

Desesperada y perpleja, Kaltain observaba cómo Dorian se llevaba a la maltrecha asesina. ¿Cómo era posible que hubiera vencido a Caín, si estaba drogada? ¿Por qué no había muerto?

Sentado junto al ceñudo rey, Perrington echaba chispas. Los consejeros escribían algo a toda prisa. Kaltain se sacó el frasco vacío del bolsillo. ¿Acaso el duque no le había dado suficiente acónito sanguíneo para dejarla fuera de juego? ¿Por qué Dorian no estaba llorando ante su cadáver? ¿Por qué ella misma no estaba junto al príncipe, consolándolo? La migraña la asaltó de repente, tan fuerte que se le nubló la visión y dejó de pensar con claridad.

Kaltain se acercó al duque y le susurró al oído:

—¿No me dijiste que acabaría con ella? —la dama intentó no alzar la voz—. ¡Me dijiste que ese maldito veneno acabaría con ella!

El duque y el rey se volvieron hacia ella y los consejeros intercambiaron miradas. Kaltain se irguió. Despacio, el duque se levantó de la silla.

—¿Qué tienes en la mano? —le preguntó Perrington en un tono más alto de lo normal.

—¡Ya sabes lo que es! —replicó ella entre dientes. Se esforzaba por no gritar, pero el dolor de cabeza rugía en sus oídos. Apenas podía escuchar sus propios pensamientos; la furia se había adueñado de ella—. El maldito veneno que le administré —murmuró para que solo Perrington pudiera oírla.

—¿Veneno? —preguntó el duque, en voz tan alta que Kaltain abrió los ojos de par en par—. ¿La envenenaste? ¿Por qué hiciste eso?

Llamó por gestos a tres guardias.

¿Por qué el rey guardaba silencio? ¿Por qué no acudía en defensa de Kaltain? Perrington le había proporcionado la droga siguiendo instrucciones del rey, ¿no? Los miembros del consejo la miraban con expresión acusadora mientras cuchicheaban entre sí.

—¡Tú me lo diste! —le reclamó al duque.

Las cejas rojizas de Perrington se arrugaron.

—¿De qué estás hablando?

Kaltain se abalanzó sobre él.

—¡Tú, maldito conspirador hijo de perra!

—Apréhéndanla, por favor —dijo el duque sin alterarse, como si Kaltain no fuera más que una sirviente histérica. Como si no fuera nadie.

—Te dije —murmuró Perrington al oído del rey— que sería capaz de cualquier cosa con tal de atraer la atención del prín...

El final de la frase se perdió cuando los guardias apresaron a Kaltain. El semblante del duque no delataba nada, ninguna emoción en absoluto. La había engañado.

Kaltain se debatió mientras se la llevaban a rastras.

—¡Majestad, por favor! ¡Su excelencia me dijo que tú...!

El duque se limitó a mirar a otro lado.

—¡Te mataré! —le gritó Kaltain a Perrington.

A continuación miró al rey, implorante, pero él también desvió la vista con una expresión de repugnancia en el rostro. No la escucharía, por más que ella dijera la verdad. Perrington debía de tenerlo todo planeado. Y ella había caído en la trampa. El duque había fingido ser un bobo enamorado para clavarle una daga por la espalda.

Kaltain pateó y se debatió para zafarse de los guardias, pero la mesa quedaba cada vez más lejos. Cuando alcanzaron las puertas del castillo, el duque la miró sonriendo y todos los sueños de la dama se esfumaron.

CAPÍTULO 51

Al día siguiente, Dorian soportaba la mirada de su padre con la barbilla alta. No pensaba bajar la vista, por más que el silencio se prolongara. Era un milagro que el príncipe no hubiera estallado aún, después de que su padre hubía permitido que Caín jugara con Celaena y la lastimara tan miserablemente sabiendo que la habían drogado, pero necesitaba aquella audiencia con el rey.

—¿Y bien? —preguntó el soberano por fin.

—Deseo saber qué le pasará a Chaol. Por matar a Caín.

Los ojos del rey lanzaron un destello.

—¿Qué crees tú que le debería pasar?

—Nada —respondió Dorian—. Pienso que lo mató para defender a Cel... para defender a la asesina.

—¿Crees que la vida de una asesina vale más que la de un soldado?

Los ojos color zafiro de Dorian se oscurecieron.

—No, pero no me parece un acto honroso matarla por la espalda una vez que ha ganado.

Y si alguna vez descubría que Perrington o su padre lo habían autorizado o que alguien había colaborado con Kaltain para envenenarla... Plantado con los brazos a los costados, Dorian apretó los puños.

—¿Honroso? —el rey de Adarlan se acarició la barba—. ¿Y me matarías a mí si yo intentara asesinarla de ese modo?

—Tú eres mi padre —contestó el príncipe con pies de plomo—. Confiaría en tus razones para hacerlo.

—¡Qué bien mientes! Casi tan bien como Perrington.

—Entonces, ¿no castigarás a Chaol?

—No veo razón para deshacerme de un excelente capitán de la guardia.

Dorian suspiró.

—Gracias, padre.

La gratitud que reflejaban sus ojos era genuina.

—¿Algo más? —preguntó el rey en tono solícito.

—Pues... —Dorian miró hacia la ventana y luego de nuevo a su padre, haciendo de tripas corazón una vez más. Tenía otro motivo para estar allí—. Quiero saber qué vas a hacer con la asesina —declaró por fin, y su padre esbozó una sonrisa que le heló la sangre.

—La asesina... —murmuró el rey—. Hizo un papel lamentable en el duelo. No creo que una mujer tan quejumbrosa merezca el título de campeona, por mucha droga que le hubieran administrado. Si de verdad hubiera sido tan buena como dices, habría advertido la presencia del veneno antes de beber. Quizá debería enviarla de vuelta a Endovier.

Dorian se encendió a una velocidad de vértigo.

—¡Te equivocas acerca de ella! —empezó a decir, pero enseguida negó con la cabeza—. No cambiarás de opinión, por más que insista.

—¿Qué voy a pensar de esa asesina sino que es un monstruo? La traje aquí para que se sometiera a mi voluntad, no para que interfiriera en la vida de mi hijo y de mi imperio.

El príncipe lo fulminó con la mirada. Nunca se había atrevido a mirar a su padre con tanta insolencia, y mientras el rey se sentaba despacio se preguntó si estaría empezando a considerar que Dorian representaba un serio problema. Para su sorpresa, se dio cuenta de que no le importaba. Quizás había llegado el momento de desafiar seriamente a su padre.

—No es un monstruo —replicó Dorian—. Todo lo que ha hecho ha sido con el fin de sobrevivir.

—¿Con el fin de sobrevivir? ¿Esa es la mentira que va contando? Podría haber hecho muchas cosas para sobrevivir, pero escogió matar. Le gusta matar. Hace contigo lo que quiere, ¿verdad? ¡Sí, qué lista es! Si hubiera nacido hombre, habría sido un magnífico político.

Dorian soltó un gruñido ronco.

—No sabes de lo que hablas. Nada me une a ella.

Aquella frase fue su gran error. Dorian comprendió que el rey acababa de descubrir su punto débil: el miedo abrumador que tenía a que se llevaran a Celaena. Las manos le colgaban a los costados.

El rey de Adarlan miró al príncipe heredero.

—Le enviaré el contrato cuando tome una decisión. Hasta entonces, te aconsejo que mantengas la boca cerrada, muchacho.

Dorian reprimió la furia que hervía en su interior. Con todo, una imagen acudió vívida a su pensamiento: la de Nehemia tendiendo el báculo a Celaena antes del duelo. La princesa no era ninguna tonta. Sabía tan bien como él que los símbolos poseen un poder especial. Aunque la asesina llegara a convertirse en la campeona del rey, habría obtenido el título empleando un arma de Eyllwe. Y si bien Nehemia andaba metida en un juego que no podía ganar, Dorian no podía negar que admiraba a la princesa por atreverse a participar.

Tal vez Dorian algún día reuniera el valor necesario para exigir cuentas a su padre por lo que les había hecho a aquellos rebeldes de Eyllwe. Pero todavía no. Aunque sí podía dar un primer paso.

De modo que miró a su padre a los ojos y le dijo con la cabeza alta:

—Perrington propone retener a Nehemia como una especie de rehén para someter a los rebeldes de Eyllwe.

El rey ladeó la cabeza.

—Una idea interesante. ¿Estás de acuerdo con él?

Las palmas de Dorian empezaron a sudar, pero adoptó una expresión impasible al responder:

—No, creo que estamos por encima de esas cosas.

—Ah, ¿sí? ¿Sabes cuántos soldados y material hemos perdido por culpa de esos rebeldes?

—Lo sé, pero valerse de Nehemia con ese fin me parece muy arriesgado. Los rebeldes podrían utilizar el secuestro para buscar aliados en otros reinos. Además, su pueblo adora a Nehemia. Si te preocupa la pérdida de soldados y equipos, piensa que perderías muchos más si el plan de Perrington provoca en Eyllwe una rebelión en forma. Es mejor que nos ganemos el favor de Nehemia. Mediante la diplomacia podemos convencerla de que contenga a sus rebeldes. Jamás lo lograremos si la retenemos contra su voluntad.

Se hizo un silencio, y Dorian procuró no parecer inquieto mientras su padre le examinaba el rostro. Los latidos del corazón le parecían martillazos contra su cuerpo.

Por fin, su padre asintió.

—Ordenaré a Perrington que desista del plan.

Dorian estuvo a punto de suspirar de alivio, pero se mantuvo impertérrito y adoptó un tono firme para decir:

—Gracias por escucharme.

El rey no respondió. Sin aguardar su permiso para retirarse, el príncipe se dio media vuelta y salió.

Celaena intentó no hacer aspavientos cuando se despertó con un fuerte dolor en el hombro y la pierna. Envuelta en vendajes y mantas, echó un vistazo al reloj de la repisa. Casi era la una de la tarde.

Vio las estrellas cuando abrió la boca. No necesitaba un espejo para saber que tenía el cuerpo lleno de horribles moretones. Frunció el ceño, y la mandíbula resintió el movimiento. Intentó sentarse sin conseguirlo. Le dolía todo.

Llevaba el brazo en cabestrillo y el muslo le escoció cuando movió las piernas bajo las mantas. No recordaba gran cosa de lo sucedido después del duelo del día anterior, pero como mínimo se había librado de morir... a manos de Caín o por orden del rey.

En sueños se le habían aparecido Nehemia y Elena, pero casi todas las veces habían sido eclipsadas por visiones de muertos y demonios. Las palabras de Caín tampoco la abandonaban.

A pesar del dolor y del cansancio, Celaena apenas había descansado por culpa de las pesadillas. Se preguntó qué habría sido del amuleto de Elena. Tenía la sensación de que las pesadillas se debían a su ausencia, y deseó con todo su corazón que le fuera devuelto, aunque Caín estuviera muerto por fin.

La puerta que conducía a sus aposentos se abrió y vio a Nehemia en el umbral. La princesa esbozó una leve sonrisa mientras cerraba la puerta del dormitorio y se acercaba. Ligera, levantando la cabeza, agitó la cola contra la cama.

—Hola —dijo Celaena en eyllwe.

—¿Cómo te encuentras? —replicó Nehemia en la lengua común, sin el menor acento.

Ligera saltó a las resentidas piernas de Celaena para darle la bienvenida a la princesa.

—Tan mal como sugiere mi aspecto —bromeó Celaena, que apenas podía hablar por el dolor.

Nehemia se sentó al borde de la cama. Cuando el colchón se hundió, la asesina dio un respingo. Le iba a costar recuperarse. Ligera, después de olisquear y lamer a Nehemia, se acurrucó entre las dos y se quedó dormida. Celaena enterró los dedos en las aterciopeladas orejillas del animal.

—Voy a ir directo al grano —empezó diciendo Nehemia—. El día del duelo te salvé la vida.

La asesina recordaba vagamente haber visto los dedos de su amiga trazando extraños símbolos en el aire.

—Entonces, ¿no fueron alucinaciones? ¿Tú también viste todo aquello?

Celaena intentó incorporarse en la cama, pero el cuerpo le dolía demasiado como para desplazarse un centímetro siquiera.

—No, no lo fueron —respondió la princesa—, y sí, vi lo mismo que tú; mis facultades me permiten ver cosas que a los demás, por lo general, les están vedadas. Ayer, el acónito sanguíneo que Kaltain puso en tu vino te ayudó a verlo también: aquello que acecha más allá del velo de este mundo. No creo que fuera ese el propósito de Kaltain, pero la droga reaccionó así en tu sangre. La magia atrae a la magia.

Celaena se revolvió incómoda al escuchar aquellas palabras.

—¿Por qué fingiste no comprender nuestra lengua durante todos estos meses? —preguntó, ansiosa por cambiar de tema pero también extrañada de que aquella pregunta le resultara tan dolorosa como las heridas.

—Al principio, fue una medida de seguridad —explicó la princesa posando la mano en el brazo ileso de su amiga—. Te sorprendería la cantidad de cosas que revela la gente cuando cree que no la entiendes. Sin embargo, mantener el engaño contigo se me hacía más y más difícil con cada día que pasaba.

—Pero, ¿por qué me pediste que te diera clases?

Nehemia puso los ojos en blanco.

—Porque necesitaba una amiga. Porque me caías bien.

—Entonces, ¿realmente estabas leyendo aquel libro cuando entré en la biblioteca?

La princesa asintió.

—Yo... estaba buscando información. Sobre las marcas del Wyrd, como ustedes las llaman. Te mentí cuando dije que no sabía nada de ellas. Lo sé todo. Sé interpretarlas y también emplearlas. Toda mi familia sabe, pero lo guardamos en secreto, un secreto que pasa de generación en generación. Solo se pueden emplear como último recurso contra el mal o en caso de enfermedad muy grave. Y como aquí está prohibida la magia... bueno, aunque las marcas del Wyrd funcionan con un tipo de poder distinto, estoy segura de que si descubrieran que las estoy usando, me encarcelarían.

De nuevo Celaena trató de sentarse y otra vez se maldijo cuando el dolor la dejó al borde del desmayo.

—¿Las utilizas?

Nehemia asintió con solemnidad.

—Lo mantenemos en secreto porque poseen un poder terrible. Se pueden usar para hacer el bien, pero también para hacer el mal, y por lo general se emplean con fines nefastos. Nada más llegar advertí que alguien estaba utilizando las marcas del Wyrd para invocar demonios del más allá; reinos que existen más allá del nuestro. Ese bobo, Caín, sabía lo bastante como para invocar criaturas, pero no lo suficiente para controlarlas y enviarlas de vuelta. Me he pasado meses alejando y destruyendo a las criaturas a las que invocaba. Por eso a veces parecía tan distraída.

Celaena se ruborizó. ¿Cómo había podido pensar que Nehemia estaba matando a los campeones? La asesina levantó la mano derecha para enseñarle las cicatrices a su amiga.

—Por eso no me preguntaste nada la noche en la que recibí el mordisco, ¿verdad? Tú... tú empleaste las marcas del Wyrd para curarme.

—Sigo sin saber cómo o dónde te tropezaste con el ridderak, pero será mejor que lo dejemos para otro día —la princesa se encogió de hombros con resignación—. Era yo la que dibujaba los signos debajo de tu cama.

Celaena dio un respingo al oírlo. Murmuró cuando todo su cuerpo se sacudió de dolor.

—Aquellos símbolos tenían la misión de protegerte. No tienes ni idea de lo engorroso que era volver a dibujarlos cada vez que los borrabas —una sonrisa asomó a los labios de la princesa—. Sin ellos, creo que el ridderak habría dado contigo mucho antes.

—¿Por qué?

—Porque Caín te odiaba y quería eliminarte de la competencia. Ojalá no hubiera muerto, porque le habría preguntado dónde aprendió a abrir portales. Cuando el veneno te dejó suspendida entre dos mundos, su mera presencia atrajo a esas criaturas al reino intermedio para hacerte trizas. Aunque después de todo lo que hizo, creo que merecía que Chaol le clavara la espada como lo hizo.

La asesina miró hacia la puerta del dormitorio. Llevaba desde el día anterior sin ver a Chaol. ¿Lo habría castigado el rey por haberla ayudado?

—A ese hombre le importas más de lo que ninguno de los dos piensa —prosiguió Nehemia con una sonrisa en la voz.

Celaena se sonrojó.

La princesa carraspeó.

—Supongo que te interesará saber cómo te salvé.

—Si eres tan amable —repuso Celaena, y Nehemia sonrió.

—Con las marcas del Wyrd conseguí abrir un portal a los reinos del más allá y ceder el paso a Elena, la primera reina de Adarlan.

—¿La conoces? —la asesina enarcó una ceja.

—No, pero respondió a mi petición de ayuda. No todos los reinos están llenos de muerte y oscuridad. Algunos albergan criaturas de luz, seres que, cuando los necesitamos de verdad, se adentran en Erilea para ayudarnos en nuestra misión. Ella había escuchado tu grito de socorro mucho antes de que yo abriera el portal.

—¿Es... es posible entrar en esos otros mundos?

Celaena recordaba vagamente las puertas del Wyrd, con las que se había topado en un libro, hacía varios meses.

Nehemia la observó con atención.

—No lo sé. Mi formación aún no ha concluido. Sin embargo, la reina estaba y no estaba en este mundo. Se encontraba en el reino intermedio, incapaz de cruzar del todo, como tampoco podían hacerlo los demonios que viste. Requiere un poder inmenso abrir un portal por el que pueda entrar una criatura, y aunque lo consigas se cerrará al cabo de un momento. Caín lo abría el tiempo suficiente para que entrara el ridderak, pero luego se le cerraba. De modo que yo debía volver a abrirlo para que el monstruo pudiera regresar. Llevábamos mucho tiempo jugando al gato y al ratón —se frotó las sienes—. No tienes ni idea de lo agotador que fue.

—Caín invocó a todos aquellos seres durante el duelo, ¿verdad?

Nehemia meditó la respuesta.

—Quizá. Pero sin duda ya estaban esperando.

—¿Y si yo pude verlos fue solo porque Kaltain me había administrado acónito sanguíneo?

—No lo sé, Elentiya —la princesa suspiró y se levantó—. Solo sé que Caín estaba al corriente de algunos secretos del poder de mi pueblo, un poder que llevaba mucho tiempo olvidado en las tierras del norte. Y eso me inquieta.

—Por lo menos ha muerto —se consoló Celaena. Acto seguido tragó saliva—. Aunque... en aquel... lugar, Caín no parecía Caín, sino un demonio. ¿Por qué?

—Quizás el mal que tanto había invocado se coló en su alma, y lo convirtió en algo que no era.

—Entonces, ¿era... humano?

—Al principio.

—Me habló de mi pasado. Como si lo supiera todo.

Celaena se aferró a las mantas.

Algo brilló en los ojos de la princesa.

—A veces el mal nos dice cosas solo para confundirnos, para que sigamos preocupados mucho después de que nos hayamos enfrentado a él. Le encantaría saber que sigues inquieta por las tonterías que te dijo, fueran cuales fueran —Nehemia le dio unas palmaditas en la mano—. No le des la satisfacción de saber que todavía te sientes amenazada. Ahuyenta esos pensamientos de tu mente.

—Al menos el rey no sabe nada de esto. No alcanzo a imaginar qué haría si tuviera acceso a ese tipo de poder.

—Yo sí me lo imagino —contestó la otra con suavidad—. ¿Sabes qué era esa marca del Wyrd que apareció en tu frente?

Celaena se puso alerta.

—No. ¿Tú lo sabes?

Nehemia la estudio con la mirada.

—No, no lo sé. Sin embargo, ya la había visto otras veces ahí. Creo que forma parte de ti. Y me preocupa lo que pueda pensar el rey de ella. Es un milagro que no haya hecho preguntas al respecto —Celaena se quedó helada y Nehemia añadió rápidamente—: No te preocupes. Si le inquietara ya te habría interrogado.

Celaena lanzó un suspiro tembloroso.

—¿A qué veniste al castillo en realidad, Nehemia? La princesa guardó silencio un instante.

—No tengo intención de firmar alianzas con el rey de Adarlan. Eso ya lo sabes. Y no me incomoda decirte que vine a Rifthold únicamente porque ofrece una perspectiva privilegiada para estar al corriente de sus movimientos, de sus planes.

—¿De verdad estás aquí para espiar? —susurró la asesina.

—Lo puedes expresar de ese modo. Haría cualquier cosa por mi pueblo; ningún sacrificio me parece demasiado grande si sirve para librar a mi pueblo de la esclavitud y la muerte o para evitar que se repitan las matanzas.

El dolor asomó a los ojos de Nehemia.

Celaena ladeó la cabeza.

—Eres la persona más valiente que he conocido.

La princesa acarició a Ligera.

—El amor que siento por Eyllwe supera el miedo que me inspira el rey de Adarlan. Sin embargo, no quiero involucrarte, Elentiya —Celaena estuvo a punto de exhalar un suspiro de alivio, aunque no la enorgullecía sentirse así—. Nuestros caminos tal vez se hayan entrelazado, pero... pero creo que debes proseguir tu viaje. Adaptarte a tu nueva posición.

La asesina asintió y carraspeó.

—No hablaré a nadie de tus poderes.

Nehemia sonrió con tristeza.

—Y no habrá más secretos entre nosotras. Cuando te encuentres mejor me gustaría que me contaras cómo llegaste a entablar relación con Elena —lanzó una mirada a Ligera—. ¿Te importa si me la llevo a dar un paseo? Hoy necesito un poco de aire fresco.

—Desde luego —asintió Celaena—. Lleva aquí encerrada toda la mañana.

Como si hubiera comprendido, la perrita bajó de la cama de un salto y se sentó a los pies de Nehemia.

—Me alegro de que seas mi amiga, Elentiya —dijo la princesa.

—Y yo me alegro aún más de contar con tu protección —contestó la asesina reprimiendo un bostezo—. Gracias por haberme salvado la vida. Dos veces, en realidad. O quizá más —Celaena frunció el ceño—. ¿Te parece oportuno decirme cuántas veces me has salvado en secreto de las criaturas de Caín?

—No si queres descansar bien esta noche.

Nehemia depositó un beso en la coronilla de su amiga antes de dirigirse a la puerta con Ligera pegada a sus talones. No obstante, se quedó parada en el umbral y le lanzó algo a Celaena.

—Esto te pertenece —le dijo antes de marcharse—. Uno de los guardias lo recogió después del duelo.

Era el Ojo de Elena.

Celaena apretó con fuerza el amuleto dorado.

—Gracias.

Cuando Nehemia se hubo marchado, la asesina sonrió pese a todo lo que acababa de descubrir. Luego cerró los ojos. Con el amuleto bien aferrado, se sumió en el sueño más profundo que había disfrutado en meses.

CAPÍTULO 52

Al día siguiente, Celaena se despertó preguntándose qué hora sería. Habían llamado a su puerta, y parpadeó para ahuyentar los restos de sueño justo cuando Dorian entraba en el dormitorio. Se quedó mirándola desde el umbral y ella se las arregló para sonreír mientras el príncipe se acercaba a la cama.

—Hola —lo saludó con voz ronca.

Recordaba que Dorian la había llevado en brazos, la había sujetado mientras los sanadores le ponían puntos en la pierna...

Dorian se acercó despacio.

—Hoy aún tienes peor aspecto —susurró.

A pesar del dolor, la asesina se incorporó.

—Me encuentro bien —mintió.

No lo estaba. Caín le había roto una costilla, que le provocaba pinchazos con cada respiración. Dorian miraba por la ventana con los dientes apretados.

—¿Qué te pasa? —le preguntó Celaena.

Trató de alargar el cuerpo para jalarlo de la chamarra, pero el dolor era muy fuerte y él estaba demasiado lejos.

—Yo... No lo sé —respondió él. Tenía una expresión tan vacía y perdida que a Celaena se le aceleró el corazón—. Llevo desde el duelo sin dormir.

—Ven —ordenó Celaena con tanta suavidad como pudo, dando al mismo tiempo unos golpecitos en la cama—. Siéntate.

Obediente, Dorian se sentó, pero se quedó de espaldas a ella. Hundió la cabeza entre las manos y exhaló varios suspiros. La asesina le tocó la espalda con inseguridad. Él se puso tan tenso que Celaena estuvo a punto de apartar la mano. Por fin, el príncipe relajó la columna, pero su respiración seguía siendo forzada.

—¿Estás enfermo? —le preguntó.

—No —murmuró él.

—Dorian, ¿qué pasó?

—¿Cómo que «qué pasó»? Le das una paliza a Tumba y, al minuto siguiente, Caín te deja medio muerta.

—¿Y eso te ha impedido dormir?

—No puedo... No puedo... —gimió el príncipe. Celaena lo dejó tranquilo un momento para que ordenara sus pensamientos—. Lo siento —se disculpó tras retirarse las manos de la cara e incorporarse. Ella asintió. No quería presionarlo—. ¿Cómo te encuentras en realidad?

Su voz aún dejaba entrever miedo.

—Fatal —reconoció ella—. Y me parece que mi aspecto es igual de malo.

Él esbozó una leve sonrisa. Se notaba que trataba de ahuyentar aquel sentimiento que tanto lo agobiaba, fuera cual fuera.

—Estás más encantadora que nunca —Dorian miró la cama—. ¿Te importa si me acuesto? Estoy agotado.

Ella no puso objeciones mientras él se quitaba las botas y se desabrochaba la chamarra. Con un gruñido, se tendió al lado de Celaena y le posó la mano en el vientre. La joven lo vio cerrar los ojos y soltar el aire por la nariz. Cierta apariencia de normalidad había vuelto a su semblante.

—¿Cómo está Chaol? —preguntó ella con inseguridad.

No había olvidado el chorro de sangre, ni la mirada fija y horrorizada del capitán.

Dorian abrió un ojo.

—Lo superará. Se ha tomado un par de días libres. Creo que los necesita —a Celaena le dio un vuelco el corazón—. No te sientas culpable —prosiguió él. Se puso de lado y la miró a la cara—. Hizo lo que creyó correcto.

—Sí, pero...

—No —insistió Dorian—. Chaol sabía lo que hacía —acarició la mejilla de la muchacha con un dedo. Dorian tenía la piel helada, pero ella contuvo el estremecimiento—. Lo siento —volvió a decir él, y apartó el dedo—. Siento no haberte salvado.

—¿Pero qué estás diciendo? ¿Es eso lo que te tiene tan angustiado?

—Siento no haber detenido a Caín en cuanto vi que algo andaba mal. Kaltain vertió veneno en tu vino, y debería haberlo previsto. Debería haber encontrado un modo de evitarlo. Y cuando me di cuenta de que tenías alucinaciones... siento no haber hecho nada por ayudarte.

Una piel verdosa y unos colmillos amarillentos asomaron al pensamiento de Celaena, y ella apretó el puño a pesar del dolor.

—No deberías sentirlo —contestó. No quería hablar de los horrores que había visto, ni de la traición de Kaltain, ni tampoco de lo que Nehemia le había revelado—. Hiciste lo que todo el mundo habría... lo que había que hacer. No interferir. En caso contrario, me habrían descalificado.

—Tendría que haber partido a Caín en dos en el instante en el que te puso la mano encima. En cambio, me quedé allí mirando, mientras Chaol se acercaba al círculo. Debería haber sido yo quien hubiera matado a Caín.

Los demonios se desvanecieron y una sonrisa ocupó su lugar.

—Empiezas a hablar como un asesino a sueldo, amigo mío.

—Quizás he pasado demasiado tiempo contigo.

Celaena apoyó la cabeza en el mullido espacio que se abría entre el hombro y el pecho de Dorian. La invadió un agradable calor. Aunque tenía el cuerpo casi paralizado por el dolor, se acurrucó contra el príncipe y posó la mano en su estómago. Notaba su aliento cálido en la cabeza, y Celaena sonrió cuando él la rodeó con el brazo. Se quedaron un rato en silencio.

—Dorian —empezó a decir ella. El príncipe le pellizcó la nariz—. Ay —se quejó con una mueca.

Aunque tenía la cara llena de moretones, Caín milagrosamente no le había provocado ningún daño permanente, aunque el corte de la pierna le dejaría otra cicatriz.

—¿Sí? —preguntó Dorian, y apoyó la barbilla en la cabeza de ella.

Celaena se quedó escuchando los regulares latidos del corazón del príncipe.

—Cuando acudiste a Endovier a buscarme, ¿de verdad pensabas que ganaría?

—Por supuesto. ¿Por qué si no me iba a aventurar tan lejos en tu búsqueda?

Celaena soltó un bufido, pero Dorian le levantó la barbilla con suavidad. Algo en los ojos del príncipe le resultaba familiar, como un recuerdo olvidado hacía mucho tiempo.

—Supe que ganarías desde el momento en el que te vi —le susurró, y a Celaena se le encogió el corazón al comprender los vínculos que los unían—. Aunque reconozco que no me esperaba todo esto. Y... por muy frívola y retorcida que haya sido toda esta idea de la competencia, me alegro de que se haya celebrado, porque de no ser así nunca habrías entrado en mi vida. Por mucho tiempo que viva, jamás dejaré de dar las gracias por eso.

—¿Pretendes hacerme llorar o solo te estás haciendo el tonto?

Dorian se inclinó y la besó. Celaena sintió un fuerte dolor en la mandíbula.

Sentado en su trono de cristal, el rey de Adarlan acariciaba la empuñadura de Nothung. Perrington estaba arrodillado ante él, esperando. Que esperara.

Aunque la asesina se había proclamado campeona, el monarca aún no le había enviado el contrato. Era íntima tanto de su hijo como de la princesa Nehemia. ¿No sería demasiado arriesgado contratarla? Por otra parte, el capitán de la guardia confiaba en ella lo suficiente como para haberle salvado la vida. Adoptó una expresión inflexible. No castigaría a Chaol Westfall, aunque solo fuera para evitar que Dorian se enfadara. Ojalá Dorian estuviera más interesado en el combate y menos en los libros...

No obstante, su hijo llevaba un hombre en su interior; un hombre que con la preparación adecuada podía convertirse en un guerrero. Quizás unos cuantos meses en el campo de batalla le sentaran bien. Un casco y una espada hacían maravillas en el temperamento de un joven. Y vista la demostración de poder y fuerza de voluntad que había hecho en el salón del trono... Bien conducido llegaría a ser un gran general.

Por lo que respectaba a la asesina... en cuanto se recuperara de las heridas, ¿quién mejor que ella para cumplir sus órdenes? Además, no tenía a nadie en quien depositar su confianza. Muerto Caín, Celaena Sardothien era su mejor y única opción.

El rey dibujó un signo en el reposabrazos de su trono de cristal. Estaba muy versado en marcas del Wyrd, pero jamás había visto una como la de la asesina. Ya descubriría qué era. Y si implicaba algún tipo de mal augurio o profecía, ahorcaría a la chica antes de la caída del sol. Había estado a punto de ordenar su ejecución cuando la había visto retorcerse de acá para allá bajo los efectos del veneno. Justo entonces los había sentido; los gestos furiosos de los muertos... Alguien había interferido y la había salvado. Como si aquellas criaturas la hubieran protegido y atacado al mismo tiempo...

Quizás el destino no quería que ordenara su muerte. No hasta que descubriera el significado de aquella marca. De momento, sin embargo, tenía cosas más importantes de las que preocuparse.

—Tu forma de manipular a Kaltain ha sido muy interesante —dijo el rey por fin. Perrington seguía arrodillado—. ¿Empleaste tu poder con ella?

—No, dejé de usarlo hace poco, tal como me sugeriste —respondió el duque mientras hacía girar el anillo negro en su rechoncho dedo. Además, empezaba a estar muy afectada; agotada y pálida. Incluso mencionaba a menudo las migrañas.

La traición de Lady Kaltain era inquietante, pero de haberle revelado Perrington su plan para poner en evidencia el carácter de la dama —aunque se propusiera demostrar la facilidad con que se avenía a sus maquinaciones y hasta dónde era capaz de llegar— se habría opuesto. Aquel espectáculo solo había servido para provocar incómodas preguntas.

—Tu manera de experimentar con ella ha sido muy inteligente. Se convirtió en una valiosa aliada y sigue sin sospechar que se encuentra bajo tu influencia. Presiento que este poder nos va a ser de gran ayuda —confió el rey mientras miraba su propio anillo negro—. Caín nos brindó la prueba de cómo se puede transformar a una persona en el plano físico y Kaltain nos ha mostrado cómo es posible influir en los pensamientos y las emociones. Me gustaría poner el poder a prueba en unas cuantas personas más, a ver hasta dónde puede llegar.

—Una parte de mí lamenta que Kaltain haya resultado ser tan susceptible —rezongó Perrington—. Es cierto que quería utilizarme para llegar a tu hijo, pero no deseo que el poder la convierta en un segundo Caín. A pesar de mí mismo, no me hace gracia la idea de que pase mucho tiempo pudriéndose en esas mazmorras.

—No sufras por ella, amigo mío. No se quedará en las mazmorras para siempre. Cuando el escándalo se haya olvidado y la asesina haya empezado a trabajar para mí, le haremos a Kaltain una oferta que no podrá rechazar. No obstante, si piensas que no es de confianza, habrá que buscar un modo de controlarla.

—Veamos primero cómo la transforman las mazmorras —propuso Perrington a toda prisa.

—Claro, claro. Solo era una sugerencia.

Se quedaron en silencio. El duque se levantó.

—Duque —dijo el monarca en un tono que resonó por toda el salón. En la chimenea con forma de fauces el fuego chisporroteó y una luz verde se proyectó en las sombras de la estancia—, nos aguarda mucho trabajo en Erilea. Prepárate. Y deja de proclamar a los cuatro vientos tu plan de retener a la princesa de Eyllwe; estás llamando mucho la atención.

El duque se limitó a asentir. Con una reverencia, salió a paso vivo del salón.

CAPÍTULO 53

Celaena se echó hacia atrás en el asiento y, con la silla en precario equilibrio sobre las patas traseras, apoyó los pies en la mesa. Se recreó en la tensión y distensión de sus músculos entumecidos y pasó la página del libro que sostenía en vilo. Ligera dormitaba bajo la mesa, emitiendo pequeños ronquidos. En el exterior, la tarde soleada había transformado la nieve en finas gotas de agua cuyo reflejo inundaba el dormitorio. Las heridas ya no la fastidiaban tanto, pero aún cojeaba al andar. Con algo de suerte pronto podría volver a correr.

Hacía una semana del duelo. Philippa ya estaba muy ocupada ordenando el armario para hacer sitio a más vestidos. Toda la ropa que Celaena pensaba adquirir en el instante en que fuera libre para ir de compras por su cuenta a Rifthold y recibiera la escandalosa paga que le correspondía como campeona del rey. Paga que, si todo iba bien, recibiría en cuanto firmara el contrato... si es que llegaba a firmarlo.

Puesto que Philippa tenía tanto trabajo, Nehemia y Dorian la atendían por turnos. El príncipe incluso se quedaba leyéndole hasta altas horas de la noche. Cuando por fin se quedaba dormida, muchas veces con Dorian a su lado, soñaba con mundos arcaicos y rostros olvidados mucho tiempo atrás, con marcas del Wyrd de un azul ardiente y con ejércitos de muertos reclutados en los reinos del infierno. Por la mañana hacía lo posible por olvidar las imágenes —sobre todo aquellas que guardaban relación con la magia.

La puerta se abrió con un chasquido y a Celaena le dio un brinco el corazón. ¿Por fin había llegado el momento de firmar el contrato del rey? Pero no era Dorian, ni tampoco Nehemia, ni siquiera un paje. El mundo pareció detenerse cuando vio aparecer a Chaol.

Ligera corrió hacia él meneando la cola. Celaena estuvo a punto de caerse de la silla al retirar los pies de la mesa a toda prisa e hizo un gesto de dolor cuando notó una fuerte punzada en el muslo. En un abrir y cerrar de ojos se puso de pie, pero cuando abrió la boca no supo qué decir.

Después de que Chaol le acariciara la cabeza cariñosamente, la perrita se metió debajo de la mesa, dio un par de vueltas y se acurrucó.

¿Por qué se quedaba plantado en la entrada? Celaena echó un vistazo a su camisón y se sonrojó al advertir que el capitán miraba sus piernas desnudas.

—¿Qué tal van las heridas? —preguntó Chaol.

Lo dijo con suavidad, y ella comprendió que no estaba admirando la piel al descubierto sino el vendaje que le rodeaba el muslo.

—Bien —se apresuró a contestar Celaena—. El vendaje ya solo pretende despertar compasión —intentó sonreír, pero fracasó—. Hace... hace una semana que no te veo —le parecía toda una vida—. ¿Está... está todo bien?

Los castaños ojos de Chaol se posaron en los de la muchacha. De repente Celaena se sintió transportada al duelo, al momento en el que, tendida en el suelo mientras Caín se reía a su espalda, ella solo oía, solo veía a Chaol, que arrodillado junto a ella le tendía la mano. Se le hizo un nudo en la garganta. En aquel instante había comprendido algo, pero no acababa de entender qué era. Quizá también hubiera sido una alucinación.

—Todo va bien —respondió el capitán. Celaena dio un paso hacia él, algo avergonzada de la brevedad del camisón—. Yo solo... quería disculparme por no haber venido antes a verte.

Ella se detuvo a unos centímetros de distancia y ladeó la cabeza. Chaol no llevaba su espada.

—Seguro que has estado muy ocupado.

Él se limitó a seguir ahí sin decir nada. Celaena tragó saliva y se recogió detrás de la oreja un mechón de la melena suelta. Dio otro paso hacia él. Estaba tan cerca que tuvo que echar la cabeza hacia atrás para mirarlo a la cara. Tenía unos ojos tan tristes... La asesina se mordió el labio.

—Me... me salvaste la vida. Dos veces.

Chaol enarcó apenas las cejas.

—Cumplí con mi obligación.

—No estabas obligado a hacer nada de eso. No estabas obligado a arrodillarte junto a mí ni a decirme que me levantara. Podrías haber dejado que perdiera.

—No, no podía —repuso él con voz ahogada, y cuando parpadeó, a Celaena se le encogió el corazón.

—Y por eso te debo gratitud eterna.

—No me debes nada.

Ella le tomó la mano, pero el capitán la apartó.

—Solo quería saber cómo estabas. Debo asistir a una reunión —se excusó, pero Celaena supo que mentía.

—Gracias por matar a Caín —Chaol se puso en tensión—. Yo... aún recuerdo cómo me sentí la primera vez que maté a una persona. No fue fácil.

El capitán bajó la vista al suelo.

—Por eso precisamente no puedo dejar de pensar en ello. Porque sí fue fácil. Sencillamente saqué la espada y lo maté. Quería matarlo —clavó la mirada en ella—. Sabía cosas de tus padres. ¿Cómo es posible?

—No lo sé —mintió Celaena.

En realidad lo sabía muy bien. El acceso de Caín al más allá, al reino intermedio o adonde fuera le había proporcionado la capacidad de leer su mente, sus recuerdos, su alma. Quizás incluso algo más. Se estremeció.

La expresión de Chaol se suavizó.

—Siento mucho que murieran así.

Ella cerró el paso a todo salvo a su propia voz al responder:

—Hace mucho tiempo de eso. Estaba lloviendo, y cuando noté la cama mojada creí que habían dejado la ventana abierta. Al día siguiente me desperté y descubrí que no era lluvia —exhaló un suspiro entrecortado, queriendo borrar la sensación de la sangre en su piel—. Arobynn Hamel me encontró poco después.

—Aun así lo siento —respondió él.

—Hace mucho tiempo —repitió Celaena—. Ni siquiera recuerdo cómo eran —aquello también era mentira. Recordaba hasta el último detalle de las facciones de sus padres—. A veces hasta me olvido de que un día existieron.

Chaol asintió, no tanto porque la comprendiera como para confirmar que la escuchaba.

—Lo que hiciste por mí, Chaol —volvió a intentar ella—, no solo lo de Caín sino cuando tú...

—Debo marcharme —la interrumpió el capitán, y empezó a darse la vuelta.

—Chaol —dijo Celaena a la vez que le tomaba la mano y lo obligaba a volverse hacia ella.

Solo vio el brillo angustiado de los ojos del capitán antes de rodearle el cuello con los brazos y estrecharlo con fuerza. Chaol se irguió incómodo, pero la muchacha se apretó más a él, aunque aún tenía el cuerpo resentido. Por fin, al cabo de un momento, él la abrazó a su vez y la estrechó contra sí, tan cerca que si Celaena cerraba los ojos y respiraba su aroma, no sabía dónde terminaba él y dónde empezaba ella.

La joven notó su aliento cálido en el cuello cuando Chaol apoyó la cabeza contra su pelo. El corazón de la muchacha latía desbocado, pero sentía una paz inmensa, tan grande que podría haberse quedado allí para siempre, entre sus brazos, mientras el mundo se hacía pedazos a su alrededor. Recordó sus dedos avanzando hacia la línea de tiza, buscándola a pesar de la barrera que los separaba.

—¿Todo va bien? —preguntó Dorian desde la puerta.

Chaol se apartó de la asesina tan deprisa que casi la tira al suelo.

—Todo bien —contestó el capitán a la vez que se cuadraba.

El aire se enfrió de repente y Celaena notó un cosquilleo en la piel cuando el calor de Chaol abandonó su cuerpo. Le costó mucho mirar a Dorian cuando el capitán saludó al príncipe con un gesto de la cabeza y abandonó los aposentos.

Dorian se situó frente a ella, pero Celaena se quedó mirando la puerta aun después de que el capitán la hubiera cerrado.

—Creo que haber matado a Caín aún lo tiene angustiado —comentó Dorian.

—Salta a la vista —le contestó ella.

Dorian enarcó las cejas y Celaena suspiró.

—Lo siento.

—Parecía que estaban en mitad de... algo —dijo Dorian con pies de plomo.

—No era nada. Solo pretendía consolarlo, nada más.

—Ojalá no se hubiera ido tan deprisa. Tengo buenas noticias —a la asesina se le encogió el estómago—. Mi padre no va a postergar más la firma de tu contrato. Mañana te convocará en la cámara del consejo.

—¿Quieres decir que...? ¿Quieres decir que soy oficialmente la campeona del rey?

—Está visto que no te odia tanto como daba a entender. Podría haberte hecho esperar mucho más.

Dorian le guiñó un ojo.

Cuatro años. Cuatro años de servicio y luego sería libre. ¿Por qué Chaol se había marchado tan precipitadamente? Celaena miró la puerta y se preguntó si aún estaría a tiempo de alcanzarlo.

Dorian la tomó por la cintura.

—Supongo que eso significa que seguiremos aquí juntos una buena temporada.

El príncipe buscó sus labios.

Luego la besó, pero Celaena se zafó del abrazo.

—Dorian, soy la campeona del rey.

La asesina soltó una risa forzada al decirlo.

—Sí, claro que sí —replicó él, que ya volvía a acercarse.

Celaena, sin embargo, guardó las distancias mientras miraba por la ventana el deslumbrante día que brillaba en el exterior. El mundo le abría las puertas de par en par; podía tomar lo que quisiera. Ya podía cruzar la línea blanca.

Posó la mirada en Dorian.

—No podemos estar juntos si soy la campeona del rey.

—Claro que podemos. Lo tendremos que mantener en secreto pero...

—Ya tengo bastantes secretos. No quiero otro más.

—Entonces buscaré el modo de decírselo a mi padre. Y a mi madre.

Dorian arrugó la frente una pizca.

—¿Con qué fin? Estoy a las órdenes de tu padre. Y tú eres el príncipe heredero.

Los ojos del príncipe se oscurecieron.

—¿Me estás diciendo que no quieres estar conmigo?

—Te estoy diciendo que... que no podré estar contigo durante cuatro años, y no sé si una espera tan larga será factible para ninguno de los dos. Te estoy diciendo que ahora no quiero cerrarme puertas —la luz del sol caldeaba la piel de Celaena, y el peso que le aplastaba los hombros la abandonó—. Te estoy diciendo que en cuatro años voy a ser libre, y jamás en toda mi vida he disfrutado de la libertad —una sonrisa se extendió por su rostro—. Y quiero saber lo que se siente.

Dorian abrió la boca, pero se interrumpió al reparar en la sonrisa de Celaena. Ella se sintió algo decepcionada cuando lo oyó decir:

—Como quieras.

—Pero me gustaría seguir siendo tu amiga.

El príncipe se metió las manos en los bolsillos.

—Claro.

Celaena quiso tocarle el brazo o darle un beso en la mejilla, pero la palabra «libre» seguía resonando en todo su ser, una y otra vez, y no podía dejar de sonreír.

Dorian giró el cuello para desentumecerlo y esbozó una sonrisa forzada.

—Creo que Nehemia viene hacia aquí para contarte lo del contrato. Se enfadará conmigo por habértelo dicho primero. Discúlpate en mi nombre, ¿quieres? —se detuvo al abrir la puerta, todavía con la mano en el pomo—. Felicidades, Celaena —dijo con voz queda.

Antes de que ella pudiera contestar, cerró la puerta.

A solas, Celaena miró la ventana y se llevó la mano al corazón, sin dejar de susurrar la palabra para sí.

«Libre».

CAPÍTULO 54

Varias horas después, Chaol miraba la puerta de los aposentos de Celaena. No sabía muy bien qué hacía allí, pero había buscado a Dorian en sus habitaciones sin encontrarlo, y sentía la necesidad de decirle que las cosas no eran lo que parecían cuando los había visto hacía un rato. Se miró las manos.

El rey apenas había hablado con él en toda la semana y el nombre de Caín no había salido a colación en ninguna de sus reuniones. No era de extrañar, dado que Caín no era sino un peón en un juego pensado para entretener al rey, y desde luego no formaba parte de la guardia real.

Con todo y eso, estaba muerto. Por su culpa los ojos de Caín no volverían a abrirse. Por su culpa no volvería a respirar. Por su culpa su corazón había dejado de latir.

La mano de Chaol se desplazó hacia el lugar donde solía estar su espada. La había arrojado a una esquina de su dormitorio en cuanto había vuelto del duelo, la semana anterior. Afortunadamente, alguien había limpiado la sangre de la hoja. Quizá los guardias que lo acompañaron a sus aposentos y le dieron un trago. Se habían quedado allí en silencio hasta que él había recuperado un mínimo sentido de la realidad, y entonces se habían marchado sin una palabra, sin esperar siquiera a que Chaol les diera las gracias.

El capitán se pasó una mano por el pelo y abrió la puerta del comedor de Celaena.

La muchacha picoteaba la cena, encorvada en el asiento. Al verlo, enarcó las cejas.

—¿Dos visitas el mismo día? —bromeó mientras dejaba el tenedor sobre la mesa—. ¿A qué debo el placer?

Chaol frunció el ceño.

—¿Dónde está Dorian?

—¿Por qué habría de estar aquí?

—Suele pasar a verte a esta hora.

—Bueno, pues no creo que lo veas mucho por aquí a partir de ahora.

El capitán se acercó y se quedó parado junto a la mesa.

—¿Por qué?

Celaena se metió un trozo de pan en la boca.

—Porque lo he dejado.

—¿Que has hecho qué?

—Soy la campeona del rey. Comprenderás cuán inapropiado sería que mantuviera una relación con un príncipe.

Los ojos de la asesina chispearon. Chaol se preguntó por qué había hecho hincapié en la palabra «príncipe», y por qué a él le había brincado el corazón.

El capitán se esforzó por reprimir su propia sonrisa.

—Me estaba preguntando cuándo recuperarías la sensatez.

¿Se angustiaba Celaena tanto como él? ¿Pensaba constantemente en sus manos manchadas se sangre? Aunque a juzgar por su arrogancia, su vanidad y sus contoneos...

No obstante, había algo dulce en sus facciones. Celaena alimentaba su esperanza, esperanza en que no había condenado su alma al matar a Caín, en que podría reencontrar su propia humanidad y recuperar el honor. Ella había pasado por Endovier y aún era capaz de reír.

Celaena se retorció un mechón con el dedo. Aún llevaba puesto aquel camisón ridículamente corto, que todavía se le alzó un poco más cuando la muchacha puso los pies sobre la mesa. Chaol procuró concentrarse en su cara.

—¿Te gustaría acompañarme? —preguntó ella, y señaló la mesa con un gesto—. Es una pena para mí celebrar a solas.

Chaol la miró, a ella y a esa media sonrisa que asomaba a su cara. Lo sucedido con Caín, lo sucedido en el duelo... lo perseguiría aún mucho tiempo, pero en aquel momento...

El capitán retiró la silla que tenía delante y se sentó. Celaena le llenó una copa de vino y se la tendió.

—Por los cuatro años que me separan de la libertad —dijo con la copa levantada.

Él alzó la suya a su vez.

—Por ti, Celaena.

Los ojos de ambos se encontraron, y él no ocultó la alegría que le producía la sonrisa de la muchacha. Quizá cuatro años con ella no fueran suficientes.

De pie ante la tumba, Celaena supo que estaba soñando. A menudo visitaba el sepulcro en sueños en los que volvía a matar al ridderak, se quedaba encerrada en el sarcófago de Elena o se encontraba con una joven sin rostro de pelo dorado que llevaba una corona demasiado pesada para ella... Aquella noche, sin embargo, solo estaban Elena y ella, la luz de la luna inundaba la cámara y el cadáver del ridderak no se veía por ninguna parte.

—¿Qué tal va tu recuperación? —le preguntó la reina, apoyada en su propio sarcófago.

Celaena se quedó en el umbral. La armadura de la reina había desaparecido y había sido reemplazada por la vaporosa túnica de costumbre. Tampoco sus rasgos reflejaban fiereza.

—Muy bien —respondió Celaena. Echó un vistazo a su propio cuerpo. En el mundo del sueño las heridas habían desaparecido—. No sabía que fueras una guerrera —añadió, y señaló con la barbilla el soporte donde descansaba la espada Damaris.

—Hay muchas cosas acerca de mí que la historia ha olvidado —los azules ojos de Elena destellaron de rabia y tristeza—. Luché contra Erawan en las guerras de los demonios; junto a Gavin. Así fue como nos enamoramos. Por desgracia, las leyendas me pintan como una damisela que aguardaba a su heroico príncipe en una torre ayudándolo con un medallón mágico.

Celaena tocó el amuleto.

—Lo siento.

—Tú podrías ser distinta —siguió diciendo Elena con voz queda—. Podrías llegar muy alto. Más que yo, más que cualquiera de nosotros.

Celaena abrió la boca, pero ninguna palabra acudió a sus labios.

Elena dio un paso hacia ella.

—Podrías alcanzar las estrellas —susurró—. Podrías hacer cualquier cosa que te propusieras. Y muy en el fondo, lo sabes. Eso es lo que más te asusta.

Caminó hacia Celaena, y la asesina sintió deseos de abandonar el sepulcro y echar a correr. Los ardientes ojos de Elena, de un azul hielo, brillaban tan etéreos como su maravilloso rostro.

—Te enfrentaste al mal que Caín había traído al mundo y lo venciste. Y ahora eres la campeona del rey. Hiciste lo que te pedí.

—Lo hice para conseguir la libertad —repuso la asesina.

Elena le dedicó una sonrisa tan burlona que Celaena tuvo ganas de ponerse a gritar, pero guardó la compostura.

—Eso dices. Pero cuando pediste ayuda, cuando el amuleto se rompió y expresaste tu necesidad, sabías que alguien respondería. Sabías que yo respondería.

—¿Por qué? —se atrevió a preguntar la asesina—. ¿Por qué me contestaste? ¿Por qué tengo que ser la campeona del rey?

Elena levantó el rostro hacia la luz de la luna que se filtraba en la cámara.

—Porque hay personas que necesitan que las salves tanto como tú precisas ser salvada —contestó—. Puedes negarlo todo lo que quieras, pero hay personas, amigos tuyos, que necesitan tu presencia aquí. Tu amiga, Nehemia, te necesita aquí. Yo estaba durmiendo, un sueño largo, eterno, y una voz me despertó. Y la voz no pertenecía a una persona, sino a muchas. Algunas susurraban, otras gritaban, algunas ni siquiera eran conscientes de que pedían ayuda. Pero todas quieren lo mismo.

Tocó a Celaena en el centro de la frente. Ella notó un calor ardiente, y una luz azul iluminó la cara de Elena apenas un instante, hasta que la marca de la frente de la asesina se desvaneció.

—Y cuando tú estés lista, cuando empieces a oír tú también sus llamadas de socorro, sabrás por qué vine a buscarte, por qué me he quedado a tu lado y por qué seguiré cuidando de ti, por mucho que me pidas que me vaya.

A Celaena le escocían los ojos. Dio un paso hacia atrás, hacia la entrada.

Elena sonrió con tristeza.

—Hasta que llegue ese día, estás justo donde debes estar. Al lado del rey, donde sabrás exactamente lo que hay que hacer. Pero, por ahora, disfruta de lo que has conseguido.

Celaena sintió náuseas al preguntarse qué más iba a tener que hacer, pero asintió.

—Muy bien —dijo con un hilo de voz.

Ya se disponía a marcharse cuando se detuvo un momento en la entrada. Miró por encima del hombro en dirección a la reina, que la contemplaba con ojos tristes.

—Gracias por salvarme la vida.

Elena inclinó la cabeza.

—Los vínculos de sangre no se pueden romper —susurró, y luego desapareció.

Aquellas palabras se quedaron resonando en el silencio del sepulcro.

CAPÍTULO 55

Al día siguiente, cuando Celaena se acercaba al trono de cristal, echó un discreto vistazo a la cámara del consejo. Era el mismo salón en el que la había recibido el rey meses atrás, solo que esta vez no había más campeones, únicamente ella. Un fuego verdoso brillaba en el hogar que semejaba unas fauces, y trece hombres se sentaban en torno a una mesa alargada, todos con la mirada puesta en Celaena. Dorian, de pie junto a su padre, le sonrió.

«Esperemos que sea una buena señal».

A pesar de la esperanza que prometía aquella sonrisa, no pudo ignorar el terror que se apoderó de su corazón cuando el rey, con los ojos más negros que nunca, posó su mirada en ella mientras la muchacha se acercaba. Solo se oía el crujido de su falda dorada. Celaena apretaba las manos contra su corpiño granate para no retorcérselas.

Se detuvo e hizo una reverencia. Chaol, de pie a su lado, la imitó. El capitán se mantenía más pegado a ella de lo necesario.

—Has venido a firmar tu contrato —dijo el rey con una voz que hizo que sus huesos temblaran.

«¿Cómo es posible que un hombre tan brutal posea un poder tan grande sobre el mundo entero?».

—Sí, su majestad —contestó ella en el tono más sumiso del mundo, sin levantar la vista de las botas del monarca.

—Acepta ser mi campeona y te convertirás en una mujer libre. Cuatro años de servicio fue lo que negociaste con mi hijo, aunque no puedo imaginar por qué accedió a negociar contigo.

El rey lanzó una mirada letal en dirección a Dorian, que se mordió el labio y guardó silencio.

El corazón subía y bajaba en el pecho de Celaena como una boya. Haría todo lo que le pidiera el rey: cumpliría cualquier misión que le encomendara, por repugnante que fuera, y luego, cuando los cuatro años hubieran transcurrido, sería libre de llevar la vida que quisiera sin miedo a que la capturaran o la condenaran a la esclavitud. Volvería a empezar, lejos de Adarlan. Podría marcharse y olvidar aquel horrible reino.

No sabía si sonreír, reír, asentir, llorar o ponerse a bailar. Tendría riquezas suficientes para vivir toda la vida. No tendría que matar. Podría decirle adiós a Arobynn y dejar Adarlan para siempre.

—¿No me vas a dar las gracias?

Celaena hizo una profunda reverencia, casi incapaz de contener su alegría. Lo había vencido; había pecado contra su imperio y emergía victoriosa.

—Gracias por concederme este honor y este privilegio. Soy su humilde servidora.

El rey resopló.

—Mentir no te va a servir de nada. Trae el contrato.

Uno de sus consejeros colocó un trozo de pergamino en la mesa que la asesina tenía delante.

Ella se quedó mirando la pluma y la línea en blanco donde debía escribir su nombre.

Los ojos del rey destellaban con furia, pero Celaena no mordió el anzuelo. La menor señal de rebeldía, cualquier signo de violencia por su parte y la ahorcaría.

—No cuestionarás nada de lo que te ordene. Cuando te diga que hagas algo, lo harás. No te daré explicaciones. Y si eres capturada, negarás cualquier relación conmigo hasta tu último aliento. ¿Entendido?

—Perfectamente, majestad.

El monarca se levantó del trono. Dorian hizo ademán de moverse también, pero Chaol negó con la cabeza.

Celaena miraba al suelo cuando el rey se detuvo ante ella.

—Escucha bien lo que te voy a decir, asesina —expuso el rey. A su lado, Celaena se sentía pequeña y frágil—. Si fallas o no regresas de alguna de tus misiones, lo pagarás caro —el monarca bajó tanto la voz que la muchacha tuvo que hacer esfuerzos para oírlo—. Si no vuelves de alguna de las misiones que te encomiende, tu amigo el capitán lo pagará —el rey hizo una pausa dramática antes de continuar— con la muerte.

La asesina miraba el trono vacío con los ojos abiertos de par en par.

—Si aun así sigues sin volver, haré que ejecuten a Nehemia. Luego a sus hermanos, y a continuación enterraré a su madre con ellos. No creas que no soy tan astuto y sigiloso como tú —Celaena advertía por la voz del rey, que estaba sonriendo—. Entiendes el panorama, ¿verdad? —cambió de tono—. Firma.

La asesina miró el espacio en blanco y sopesó lo que implicaba. Tomó una bocanada de aire larga y silenciosa y, recitando una oración por su alma, firmó. Cada una de las letras le resultaba más penosa de escribir que la anterior. Por fin dejó la pluma sobre la mesa.

—Muy bien. Ahora vete —ordenó el rey señalando hacia la puerta—. Te mandaré llamar cuando te necesite.

El rey volvió a sentarse en el trono. Celaena hizo una cuidadosa reverencia sin apartar la vista del rostro del rey. Solo por un momento miró a Dorian, cuyos ojos color zafiro brillaron con lo que sin duda parecía tristeza antes de dedicarle una sonrisa. Notó que Chaol la tomaba del brazo.

Si fallaba, Chaol moriría. Celaena podía ser la causa de su muerte. O de la familia Ytger. Con paso ligero y pesado a un tiempo, abandonó la cámara.

En el exterior el viento gemía y sacudía el torreón de cristal, pero jamás soplaría tan fuerte como para quebrar aquellos muros.

A cada paso que daba para alejarse de la cámara, Celaena notaba los hombros más ligeros. Chaol guardó silencio hasta que llegaron al castillo de piedra, y entonces se volvió a mirarla.

—Bueno, campeona —dijo.

Seguía sin llevar su espada.

—¿Sí, capitán?

Las comisuras de los labios de Chaol se levantaron una pizca.

—¿Ya estás contenta?

Celaena no ocultó su propia sonrisa.

—Creo que acabo de vender mi alma, pero... sí. Todo lo contenta que puedo estar.

—Celaena Sardothien, la campeona del rey —murmuró él.

—¿Qué pasa?

—Me gusta como suena —dijo encogiéndose de hombros—. ¿Quieres saber cuál va a ser tu primera misión?

Celaena miró aquellos ojos dorados que tantas promesas guardaban en su interior. Tomó al capitán por el brazo y sonrió.

—Ya me lo dirás mañana.

AGRADECIMIENTOS

Ha pasado una década desde los inicios de *Trono de cristal* hasta su publicación, y hay más gente a la que tengo que darle las gracias de la que cabe en este espacio.

Gracias infinitas a mi agente y campeona, Tamar Rydzinski, que entendió a Celaena desde la primera página. Gracias por la llamada de teléfono que me cambió la vida.

A mi brillante y atrevida editora, Margaret Miller. Jamás podré agradecerte lo suficiente que creyeras en mí y en *Trono de cristal*. Estoy muy orgullosa de poder trabajar contigo. A Michelle Nagler y al resto del fantástico equipo de Bloomsbury: muchísimas gracias por todo su trabajo y apoyo.

Estoy en deuda con Mandy Hubbard por haberme dado el primer empujón. Mandy, eres mi Yoda y siempre lo serás.

A mi maravilloso marido, Josh: me das motivos para despertarme cada mañana. Eres mi media naranja en todos los sentidos.

Gracias a mis padres, Brian y Carol, por leerme cuentos de hadas y no decirme nunca que ya era demasiado mayor para leerlos; gracias también a mi hermano pequeño, Aaron: eres la clase de persona que me gustaría ser.

A Stanlee Brimberg y Janelle Schwartz: no tienen ni idea del efecto que tuvieron sus ánimos (aunque quizás este libro sea la prueba). Ojalá hubiera más profesores como ustedes.

A Susan Dennard, por las increíbles sugerencias para la revisión y por ser una amiga de verdad en las buenas y en las malas. Entraste en mi vida cuando más te necesitaba y ahora mi mundo es más luminoso gracias a ti.

Gracias a Alex Bracken, una crítica increíble, una escritora fenomenal y una amiga aún mejor: las palabras no pueden expresar lo agradecida que estoy por poder considerarte mi amiga... ni lo agradecida que estoy por todas las golosinas que me enviaste durante el proceso de revisión.

A Kat Zhang, por encontrar siempre tiempo para criticar mi trabajo y por ser una amiga espectacular. A Brigid Kemmerer, por todos los correos electrónicos que me mantuvieron cuerda. A Biljana Likic, porque hablar contigo sobre los personajes y el argumento los hicieron reales. A Leigh Bardugo, mi extraordinaria colega: no lo habría conseguido sin ti.

A Vanessa Di Gregorio, Meg Spooner, Courtney Allison Moulton, Aimée Carter y las chicas de Publishing Crawl: son unas escritoras con mucho talento y personas maravillosas. Gracias por formar parte de mi vida.

A Meredith Anderson, Rae Buchanan, Renee Carter, Anna Deles, Gordana Likic, Sarah Liu, Juliann Ma, Chantal Mason, Arianna Sterling, Samantha Walker, Diyana Wan y Jane Zhao: nunca las conocí en persona, pero todos estos años de entusiasmo inquebrantable de su parte parte han significado mucho para mí. A Kelly De Groot, gracias por el increíble mapa de Erilea.

Por último, aunque quizás ocupen el lugar más importante, gracias a todos mis lectores de FictionPress.com. Sus cartas, dibujos y ánimos me dieron la confianza para intentar publicar este libro. Es un honor tenerlos como admiradores —pero es un honor aún mayor tenerlos como amigos—. ¡Ha sido un viaje muy largo, pero lo hemos conseguido! ¡Va por ustedes!